别名格蕾丝

ALIAS GRACE

[加] 玛格丽特·阿特伍德 著

MARGARET ATWOOD

梅江海 译

上海译文出版社

献给格莱姆和杰斯

我无法告诉你什么是光，但我可以告诉你什么不是光……光的动机是什么？什么是光？

——龙金·马雷，《白蚂蚁的灵魂》

没有特别法庭审理我的案子。

——艾米莉·迪金森，《书信集》

无论这些年可能发生过什么事，上帝知道我在说实话，揭穿你的谎言。

——威廉·莫里斯，《为盖娜维尔辩护》

目录

I

参差不齐的牙边①

① 当时妇女喜欢做拼块被子。本书中所有章节小标题都是被面图案的名称。

当年我去的时候，教养所里只有四十个女犯人。这一事实足以说明对女性的道德教育卓有成效。我去教养所女犯人部的主要目的就是要见见大名鼎鼎的女谋杀犯格蕾丝·马克斯。对于这个女人我已了解甚多。我的消息来源不仅仅是那些公布于众的文告，而且还来源于审判时为她辩护的那位绅士。由于那位绅士申辩有力，使得她幸免一死。而她那倒霉的同谋却在绞刑架上结束了罪恶的一生。

——苏珊娜·穆迪，《森林开发地的生活》，1853

来吧，看看
这个痛苦世界的
真实花朵。

——芭蕉

1

牡丹从砾石中长出。牡丹从排列稀松的灰色鹅卵石间隙中破土而出，花骨朵像蜗牛的眼睛那样试探着空气，然后便绽开花蕾，硕大的深红色花朵像缎子一般光滑闪亮。不久花谢了，落到地上。

在没散落到地上那会儿，它们就像我到的第一天金尼尔先生家前花园里的牡丹，只不过那些是白牡丹。南希正在采牡丹。她身穿一件印着粉红色玫瑰花苞、饰有三层荷叶边的白色连衣裙。一顶草做的无边有带的女帽遮着她的脸。她手拿一个用来装花的平底篮子。她像素有教养的妇人那样上身微向前欠，但腰却挺得很直。当她听见我们的声音回头看时，她的手举到喉部，像是受了惊吓。

我走路时低着头，眼睛朝下，和其他人保持步伐一致。两人一排，不言不语地绕着用高石墙围起来的广场行走。我双手紧握着放在身前；手的皮肤粗裂，指关节发红。我已记不得我这双手几时不裂不红了。我的鞋尖在裙边下时隐时现，蓝色、白色，蓝色、白色，踩在地上嘎吱作响。这双鞋从来没像现在这样合脚。

那是 1851 年，我再过生日就二十四岁了。我从十六岁起就被关在这儿。我是个模范囚犯，从不捣乱。这是狱长太太说的，我偷听到的。我偷听很有本事。如果我守规矩不吵闹，他们很可能放我出去。但是，要不吵闹守规矩不是件容易的事。就像是你两手吊在桥的边沿上，但身子已在桥外。你动不了，只是吊在空中，可你已用尽了全身气力。

我斜着眼盯住那些牡丹。我知道这是不合时宜的。当时正值四月，而牡丹是不在四月开花的。现在我又看见三朵牡丹，就在我眼前，长在路上。我偷偷地伸手去摸其中一朵，摸上去很干，我这才意识到它是布做的。

然后我看见南希跪在前方地上，头发散乱，鲜血慢慢地流进她眼睛。她脖子上系了一条白色的印有蓝花（黑种草）的棉手绢。那手绢是我的。她抬起脸，向我伸出双手求饶。她耳朵上戴着那副曾引起我嫉妒的小金耳环，但我已不再嫉妒那副耳环了。南希可以永远戴着它们，因为这次大不一样了。这次轮到我来帮忙，我要把她抱起，用我的裙子擦去血迹。我将从自己的裙子上撕下一条为她包伤口，这样就像是什么也没发生一样。金尼尔先生下午回来时，会骑马来到门口。麦克德莫特会把马牵走，然后他会走进客厅。我便会为他做咖啡，南希会像往常一样把咖啡放在端盘上送到客厅。然后他会说这咖啡真好。晚上，萤火虫会在果园里飞来飞去，灯光下还会有音乐。吉米·沃尔什，那个男孩子和他的长笛。

我快走近南希，快走到她跪着的地方。但是，我没有变换脚步，也没跑，仍旧两人一排地走着。后来南希笑了，只见她嘴在笑，眼睛被血和头发挡住了。然后她便消散成一块块颜色，化作一团红布做的花瓣散落在碎石路上。

我用手捂住眼睛；天突然黑了。一个男人手拿一支蜡烛站在那儿，挡住上楼的楼梯。地窖的墙把我围起来，我知道再也出不去了。

这就是我回忆到这段时告诉乔丹医生的一切。

II

坎坷的道路

星期二，大约 12 点 10 分，谋杀金尼尔先生的凶手詹姆斯·麦克德莫特在本市的新监狱受到法律最严厉的惩罚。当场有一大群男人、女人及儿童急切地等着要目睹一个充满罪恶的同伴的垂死挣扎。这些女人不顾下雨路滑，从四面八方聚集来观看这一恐怖场面的感觉如何是不得而知的。笔者冒昧直言，这些女人不甚细腻高雅。可鄙的罪犯在可怕的一刻表现出其被捕之后所固有的冷静和大胆。

——《多伦多镜报》，1843 年 11 月 23 日

犯法行为	惩罚
谈笑	用九根皮条的鞭子抽六下
在洗衣房说话	用牛皮鞭抽六下
威胁要把别的囚犯的脑袋打碎	用九根皮条的鞭子抽二十四下
与狱卒闲扯	用九根皮条的鞭子抽六下
当卫兵令其坐下时挑剔食物	用牛皮鞭抽六下，并罚其限食面包和水
吃早饭时东张西望，注意力不集中	罚其限食面包和水
当另一囚犯在使用厕所时，丢下工作去解手	罚关黑屋三十六小时，限食面包和水

——《惩罚手册》，金斯顿看守所，1843 年

格蕾丝·马克斯，别名玛丽·惠特尼

詹姆斯·麦克德莫特

出庭受审，被指控为谋杀托马斯·金尼尔先生和南希·蒙哥马利

2

托马斯·金尼尔先生和女管家南希·蒙哥马利
在里奇蒙山镇被杀
格蕾丝·马克斯和詹姆斯·麦克德莫特受审
詹姆斯·麦克德莫特1843年11月21日在
多伦多的新监狱受绞刑。

格蕾丝·马克斯是女佣，
芳龄仅十六，
麦氏青年帮工在马厩，
双双侍一主。

托马斯·金尼尔是绅士，
悠闲度终日，
金尼尔倾慕女管家，
南希·蒙哥马利氏。

好南希，别担心，
我今必去城里行，
多伦多银行取回钱，
交你共欢欣。

可怜南希非贵妇，
可怜南希非女皇，
偏爱绫罗与绸缎，
风韵富丽不寻常。

可怜南希非贵妇，
她却待我似贱奴，
逼我从早累到晚，
逼我早早进坟墓。

格蕾丝爱上金尼尔，
麦氏深爱格蕾丝，
男女情爱如这般
带来耻辱与灾难。

格蕾丝啊，求你与我做情侣，
不不不，万万不可以，
除非你为爱我深，
杀死南希·蒙哥马利。

他用斧头猛不防，
砍在南希脑袋上，
将她拖到地窖口，
推下楼梯地上躺。

好麦兄，饶了我，
饶了我吧好麦兄，
格蕾丝啊，我求饶，
南希送你裙三条。

不为南希命不长，
不为腹中儿将亡，
但为郎君金尼尔，

我要活着见晨光。

麦氏青年抓头发，
格蕾丝强行把头拉，
两个罪犯丧天理，
勒死南希才作罢。

我之所为难脱逃，
灵魂已丧命难保！
要想保全你我命，
须除金尼尔命一条。

不行不行我求你，
饶他一命顺我意！
不不不，金氏已死定，
你已与我做情侣。

金氏骑马回家园，
走进厨房未生嫌，
麦氏一枪穿胸膛，
倒入血泊把气咽。

货郎前来把货销，
我这裙子任你挑；
货郎先生快走开，
我裙三人穿不了。

屠夫前来把肉卖，

送货上门每周来；
屠夫先生快走开，
鲜肉充足无须买！

先抢金氏的白银，
再抢金氏的黄金，
偷用金氏的车马，
双双急向多城行。

半夜三更夜色浓，
逃往多城行匆匆，
渡过安湖去美国，
自信逃遁无影踪。

她与麦氏手拉手，
胆大妄为不知羞，
半路投宿刘易斯顿客栈，
假作玛丽·惠特尼把名留。

地窖发现两具尸，
女尸脸部已发紫，
她被藏在浴盆下，
男尸已僵呈躺势。

法警金斯米尔急追赶，
专车直道快马加鞭，
迅速渡过安大略湖，
直奔刘易斯顿客栈。

两人就寝没多久，
六时或许更长些，
法警即抵客栈前，
咚咚敲响那扇门。

是谁呀？漂亮的格蕾丝问，
您找我有何事？
你们谋杀金尼尔
还有蒙哥马利氏。

格蕾丝在被告席，
谋杀之事全忘记。
没见南希被勒死，
未闻金氏遭枪击。

麦氏逼我陪伴他，
威胁我若去告发，
他将对我不客气，
一枪送我下地狱。

麦氏受审在法庭，
两人同罪死咬定，
格蕾丝她唆使我，
杀人只为换她情。

青年吉米·沃尔什，
出庭作证立誓言；
格蕾丝身穿南希裙，

头戴南希帽且厚颜。

麦氏终上绞刑架，
罪有应得受罚惩，
格蕾丝锒铛下大牢，
悲哀叹息度余生。

麦氏上绞一二时，
方下绞架待处理，
碎尸万段才解恨，
时在大学校园里。

南希坟上一玫瑰，
金氏坟上一青藤，
藤花互攀高处爬，
情人身后再相会。

可悲格蕾丝无自由，
余生紧锁铁窗后，
罪恶滔天难饶恕，
金斯顿大牢度春秋。

倘若格蕾丝能悔过，
安度余生赎罪恶，
待她了此一生时，
侍立耶稣之宝座。

侍立耶稣宝座旁，

苦恼悲哀一扫荡，
血手被主洗干净，
洁白如雪不肮脏。

洁白如雪不肮脏，
堂堂正正进天堂，
来生居住在天国，
心满意足把愿偿。

Ⅲ

角落里的小猫①

① 同时，这还是一种儿童在客厅玩的游戏。中间一人，角落四人；信号一响，便分头抢占角落，留在当中一人为输者。此处亦在描述格蕾丝所处的警觉状态和老练的囚犯所具有的自我保护的本能。

她中等身材，体态纤弱，优美。脸上现出一种无望的忧郁，让人不忍细看。她肤色白皙，可以断定，在那无望的痛苦爬上脸颊之前，她的肤色一定光彩照人。她有一双蔚蓝色的眼睛，金棕色的头发。要不是那向外翘的长下巴，她的脸会相当俊俏。可是，长下巴在脸上通常是个缺陷；也无例外地使她的脸带有一种狡诈、残酷的表情。

格蕾丝·马克斯偷偷地侧眼给你一瞥；她的眼睛从不正视你的眼睛。偷看你一眼之后，她的眼睛便一直盯着地面。她这人看上去高于她目前卑贱的身份。

——苏珊娜·穆迪，《森林开发地的生活》，1853

囚徒抬起脸；那脸柔软温和
如大理石圣像；亦如乳儿沉睡着；
那张脸如此柔软温和，如此美妙甜蜜，
悲哀不能投影，痛苦无法留迹！
囚徒举手按住眉毛；
“我挨打了，”她说，“我在受煎熬”；
“你们的门闩镣铐虽重千斤却不值分文；
纵令其钢铁所铸，亦难久锁我身。”

——埃米莉·勃朗特，《囚徒》，1845

3

1859年。

我坐在狱长的（其实是狱长夫人的）客厅里的紫色天鹅绒长靠背椅上。不过，因为他们根据不同的政治形势经常变换狱长，狱长夫人也常有更换，但是这个客厅总是狱长夫人的。我把手规矩地搭在一起放在膝盖上，不过我没戴手套。我想戴的手套应该是平滑洁白的，戴在手上没有一点儿皱褶。

我常在客厅，收拾茶具，擦拭小桌面和框架上饰有葡萄和叶子的长镜子，以及钢琴；还有那座从欧洲运来的立钟，钟里金橘色的太阳和银白色的月亮根据每月不同的星期和每天不同的时间出现，消失。客厅里所有的东西中我最喜欢那座钟；不过它是用来计算时间的，可我手头的时间真是太多了。

但是，我过去从来没在那张长椅上坐过，那是专给客人坐的。帕金森夫人说女士绝对不能在男士刚坐过的椅子上坐，不过她没说为什么不行。但玛丽·惠特尼说，你这个呆鹅，这是因为那椅子上还有男士屁股的余温。这样说太粗俗了。可是我坐在这儿就不能不想到那些曾在这椅上坐过的女士的屁股，嫩嫩的，白白的，像没煮老的嫩蛋一样。

来宾们都穿着下午礼裙，胸前有一排排纽扣，裙子里面用铁丝做的硬裙架撑着。很奇怪，尽管这样，她们还坐得下来。走起路来，她们膨胀的裙子下除去衬裙和长袜外什么也碰不着腿。她们像天鹅一样，不露腿脚自如地漂游着。要么，就像小时候我们家房子附近岩石丛生的港湾里的海蜇。那还是在我没漂洋过海，开始那次痛苦漫长的旅行之前。在海水里，海蜇呈铃铛状，表面不甚光滑，漂来漂去很是优美、可爱。但是，一旦被吹上海滩，太阳一晒就什么也没了。其实贵夫人们正是这样：一肚子水。

我刚到这儿时还没有铁丝硬裙架。当时还没想到用铁丝，用的是马鬃。我收拾房间、清除污物桶时看到那些裙撑挂在壁橱里。它们看起来像鸟笼；可是关在笼子里的是什么呢？腿，女士的腿。把腿关起来，这样就不能出来与男士的裤子相碰了。狱长夫人从不说“腿”字，可是报纸在谈到南希的腿从浴盆下露出时用了“腿”字。

不仅仅海蜇女士们到这儿来。星期二我们这儿讨论妇女问题及这样那样的解放话题时，关心改革的男女人士都来。星期四还有招魂术信徒小组到这儿来饮茶并与死者的魂灵交谈①，这给狱长太太很大的安慰，因为她的儿子婴儿时就去世了。但是，来的主要是女士。她们坐下，用细瓷茶杯品茶；狱长太太会敲响一个小瓷铃。她并不喜欢做狱长夫人，倒希望狱长是其他什么官，而不是监狱的长官。可是，狱长的朋友只能让他当个狱长，而不是其他什么官。

既然情况如此，狱长太太只能充分利用自己的社会地位和才干了。尽管我像蜘蛛一样让人恐惧，但也可让人大发慈悲，所以我就成了狱长太太的成就之一。我走进房间，行了个屈膝礼，然后便在房内走动。我闭着嘴，低着头，根据客人的要求拿起或放下杯子。客人们从无边帽下偷偷地用眼睛盯着我看。

她们想见我的原因是因为我是个著名的女杀人犯。至少别人是这么写的。我刚看到这种提法时感到很吃惊，因为他们说著名的歌手、著名的女诗人、著名的招魂术信徒和著名的女演员，但是女杀人犯怎么也能著名呢？不管怎么说，女杀人犯这个词加在

① 招魂术信徒相信人在死后仍以某种形式存在。活着的人可通过能与魂灵通联的中介人与死者通话。在招魂会上，魂灵不仅会敲击桌子，让桌子倾斜过来，而且可以与死去的文豪（如莎士比亚）通联上，按照文豪魂灵的口授创作出“自动篇章”。

人头上是很重的。这个称呼有种味道——有种麝香味，又给人一种压迫感，像是花瓶里的死花。有时我在夜里一遍遍地低声自语：女杀人犯，女杀人犯。那词儿就像塔夫绸裙子擦地而过那样发出沙沙声。

男杀人犯只是残忍，就像是把榔头，或是一块金属。如果我一定要两者选一的话，我宁愿做女杀人犯，也不愿做男杀人犯。

有时在擦拭那面饰有葡萄框的镜子时，我会看着镜子里的自己，不过我知道这都是虚荣。我的皮肤在客厅里下午光线的照射下呈淡紫色，像是褪了色的青紫伤痕，我的牙齿发绿。我想起那些描述我的报道：说我是个非人的女魔鬼；说我是在生命危急时被恶棍逼迫就范的无辜受害者；说我因无知而不知所措；说要对我施绞刑就意味着法院认可谋杀；说我喜欢动物；说我的脸色富有光泽，长得很俊俏；说我的眼睛是蓝的；说我的眼睛是绿的；说我的头发是金棕色的，也是褐色的；说我个头高，但没超过中等身材；说我衣服穿得体面；说我抢了一个死女人的东西，才穿得漂亮；说我做事麻利，机灵；说我性情阴郁，爱与人争吵；说我看上去与我的卑贱地位大不相配；说我是个性情随和的好姑娘，不曾伤害过人；说我狡猾，诡秘；说我傻，近乎白痴。我感到不明白的是，我怎么同时能有这么多大不相同的特点？

是我自己的律师肯尼思·麦肯齐先生告诉他们我的智力只比白痴强一点。我为这事很生他的气。可是他说这样说是为了给我开脱，他还说我不该显得太机灵。他说他要尽力为我辩护，因为不管事实是怎样的，我当时还不过是个孩子。他认为最终会谈到犯罪的自由意志，要看我是否自愿犯罪。他是个好心肠的绅士，不过他说的话我一大半儿听不明白，但我猜想他一定在尽力为我辩护。报纸上说他在极端不利的情况下表现英勇。可是，我不明白为什么他们管这叫辩护，因为他并不在辩护，而是想让所有的证人都显得没有道德，或者心肠很坏，或者弄错了。

我不知道他是否相信过我讲的任何话。

我端着茶盘走出来时，那些女士们在看狱长太太的剪贴本。哎呀，想想看，我都快晕了，她们说，你让那个女人在你的房子里自由地走来走去，你的神经一定是铁打的。我的神经可绝对受不了的。咳，处于我们现在的情况，应该对这类事情习以为常。你看，尽管我们怜悯这些愚昧的可怜虫，我们自己实际上就是囚犯。况且，她是受过训练的用人，所以还是让她有事可做为好。她是个很好的女裁缝，手很巧，也很会做。她帮我做了不少针线活，特别是女孩子们穿的裙子。她还很懂修饰。要不是处于现在这样的情况之下，她很可能是一流的女帽设计师的助手。

当然，她只能白天在这儿。我晚上是不会让她留在房子里的。你们知道她曾在多伦多的精神病院待过，那还是七八年之前的事。虽然她现在看上去很正常，谁知道她什么时候再犯病啊。她有时自言自语，而且大声唱歌，奇怪极了。我们可不能冒险。狱吏们晚上把她押送回去，锁进牢房；要不我可不敢合眼。噢，我倒也不怪你，基督徒行善也只能是有限的。花豹改不了身上的斑点。相信不会有人说你没尽到职，没施尽善。

狱长太太的剪贴本端放在那张用丝披肩盖着的圆桌上。那披肩上的树枝像藤蔓一样绞在一起，上面有花，红的水果和蓝的鸟。那真是棵大树。如果你盯着那树看一会儿，藤蔓会开始摇动，像是有风在吹动它。那披肩是她的大女儿从印度寄来的。她的女儿嫁给了一位传教士，我可绝对不会那样做的。嫁到那儿一定死得早。如果不是死于那些在坎普尔暴乱的土著人的手下（他们对那些体面的女士的身子强施暴虐，感谢上天她们全被杀死，脱离此生的苦难。光想想那耻辱！），就是死于疟疾。得了那病你全身变黄，然后就语无伦次；一转身的功夫就被埋在外国的一棵棕榈树下。我在狱长太太想流一两滴眼泪时拿出的东方版画书上看过那样的图画。

在同一张圆桌上还有一叠《戈氏淑女用书》杂志，里面有美国的时装款式。桌上还有她的两个小女儿的纪念品收藏簿。莉迪亚小姐说我是个有浪漫色彩的人。但是话说回来，这两个女孩子年龄太小，她们有时说什么连自己都不明白。有时她们试探性地取笑我。她们说，格蕾丝，你怎么不笑啊，我们从来没见过你笑。我说，小姐，我想我已经开出了笑辙，我的脸已经做不出笑容了。但是，如果我一大声笑，就会止不住；这样也就使她们觉得我不浪漫了。浪漫的人是不该笑的，我这些是从画片上看到的。

那两个女儿什么都往她们的收藏簿里放，比如她们裙子上的小布条，丝带断头，杂志上剪下的图片：古罗马遗址，法国阿尔卑斯山地区美丽的修道院，老伦敦桥，尼亚加拉瀑布的夏景与冬景（这是我也想看看的，因为人人都说瀑布很美），还有从英国来的这位夫人、那位爵士的肖像。簿里还有她们的朋友用漂亮的书法写的字：献给最亲爱的莉迪亚，你永世的朋友克拉拉·理查兹；献给最亲爱的玛丽安，为了记住我们在最蓝的安大略湖畔举行的绝妙的野餐。还有诗呢：

> 像缠绕着茁壮的橡树
> 充满爱心的常春藤攀爬，
> 我发誓对你忠贞不渝，
> 永远是你的，忠实的劳拉。

或者这首：

> 尽管我将离你远行，

别伤心，

我们俩灵魂一体

永不分离。你的露西。

这位年轻的女士不久之后就因一阵风把船刮沉在湖里淹死了。遗物中只发现一个盒子，上面用银钉嵌饰出她姓名的首字母。盒子仍是锁着的，所以尽管湿了，东西还在里面。莉迪亚小姐得到了其中一条围巾做纪念。

当我死去葬入坟墓

尸骨发烂时，

见此物，思我情，

友情将永志。

这里的签名是，我心灵永远与你同在，爱你的“南希”，汉纳·爱德蒙兹。实话说，尽管这是另一个南希，第一次看到这个名字时，我吓了一跳。但是，这里提到尸骨发烂，南希的尸骨到现在也差不多烂了。等他们找到她时，她的脸全黑了，味道一定很难闻。当时天很热，正是七月。尽管如此，她的尸体变腐得也太快了。你总想放在牛奶房要好些，因为那儿通常阴凉些。我实在庆幸当时我不在场，要不一定很恶心。

我不明白为什么她们都这么想让人记住自己。这对她们有什么好处呢？有些事情应该被人忘掉，永远不要再提起。

狱长太太的剪贴本就大不相同了。当然她是个成年女人，而不是年轻的女孩子。所以尽管她也同样想纪念些什么，但她想纪念的不是紫罗兰或是某个野餐。在她的本子里没什么最亲爱的、爱啊、美啊、永世的朋友之类的话语。她本子里搜集的是有名的罪犯，有的被绞死了，有的被送到这儿来悔过。因为这儿是教养所，你在这儿就应该悔过。不管你是否有过可悔，如果你说你已经悔过了，你的处境会好得多。

狱长太太把这些罪行从报纸上剪下，贴在本子里。她有时还写信索取报道犯罪的旧报纸，那些都是她没出世前犯的罪。这就是她所收集的材料。她是位有教养的女士，像她这样的女士如今都在收集些什么，所以她也必须有自己的收集。她收集的是罪行，而不是蕨类植物或压花的标本。不管怎么说，她喜欢让自己的熟人感到恐怖。

所以，我已读过他们写我的那些东西。她自己把剪贴本给我看的。我想她是要看看我的反应。但是，我已学会了不动声色。我把眼睛睁得大大的，但毫无眼神，像是猫头鹰的眼睛被火炬晃了似的。我说，我已用痛苦的泪水忏悔过了，现在已变成了新人。并且，我问她是不是要我现在把茶具撤掉。但是，当我一人在客厅时，我又看了那本子好多次。

那本子里充满了谎言。他们在报纸上说我不识字，但我当时就已能读些东西了。这是小时候我妈妈教的，后来她就累得不能教了。我当时用线头绣绣花样本：A 是“苹果”一词的首字母，B 是“蜜蜂”一词的首字母。在帕金森夫人家做针线活时，玛丽·惠特尼也常与我一道读书。自从到了这儿，我又学了许多，因为他们有意教你。他们想让你能读圣经和宗教小册子，因为宗教和鞭打是拯救堕落的人格的唯一药方。况且，我们的不死的灵魂也该得到重视。《圣经》里写着那么多罪行，真让人吃惊。狱长太太应该把那些罪行也剪下来，贴在自己的本子里。

当然，他们也说些真话。比如，说我人品好；这是真的，因为从没有人占过我的便宜。不过，他们也试过。但是，他们把詹姆斯·麦克德莫特叫做我的情夫。他们就这样写在报纸里，我认为把这种事写出来很恶心。

其实，这是他们最感兴趣的事——男士女士都一样。他们对我杀没杀人不在乎。我蛮可以割断几十个喉咙（他们对军人的钦佩就在于此），连眼都不会眨一下。不，我是不是什么人的情妇，这才是他们最关心的。就连他们自己也不知道他们想得到的答案是“是”还是“否”。

我这会儿没在看剪贴本，因为他们随时都可能进来。我坐在这儿，粗糙的两手交叉着放在身前，眼睛朝下，直瞅着土耳其地毯上的花儿，或者是那些像花似的图案。那花瓣的形状像扑克牌上的方块；像是绅士们前一天晚上打牌之后摊在金尼尔先生的桌子上的扑克牌，又硬又有棱有角，但是红色的，深深的、厚厚的红色。厚厚的被勒出来的舌头。

今天要来的不是女士们，而是一位医生。他在写一本书；狱长太太就是喜欢认识写书的人，那些写向前看的书的人。这说明她这人思想开明，具有先进见解。科学发展这么快，加上现代的发明，还有水晶宫①，再把世界上的知识放在一起，谁知道一百年以后我们都会在哪儿。

哪里有医生，哪里就有坏兆头。即便他们不是自己在行凶杀人，但只要他们在就说明死到临头了。这样说来，他们就像是黑乌鸦。但是，这位医生不会伤害我，狱长太太向我保证过的。他只是想测量我的脑袋。他正在测量教养所所有犯人的脑袋，想看看是否可从脑壳上的凸凹之处判断出罪犯的类型：看看他们是扒手，还是骗子、贪污犯、精神病罪犯，或是杀人犯（她没说像你这样的女杀人犯，格蕾丝）。然后，他们会在这些人有机会犯罪之前就把他们关起来。想想吧，这样会对世界有多大的好处。

詹姆斯·麦克德莫特被绞死后，他们把他的头用石膏做了个

---

① 指1851年在伦敦用预制的铁结构、玻璃和木头建造的展览厅。

模子。我这也是在剪贴本里读到的。我想他们那样做的目的就是为了把世界变好。

并且，他的尸体也被分肢了。我刚读这段时，不明白什么叫分肢，但我很快就明白了。是医生给他分肢的，他们把他像猪一样割成小块，就像是腌肉似的。其实在他们看来，他跟咸肉没两样。可是，我听过那身体的呼吸、心跳，想到刀把它切成肉条，简直让人不敢想象。

我不知他们是怎么处置他的衬衣的。他穿的是不是小贩杰里迈亚卖给他的四件里的一件？当时应该买三件或五件，因为奇数给人带来好运气。杰里迈亚总是祝我好运，但他没祝詹姆斯·麦克德莫特好运。

我没去看他的绞刑。他们是在多伦多的监狱前面把他绞死的。你当时应该在场，格蕾丝，看守们说，那会对你是个教训。我把那场景在脑子里勾画过多次：可怜的詹姆斯站在那儿，双手被捆着，脖子光光的。他们把头罩套在他头上时，他就像要被淹死的小猫。至少当时有个神甫在他身边，他不是孤单一人。他告诉他们，要不是因为格蕾丝·马克斯，他是绝不会杀人的。

当时正在下雨，一大群人站在泥里，有些人是从很远来的。要不是我的死刑到了最后一分钟被取消的话，他们也会这样满怀难以满足的欢乐观看我被绞死的。现场有很多女人，也有不少有教养的女士；每个人都想目不转睛地盯着看。他们想把死像高级香水一样吸进去。我读到这段时心想，如果这对我是个教训，我能学到什么呢？

现在我可以听到他们的脚步声了。我很快站起来，把围裙抹平。然后听到一个陌生男人的声音：太感谢您了，夫人。狱长太太说，我很高兴能帮上点忙。然后他又说，太感谢了。

他走进门来，大肚子，黑大衣，紧身的马夹，银扣子，精心修整的领带，我抬头只能看到他的下巴。他说，这不会要很长时间的。但是，夫人，如果您能留在这个房间里，我将不胜感谢。人不仅应该实际上品行高尚，而且必须看上去也品行高尚。他笑起来，好像这是个笑话。但是我可从他的嗓音里听出他害怕我。如果没旁人在场的话，像我这样的女人总是一种诱惑。无论我们事后如何解释，都不会有人相信我们的。

然后我看见他的手，那只手就像是一只手套，一只装满了生肉的手套。他把手放进他的皮包的张口。手拿出时在发亮；我知道我曾看见过这样一只手。然后我抬起头来，直盯着他的眼睛看。这时我的心缩紧了，一阵乱跳。我尖叫起来。

因为这是同一位医生，同一位，同一位穿黑大衣的医生，拿着一袋子发亮的刀子。

4

一杯冷水浇在脸上，把我浇醒过来。尽管医生已经不在了，我还是尖叫不止。我被两个厨房的女佣和一个园丁的助手按住，那男孩子坐在我的腿上。狱长太太已叫人把教养所的女看守叫来，她另外还带来两名看守。她在我脸上扇了一巴掌，我就不尖叫了。不管怎么说，那并不是同一位医生，只不过看着像罢了。他脸上是同样的一副冷漠、贪婪的表情，充满仇恨。

对付歇斯底里一定只能这样，太太，女看守说，我们对付这样的阵发性发狂是很有经验的。这个女人过去老发疯，但我们从不姑息她，而是下功夫控制她的毛病。我们以为她已好了，这可能是旧病复发。不管他们多伦多的诊断怎么说，她七年前在那儿是个狂暴性的精神病患者。您真幸运，当时附近没有剪刀之类的利器。

然后，那两个看守连拖带拉地把我弄回监狱的主楼，锁进这间房间。他们要关到我恢复正常。可是我告诉他们现在带刀的医生不在了，我感觉好多了。我说，我只不过是害怕医生，我怕他们给我开膛，就像有人怕蛇似的。但他们说，你的把戏该玩够了，格蕾丝，你就是要别人注意你。他不会给你开膛的，他根本就没有刀。你看到的不过是测径器，用来测量你的头的。你这下真把狱长太太吓了一跳。不过，这也是活该，她已经把你惯坏了，已经把你变成了宠物，是不是？我们都不配与你做伴了。你是自作自受。在他们决定如何处置你之前，你会在相当一段时间里得到特别的注意。

这间牢房只是在高处有个小窗户，靠内墙一面装有铁栅栏。屋里有个装满草的床垫。一个铁盘子上有些面包渣，一个装水的瓦罐，还有个木桶，里面什么也没有，是做便桶用的。我被关在这样一间牢房里，等着他们把我送到精神病院去。我告诉他们我没疯，疯的绝不是我，但是他们不听。

单凭眼睛看，他们是不会知道什么是疯子的。其实精神病院的很多女人并不比英国女王疯。很多人没醉酒时头脑很正常；她们的疯病是酒瓶里出来的，这类疯子我很了解。其中有一个被关在那儿是为了逃避她的丈夫。她丈夫把她打得青一块紫一块；他才是疯子，但是没人把他关起来。另一个女人说，一到秋天她就发疯，因为她无家可归，住在精神病院里暖和。如果她不装着发疯，就会冻死。但是到了春天，她就恢复正常了。因为天气好了，她可以出去，在林子里散步、抓鱼。因为她有点红印第安人的血统，很会做这些事。要是我也知道怎么做那些事的话，还有要是我不怕熊的话，我也会去抓鱼的。

但也有些人不是装的。有个可怜的爱尔兰女人，全家都死了，其中一半是在大饥荒时饿死的，另一半是在到这儿来的船上患霍乱死的。她就到处乱跑，一个劲地叫家人的名字。我很高兴我在大饥荒之前就离开爱尔兰了，因为她所吃过的苦真是吓人，尸骨成堆，没人掩埋。另有一个女人把自己的孩子弄死了，然后她认为这孩子就到处跟着她，拽她的裙子。有时她会把孩子抱起来，又是抱又是亲。有时她会对孩子尖叫，并用手拼命打它。我很怕那女人。

还有个女人很信宗教，总是在祈祷、唱歌。但她听他们说了我做过的事以后，只要一有机会，就跟我过不去。她会说，跪下来，你不该杀人。但是，上帝总是对罪人施慈爱的。忏悔，现在忏悔还来得及，要不你一定会下地狱，她就像教堂里的牧师一样。有一次她居然用汤给我施洗礼。是那种稀汤，里面有包心菜，她用汤往我头上浇。我报告这事时，女监管不冷不热地看了我一眼，她的嘴闭得又紧又直，像个盒子盖子。她说，格蕾丝，或许你应该听她的。我从来没听你说你在真正忏悔，可是你那铁石心肠正需要忏悔。然后，我突然非常生气，我尖叫着说，我什么也没做，什么也没做！都是她，是她的错！

她说，你说的是谁，格蕾丝？镇静下来。要不，就给你洗冷水澡，穿拘束衣①。然后，她给另一个女看守递了个眼色：瞧，我跟你说的，她疯得像条蛇。

精神病院的女监管都是又胖又壮，胳膊又肥又粗，下巴直接长在脖子里，插在古板的白衣领里。她们的头发盘绕在头上，像是褪了色的绳子。要在那儿当监管你必须有力气，以备哪个疯女人从背后跳上来，拽你的头发。但具备这些特征并不能改善她们的脾气。她们有时会挑逗我们，特别是在有人要来参观之前。她们想表明我们很有危险性，而她们能够控制我们。这样就可使得她们显得更有价值、更有本事。

---

① 一种把胳膊束缚住的服装，常在疯人院使用。

打那以后，我就再也不告诉她们任何事了。我也不告诉巴纳林医生。他总是在我双手戴着厚手套，在黑暗中被绑着时走进来："不要动，我来是对你进行检查的，对我说谎没用。"我也不对到这儿来的其他医生说什么。是啊，我这个案子多吸引人啊，好像我是头双头牛。最后我就什么也不说了。只是当别人跟我说话时，我总是彬彬有礼："是的，太太"；"不是，太太"；"是的，""不是的，先生。"然后，在他们都身穿黑大衣开过会之后，我就被送回教养所了。"哼，哈，在我看来，我尊敬的同事，先生，恕我发表不同看法。"当然，他们就是不愿承认一开始就不该把我关到这儿来。

穿某种衣服的人从来不会错。他们也从来不放屁。玛丽·惠特尼过去常说，如果有人在这些人在的房间里放屁，你敢肯定是你自己放的。即便你没放过，也不要这样说。要不，就是你他妈的太无礼，会有人用皮靴朝你屁股上踢一脚，叫你滚到街上去。

玛丽·惠特尼说话时常常很粗俗。她说"你做过"时语法不对。没人教过她如何正确地说。我过去也这样说话，但是我在监狱里变得教养好些了。

我坐下来，草床垫发出一种哗啦哗啦的声音，像是水打在湖岸上。我把身子左右摇晃，就是要听这声音。我可以闭上眼睛，幻想自己就在海边，这时气候干燥，没什么风。窗外远处有人在砍木头，斧头落下，我看不见闪光，只听见发闷的声音。可我怎么知道那是在砍木头呢？

这牢房很冷。我没有披肩，只好用双臂抱住自己的身体；要不，谁会给我温暖呢？我小的时候常想，如果我能紧紧地抱住自己，就会变得很小，因为无论是在家，还是在其他地方，总是没有足够的地方容纳我。但是，如果我人变得小些，就容得下我了。

我的头发从帽子里冒出来。吃人魔鬼的红头发，一头野兽，报纸上说，一个怪物。他们来送饭时，我要把污水桶放在头上，躲在门后，吓他们一跳。如果他们这么想要一个怪物，就给他们一个。

可是，我从来没做过这样的事，只是想想罢了。如果我真是这样做了，他们一定真要认为我又疯了。他们说“走疯了”，有时又说“跑疯了”①，好像疯是个方向，好像是西边似的。好像疯是另一幢房子，你可以走进去；要么，疯就是一个单独的国家。但是，当你真发疯时，哪儿也去不成，只能待在原处，而其他人会走进来。

我不想一人待在这房间里。四壁空空，没有图画，高高的小窗上没有窗帘。什么也没有，只能盯着墙看。看了一阵，就会发现墙上竟有图画和正在开的红花。

我想我睡着了。

现在是早晨了。但是哪天的早晨呢？第二天还是第三天？窗外有了亮光，我是见到亮光才醒的。我挣扎着坐起来，掐掐自己，眨眨眼睛，从哗啦作响的床垫上爬起来，四肢僵硬。然后我唱了首歌，只是想听到一个声音，给自己做伴：

神圣的，万能的上帝，
清晨我们歌唱颂扬你，
神圣的，慈悲的，万能的，
圣父，圣子，圣灵，神圣的三位一体。

如果唱的是赞美歌，他们不好说什么。这是赞美早晨的歌，我总是喜欢日出。

---

① 指的是英文里的“go mad”或“run mad”，意为“发疯了”。

然后，我把最后一点水喝完，绕着牢房走。然后我撩起内裙，在木桶里小便。几小时后这里就会像污水池一样发臭。

穿着衣服睡觉让人很累。衣服睡皱了，衣服里的身体也睡皱了。我感到自己好像被卷成一卷，扔在地上。

我希望能有条干净的围裙。

没人来。我被关在这儿反省自己的罪过和不轨行为。独自一人时最利于反省，至少这是专家公认的意见。格蕾丝，这是他们长期工作获得的经验。有时关禁闭，有时关在黑暗里。在有的监狱里，他们把你关上好多年，看不到树或马或人的脸。有人说这样对人的肤色有益。

我过去也曾被独自关过。不可救药了，巴纳林医生说，一个狡猾的骗子。不要说话，我在这儿检查你的大脑结构。首先我要测定你的心跳和呼吸。但是，我知道他想干什么。把你的手从我的奶头上拿开，你这个肮脏的王八蛋，玛丽·惠特尼会这样说。但是，我只能说“不，不，不”。而且也不能转动身体，他们把你固定住了，用衣袖在前面交叉绕到后面绑上。所以，我无可奈何，只好用牙去咬他的手。然后，我们一下仰面倒在地板上，像两只在口袋里的猫似的嚎叫起来。用嘴咬上去，他身上的味道像是生香肠和湿羊毛内衣。要是有人能用热水好好把他洗洗，然后放在太阳底下晒晒白，那要好得多。

昨天晚上和前天晚上都没送晚饭，只给了点面包，连点白菜也没有。是的，我是应该预料到这点的。饥饿可以镇定人的神经。今天还会是面包和水，因为肉会让犯人和精神病患者激动。他们会像狼一样把肉的味道留在鼻孔里，那你就要自作自受了。但是，昨天的水已喝完了，我很渴，渴得要命。嘴里像是破了，舌头肿了。被抛弃的人的境况就是如此。我在法庭审判的记录里读过有关他们的情况：飘零在海上，喝同伴的血。他们用抽签的方法决定次序。人吃人的暴行都贴在剪贴本里。不过，无论我多饿，肯定不会做那种事的。

他们是不是已经忘了我在这儿？他们一定要多送些吃的来，至少多给些水。要不，我就要饿死了，我会枯萎，我的皮肤会干枯，会像旧亚麻布一样浑身发黄，我会变成骷髅。有人会在几个月、几年、几世纪之后找到我。然后他们会说，这是谁啊，我们一定是把她忘了。好吧，把那些骨头和其他脏东西扫到角落里。但是把扣子留下来，不该浪费，事情也只能这样了。

一旦你开始可怜自己，他们的目的就达到了。过一会儿，他们就会把牧师叫来。

哎呀，快到我的怀抱里来，可怜的迷途的灵魂。在天国里迷途的羔羊有更多的欢乐。① 让你混乱的头脑平静下来。跪在我的脚下，极度痛苦地绞动你的双手，告诉我，良心是怎样叫你日夜不得安宁的，你的受害者的眼睛如何在屋子里到处跟着你，像炽热的煤块在燃烧。流出反悔的泪水，忏悔吧，忏悔吧，让我来饶恕你，怜悯你。我会为你请愿。把一切都告诉我吧。

然后他干什么了？哎呀，真可怕。然后呢？

是左手，还是右手？

手伸到哪儿了？说确切点。

指给我看在哪儿。

我可能听见有人低声说话。现在有只眼睛在从门上开的缝里看我。我看不见这眼睛，但知道它在那儿。接着有人敲门。

我想，这会是谁呢？女看守？所长？要来骂我一顿？但是，不会是这些人的；这里是没人会礼貌地敲门的。他们会从门缝里先看看，然后就走进来。玛丽·惠特尼说，总是要先敲门，等别

① 牧师在引用《圣经》。

人允许后再进。你不知道他们可能在干什么，多半他们不想让你知道。他们很可能在抠鼻子，或是在抠其他什么地方，即便是个贵夫人也会有痒处要挠。如果你看见床底下露出一双鞋后跟，最好假装没看见。他们白天可能是正人君子，晚上就变成了男盗女娼。

玛丽是个有民主自由精神的人。

又有人敲门了，好像我可以决定是否开门似的。

我把头发向后拢到帽子里，从草床垫上站起来，拉平自己的裙子和围裙。然后，我走到一个角落里，口气相当坚定地说（因为应该尽可能保持自己的尊严）：

请进。

5

门开了，一个男人走进来。这是一个年轻的男人，像我这个年纪或稍大些。这样的年纪对男人来说算年轻的，可对女人来说就是年龄大了。到了我这个年纪，女人就成了老处女。但是，男人要到五十岁才是老光棍。而且即便到了那个时候，他们还可以找到女人，就像玛丽·惠特尼过去说的。他很高，长胳膊长腿，但不像狱长的小女儿所称的英俊。她们偏爱杂志里那些懒洋洋的男人，风度翩翩，看上去一本正经的，瘦瘦的脚穿着尖头皮靴。尽管这个人是位绅士，或者近似于绅士，但他看起来富有活力。不过，这可不是时髦的特征，并且他的脚相当宽大。我认为他不是英国人，但这很难说。

他的头发是褐色的，自然地呈波浪形——也可说是难收拾的头发，好像无法梳平似的。他的大衣很好，裁剪得体；但不是新的，胳膊肘有几处发亮了。他穿着一件格子花呢的背心。格子花呢自打女王对苏格兰感兴趣，在那儿造了个城堡之后（城堡里有很多鹿头，至少他们是这么说的）就时兴起来了。但这时我发现他穿的不是真的格子花呢，只是一种有格子的布料，黄色与褐色的格子。他戴着条金表链，所以虽然浑身皱巴巴的，不修边幅，但他并不穷。

他两边面颊没有络腮胡子。这时他们有些人已开始留面颊络腮胡子了；我本人不喜欢那样的胡子。要么唇上留小胡子，要么就留络腮胡子，要么什么胡子也不留。詹姆斯·麦克德莫特和金尼尔先生都把脸刮得光光的，杰米·沃尔什也一样（他还没什么胡须可刮），只是金尼尔先生唇上留着小胡子。我过去早晨清洗他刮胡子用的脸盆时，总是要抹些湿肥皂（他用的肥皂很好，伦敦出的）在自己的皮肤上，抹在手腕的皮肤上，这样一整天我都会有那种肥皂的香味，至少能保留到擦地板之前。

这个年轻人进来后，把门关上。他没锁门，但是另一个人把门从外面锁上了。我们两人被锁在这个牢房里了。

早晨好，格蕾丝，他说。我知道你害怕医生，但我必须马上告诉你我本人就是个医生。我是乔丹医生，西蒙·乔丹医生。

我迅速看了他一眼，然后低下头来。我说，另一个医生还来吗？

那个吓着你的？他问，不，他不会来了。

我说，那么我猜你是来量我的头的。

我可没想到要做那事，他笑着说；但他还是用种测量的眼光看了一眼我的头。可是，我头上戴着帽子，所以他什么都看不到。他开口说话之后，我想他一定是美国人。他的牙齿很白，一个也没掉，至少前面的没掉，他的脸有点长，很瘦。我喜欢他的微笑，尽管他笑起来嘴唇一边高一边低，给人一种开玩笑的神情。我看看他的手，手里什么也没有。手指上没戴戒指。你是不是有个装刀的袋子？我问。是一个皮的背包。

没有，他说，我不是一般的医生。我不开刀。你怕我吗，格蕾丝？

我还不能说我怕他。说那个还太早了；还不知道他到底想要什么。没人会到这儿来看我，除非他们想要些什么。

我想让他说如果不是一般的医生，他是什么样的医生。但是，他没回答我的问题，却说，我是从马萨诸塞州来的。我是在那儿生的。后来我跑过很多地方，我在整个地球上到处跑，上上下下走来走去。然后，他看着我，看我是否明白。

我知道这段是《约伯书》里的，那是在约伯得疥疮脓肿，遇到旋风之前。刚才那是撒旦对上帝说的一段话。他说这段话的意思一定是要来测验我，不过他的测验已太迟了，因为上帝已对我做过很多次测验了。按说，到这会儿上帝也该累得不想再测验我了。

但是，我什么话也没说，只是傻乎乎地看着他。我能装出一种很傻的样子，这是我练出来的。

我说，你去过法国吗？所有时装都是从那儿来的。

我知道我让他失望了。去过，他说。也去过英国、意大利、德国和瑞士。

站在教养所的一个上了锁的房间里和一个陌生人谈法国、意大利和德国是很奇怪的。一个到处旅行的人；他一定像小贩杰里迈亚一样是个到处流浪的人。但是，杰里迈亚到处走是为了挣口饭吃，可这些人已经很富了。他们到处旅行是因为好奇。他们周游世界，到处看看；他们漂洋过海，好像闹着玩儿似的。如果在哪一处情况不好，他们打点行装就到另一个地方去。

但是，现在轮到我说了。我说，我不知道你是怎么和那些外国人交谈的，先生，因为你不知道他们在说些什么。那些可怜的人刚到这儿时说话就像鹅叫一般，不过小孩子很快就能说很好的英文了。

你说得对，所有孩子都学得很快。

他笑了，然后做了件奇怪的事。他把左手放进口袋，拿出一个苹果。他慢慢向我走来，把苹果举在胸前，就像是有人拿着一块骨头给条危险的狗，想把它争取过来。

这是给你的，他说。

我真渴，那个苹果在我看来就像是一滴又大又圆的水珠，凉凉的，红红的。我可以一口把它喝下去。但我很犹豫；可后来我想，苹果里是不会有什么坏东西的，所以我就拿了。我好长时间没有自己一个人吃一个苹果了。这苹果一定是去年秋天的，放在地窖的一个木桶里保存着，但看上去还算新鲜。

我不是一条狗，我对他说。

多数人会问我说这话是什么意思，可是他笑了。他的笑只是一口气，哈，好像他找到了一件丢了的东西。他说，是的，格蕾丝，我看得见你不是条狗。

他在想什么？我站在那儿，双手拿着那个苹果。这苹果摸着都觉得很宝贵，像是个很有分量的宝贝。我举起苹果，闻了闻。它带有一种户外的气味，让我闻了就想哭。

你不想吃了它吗？他问。

不，还不想吃，我说。

为什么不呢？他问。

因为吃了就没了，我说。

实话说，我是不想让他看着我吃苹果。我不想让他看到我饿。如果你需要什么而让他们知道，他们就会以此来整你。最好是什么也不需要。

他对我笑了一声。你能不能告诉我这是什么？他说。

我看看他，然后把眼光移开。一个苹果，我说。他一定认为我很傻；要么他在玩什么花招；要么就是他疯了。这就是为什么他们要锁上门的缘故：他们把我和一个疯子关在一间屋里。但是像他这样穿戴的人是不会疯的，特别是那条金表链。要不，他的亲戚或是他的监护人很快就会把表链拿下来。

他又撇嘴笑了笑。苹果使你想起了什么？他问。

对不起，先生，我说，我不明白你的意思。

这一定是个谜语。我想起玛丽·惠特尼，想起那天晚上我们俩朝身后扔的苹果皮，那是为了看看我们会与什么人结婚。但我是不会告诉他这些的。

我认为你清楚我的意思，他说。

我的缝纫样本，我说。

现在轮到他什么也不知道了。你的什么？他问。

我小时候用针线缝成的样本，我说。A 是“苹果”一词的首字母。B 是“蜜蜂”一词的首字母。

噢，对了，他说，还有什么？

我又做出我那种傻相。苹果馅饼，我说。

啊，他说，是吃的东西。

是啊，馅饼是吃的东西啊，先生，我说。苹果馅饼就是吃的啊。

可是，是不是有种苹果不能吃啊？他说。

我想是烂苹果，我说。

他在玩猜谜的游戏，就像是疯人院的巴纳林医生。每个谜语都有个正确的答案；而某个答案之所以是正确的是因为那是他们的答案。你可从他们的脸上看出你是否猜准了。不过，跟巴纳林医生猜时，所有的答案都是错的。要么，他就是个神学博士；那样的人也喜欢问这类问题。这样的问答我经历过多次，没必要再问我了。

他指的是知识树上的苹果。分清善与恶的知识。这连孩子都能猜到，但是我不想认输。

我脸上又摆出我那副傻相。您是牧师吗？我问。

不，他说，我不是牧师。我是个医生，专治人的脑子，而不是人的身体。治疗精神、大脑和神经疾病。

我把拿着苹果的手藏在身后。我根本不信任他。不，我说。我不想回去。不能回疯人院。那是血肉之躯受不了的地方。

别害怕，他说。你不疯，真的，格蕾丝，你疯吗?

不，先生，我不疯，我说。

那么，就没道理让你回疯人院，是不是?

他们那里是不讲道理的，先生，我说。

好吧，这就是我今天到这儿来的目的，他说。我到这儿是来听道理的。如果我要听你的，你就一定要跟我谈话。

我知道他是干什么的了。他是个收集情况的人。他认为只要给我个苹果，就可以收集我的情况了。也许他是哪家报纸来的，或者，是个旅行家，正在到处旅行。他们到这儿来，睁大眼睛看。他们看着你的时候，你感到自己小得像只蚂蚁，他们用食指和拇指把你抓起，上下转着看。然后把你放下他们就走了。

你不会相信我的，先生，我说。不管怎样，案子已定，审判早已结束，我说什么都改变不了现状。您应该去问那些律师、法官和报社的人，他们对我的情况好像比我自己还清楚。不管怎么说，我记不得了。我对其他事情记得住，但是那段我整个记不得了。他们一定都对你说了。

我想帮你，格蕾丝，他说。

他们都是这样获取你的信任的。他们提出要帮助你，想得到的却是感激，他们这样做就像猫在假荆芥里打滚一样感到满足。他想回到家时可以对自己说，我把拇指放进馅饼，就拿出一个梅子，我真是个好孩子①。但是，我可不愿做任何人的梅子。我没说话。

---

① 这段源自《鹅妈妈的儿歌》里一首为人熟悉的儿歌。

他接着说，如果你尽可能说，我就尽可能听。我的兴趣是纯科学性的。我们感兴趣的不应该仅仅是谋杀。他的声音很和蔼，表面上和蔼，但暗藏着其他意图。

可能我会对您说谎话，我说。

他没说，格蕾丝，这是多坏的想法，你的头脑里充满邪恶。可是他说，也许你会说谎。也许你会无意说谎，或许你会有意说谎。或许你就是个骗子。

我看着他。是有人说我是个骗子，我说。

那么，我们就只能冒那个险了，他说。

我眼睛看着地板。他们会把我送回疯人院吗？我问。他们会把我单独关起来，只给我吃面包吗？

他说，我向你保证，只要你跟我谈，不失控，不变得狂暴，你就能像原来一样回狱长家干活。狱长这样答应过我的。

我看了他一眼，把目光移开，又看着他。我双手拿着苹果。他等着。

最后我把苹果举起来，用它按着自己的额头。

Ⅳ

年轻人的幻想①

① 本章题目不仅仅是种被面图案的名称，实际出自英国诗人丁尼生（1809—1892）所写诗篇《洛克斯利庄园》（1842）中的一句：“春天里年轻人的幻想轻易化作爱的遐想。”

在那群躁狂的疯子里，我认出了格蕾丝·马克斯那张特别的脸。那张脸已不再悲伤绝望了，而是燃烧着精神失常的火焰，焕发出可怕的魔鬼似的兴奋。一旦发现有生人在注视她，她就像鬼怪一样尖叫着跑进旁边一个房间去了。看来就是在她可怕的病症最糟糕的时候，她也一直在经受过去的记忆的折磨。不幸的女人！她那漫长的、令人恐怖的惩罚和反悔何时才能到头？她何时才能坐在基督的脚下，身着主之正义的、未受玷污的衣衫，洗净手上的鲜血，赎回自己的灵魂，得到宽容，神志清醒？……

我们希望她过去所有的罪过都可归咎于这一可怕的疯病的早期征兆。

——苏珊娜·穆迪，《森林开发地的生活》，1853

最大的遗憾是我们不具备可以治好这些不幸的病人的知识。外科医生可以把腹腔打开显示脾脏。肌肉可以割下来，让年轻的学生看。可人的心理却不能分割，大脑的活动也不能放在桌子上让人看。

孩提时，我曾做过用罩子把眼睛挡起来的游戏。现在我就像那个孩子。眼睛被蒙着，向前摸路，不知道往哪儿去，也不知道方向是否正确。总有一天有人会把那眼罩去掉的。

——约瑟夫·沃克曼医生，多伦多，省精神病院医疗监督，给“亨利”（一位年轻的、情绪不安的询问者）的信，1866

一个人不必是间房间——才会出鬼——
一个人不必是幢房子——
人的大脑有走廊——超越——
物质的寓所——
……
我们自己在自己身后，藏着——
应该是最吓人的——
躲在我们公寓里的刺客
是恐怖的最小的……

——艾米莉·迪金森，约1863

6

致美国马萨诸塞州路密斯维尔镇拉布尔纳姆住宅西蒙·乔丹医生；
发自加拿大西部多伦多市省精神病院，医疗监督约瑟夫·沃克曼医生。

1859 年 4 月 15 日

亲爱的乔丹医生：

感谢你本月 2 日的来信和你转寄的我尊敬的同事瑞士的宾斯旺格医生的介绍信。我一直在满怀兴趣地关注他新创办的诊所的情况。请允许我说，你作为宾斯旺格医生的熟人，随时可来检查我所监管的医院。我本人将不胜荣幸地陪你参观这里的一切，并向你解释我们所用的方法。

因为你打算建立自己的医院，我应该特别告诉你卫生和良好的排水系统是最为重要的。如果身体有了病，再去治生病的脑子是毫无用处的。可是，这个方面常常被忽略。我刚到这儿时，精神病院里霍乱病爆发，还有穿孔性痢疾、难以治疗的腹泻，以及致命的伤寒类病症都常在院内发生。在我寻找其根源时，发现地下室下面有一个巨大的、极端令人作呕的污水坑。有几处不停地冒出大量的红茶似的液体，另外几处有些像黏性的软肥皂似的东西。这都是因为施工时没把下水道与排水系统连接好而导致污水、污物排不走。除此之外，饮用水和日常用水都是通过同一条管道从湖里的一个水不大流动的湖湾里打上来的。这个湖湾距离排出腐臭废水的主下水道很近。怪不得病人常常抱怨饮用水里有种很难闻的味道！

这里的病人基本男女参半。至于所患的病症，是多种多样的。我发现宗教的狂热与过激是引起精神失常的主要诱因，但我偏向于相信宗教和过激都不会使真正健康的头脑变得失常。我认为，总是有种先决性的原因使得个别人容易在遇到精神或身体上的骚扰时患病。

然而，关于你询问的主要问题，很不幸，你必须到别处去寻找答案。那名女病人，格蕾丝·马克斯，犯的是谋杀罪，在这里住了十五个月后，就于1853年8月被遣送回金斯顿教养所了。因为我本人是她走前三周才上任的，没有机会很好地研究她的案子。因此，我把你的信转给了塞缪尔·巴纳林医生，他曾在我的前任手下给她治过病。至于她精神失常的程度，我也无法说。我得到的印象是过去有相当一段时间她精神已恢复正常，所以才可以离开精神病院。我极力建议，对她这样的病例，应采取轻缓的措施，并且，我认为她目前应该每天在狱长家做一段时间的女仆。她在临离开这儿时行为尚属正常。同时，由于她的勤快和对其他病人一概友善的态度，她成了这里一个有益而又有用的病人。她不时还会神经兴奋，并伴有令人痛苦的感情过激的表现。

作为一个用公款筹建的精神病院的监督，我所面临的主要问题之一是监狱当局喜欢把很多棘手的罪犯送来，我只是想把他们弄出监狱。这些人中包括凶恶的谋杀犯、夜盗和贼，他们根本不该和清白的、未受污染的精神病患者混在一起。要让一幢供精神病人恢复健康的大楼同时也变成关精神病罪犯的禁闭所是不可能的。要在这座楼里囚禁冒充精神病患者的罪犯（我本人认为此类情况比人们想象的要多）更是不可能的。且不说把精神病罪犯与单纯的精神病患者混关在一起对真正的病人所产生的不可避免的不良后果，这样做对精神病院的看守和官员的脾性和习惯都有非常糟糕的影响，致使他们不适合对真正的病人给予人道的、合适的关照。

但是，因为你想创建一所私立医院，我相信你不会碰到很多这类的困难。同时，你也会较少地受到让人生气的政治上的干扰，而这些干扰常常妨碍上述问题的纠正。我祝你在这点上及在你的整个规划上一切顺利。不幸的是，因为现代生活不断增加的焦虑和随之给人的神经上施加的压力，你所要从事的工作目前在我国和你的国家都非常需要。精神病院的建设实在跟不上申请入院的病人数量的增加。我愿意为你提供力所能及的绵薄之力。

约瑟夫·沃克曼医生谨上

* * *

寄自美国马萨诸塞州路密斯维尔镇拉布尔纳姆住宅威廉·P·乔丹夫人；致加拿大西部金斯顿低联合街C·D·汉弗莱少校转西蒙·乔丹医生。

1859年4月29日

我最亲爱的儿子：

今天终于收到等待已久的写有你现住地址的字条以及使用风湿油的说明。我很高兴又看到你的可爱的手迹。尽管写得这么少，但你能关心你可怜的母亲的每况愈下的身体真让我高兴。

我借此机会给你写句话，同时附上一封你走后第一天就收到的寄给你的信。你最近到家里来住的时间太短了——我们什么时候才能再看到你和家人及朋友在一起呢？老是到处跑是不会有利于健康的。无论是对你的头脑，还是对你的身体都没好处。我期望有一天你能和我们一起安顿下来，适当地，以一种适合你的方式成家立业。

我无意中发现内附的这封信是从多伦多的精神病院来的。我猜想你想到那儿去看看，不过到目前为止你一定已见过世界上每一处这样的设施了，再看一个不可能有更大的益处。你对法国和英国的精神病院的描述，即便是那个瑞士的，虽然干净得多，都使我充满恐怖。我们都要祈祷上帝保佑我们精神健全。即便你的提案得到批准，我也非常怀疑你今后的发展前途。你一定要原谅我说一句，我亲爱的儿子，我从来就不能理解你对这类事的兴趣。我们家过去还没人跟疯子有过什么关系，尽管你的祖父是个贵格会牧师。解除人的痛苦是值得称赞的，但是疯子（就像是白痴和瘸子一样）的命运是万能的上帝决定的。所以我们不该试图改变原本正确的决定，虽然我们认为这些决定是不可理解的。

而且，我认为私营疯人院不可能收到钱。因为一旦疯子被送走，众所周知这些病人的亲戚是不负责的，他们不会再想听说或再见到他们。他们也会对付账不负责任；还有食品和燃料的费用，以及照顾方面的费用。有很多因素都要考虑进去，整天跟疯子打交道一定不会对平静的生活有好处的。你也必须为你今后的夫人和孩子着想；他们也不该与一群危险的疯子住得这么近。

我知道我不能决定你的人生之路，但我极力主张从事制造业。尽管纺织业由于政客们管理不当，已不像过去那样了。那些政客过分地滥用公众的信任，而且一年比一年糟。但是，还有很多其他的机会，并且有些人做得不错，所以你每天都能听到有人发财。我肯定你和他们一样精明能干。有人谈到家庭使用的新型缝纫机，如果能廉价生产一定能卖得好。因为每个女人都会想拥有这样的产品，这将省去无数个小时的单调的、无休止的劳动，而且会对可怜的女裁缝大有帮助。你能不能把你可怜的父亲的产业卖了之后剩下的那笔钱投资到这样的让人钦佩而又可靠的产业中去？我肯定一台缝纫机不会比一百个精神病院解救的人类痛苦少，或许要多得多。

当然，你一直是个理想主义者，充满乐观的幻想。但是，到了一定的时候，人必须正视现实；你现在已三十岁了。

我说这些不是想干涉你的事，而是出于一个母亲对她唯一的亲爱的儿子的焦虑和关心。我非常希望在我去世之前能看见你成功地立业——这也会是你亲爱的父亲的愿望——你知道我活着就是为了你的幸福。

你走了以后，我的身体变得更糟了——你在这儿总是使我的精神有所改善。昨天我咳嗽得非常厉害，忠实的莫林差点没能把我扶上楼——她已跟我差不多了，又老又弱。我们看上去一定像两个老巫婆一瘸一拐地爬山。尽管我每天吃几次药（那药是我的好萨曼莎在厨房里帮我煎的，那味道像所有的药一样令人作呕，但她发誓它治好了自己母亲的病），但我基本上还是老样子。不过，今天我感觉不错，可像通常一样在客厅里接待客人。我接待了好几个客人，她们都是听说我的身体不好来看我的。其中包括亨利·卡特赖特夫人，她的心肠很好，尽管风度不总是很高雅。刚发财的人总是像她这样的，但时间长了风度就好了。陪她来的是她女儿菲斯。在你的记忆中她可能是一个笨拙的十三岁的女孩子。可是她现在长大了，刚从波士顿回来，她在那儿和她的姨妈住，丰富自己的教育。她已出落成一位人见人爱的、迷人的年轻女郎。她彬彬有礼，性情温柔，讨人喜爱。这些优点比只是长相艳美要重要得多。她们带来一篮子精美的食品——我真被卡特赖特夫人给惯坏了——我向她们表达了我的感谢。可惜我几乎什么也不能吃，因为我现在根本没胃口。

生病是件很痛苦的事。我每天晚上祈祷，希望你不要像我这样。注意不要学习过多，精神压力太大，把自己弄得太累。也不要在灯光下熬夜过多，把眼睛弄坏，把脑子累成碎片。在天气没完全转暖之前，一定要贴身穿羊毛的衣服。我们的第一批生菜已露头了，苹果树也已发芽。我猜想你在的地方还是白雪皑皑。我想那个金斯顿在那么远的北方，又在湖边，不会对人的肺有益处。那里一定又冷又湿。你的房间是不是有很好的烤火设备？我希望你在吃强身的食品，并且希望那儿有个好的肉铺老板。

寄上我所有的爱，亲爱的儿子。莫林和萨曼莎请求我向你问好。我们都在等你下次回来的消息，希望这消息不久就能到来。在你回来之前，我永远是，

非常爱你的，

母亲。

* * *

寄自加拿大西部金斯顿市低联合街C·D·汉弗莱少校转西蒙·乔丹医生；致美国马萨诸塞州多尔切斯特爱德华·默基医生。

1859年5月1日

我亲爱的爱德华：

很抱歉，我没能到多尔切斯特去看你近况如何。你的诊所已挂牌开业，整天忙着为当地人治病救灾，可我却像吉卜赛人一样在欧洲到处转，看看怎样才能把魔鬼给赶走①。悄悄跟你说一句，我还没找到这其中的奥秘。但是，正像你所能猜到的，我从到达路密斯维尔到离开，所有时间都用在做准备工作上。下午总是无例外地与我母亲在一起。但是等我下次回来，我们一定要安排见

① 当时人们普遍认为（《圣经》里也有类似记载），精神病人（或疯子）是魔鬼缠身。只有把魔鬼赶走，病人才能恢复理智。

面，并为“旧时的友谊”喝一两杯。我们要谈谈过去的冒险和眼下的前景。

我过湖时一路上尚算顺利，现已到达目的地。我还没见到与我通信的人，或按实情说，我的雇主，维林格牧师，因为他去多伦多了。所以，我还处于期望的愉快之中。不过，他的信件已足以向我表明，他像很多牧师一样，缺少机智，却很急切地把我们都看作迷途的羔羊，而他则是我们的牧羊人。然而，多亏他，也多亏好心的宾斯旺格医生（是他把我推荐给这位牧师的，并说我是大西洋西岸最能帮他忙的人——我才能获得这样一个好机会）。只是给的报酬不很高（卫理公会的教徒的节俭是有名的）。可是，利用这个绝好的机会，我希望能增长知识，进一步了解人脑及其功能。尽管对人脑及其活动的了解已大有进展，但这仍是个未知的领域。

谈到我的现状，金斯顿不是个很讨人喜欢的城市。因为大约二十年前它被火灾夷为平地，新城是匆忙重建的，毫无魅力。新的建筑都是用石头或砖头造的，希望不再着火了。教养院本身的建筑风格就像座希腊的庙，可这里的人对这座建筑非常自豪。不过，这里崇拜哪个异教的上帝且待发现。

我已在C·D·汉弗莱少校的住宅里租了几间房间住下来。这个住宅虽然不豪华，对我来说已很宽敞了。然而，我担心我的房东是个嗜酒狂——我两次碰见他，他都戴不上或脱不下手套，他自己也弄不清到底要干什么。他用他的红眼睛盯住我看，好像是在问我到底在他的房子里干什么。我预见，他会成为我仍打算创建的私营精神病院的病人，不过我必须制止自己把每个新认识的人都看作今后可能付钱住我的医院的人。值得注意的是，常有军人在退休拿半薪之后变坏。好像是因为他们已习惯非常令人激动的事件和激烈的情感，所以非得在文职生活中再现当年的情景。但是，我已做好住宿方面的安排，不是与少校本人（即便是和他做了安排，他一定会记不起来的），而是与他长期受苦的夫人。

除了早饭之外，我在附近的一个小客栈里用餐。到目前为止，早饭比我们当年在伦敦上医学院时吃的早饭还差。小客栈的饭每餐都烧焦，什么饭菜加上些灰尘、油烟和昆虫做的调料也比那里的好。尽管这里烹调技术糟糕至极，我还是待在这儿，我相信你会意识到我对科学事业的真心投入。

谈到社交方面，我得说这里像其他地方一样也有漂亮的姑娘，不过她们都穿着巴黎三年前或是纽约两年前的时装。虽然这个国家的现政府具有改革倾向，这个小城充满了心怀不满的保守党人士和小地方的势利眼。我猜想你那个笨拙的，穿戴随便的，或者更确切地说，你那北方佬民主派的朋友会引起这里派性颇强的居民的嫌疑。

不过，我想是在维林格牧师的催促下，狱长对我特别照顾。他已安排让格蕾丝·马克斯每天下午由我支配几个小时。她好像在狱长家是个不取报酬的女仆，不过不知在她看来这是优待还是苦行，这我还要弄清。但要弄清是不容易的，因为温柔的格蕾丝在火中烤了十五年之后现在已经是个硬壳果，很难敲开。但是，除非被问的对象信任我，我所进行的询问就是无效的。但从我对惩罚机构的了解来看，我猜想格蕾丝在今后很长一段时间里很难相信任何人。

我只有过一次机会观察我所调查的对象，所以要谈个人印象还为时过早。我只能说我充满希望。并且，因为你很好心地表示出想了解我的进展的愿望，我一定设法与你保持联系。在接到我下封信前，我亲爱的爱德华，我将是，

你的老朋友和旧时的同伴，

西蒙

7

西蒙坐在写字台前，用嘴咬着钢笔头，看着窗外安大略湖里灰色的、波涛汹涌的水。湖湾尽头便是沃尔夫岛，他猜想那岛是用著名的将军诗人的名字命名的。他不大喜欢这个景观，因为它单调地呈水平形。但是，视觉上的单调有时有助于思考。

一阵雨吹来打在窗玻璃上；低低的、被撕碎的云在湖的上空一掠而过。那湖里波浪起伏。浪头被拉过来撞击着湖岸，退下去，又被拉过来。下面的柳树摇来摇去，像是许多长着绿头发的头，时而低头，时而猛摇。一个白色的东西被吹跑了，像是女人的白围巾或面纱，但后来他看清那不过是只海鸥，在狂风中搏击。这就是大自然的不用头脑的混乱，他想；也就是丁尼生所称的牙齿和爪子①。

他不再感到自己信中所表述的得意和乐观。相反，他感到不安，而且很有些沮丧。他待在这儿的原因似乎很不可靠；但这是他眼下最好的机会了。当他开始学医时，是出于一个年轻人的任性。他的父亲当时是个富有的纺织厂主，一心指望西蒙最终能继承家业。西蒙自己也有同样的期望。然而，他要先反叛一下。他要打破常规，旅行，学习，在世上检验自己，也要在科学和医学的世界里检验自己，他一直对这些科目感兴趣。有了个业余爱好的课题之后，他就可以回家，同时他也有了给人以安慰的保险，即他不必为生计而做研究。据他所知，大多数最好的科学家都有私人的经济来源，这使得他们能够从事与生计无关的研究。

---

① 丁尼生对自然的描述，充分体现了英国维多利亚时期的文人对自然的态度，与浪漫派诗人笔下的自然形成鲜明对照。

可他没料到父亲的去世和他的纺织厂的失败——这两件事哪件先发生他已记不清楚。所以，不是乘船顺着平静的小溪愉快地顺流而下，而是海上的突发性灾难把他的船弄沉。他现在只能紧紧抓住一根断桅杆。换句话说，他到头来一切只得靠自己——这正是他十几岁时和父亲吵架说他想要做的。

纺织厂卖了。他童年时的大房子，包括一大批用人（侍女，厨房帮工，客厅女仆），还有一批不停更换的名叫艾丽丝或埃菲的总是微笑的女人（她们在他童年和少年时期既娇惯又控制他）也好像与房子一道卖了。那些照顾他的女人身上的味道像草莓和盐；她们的头发放下来时很长，还有波纹，好像埃菲就把头发放下过。至于他继承的遗产，比他母亲想的要少，而且从中抽出的收入多半给了她。她认为自己的生活境况变差了。如果考虑到他们过去的生活标准，事实确实如此。她认为她在为西蒙做牺牲，可他也不想向她挑明。他父亲是白手起家的，但他母亲是靠别人建造起来的，这样的大楼向来是不牢靠的。

因此，私营的精神病院是他目前可望不可及的。要为之筹款，他必须能够在一个已经很拥挤而且很有争议的领域里有所创新，做出新发明或新疗法。或许，一旦他出了名，就能卖出医院的股份。但是，在不失去控制的情况下：他一定要自由。一旦他决定了自己的方法，就要绝对自由地使用它们。他将写个医院创建书：宽敞而又欢快的病房，很好的通风与排水设备，开阔的医院大院，院内有条河从中流过，因为水的声音能够镇定神经。但是，他要限制机器和时髦的器械的使用：不能有电器或带磁的医疗器械。虽然美国人都过分地相信只要拉一下操纵杆或按一下按钮就能治病，但是西蒙不信那些玩意儿的效力。尽管这些器械有诱惑力，但他不能因此危害自己的正直。

这一切现在还都是幻想。但是他要拿出一定的方案来显示给他的母亲。不管她对他所做的事有多不赞成，他需要使她相信他在朝某个目标努力。当然咯，他总是可以像他母亲一样选择个有钱的配偶。她曾用自己家族的姓名和社会关系换来一大堆造币厂新造的钱币。她也非常乐意为他安排这样的婚事。破落的欧洲贵族和美国的新暴发户百万富翁之间在姻缘上的交易变得越来越常见了，这在马萨诸塞州的路密斯维尔也不是毫无所闻，只是规模小得多。他想到菲斯·卡特赖特小姐那突出的前齿和鸭子般的脖子，不寒而栗。

他看看表：早饭又迟了。每天早饭是由多拉，他房东太太的杂务女仆，用一个木制的端盘送到房间，他就在房间里吃。她把端盘咚的一声放在起居室尽头的小桌上。她走后，他就在那小桌上把早饭或早饭可吃的部分吞下。他已形成习惯：早饭前在那张更大的桌子上写东西，这样有人进来时就可看见他伏案工作，他也就不必看到多拉了。

多拉很壮。长着一张布丁似的脸，一张小嘴向下撇，像是一个感到失望的婴儿的嘴。一对又黑又大的眉毛在鼻子上面相交，使人感到她总是皱着眉，表示出不满的愤怒。很显然，她非常讨厌做杂务女仆；可他想不出她可能喜欢做什么。他曾把她想象成一个妓女——他时常悄悄地把他所遇见的女人设想为妓女——但他实在想不出哪个男人会花钱找她。那就像是花钱让马车把自己压倒，给自己的健康带来极大的威胁。多拉是个很壮实的人，她可用大腿把男人的脊椎骨一折两段。西蒙可以想见她的大腿发灰，颜色像煮熟的香肠，短短的像是烧焦的火鸡，每个大腿巨大得像头小猪。

多拉对他的不敬以牙还牙。她似乎感到他租下这些房间就是为了跟她作对。她把他的手绢叠成肉丁的形状，把他的衬衣浆得过硬，并且弄掉衬衫上的扣子（毫无疑问她是把扣子拽下来的）。

他甚至还怀疑她有意把他的面包片烤焦，鸡蛋做得过老。她把端盘嘭的一声放下后，大声吼道，“你的饭在这儿，”好像是在呼唤猪。然后便脚步很重地走出去，把门咚的一声甩上。

西蒙被欧洲的仆人惯坏了。那些仆人生来就知道自己的身份，可他还没能习惯大洋这边所流行的仆人为平等所表示出的不满。当然南部除外，但他不去那儿。

金斯顿有比这儿好的住处，但他不愿意付那么多钱。这里对他短期的停留是很合适的。并且，没有其他房客，他很珍视安静的、有隐私权的环境。这有益于他思考。这房子是石头的，阴凉潮湿。可是，从性情上来说（这一定是他内在的老派新英格兰人的意识在起作用），西蒙蔑视沉溺于物质生活的自我陶醉。况且，作为医学院的学生，他已适应了僧侣似的简朴生活以及在困难条件下的长时间工作。

他回到书桌前。“最亲爱的母亲，”他开始写道，“谢谢您的内容丰富的长信。我很好。我在这里的罪犯中所做的神经及大脑疾病的研究进展顺利。如果能找到治愈这类疾病的方法，就可向前迈进一大步，会对减轻……”

他写不下去了；他感到说谎说得太多了。可是，他必须写些什么，要不她就会认为他被淹死了，或突然死于肺病，或遭贼抢劫了。天气总是个好话题；但是他没法饿着肚子谈天气。

他从书桌的抽屉里拿出谋杀发生前后发表的小册子，这是维林格牧师寄给他的。那里有格蕾丝·马克斯和詹姆斯·麦克德莫特的供词和审判报告的简写本。封皮上是格蕾丝的雕版像，很易冒充作感伤小说的女主人公。她当时刚十六岁，但是肖像里的女人至少大五岁。她的肩膀用披肩裹着；带檐女帽的边像黑箍一样把她的头圈起来。鼻子很直，嘴巴小巧，面部表情具有传统的深情——一种玛格德林①式的无生气的沉思状，大眼睛呆望着。

在这张肖像旁边，还有一幅与之相配的詹姆斯·麦克德莫特的雕版像。他穿着当时那种领子夸张的衬衫，头发向前吹，使人想起拿破仑，但这是为了表现他性情暴躁。他皱着眉，显出一种深沉的、拜伦式的神态；创作这幅肖像的艺术家一定很崇拜他。

在这两幅画下的铜牌上雕刻着：格蕾丝·马克斯，又名玛丽·惠特尼；詹姆斯·麦克德莫特。因被指控谋杀托马斯·金尼尔先生和南希·蒙哥马利，出庭受审。整个小册子使人不安地想到婚礼请柬；其实要是没照片就很像婚礼请柬。

在为与格蕾丝第一次会面做准备时，西蒙完全不去注意这幅画像。她现在一定大不一样了，他想。一定更少自制力，更像是个哀求者，很可能精神失常了。一个看守把他带到她的临时牢房，警告他说，她实际上比看上去要有力气，会像恶魔似的咬男人一口，并告诉他假如她变得狂暴，就大叫求援。然后，这看守就把他锁在她的牢房里了。

他一见到她，就知道不会有什么事。晨光斜着从墙上高处的小窗户照射进来，照到她站着的墙角。这是一幅近似于中世纪的素描，棱角明快：一个修道院的修女，锁在城堡地牢里的少女，等待着明天的火刑，或是期望着最后一分钟会有斗士来解救她。站在角落里的女人；赎罪性的长裙直拖到地，盖上了显然是光着的双脚；地上的草床垫；畏怯的双肩；双臂紧紧地搂着瘦小的身体；一束束金棕色的长发第一眼看上去像是从白花做成的花环里逃脱出来——特别是那双眼睛，在苍白的脸上显得很大，因恐惧或因无声的恳求而显得瞳孔放大——这一切都是情有可原的。他在巴黎的萨勒拜特利艾何医院见过很多癔病患者，都很像这个样子。

---

①《圣经》人物，在耶稣与她交朋友之前曾是妓女，后来成为虔诚的基督徒。

他用平静微笑的脸去接近她，作出友好的形象——这是个真的形象，因为友好毕竟是他真正的感情。要让这样的病人相信，至少你不认为他们是疯子，这点是很重要的，因为他们自己从来就不相信自己疯了。

但是，这时格蕾丝走上前来，不再是在晨光里，他刚才看到的那个女人突然不见了。取而代之的是个不同的女人——身板更直，更高，更镇静，身穿教养院的囚犯服，下面穿条蓝白条的裙子，两只脚不是光着的，而是穿着普通的鞋子。露在外面的头发要比他想象的少得多：大部分头发塞在白帽子里。

她的眼睛异常地大，这是真的，但不是发疯的眼睛。相反，这对眼睛在坦率地评估他。好像她在思考某个未经解释的实验题目；好像是他，而不是她，在受审查。

想起这个情景，西蒙畏缩了。我过于放纵自己了，他想，都是想象和幻想。我必须注重观察，必须谨慎从事。有效的实验必须有可考证的结果。我必须抵制情节剧的诱惑和头脑过热。

门外一阵脚步声，接着是一阵敲门声。这一定是他的早饭来了。他转过身去，用背对着门。他可以感到自己的脖子直向衣领里缩，就像海龟的脖子往壳里缩一样。“进来，”他大声叫道。门被撞开了。

“你的饭在这儿，”多拉吆喝道。端盘嘭的一声放下；她大步迈出房间，门砰的一声在她身后关上。有个情景不禁一下从西蒙的头脑里掠过：多拉的踝关节被绑起来吊在肉铺的橱窗里，身上插着丁香，一层外壳弄得她像个涂了糖的火腿。如果你开始注意意念是如何在人脑中活动的，他想，就会发现意念的联想的确惊人。比如，多拉—猪—火腿。要从第一个意念到第三个，第二个是关键。不过从第一个到第二个，以及从第二个到第三个都没什么飞跃。

他必须记录下来：中间一环是关键。可能发疯的人就是在大脑联想时不能把握实际的与纯属幻想的意念之间的区别，就像在发烧、梦幻状态下，或是服了某种药物时人可能出现的情况。但是什么机制在控制这一切呢？一定是有的。线索是在神经里呢，还是在大脑本身？人哪一部分受到损害才会变得精神不正常呢？怎么才会受到损害呢？

早饭一定凉了，即便多拉没有事先把食物弄凉的话。他手撑着从椅子里站起来，伸直两条长腿，伸个懒腰，打个哈欠，然后走到另一个桌子旁，上面放着端盘。昨天他的鸡蛋就像橡胶；他已向房东太太、那位脸色苍白的汉弗莱夫人反映过。房东太太一定训斥过多拉，因为今天的鸡蛋根本没烧熟，几乎没凝固，有些发蓝，像个眼球。

该死的女人，他想。闷闷不乐，粗野，报复心理强；她的头脑处于非理性水平，但是很狡猾，诡计多端，难以捉摸。简直无法抓住她；她是头涂了油的猪。

面包片像石板一样在他上下牙之间断裂。最亲爱的母亲，他在头脑中写道。这里的天气很好；雪几乎全化了。已可闻到春天的气息，太阳在照暖安大略湖，生机勃勃的绿芽已——

什么样的绿芽呢？他对花儿向来就不甚了解。

8

我坐在缝纫室里，那缝纫室就在狱长太太的房子的二楼楼梯口。一切照旧：我常坐的椅子，桌子，篮子里的针线什么的，只是没了剪刀。他们坚持要把剪刀从我手边拿走，所以，如果我要剪根线或修条边都必须向乔丹医生要。他从背心口袋里把剪刀拿出，我用完了，他再放回背心口袋里。他说，他认为这样繁琐的程序没有必要，因为他认为我完全无害，能自我控制。他好像是个能信任人的人。

不过，我有时就用牙把线咬断。

乔丹医生告诉他们，他希望能有松弛平静的气氛，这样更有益于他的目的（不管他的目的是什么）。所以，他建议尽可能让我保持原来的日常生活。我继续在我原来的牢房里睡觉，穿着同样的衣服，默默地吃同样的早饭（如果你认为可能默默地吃的话）。这里的四十个女人，多数大不了犯了偷窃罪被关在这儿。即便不说话，她们都张着嘴嚼面包，喝茶时发出响声，同时有人在大声朗读《圣经》里有教导意义的段落。

你可以自己想自己的，但是如果要笑，就一定要假装咳嗽或被呛着了。呛着了更好些，因为那样他们就拍拍你的背。但如果是咳嗽，他们就要叫医生了。晚餐是一大块面包，一杯淡茶，加一点肉，因为吃过多的荤食会刺激大脑里的犯罪器官，至少医生是这么说的，卫兵和看守告诉我们的。这么说，他们自己吃荤菜，吃肉、鸡、咸肉和奶酪时，为什么犯罪器官不会受刺激呢？而且，他们是随便吃，难怪他们这么胖。我想他们有时偷吃我们份上的东西，但这一点也不让我吃惊，因为这里是狗吃狗，他们是大狗。

吃过早饭，我照例被两个看守带到狱长家。这两个看守是男人，他们在上司听不见时喜欢说笑话。格蕾丝，其中一个说，我看你有了个新的相好，是个医生吧。他在你面前下跪没有？还是你在他面前抬起了你的膝盖？他还是小心点好，要不你非让他四脚朝天躺在地上。是的，另一个说，躺在地窖里，靴子也不穿，一颗子弹打穿胸膛。然后他们都笑起来；感到这很好笑。

我使劲想玛丽·惠特尼会说什么，有时我也能说出她的话。如果你们真认为我是这样，就应该管好你们的脏舌头，我对他们说，要不，哪天黑夜我会把你们的舌头连根从嘴里拔出。我根本不需要用刀，只需用我的牙齿咬住向外拽。而且，如果你们的手也能老实点，我真要好好感谢你们。

好了，你连玩笑都开不起。我要是你的话，就会很欢迎这个机会，其中一个说，你这辈子只有我们这些男人才能与你打交道。你就像修女一样被关在这儿。好了，向我们坦白，你是很想和我们好好玩一通的。在他们没把詹姆斯那个杀人的杂种的歪脖子拉长之前，你就是想跟那个发育不全的小子来一通的。就是这样的，格蕾丝，另一个说，骑着你的高头大马，就像是个天真无邪的少女，好像没有长腿似的，像天使一样纯。别瞎扯了，好像你从来没在刘易斯顿客栈见过男人的卧室似的。我们都听说了，你被逮着时正在穿紧身胸衣和袜子。可我很高兴，你还剩些过去的地狱火在燃烧，他们还没把它完全弄灭。我喜欢女人有些气魄，一个说。另一个说，或者一整瓶，酒会让人犯罪。上帝保佑，什么也比不上浇点酒让火燃烧。喝得越醉越好，一个说，醉得不省人事最好①，这样你就不要听她们叫了，再糟不过大叫大嚷的婊子了。你声音很大吗？格蕾丝，一个说，你在那个小黑皮老鼠身下时尖叫、哼哼、乱扭吗？他看着我，想听我说什么。有时我说，我不要听那样的话，这让他们开心地笑；但多半情况下我一声不吭。

我们一路上就是这样打发时间的，一会儿便来到监狱大门口。谁进去啊，就你一个人。再见，格蕾丝。你是不是把你的两个年轻男人系在围裙带上了？然后眼睛一挤、头一点就在街上一人拉一只胳膊。他们不必这样做，但他们喜欢这样做。他们俩靠我越来越近，把我紧紧给挤在中间。我们走过泥泞，跳过水坑，

---

① 原文中“spirit”一词既可作“气魄”解，又可作“酒”，所以引起看守们的一连串双关语。

绕过一堆堆马粪，从篱笆院墙内开花的树旁经过。那些树上穗状的花像淡黄绿色的毛毛虫似的吊在树上。狗在叫，各种马车开过，溅起路上的水。行人睁大眼睛看着，因为我们从哪儿来是很清楚的，他们可从我穿的衣服上看出。最后我们走上种有草本植物的花坛的那条道，绕到仆人的入口。现在她安全无恙了。她想要逃跑，是不是，格蕾丝？尽管她眼睛又大又蓝，她很狡猾。好了，下次运气好些，我的姑娘。你应该把你的衬裙再往上弄点，这样跑起来就会露出一双干净的脚后跟和一点踝关节，一个说。不，不，还要再高些，另一个说，把裙子一直提到你脖子那儿，这样你跑起来就像是张满帆的船，屁股迎风。我们就会被你耀眼的魅力所迷住。就像是羊羔在屠宰场上迎头挨上一棒，我们就会像被雷击着似的，你就可以逃得远远的了。他们互相咧嘴笑笑，大笑起来。他们在自我显示。他们一直在互相对话，没跟我说话。

他们这些人等级太低。

我不像过去那样在这房子里自由了。狱长太太还怕我；她怕我再发病，不想让我把她最好的茶杯打破。你会认为她过去从来没听别人尖叫过。所以，我现在不掸扫灰尘，不端茶盘，不倒痰盂，也不整理床铺。我现在要么在后面厨房，刷洗锅碗瓢盆；要么就在洗衣房干活。我并不介意在洗衣房干活，因为我一向喜欢洗衣。尽管是苦活，会把手弄粗糙，但我喜欢衣物洗完后的干净味儿。

我给专门的洗衣工老克拉利打帮手。她一半血统是黑人，在这儿没取消奴隶制前，曾是奴隶。她不怕我，也不在乎我过去干了什么。即便我杀了个绅士，她也只是点点头，好像在说，他们也就少了一个。她说我干活有耐力，不偷懒，不浪费肥皂，并说我知道如何伺候上等亚麻，我很清楚洗涤的方法，而且知道怎样才能把污迹洗去，即便是很珍贵的原色丝花边上的污迹也能洗掉。我用无色淀粉上浆上得也很好，而且在熨衣服时也让人信得过，不会把衣服熨焦。我能这样让她感到很满意。

中午我们走进厨房，厨师从储藏室里给我们拿些剩菜吃。最少有面包、奶酪和肉汤，但通常还有些其他东西，因为她很喜欢克拉利。大家都知道克拉利生气了会发脾气的。狱长太太非常信任她，特别在洗花边之类的东西时，狱长太太说她是个宝，没人能比得上。狱长太太还说如果克拉利走了，她会很生气的。所以，她吃饭不受限制；因为我和她一起，我也能吃个痛快。

这里吃的比我在围墙里吃的好得多。昨天我们吃鸡骨架，上面有那么多肉。我们俩坐在饭桌上，就像两只狐狸到了鸡窝里样啃骨头。他们在楼上对剪刀如此大惊小怪，但是厨房里像豪猪一样到处插着刀叉，我可以偷偷往围裙口袋里藏一把，那简单得就像从圆木上滚下来。当然，他们是从来没这么想过的。他们信奉的是，眼不见心不烦，而且在他们看来楼下就像是地下。他们一点也不知道仆人从后门用饭勺拿走的比主人从前门用铁锹送进的多。奥秘在于一次拿一点，积少成多。没人会发现少了把小刀，最好是藏在我的头发里，塞在帽子下面，用发夹夹好。要不，没到时候就掉下来，一定会让人大受惊吓。

我们用刀把一个鸡架割开。克拉利吃鸡架底下的那两小块鸡背肉，你可能会说是靠胃那儿的。只要这两块肉在，她就喜欢吃到嘴，她年纪大由她先挑。我们互相之间没说什么，但彼此咧嘴笑了，因为鸡太好吃了。我把背上的肥肉和皮吃了，用嘴吸肋骨，然后我像猫似的舔自己的手。我们吃完后，克拉利在台阶上很快地抽了一袋烟，我们就又开始干活了。莉迪亚小姐和玛丽安小姐两人的脏衣服很多。不过我看大部分根本不脏；我想她们是早上试着穿，然后改变主意了，就再脱下，胡乱地扔在地上，踩在上面，这样就一定要洗了。

过了几小时之后，楼上客厅钟里的太阳已经改变位置，到了下午三点左右，乔丹医生从前门来了。我听见敲门，门铃响，女仆的脚步声。然后我被从后楼梯带上楼。洗衣房的肥皂把我的手洗得雪白，手指被热水烫得全是皱褶，就像是刚被淹死的人，但手指还是一样又红又粗。现在是缝纫的时间了。

乔丹医生坐在我对面的椅子上；他的笔记本放在桌上。他总是带件东西来。第一天是一朵叫不出名的干花，蓝色的。第二天是个冬天的梨，第三天是一个洋葱头。你从来不知道他会带什么，不过他偏爱水果和蔬菜。每次谈话之前他都问我对他带来的东西是怎么想的，我就说些让他高兴的话，他用笔记下。门一定要始终开着，因为不能让人怀疑门关起来在做什么不名誉的事；要是他们知道我每天在来的路上的经历一定很好笑。莉迪亚小姐和玛丽安小姐从楼梯上路过，偷偷朝里看。她们想看看这医生，她们就像小鸟一样好奇。“我想我是把顶针忘在这儿了，你好，格蕾丝，我希望你已恢复正常了。请您原谅我俩，乔丹医生，我们不想打搅您。”她们向他投去迷人的微笑。消息已传开，他未婚，自有家产。不过，我认为如能找到更好的丈夫，她俩谁也不会考虑找一个美国北方佬医生的。但是，她们喜欢在他身上试用自己的魅力和吸引力。可是，向她们回送他那一边高一边低的微笑之后，他便皱起眉头。他不再注意她们了；她们只是傻乎乎的少女，他不是为她们而来的。

他是为我而来的，所以他不希望我们的谈话被打断。

刚开始的两天没什么可打断的。我低着头，不看他，一个劲地缝我手中的被子拼布。我在给狱长太太做被子，再有五块就做完了。我看着针进针出，其实我知道睡着了我也能缝。我从四岁开始就会缝了，小针脚就像是老鼠缝的。你必须从小做才能做得这么好，要不永远不能掌握要领。主要的颜色是深浅两层的粉红印花，枝条和花是淡粉色的，外加靛蓝色的底色上有白鸽子和葡萄。

要不，我就朝乔丹医生的头顶上方看去，望着他后面的墙。

那是一幅装在镜框里的画，花在花瓶里，水果在碗里，是狱长太太用十字花形针脚刺绣的。做得很粗糙，因为苹果和桃子看上去又方又硬，好像是用木头刻的。这不是她最好的作品，所以她把这画挂在这儿，而不是挂在那间多余的卧室里。我闭着眼也可以做得比她好。

开始谈话很困难。过去十五年我很少这样谈话，而且这完全不是像我和玛丽·惠特尼、小贩杰里迈亚和杰米·沃尔什（在他没变得对我那么坏之前）那样地谈话。这种谈话方式我已经忘了。我告诉乔丹医生我不知道他让我说什么。他说不是他想叫我说什么，而是我自己想说什么使他感兴趣。我说我什么都不想，因为我没资格想说任何话。

好了，格蕾丝，他说，你不应该这样，我们是说好了的。

是的，先生，我说。可我想不起说什么。

那么，让我们谈天气，他说；你一定对天气能作些评论的，因为大家谈话都是以谈天气开头的。

我听了后微笑起来，但我还是很害羞。即便是关于天气，我也不习惯别人问我的意见，特别是个手拿笔记本的男人。这类男人我遇见过的有肯尼思·麦肯齐先生，就是那个律师，我怕他。还有审判时法院里的那些人，还有到监狱里来的，他们是从报社来的，尽编造关于我的谎话。

因为开始时我谈不出，乔丹医生就自己谈了。他告诉我现在到处在建造铁路，告诉我他们怎样铺铁轨，火车头是怎么开的，有锅炉和蒸汽。这些谈话使我越来越放松。我说我想坐坐那样的火车；他说可能哪天我能坐上。我说我不这样认为，因为我在服无期徒刑，但是你不知道时间会给你带来什么。

然后他告诉我，他的家乡叫路密斯维尔，在美国。他说那是个纺织城，但已不像印度的廉价布运进来以前那样繁荣了。他说他的父亲曾经拥有一个纺织厂，在那儿工作的女孩子都是农村来的。她们都穿戴整齐，寄宿在提供膳食的房子里。房东太太为人正派，头脑清醒。不让喝酒，有时客厅里还有架钢琴。每天只工作十二个小时，星期天上午去教堂。从他那湿润而又怀旧的眼光里，我要是听说他曾在这些女工中有过一个情人，绝不会感到奇怪。

他还说有人教这些女孩子读书，她们有自己出版的杂志，上面登有文学作品。我问他"文学作品"是什么意思。他说她们写故事和诗，向杂志投稿。我问，用她们自己的名字？他说，是的。我说她们真大胆，没把年轻的男人吓走，因为谁想找这样的老婆啊？写出东西来让大家都看，还编造故事，我永远不会这么不知羞耻的。他笑了，说她们那样做好像并没吓跑男青年，因为女工把工资省下做嫁妆，有嫁妆总是受人欢迎的。我说，至少她们结婚后就会因为孩子太多而忙得没空再编故事了。

然后，我就感到很伤心，因为我想起我永远不可能结婚，生自己的孩子了。不过有人会说这样才好呢，我不会像很多女人那样生九个十个孩子把自己生死。不能有孩子总是遗憾。

伤心时最好换个话题。我问他母亲是否还活着。他说活着，不过她的身体不好。我说他很幸运，母亲还活着，而我母亲已不在了。然后，我又换了个话题，说我很喜欢马。他跟我谈起他小时候的马，名叫贝斯。过了一会，我也不知道怎么回事，渐渐发现我与他交谈更轻松了，并且自己想着话题说。

我们就这样继续谈着。他问个问题，我回答，他记下。在法庭上，我说的每个字好像都被用烙印印在他们用来记录的纸上。我一旦把话说出口，就知道是怎么也收不回来的。况且，记下的都是错话，因为我无论说什么，即便说大实话，都会被人歪曲。在精神病院时，巴纳林医生也是如此。但我现在感到好像我说的每句话都是对的。只要我说，无论说什么，乔丹医生就会微笑着记下，并告诉我谈得很好。

他记录时，我感到他在为我作画；或者不是在画我，而是在我身上画——在我的皮肤上画——他不用铅笔写，而是用老式的鹅毛笔写，不是用羽毛管那头，而是用羽毛那头。好像上千只蝴蝶落在我的脸上，轻轻地扇动着自己的翅膀。

但是，我心里却是另一种感觉，感到睁大眼睛醒着，非常警觉。就像是半夜里突然被惊醒，有只手在摸你的脸。然后你坐起来，心跳剧烈，可是谁也没有。在这种感情之下，又有一种感觉。一种被人撕开的感觉。不是肉体被撕开的感觉，因为并不疼。而是桃子被撕开的感觉。根本不是被撕开的，而是桃子太熟了，自己裂开了。

桃子里面有个桃核。

9

寄自加拿大西部多伦多市湖滨街枫叶住宅塞缪尔·巴纳林医生；

致美国马萨诸塞州路密斯维尔镇拉布尔纳姆住宅威廉·P·乔丹夫人转西蒙·乔丹医生；改寄加拿大西部金斯顿市低联合街C·D·汉弗莱少校转西蒙·乔丹医生。

1859年4月20日

亲爱的乔丹医生：

我已收到您4月2日向沃克曼医生询问犯人格蕾丝·马克斯情况的信，也收到他要我向您提供我手中所有的详细情况的便笺。

我首先必须告诉您，我与沃克曼医生两人意见不尽一致。据我看（我在精神病院的年头比他长），他的宽容政策已使他在做无效劳动。他想把朽木雕成材，可大多数患有严重神经及大脑疾病的人是不能痊愈的，只能加以控制。为了控制的目的，体力上的限制和纠正，饮食定量，并用拔火罐及放血的方法减少过多的动物习性，这些在过去都是行之有效的。尽管沃克曼医生声称他的方法已在几例过去认为没希望的病人身上取得了积极的效果，可是这些所谓的疗法无疑最终会证明是表面的、暂时的。神经失常是在血液里，是不能用一块小小的软肥皂和法兰绒布擦掉的。

沃克曼医生只对格蕾丝·马克斯作了几周的检查，而我负责她的治疗长达一年多。因此，他对格蕾丝人品的评论不是很有价值。然而，他敏锐地发现了一个相关的事实——即格蕾丝是个假疯子——我过去也得出这个结论，不过当时的监督拒绝采取措施。对她和对她表现出的奇怪行为的连续观察使我得出结论：她实际不疯，而是装疯，企图用计谋公然蒙蔽我。明白地说，她装疯是为了放纵自己，同时也让别人放纵她。她不喜欢因犯重罪而服刑的教养院严格的作息制度。

她是个出色的演员，说谎成性的骗子。在我们在场时，她自我欣赏地假装发了几次病，比如，产生幻觉、蹦跳、柔声唱歌等，表演得十分真切，只是没像奥菲莉亚那样把野花缠在头发里①。但她没有野花也装得像。她不仅骗了尊敬的穆迪夫人，因为她那样思想高尚的女士易于相信任何戏剧性的表演，只要演得可怜。您一定读过了穆迪夫人写的对于整个不幸事件的不准确的而且颇为歇斯底里的描述。格蕾丝还把我的几个同事也骗了。这

① 莎士比亚悲剧《哈姆雷特》中一人物。她曾是哈姆雷特的情人，但在父亲被哈姆雷特误杀，自己又遭哈姆雷特的拒绝之后变疯，溺水而死。

是一个凭经验办事的突出例子，即一旦有个漂亮女人走进门来，好的判断力就飞出了窗口。

不过，如果您决定在她现在的住所检查她，请万万提高警惕。很多老年智者都上了她的圈套。您蛮可以把耳朵用蜡堵上（像尤利西斯教他的海员们做的那样），以便从塞壬手中逃生①。她这人既无道德，又没廉耻，会使用任何手段。

我还想事先告诫您这样的可能性：一旦您参与她的案子，就会被一大群好意的但是缺乏判断力的男人女人和牧师包围起来，他们都是忙于帮她忙的。他们缠着政府，替她请愿，要将其早释。他们也会以慈善的名义半路拦住您，要您加入他们的队伍。我曾不得不多次把他们从门前赶走，同时告诉他们格蕾丝·马克斯罪有应得，因其堕落的人格和病态的想象力，完全应该受监禁。把她释放到毫无准备的大众中间去是极端不负责的，这只能给她机会去满足自己的嗜血性。

我坚信，如果您想进一步调查这一案子，会得出和我一样的结论。

您忠实的仆人，

塞缪尔·巴纳林（医生）

10

今天上午西蒙将与维林格牧师会面。他并不期待这次会面：

---

① 典故出自荷马史诗《奥德赛》。

这人在英国留过学，一定很有架子。什么样的傻瓜也比不上受过教育的傻瓜。西蒙必须搬出自己的欧洲学历，显示自己的博学，使自己势均力敌。这次会面将会是一次考验。西蒙很想装着说话拖音，不停地说“我寻思”，并装着像英国殖民者印象中的美国北方佬那样去说话，好让对方不高兴。然而，他又必须节制自己的言行，因为他在这次会面中表现如何举足轻重。他总是忘记自己已不再富有了，所以已经不能完全我行我素了。

他站在镜子前面，试图系上领带。他讨厌领带和硬领巾，希望它们能见鬼去。他也讨厌裤子和整个一套僵硬体面的装束。为什么文明的人愿意把自己的身体塞在拘束衣般的绅士套装中去折磨自己？也许这就像毛发衬衣一样让肉体受苦①？人应该生下来就身着随着身体变大的羊毛套装，这样就免去了裁缝的一整套啰唆，以及他们那些无休止的大惊小怪和势利行为。

至少他不是女人，因而无需穿紧身胸衣，并用带子把自己绑得变形。人们普遍认为女人生来脊椎弱，像果冻，如果不用绳子绑好，她们会像化了的奶酪一样瘫在地上。他对这些说法嗤之以鼻。他在医学院时，解剖过很多女人——自然是劳动阶层的女人——她们的脊椎和肌肉普遍来说并不比男人弱，尽管很多人患有软骨病。

他好不容易把硬领巾打成像领结的形状。一边高一边低，但他只能做到这一步了；他已雇不起男仆了。他把不服帖的头发用发刷刷平，但刚刷平又翘起来。然后他拿起外衣，一转念又拿起雨伞。透过窗户射进来一些微弱的阳光，但不能肯定不会下雨。春天的金斯顿是个多雨之城。

他悄悄地走下前楼梯，但声音还是太响了：房东太太拦路截住他，要谈些鸡毛蒜皮的小事。她从客厅里悄然滑出，身上穿着

① 据称动物毛发做的衬衣穿了可抑制肉体的欲望。

褪色的、领上有花边的黑色丝绸睡衣。一只消瘦的手里习惯性地紧握着一条手绢，好像眼泪随时会落下来。她不久以前显然很漂亮，如果她愿意下点功夫的话，如果她的金发中间的那条杠不弄得那么死板的话，现在还会漂亮起来。她的脸是心形的，皮肤白皙，眼睛大而有魅力。尽管她的腰很苗条，使人感到腰里有些金属的成分，好像她用的不是紧身胸衣，而是一小段炉子上的铁筒。今天她仍是一脸常见的极度忧虑；身上的味儿像是紫罗兰，也像是樟脑——她一定常头痛——她身上还有种味儿他想不出是什么。一种又热又干的味儿，是熨平白亚麻床单时发出的味儿？

西蒙通常避开她这类日渐消瘦、悄悄变得神经错乱的女人，可是医生就像磁铁一样吸引这样的女人。无论如何，她身上有种严峻的、不加修饰的高雅——就像贵格会的祈祷会堂——很有吸引力；但这种吸引力只是审美性的。一个人是不会与一座小型宗教建筑造爱的。

“乔丹医生，”她说。“我想问你……”她止语不言了。西蒙笑着要她说下去。“今天早上您的鸡蛋还让人满意吧？这次是我亲自做的。”

西蒙说谎了。要说真话会太没礼貌，让人不能原谅。“很好吃，谢谢你，”他说。实际上那鸡蛋既有些硬，又有些海绵质，就像是有次医学院他的一个同学开玩笑放在他口袋里的被切除的肿瘤。要有反常的技术才能把鸡蛋虐待成这副样子。

“我真高兴，”她说。“要找到好帮手太难了。您出去？”

这是明知故问，所以西蒙只是歪了下头。

“又有你一封信，”她说。“仆人放错地方了，但被我又找到了。我把它放在走道的桌子上了。”她说这话时声音有些颤抖，好像西蒙的每封信的内容都是悲剧性的。她的嘴唇丰满，但很虚弱，像朵即将败落的玫瑰。

西蒙谢了她，说声再见，拿起信——是他母亲来的——便走出门去。他不想与汉弗莱夫人长谈。她很寂寞——跟那个醉醺醺的、头脑糊涂的少校结婚一定感到寂寞——可女人之寂寞就像是狗之饥饿。他不想在客厅拉起来的帘子后面倾听令人悲伤的午后诉苦。

无论怎么说，她是很有趣的，值得研究。比如说，她对自己目前的状况视而不见，因而自我认识很不切实际。她童年时一定有过家庭教师：她那副肩膀表明了这点。与她谈房间的安排时，她是那么挑剔、不宽容，使得他难于开口问洗衣是否包括在内。她的神态暗示着她不习惯与男人谈他们个人的事，那类让人头疼的事最好让仆人去处理。

不过她已间接地表明她是不情愿出租房间的。这是她第一次出租房间；是由临时的经济上的窘困所造成的。此外，她的广告写得很清楚：性情安静的绅士，愿在他处就餐者。在看了一圈之后，西蒙说他想租下这房间，她踌躇了一会儿，接着向他提前要两个月的房租。

西蒙也看了其他几处房子，不是太贵，就是太脏，所以他同意付钱。他正好身上有这个数目的现金。他发现她表现出的不情愿和急切想成交，感到很有趣，同时注意到这样的矛盾心理给她脸上带来的红晕。这件事对她来说很不雅观，几乎是不恰当的。她本不想赤裸裸地拿他的钱，希望把钱装在信封里；可是她又要控制自己，不要一下把钱抢过来。

高级的法国妓女这时也大都表现出这种态度——对金钱交易做出的忸怩样，对已做的交易佯装不知，以及内心的贪婪。不过，妓女做得并不如此笨拙。西蒙不认为自己是这方面的权威，但如果他拒绝利用欧洲所提供的机会——那样的机会在新英格兰绝不会如此便当，如此多样化，便会是职业上的不尽职。要治愈人性，必须了解人性。要了解人性，不能从远距离观察，而是要身临其境，可以这么说吧。他认为探索人生最深处是干他这一行的职责。尽管他还探索得不够，至少已经开始了。当然，他采取了适当的措施，以免染上疾病。

在房子外面他碰上少校，他看西蒙就像是透过浓雾看似的。他的眼睛粉红，领带偏斜，手套少了一只。西蒙试图想象出他是怎样地大喝了一阵，狂欢了多久。人到了不顾名誉的地步一定很自由。他点点头，举起帽子表示致意。可少校像是受了侮辱。

西蒙要步行到维林格的住宅，那是在西德纳姆街上。他没叫马车，连马也没叫，因为不值得，金斯顿本来就不是个大地方。街上尽是泥，到处是马粪，可是他的靴子能对付这些。

维林格牧师的住宅很有气派。一位老妇给他打开大门，她的脸像块松木板。牧师未婚，需要一个无可指责的管家。西蒙被引进图书室。这图书室如此做作地让人无可指摘，使他很想一把火烧了它。

维林格牧师从皮面高背椅上站起来，伸出只手来跟他握手。尽管他的头发又稀又白，陪衬着瘦而苍白的皮肤，他握起手来却非常有力。尽管很不幸的是他的嘴又小又朝前噘——西蒙心想，像蝌蚪的嘴——，但是罗马式的鼻子却表明他个性很强。他前庭饱满，说明智慧超人；眼睛有点突出，但非常明亮敏锐。他还不到三十五岁。他一定有重要的关系，西蒙想，才能在卫理公会晋升得这么快，而且掌管这样一个富裕的教区。从这么多藏书来判断，他一定有自己的钱。西蒙的父亲过去也有这么多书。

“我很高兴你能光临，乔丹医生，”他说。他说话的声音并不像西蒙想象的那样装腔作势。“感谢你到我们这儿来。你的时间一定非常宝贵。”他们坐下，那个长着平板脸的管家用端盘送进咖啡来。那端盘的图案素雅，但是银质的。典型的卫理公会的端盘：不华丽，但不声不响地表明自己的价值。

“这对我的专业很重要，”西蒙说，“这么一个饶有趣味的病例并不常见。”他这样说好像他已亲自处理过几百件病例似的。

关键是要看上去有兴趣，但不能急不可耐，似乎他在施舍恩惠。他希望自己脸没红。

“你写出的报告会对我们的委员会很有帮助，”维林格牧师说，“如果你的报告赞成无罪的理论，我们将把它跟我们的请愿书附在一起；政府官员现在更愿意考虑专家的意见了。当然，”他精明地看了西蒙一眼，补充说，“不管你的结论如何，我们都按谈好的数目付你报酬。”

“我完全理解，”西蒙带着他希望是温文有礼的微笑说。“我想您在英国读过书？”

“我开始从事天职时信英国国教，”维林格牧师说，“可是后来良心上发生了一次危机。上帝的教诲和恩慈当然应该通过比做礼拜仪式更直接的方式普照英国国教外的教民。”

“我希望如此，”西蒙有礼貌地说。

“著名的埃杰顿·赖尔森牧师（他是多伦多人）大体走的就是这条路。他率先提倡免费教育和禁酒。你一定听说过他。”

西蒙没听说过；他不置可否地哼了一声，他希望这样对方能认为是肯定的回答。

“你本人信……？”

西蒙开始搪塞。“家父家里长期是贵格会的，”他说。“家母是唯一神教派的教徒。”“啊，是这样的，”维林格牧师说。“当然，美国和这里大不一样。”他俩沉默了片刻，都在考虑这个问题。“但是你是相信灵魂永存的？”

这是一个狡猾的问题；这里设的圈套可能会把他的前景断送。“啊，那当然，”西蒙说，“这是毫无疑问的。”

维林格好像松了口气。“很多科学界的人对此质疑。我说，让医生管身体，上帝管灵魂。让神者治神，俗者治俗①，你也许

---

① 维林格在引用《圣经》。

会这样说。”

“当然，当然。”

“宾斯旺格医生对你评价很高。我在欧洲旅行时很荣幸地见到他，——因为历史的缘故，我对瑞士很感兴趣——我同他谈到他的工作。所以，当我们要在大西洋这边寻找一位权威时，就自然地请他推荐。我们要找一位权威，”——他有些踌躇——“这要在我们的经济能力允许的情况下。他说你对大脑疾病和神经上的问题很精通。并且，你在健忘症的研究上即将成为一大权威。他说你很快会成名。”

“真感谢他这样说，”西蒙低声说。“这是一个让人困惑的领域，但我已发表了两三篇小论文。”

“我们希望你这次调查之后，还将多发表些论文，从而对难解的谜有新的了解。我坚信社会也会因此给予你适当的承认，特别是关于这样一个著名的案子。”

西蒙自语道，尽管维林格牧师嘴像蝌蚪，但并不是傻瓜。他确实对别人的雄心了如指掌。会不会他从英国国教到卫理公会的转变恰好正值这个国家的国教政治明星陨落，而卫理公会的福星高照之时？

“你读过我寄给你的那些材料了？”

西蒙点点头。“我明白你的困境，”他说。“很难决定信什么。格蕾丝好像审问时说一套，审判时又说一套。到了免除死刑之后，又搬出第三套。不过，在三套故事中她都矢口否认曾经碰过南希·蒙哥马利一根毫毛。但是，几年之后我们又在穆迪夫人的书中读到，格蕾丝自供这事实际是她干的。这样的说法是和詹姆斯被绞死前说的情况一致的。但是，你说自她从疯人院回来之后，她又在否定这事。”

维林格牧师呷了口咖啡说：“她否认对这事的记忆。”

“啊，对了。对这事的记忆，”西蒙说，“这是个恰当的区别。”

“她完全可能被别人说服，承认做了件自己根本没做过的事，”维林格牧师说。“这样的情况曾经发生过。穆迪夫人描绘得有声有色的所谓教养所里的自供发生在她被监禁多年之后，并且当时正是史密斯狱长任职期间。史密斯那人的腐败是臭名昭著的，完全不称职。有人指控他做过一些最为惊人、最残酷的事：比如，他竟允许儿子把犯人当作靶子练射击，有一次真的打瞎了一只眼睛，并且有人说他还侮辱女犯人，你可以想见用何种方式，我认为这都是实情。他的问题已有过全面的调查。我认为格蕾丝那段发疯是受他虐待的结果。”

“有些人否认她真的疯了，”西蒙说。

维林格牧师笑着说：“我想你是从巴纳林医生那儿听来的。他打一开始就对她反感。我们委员会的人都争取他，——他若能写份有利的报告，会对我们的事业很有价值——但他不让步。他当然是最强硬的保守党员。如果听他的，会把所有的疯子用铁链拴起来，让他们躺在草上，谁向两边看就把谁绞死。很抱歉，我认为他也是那个应该对任命史密斯狱长那样的下流渎神的人负责的腐败制度的一部分。据我所知，疯人院里也有些不正当行为，以致格蕾丝刚从那儿回来时，居然有人怀疑她怀孕了。可幸的是，这些谣言毫无根据；可是企图去占那些不能控制自己的人的便宜是多么的怯懦，多么的没人性！我已花过很多时间与格蕾丝一起祈祷，试图治愈由那些不忠诚的、该受谴责的、背叛公众信任的人所造成的伤痕。”

“可悲，”西蒙说。这话可理解为他想知道更多的细节。

突然他恍然大悟——维林格牧师爱上格蕾丝·马克斯了！怨不得他如此气愤，如此热情，如此百折不挠，如此辛苦地一次次组织委员会请愿；特别是他如此相信她是无罪的。他是不是想把她救出监狱，作为清白的无辜者平反，然后自己与她结婚？她仍旧很好看，而且肯定会对救命恩人倍加感激，她会卑躬屈膝地感激。自己的夫人这样深深的感激毫无疑问会成为维林格的精神交易所里的上等商品。

“幸亏政府换了班，”维林格牧师说。“但是即便如此，我们一定要确定绝对坚实的基础才能继续目前的请愿。所以，我们就叫你来了。我必须坦率地告诉你，并不是我们委员会的每个成员都赞同这事。但是，我成功地说服他们我们需要一个内行的、客观的观点。比如，对当事人在谋杀案发时作出潜伏性精神失常的诊断。但是，我们一定要极度小心，高度正直。仍有相当多的人对格蕾丝·马克斯非常反感；这是一个最有派系意识的国家。保守党人似乎把格蕾丝与爱尔兰问题混淆起来，尽管她是新教徒。他们还把谋杀一个保守党绅士的单个事件（尽管这位绅士人很高尚，这一谋杀事件非常让人遗憾）与整个种族的暴乱混为一谈。”

“每个国家都有这些讨厌的派性，”西蒙圆滑地说。

“此外，”维林格牧师说，“我们面临着两种说法：一种是这个女人可能无罪，但很多人认为她有罪；另一种是她可能有罪，但有人认为她无罪。我们不想让改革的反对派有机会看我们的笑话。但是，正如主所说，‘真情将使你自由’。”

“真情可能比我们想的要奇怪，”西蒙说。“也许我们习惯性称作邪恶的，即自由选择的邪恶，不过是神经系统受损而引起的疾病。而魔鬼则只是大脑的畸形存在。”

维林格牧师微笑着说：“噢，我不认为该走那么远，”他说。“不管今后科学发展到哪一步，魔鬼总是逍遥自在。我想你已收到星期日下午去狱长家的邀请？”

“我很荣幸。”西蒙礼貌地说。他一直在想找借口。

“我期待在那儿见到你，”维林格牧师说。“是我安排他们邀请你的。为人极好的狱长夫人是我们委员会无比重要的委员。”

11

到了狱长住宅，西蒙被带进客厅。这客厅很大，几乎可做休息厅了。所有家具的表面都装上了沙发套面；颜色都是人体内的颜色——肾脏的酱紫色，心脏的红紫色，静脉的暗蓝色，牙齿和骨头的象牙色。他可以想象，如果他把自己的直观感觉大声宣布，会有怎样的轰动。

狱长夫人前来迎他。她是个漂亮的四十五岁上下的女人。一眼便能看出是个体面人，可是打扮很有小地方的俗气。这里的女士认为如果一排花边很好，三排就更好。她有种受惊似的、眼球略微凸出的眼神。这说明她要么性情过于紧张，要么患有甲状腺肿大。

“我非常高兴你能光临，”她说。她告诉他，很遗憾狱长因公务不在，但她本人对他所做的工作非常感兴趣。她对现代科学，特别是现代医学，非常尊敬。现代医学已有如此多项的发明，特别是乙醚的发明减少了人们很大的痛苦。她用一种深沉而颇有意味的眼光盯着西蒙，西蒙暗自叹息。他对那眼神很熟悉：她马上就要主动向他倾诉自己的病症了。

他刚拿到医学学位时，没想到这学位会在女人，特别是社会阶层较高的、名声无可非议的已婚女人身上起如此大的作用。她们似乎都被他所吸引，好像他有什么无价的、恶魔似的财宝。她们的兴趣是很清白的——她们并不想为他而失身——但她们想把他拉到光线暗的角落，低声跟他交谈，胆怯地，用发颤的声音向他吐露隐私。同时，他也让她们害怕。可是，他为什么会有这样的吸引力？他在镜子里看到的脸不丑也不漂亮；他实在找不出答案。

过了一段时间，他认为自己找到答案了。她们寻求的是知识；但她们又不能承认她们想寻求知识，因为那是禁果——她们想得到那带有令人恐怖的亮光的知识；那掉下泥坑才能获得的知识。他去过她们永远不能去的地方，见过她们永远见不到的东西。他打开过女人的身体，朝里看过。他手中，就是那只刚把她们的手举起放在唇边吻的手，可能曾经拿过一颗女人的跳动的心。

因此，他是三人黑帮（医生，法官，刽子手）之一，与其他两种职业的人一道共操生死大权。被他弄得不省人事，毫不羞耻地裸体躺着任其摆布；任其抚摸、切割、掠夺、再造——女人睁大眼睛，嘴唇微张看着他时想的就是这些。

"我身上非常不舒服，"狱长夫人开腔了。她忸忸怩怩地（就像是要让他看踝骨似的）谈到一个病症——呼吸急促，肋骨处有压抑感——并暗示发病更频繁，病情加重了。她感到疼——可是她不想说到底在哪儿。这种感觉可能是什么原因造成的?

西蒙笑着说，他已不再从事普通医学治疗了。

有一会儿，狱长夫人欲皱眉头，却又止住自己。然后，她也微笑起来，并说她想让他与昆内尔夫人见面。她是个著名的招魂术信徒，并倡导给女人更大的活动天地。她是我们周二讨论会和周四招魂日活动的领路灯。她不仅多才多艺，而且见多识广，到过波士顿和其他一些地方。昆内尔夫人穿着她那有巨大的裙架支撑的裙子，就像是淡紫色的巴伐利亚奶油；她头上好像顶着一只灰色小卷毛狗。然后她又把西蒙介绍给纽约来的杰罗姆·杜邦医生，他正在这儿访问，答应要显示一下他惊人的威力。他很有名，昆内尔夫人说，见过英国的皇室人士。也许那些人不完全是皇室人士，而是贵族，反正都是一回事。

"惊人的威力?"西蒙有礼貌地问。他想知道这指的是什么。可能那伙计说他能叫一个死去的印第安人升天，或是做其化身，或是能像著名的福克斯姐妹那样产生一些魂灵敲击声。招魂术是中产阶级风行一时的兴趣，特别是中产阶级的女人。她们聚集在光线昏暗的房间里，用她们祖母当年玩惠斯特牌的方式做让桌子倾斜的游戏。她们还会成篇累牍地创造出莫扎特或莎士比亚向她们口述的自动篇章。西蒙想，人死了一定会使文体大大减弱。如果这些人不是这么富有，她们的行为就会让人认为她们头脑不正常。更糟的是，她们的客厅里坐满了冒牌专家和江湖骗子。这些人都会身着污秽的外衣，自诩正超凡入圣。可是社交上的礼节要求人们对他们一定要以礼相待。

杰罗姆·杜邦医生的眼睛深而明亮，喜欢像专业江湖医生那样紧紧盯住人。他苦笑着，肩膀不以为然地耸了一下。"恐怕也没那么惊人，"他说话时略带点外国口音。"这不过是另一种语言；如果你能说，就不会当回事。但不会说的人会感到惊人。"

"你能与死人交谈?"西蒙问，他的嘴有点抽搐。

杜邦医生笑了。"我可不会，"他说。"我是个你可能称作医师的学者，或者，像你一样，是个调研性科学家。我专修神经催眠术，是詹姆斯·布雷德学派①的。"

"我听说过他，"西蒙说。"他是不是苏格兰人？我以为他是畸形脚和斜视方面的著名权威。但是，专业医学人士不承认他的其他理论。神经催眠术是不是梅斯美尔②的无人相信的动物磁性说的重新翻版?"

"梅斯美尔断定人体周围有层磁性液体，这肯定是荒谬的，"杜邦医生说。"布雷德的理论只涉及神经系统。我应该补充一句，那些对他的方法有疑义的人根本没有试过他的方法。在法国接受他的方法的人要多些，因为那儿的医生不这么固守怯懦的传统方法。那些方法当然对癔病比对其他病更有用；它们对断腿是什么作用也不起的。但是对健忘症，"——他有点似笑非笑——"它们常常能产生惊人的，或者可以说非常迅速的效果。"

---

① James Braid，苏格兰外科医生（约1795—1860），1843年创立了神经催眠术，并将其用于医疗实践。

② 奥地利医生（1734—1815），动物磁性说和催眠术的创始人。

西蒙感到处势不利，便换了个话题。“杜邦？——是个法国名字？”

“我们家是法国清教徒，”杜邦医生说。“不过这只是父系。他是业余的化学家。我本人是美国人。当然我因专业需要去过法国。”

“也许乔丹医生愿意参加我们的讨论会，”昆内尔夫人插言道。“我们星期四的招魂讨论会上亲爱的狱长夫人得知她在大洋彼岸的孩子一切平安愉快时，感到无限欣慰。我肯定乔丹医生是个怀疑论者，但是我们总是欢迎怀疑论者！”她那双又小又亮的眼睛在那狗形的头饰下调皮地闪烁着。

“我不是怀疑论者，”西蒙说，“我只是个医生。”他不愿被诱入有害而又无比荒谬的争论中去。他不知维林格怎么会让这样一个女人加入他的委员会。不过，显然她很有钱。

“医生，医治好自己吧，”杜邦医生说。他似乎是在开玩笑。

“你对废奴问题是什么态度，乔丹医生？”昆内尔夫人问。这女人现在变得想动脑筋了，而且要坚持讨论一个引起争论的政治问题。她无疑会命令他立即在南部废除黑奴制。西蒙觉得不停地有人就他的国家的罪恶来谴责他个人，很令人厌倦，特别是受这些英国人的谴责。他们似乎认为最近良心发现了，别人就会原谅他们过去根本没有良心。他们现在的财富不是靠贩卖黑奴，是靠什么积累的？如果不是南部的棉花，他们怎么会有大纺织城？

“我的祖父是贵格会的信徒，”他说。“我小时候就知道不要打开橱柜门，以防哪个逃犯躲在里面。我祖父总认为危及自己的安全比从篱笆后面对别人狂吠付的代价高。”

“四面石墙并非监狱①，”昆内尔夫人快活地说。

---

① 引自英国诗人理查·拉夫累斯（1618—1658）的诗《致爱尔西亚，作于监狱》。

"但是，科学家都应该思想开放，"杜邦医生说。他好像又回到刚才谈的话题上去了。

"我肯定乔丹医生的思想就像是本书一样打开着，"昆内尔夫人说。"我们听说你在从精神的角度调查分析我们的格蕾丝。"

西蒙可以预料，如果试图解释他概念中的"精神"和"无意识思维"之间的区别，他会把问题搅得不可收拾。所以他只是微笑着点点头。

"你使用哪种方法，"杜邦医生问。"恢复她失去的记忆？"

"开始时，"西蒙说，"我使用基于暗示和意念联想的方法。我在试图缓和地、一步一步地重建她的思维链。这根链条或许因为她所参与的暴力性事件的震惊而中断。"

"噢，"杜邦医生面带一种得意的微笑说。"缓慢但锲而不舍，赛跑第一！"西蒙真想踢他一脚。

"我们肯定她是无罪的，"昆内尔夫人说。"我们整个委员会都对此确信无疑！我们都确信这点！维林格牧师正在起草请愿书。这不是第一次请愿，但我们希望这次会成功。'再发起一次进攻'① 是我们的座右铭。"她像女孩子一样咯咯地笑起来。"快说你站在我们这一边！"

"如果开始时你不成功，"杜邦医生严肃地说。

"我还没得出任何结论，"西蒙说。"不管怎么说，我的兴趣不在于她有罪还是无罪，而在于……"

"在于那些起作用的机制，"杜邦医生说。

"我倒不想这么说，"西蒙说。

"你感兴趣的不是八音盒奏出的曲子，而是盒内那些小齿轮。"

"你呢？"西蒙说，他开始发现杜邦医生有些趣味了。

---

① 引自莎士比亚的历史剧《亨利五世》。

“噢，”杜邦说。“对我来说有趣的根本就不是那个外面有漂亮图画的盒子，而是那音乐。音乐是由具体的物体演奏的；而音乐本身又不是那个物体。如《圣经》中说，‘风想往哪儿吹就往哪儿吹’。”

“《圣约翰》，”昆内尔夫人说。“圣灵里生出的是灵魂。”

“肉体里生出的是肉体，”① 杜邦说。他俩做出一种缓和的、但却无以对答的胜利姿态盯着他，西蒙感到他好像在床垫下窒息。

“乔丹医生，”他胳臂肘旁有个声音轻轻地说。是莉迪亚小姐，狱长夫人的两个女儿之一。“妈妈要我来问你是否看过她的剪贴本。”

西蒙暗自感激女主人，说他还没能有那个荣幸。四周饰有纸做的蕨类叶子的朦胧的欧洲风景版画通常对他并没吸引力，但在这一刻却像救星似的向他招手。他微笑着点点头，就被带走了。

莉迪亚小姐让他在一张舌头颜色的椅子上就座，然后从旁边的桌子上拿来一本很重的书，在他身旁坐下。“她想因为你正在对格蕾丝所做的研究，可能会对这些感兴趣。”

“是吗?”西蒙说。

“这里收集了所有著名的谋杀案，”莉迪亚小姐解释道。“我妈妈把它们剪下贴进来，这里还有绞刑呢。”

“都是你妈妈弄的?”西蒙问。那女人不仅是疑病症患者，也一定是个食尸鬼。

“这个本子有助于她决定犯人中哪个值得她施善，”莉迪亚小姐说。“格蕾丝在这儿。”她把剪贴本在他们的膝盖上打开，身子向他这边靠，很认真地向他解释。“我对她很感兴趣；她具有惊人的能力。”

---

① 此处引言均出自《圣经》。

“像杜邦医生一样？”西蒙说。

莉迪亚睁大眼睛说，“不，不。我不会做那样的事的。我永远不会让人给我催眠的，那多不正派！我是说格蕾丝做裙子有惊人的能力。”

她神态里显出一种受压抑的不顾一切，西蒙想。她微笑时，上下两排牙齿都露出来。但她与她母亲不同，至少头脑健康。一个健康的年轻动物。西蒙感觉到她那雪白的脖子，镶嵌在饰有玫瑰花苞的素净的花边里，这对一个未嫁的少女来说很得体。透过多层柔软的衣料，她的胳膊与他的紧挨着。他是血肉之躯。尽管莉迪亚小姐的性格像其他同龄少女一样还没成形，而且很幼稚，她的腰非常苗条。她身上散发出铃兰的芳香，像一层嗅觉的纱布把他裹起来。

但是莉迪亚小姐一定没意识到她对他产生的影响，因而必然对这类影响的性质一无所知。他把两腿交叉起来。

“这是詹姆斯·麦克德莫特的绞刑，”莉迪亚小姐说。“这登在好几家报纸上。这是登在《观察报》上的。”

西蒙读道：

> “这么大群人不顾道路泥泞聚集到此，想亲眼目睹一个不幸的但却是罪恶的人死前的痛苦。可见社会上一定存在对此类场景的病态欲望！能否通过大家观看绞刑的做法改善公共道德，抑制公然犯罪的倾向？”

“我倾向于同意这个说法，”西蒙说。

“我要是在那儿，也会看的，”莉迪亚小姐说。“你呢？”

西蒙对这样直截了当的问话感到吃惊。他不赞成公开施绞刑，因为它会引起不健康的激动，并在那些头脑不够健全的人心里引起嗜血的幻想。但他了解自己；如果有机会，他的好奇心会战胜他的顾忌。“我可能会以专业的身份去，”他谨慎地说。“但如果我有个妹妹的话，我是不会让她去的。”

莉迪亚睁大了眼睛。“可是，为什么不让她去呢？”她问。

“女人不应该看这样吓人的场景，”他说。“这样的场景对她们的高雅性格会构成危险。”他意识到自己有些夸大其词。

他在旅行的途中碰到很多女人，很难指控她们性格高雅。他见过疯女人把衣服扒去，展示自己赤裸裸的身体；他也见过最低级的妓女这样做。他见过女人喝醉酒骂人，像摔跤一样打成一团，互相扯头发。巴黎和伦敦的街头到处是这样的女人。他知道她们把自己的婴儿弄死，并把年幼的女儿卖给有钱的男人，这些男人认为强奸幼女可使他们自己不生病。所以他对女人生来具有的高雅并不抱有幻想；但这更有理由要保护那些仍旧纯洁的女人的纯洁性。在这样的情况下，伪善一定是必要的；人这时必须把理想中的现实说成现实。

“你认为我性格高雅吗？”莉迪亚小姐问。

“这点我能肯定，”西蒙说。他不知道他大腿紧挨着的是她的大腿，还只是她裙子的一部分。

“我有时不能肯定，”莉迪亚说。“有人说弗洛伦斯·南丁格尔小姐①的性格不高雅。要不，她就不会目睹那些让人堕落的场景而不影响自己的健康。但她是个女英雄。”

“那是毫无疑问的，”西蒙说。

他怀疑她在与他调情，但这没有让人不愉快。可是，很奇怪的是，这使他想到他母亲。她已谨慎地在他面前排了不少合适的年轻女士，一个个像是彩色羽毛做的鱼饵。她总是把她们摆在一瓶白花旁。她们的道德无可指责，她们的风度像泉水一样坦白无邪；她们的头脑像块没烤过的面团，他有权将它们塑造成型。一

① 英国女护士（1820—1910），近代护士制度的创始人。

茬成熟的少女订婚并成婚之后，年轻的又像五月的郁金香一样破土而出。现在她们与西蒙相比已过于年轻，以致于他已无法与她们交谈；就像是与一篮子小猫交谈。

但是他母亲总是把年轻和可塑性混淆起来。她真正想要的是个能被她而不是西蒙塑造的儿媳妇。所以，少女们陆续从他身边漂浮而过，可他仍然毫不在意地撇过脸去。他母亲继续温和地责怪他懒，忘恩负义。他也因此责备自己：他是条悲伤的狗，一条冷血的鱼。但他注意感谢母亲为他操心，并安慰她：他最终会结婚，但现在还没到时候。首先，他必须要从事自己的研究；必须取得有价值的成就，作出重要的发现；他要成名。

他已经有个名字了，她带着责备的口吻叹息；一个非常好的名字，可是他好像下定决心不让它继续繁衍，就此断根。讲到这点时，她总是要咳嗽几声，表明生他时是难产，虽然她幸免一死，但却致命地损害了她的肺——这一说法在医学上是不成立的。可小时候他常因负疚感而抬不起头。如果他能有个儿子，她接着说——当然，先要成家——她死也无憾了。他便跟她开玩笑说，如果是这样，他结婚就是罪过，因为这无异于杀母。但他又说——为了缓解尖刻的语气——没有夫人的日子比没有母亲的日子对他来说要好过得多，特别是像她这样的十全十美的母亲。听了这话，她会瞪他一眼，让他知道她很了解他的把戏，没有受他的骗。他是自作聪明，她说；他不应该认为说些奉承话就可以说服她。但是，她心情平静了。

有时他想屈从。他可从她物色的少女中选个最富的。他的日常生活就会井然有序，早饭会变得可口，他的孩子会很体面。繁衍后代的行为会在白棉布谨慎的掩盖之下进行——她十分恭敬但有几分不情愿，他行使应有的权力——不会有人看见，也不必向人提起。他的家会具备所有令人舒适的现代化用品，他自己会在天鹅绒里得到庇护。很多人的命运远不及此。

“你是否认为格蕾丝有高雅的性格呢?”莉迪亚小姐问。“我肯定她没谋杀那两个人；不过她因事后没报告而感到遗憾。詹姆斯·麦克德莫特一定说了不少关于她的假话。但他们说她是他的情人，这是真的吗?”

西蒙感到自己脸红了。如果她在调情，她并没意识到自己的行为。她太纯洁了，无法理解这样说话已使她丧失了纯洁。“我说不准，”他低声地说。

“可能她是被绑架了，”莉迪亚小姐神情恍惚地说。“在书里女人总是被绑架的。可我本人还不认识一个被绑架过的人。你认识吗?”

西蒙说他从来没有过这样的经历。

“他们把他的头割下来了，”莉迪亚压低了声音说。“麦克德莫特的头。他们把它放在瓶子里，现在多伦多大学。”

“肯定不对，”西蒙说，又感到困窘了。“头骨可能保存着，但肯定不是整个头!”

“就像是大泡菜，”莉迪亚小姐满意地说。“你瞧，妈妈要我去和维林格牧师谈谈。我宁愿和你谈——他太喜欢教训人。妈妈认为他对我的道德进步有好处。”

真的，维林格牧师刚刚走进来，他面带让人烦恼的慈善对他微笑，好像西蒙是他的被保护人。要么，他是在对莉迪亚微笑。

西蒙看着莉迪亚滑步穿过这房间；她已会走他们培养的“油步”了。只剩他独自一人坐在椅子上时，西蒙不禁想起格蕾丝，此时就像他每天见她时一样，在缝纫室坐在他对面。她在肖像里看上去比她当时年龄大，但现在她看上去更年轻了。她的脸苍白，皮肤平滑，无皱纹，而且皮肤结构非常细，大概因为她始终关在室内的缘故；或许是因为监狱里伙食太有节制。她现在更瘦了，脸没那么圆了。肖像画的是个漂亮的女人，可她现在更漂亮了。或者说，她的脸并不仅限于漂亮。她脸颊的轮廓有种大理石般的、古典的简洁。看着她便可相信受苦确实能让人变得纯洁。

在缝纫室的小空间里，西蒙不仅可以看着她，而且还能闻到她。他试图不去注意这些，可是她的气味是种让人分心的潜在力量。她闻起来像烟；烟，和洗衣肥皂，还有她皮肤里发出的盐味。她闻起来就是那皮肤本身的味儿，伴有暗自散发出的湿度，丰满，成熟——是什么？蕨类植物和蘑菇；碾碎并正在发酵的水果。他想知道女犯人多久允许洗次澡。尽管她的头发辫起来盘在帽子里，仍发出一种臭味儿，一股很重的头皮发出的麝香味儿。他面对的是头雌性动物；像狐狸似的，非常警觉的动物。他感到自己的皮肤也相应地变得警觉起来，一种让人毛发竖立的刺激。有时他感到好像自己履步于流沙之上。

每天他都在她面前放个小东西，要她告诉他这东西让她想起了什么。这个星期他试用了不同的块根蔬菜，希望能引起向下的联想：比如，甜菜——储藏块根蔬菜的地窖——尸体；或者萝卜——地下——坟墓。根据他的理论，适当的物体会在她脑子里引起一连串令人不安的联想。不过眼下她只是就物谈物地评论他摆出的物体，他所听到的也只是一连串烹调方法。

星期五他使用了更直接的方法。“你可以跟我非常坦率，格蕾丝，”他说。“你不该有所隐瞒。”

“我没理由不对您坦率，先生，”她说。“一位有教养的女士可能会有所隐瞒，因为她可能会丢名誉，但我是没这个顾忌的。”

“这是什么意思，格蕾丝？”他问。

“我只是说我从来不是位有教养的女士，先生，我已丢掉了我曾有过的名誉。我可以想说什么就说什么；或者如果我不想说，我什么也不必说。”

“你是否对我对你的好印象不在乎，格蕾丝？”

她很快地瞪着眼看了他一下，然后继续缝起来。“我已被定了案，先生。无论您对我印象如何，都是一回事。”

“你的案定得正确吗，格蕾丝？”他忍不住问道。

“正确不正确没关系，”她说。“人们想找犯罪的人。如果出了个犯罪的案子，他们就想知道谁是罪犯。他们不喜欢没有答案。”

“那你已放弃希望了？”

“什么希望，先生？”她轻声问道。

西蒙感到有些傻，好像他刚犯了失礼行为。“嗯，获释的希望。”

“他们干吗要放了我呢，先生？”她说。“女谋杀犯不是每天都有的事。要说希望，我只有些小的希望。我生活中的希望是明天的早饭会比今天的好。”她微笑着说。“他们当时说要拿我惩一儆百。所以先是死刑，然后是无期徒刑。”

但是用来儆百的人以后怎么办呢？西蒙想。她的故事已结束了——这指的是她的主要故事，也就是给她下定义的那件事。可她该怎样来度过余生呢？ “你是否感到对你的处理不公正？”他说。

“我不明白您的意思，先生。”她正在穿针；她用嘴把线头弄湿，这样穿起来更容易。可这个动作在他看来既是完全自然的，又是那样让人不可忍受地有隐私性。他感到好像在透过墙上的一条缝看她脱衣服；好像她正像猫那样用舌头舔洗自己的身体。

V

破碎的碟子

我的名字叫格蕾丝·马克斯。我是住在多伦多市的约翰·马克斯的女儿。我父亲的职业是石匠。大约三年前我们从北爱尔兰来到这个国家。我有四个姐妹，四个兄弟，其中一个姐姐一个哥哥。我七月份已满十六岁。在到加拿大后的三年里我在不同的人家做过留宿用人。……

——格蕾丝·马克斯1843年11月17日在监狱里向乔治·沃尔顿先生做的自愿招供，《明星及抄本报》，多伦多

……整整十七年来，
我丝毫不怀疑
与世上其他女人相比
我的命运是多么不同。
原因必定是，一步一步
命运变得如此可怕而奇怪：
这些奇怪的痛苦蹑手蹑脚地悄悄走进
我的周围和我的私生活，
在我坐的地方坐下，在我躺的地方躺下；
有人发现我很熟悉恐惧，
朋友闯进门，手拿火炬大叫道
“怎么，庞匹利亚，你就这样在山洞里？
“怎么你那只胳膊搂着一只狼？
“那个又软又长，——盘在你脚前后
“舔着你的膝盖的，——是条蛇！”
其他等等。

——罗伯特·勃朗宁，《戒指与书》，1869

12

这是我和乔丹医生坐在这个房间里谈话的第九天。这九天不是一天接一天，因为这中间有星期天，而且有些天他没来。我过去曾从我的生日起记数，然后从我到这个国家的第一天起记数，然后从玛丽·惠特尼去世的那天起记数。在这之后从七月里发生最坏的事情那天起记数，此后我便从进监狱的第一天起记数。可现在我在从与乔丹医生坐在缝纫室里的第一天起记数，因为你不可能总是从同一件事起记数。要不，会让人厌烦，时间会越拉越长，简直让人受不了。

乔丹医生坐在我对面。他身上散发出剃须肥皂（英国造的那种）的味道，耳朵的味道，并带有他靴子的皮革的味儿。这给人以安慰，我总是期望能闻到这味儿。在这点上，有盥洗习惯的男人比没有的好。他今天放在桌上的是个土豆，但他还没问我关于土豆的问题，所以我们两人只是坐在这儿。我不知道他想让我说些什么。我只能说我这辈子削了很多土豆，也吃了许多。新鲜的土豆放些黄油和盐，可能的话放些欧芹，好吃极了。就连放了一阵的大土豆烤着吃也很好吃；我可没什么更多的可谈。有些土豆像婴儿的脸，或者像动物，我有一次看到一个像猫。但这个看上去只像个土豆，别的什么也不像。有时我认为乔丹医生头脑有点不正常。不过，如果他喜欢的话，我宁愿与他谈土豆，而不愿根本不与他谈话。

他今天换了条领带，红底带蓝点，或是蓝底带红点。在我看来有点太艳了，但我不能盯着他看，让他知道我的感觉。我需要用剪刀，就向他要，然后他叫我开始谈。我就说，今天我将缝好这个被子的最后一块拼布。这块缝好后，所有的拼块就要缝在一起，然后做成被子。这条被子是给狱长的一个小女儿的。图案叫

“圆木小屋”。

有“圆木小屋”图案的被子是每个少女出嫁之前必须有的，因为它意味着家。中间总是有个红方块儿，那是壁炉里的火，这是玛丽·惠特尼告诉我的。我没提这个，因为我认为这太普通了，他不会感兴趣。不过这并不比土豆更普通。

他说，你缝完这个下面干什么呢？我说，不知道。我想他们会告诉我的。他们不让我做被子，只让我做拼块儿，因为那是很细的活儿。狱长太太说如果让我做教养所其他人做的一般缝纫活儿，如缝邮包、制服等，就是浪费人才。但是不管怎么说，做被子的活安排在晚上，到时候会有个晚会，可我是不会被邀请参加晚会的。

然后他说，如果你能给自己做条被子，你想选什么图案？

毫无疑问，我知道答案。我想做条与帕金森夫人的被子柜里的“天堂之树”图案一样的被子。我过去常把它拿出来，借口想看看要不要补，其实就是想欣赏一下。那是条可爱的被子，全用三角拼块做的，暗色的做叶子，淡色的做苹果。做工很细，针脚就像我做的这么小。不过我给自己做时，边会做得不同。她的被子是“野鹅相互追逐”的边，而我的会是绞在一起的边。一条淡色，一条深色，他们管那个边叫葡萄藤边，藤条像前客厅的镜子上的葡萄藤一样绞在一起。那要下很多功夫，花很长时间。但是如果是我自己的，只我一个人用，我愿意做。

但我告诉他的却与我想的不一样。我说，我不知道，先生。也许会是“约伯的眼泪”，或是“天堂之树”，或是“蛇形栅栏”；或是“老处女的谜”，因为我是个老处女，你说是不是，先生？而且，我也已经感到非常迷惑了。其实我说后面这句话只是想闹着玩。我没给他直接的回答，因为如果大声说自己真正想要的东西会有厄运，好事就永远不会发生。反正不管怎么说，好事也不可能发生。只是要保证你想要的东西或想要东西这件事本身不让别人知道，要不你就可能会因此受罚。玛丽·惠特尼就是吃的这个亏。

他写下被子的名称。他问，是天堂的很多树，还是一棵树？

一棵，先生，我说。一个被子上也可以有不止一棵树。我就看见过四棵树的树顶都朝中间，但那还是一棵树。

为什么呢？你说，格蕾丝？他问。有时他像个孩子，总是问为什么。

因为这是那个图案的名称，先生，我说。还有“生命之树”，那是另一种图案。你还可以有“诱惑之树”，还有“松树”，那个图案也很好看。

他记下这些。然后他拿起土豆看起来。他说，这样的东西长在地下很奇妙。你可以说它在睡眠中成长，在黑暗里，谁也看不见。

是啊，我不知道他想让土豆长在哪儿，我可从来没看见它们吊挂在树上。我没说话。他说，还有什么也在地下，格蕾丝？

还有甜菜，我说。胡萝卜也一样，先生，我说。它们生来就这样。

他好像对我的回答感到失望，没记下。他看着我，在想什么。然后他说，你做过梦吗，格蕾丝？

我说，这是什么意思，先生？

我想他是问我是否梦见未来，以及我对自己这辈子有什么计划，我认为这是个残酷的问题。因为我死前会一直被关在这儿，我没什么光明的前景去想。或者，也许他是问我是否白日做梦，像少女一样对哪个男人有幻想。如果不是更残酷的话，这样的解释也很残酷。我有些生气，并带有责备口气地说，我做梦有什么用呢？你这样问有些残酷。

他说，不，你误解我的意思了。我问的是你晚上睡觉时做不做梦？

每个人都做梦，至少我是这样认为的，我尖刻地说，因为这又是他那种绅士的胡说，我还是有点生气。

是啊，格蕾丝，但是你做梦吗？他问。他没听出我的语气，或者他假装没听出。我可以什么话都对他说，他不会生气或感到震惊，甚至都不觉得吃惊，只是用笔记下。我猜想他对我的梦感兴趣是因为梦是有意思的，至少《圣经》里是这样写的。比如，法老和肥牛瘦牛，以及雅各看见天使上下天梯①。有种被子就叫"雅各的天梯"。

我做梦，先生，我说。

他说，你昨晚梦见什么了？

我梦见我站在金尼尔先生的厨房门口。那是夏天的厨房。我在擦地板，我记得这点是因为我的裙子还掖在上面，我光着脚，脚很湿，还没把木底鞋穿上。有个男人在那儿，就站在外面台阶上。像是小贩似的，就像小贩杰里迈亚，我曾从他那儿买过钉在新裙子上的扣子，麦克德莫特买过四件衬衣。

但那不是杰里迈亚，是另一个人。他的货袋已打开，东西都摊在地上。丝带、纽扣、梳子和布料，在梦里这些东西都发亮。丝绸和开司米披肩，印花棉布都在太阳光下闪亮，因为这时正是仲夏时节的大白天。

我感到这人我过去认识，但他把脸撇过去，我看不出是谁。我可感到他在往下看，看着我的光腿，从膝盖往下都光着，因为我在刷地，腿也不干净。但干净不干净，腿总是腿，我还没把裙子放下。我想，让他看吧，可怜的男人，他来的那个地方没有女人的腿。他一定是个外国人，走了很长的路。他看上去面色有些发黑，很饿的样子，要么我是在梦里这样想的。

---

① 源自《圣经》。

但是过了一会儿他不再看了，想要卖给我点什么。他手里有件我的东西，我想把它要回，可我没有钱，就没法从他那儿赎回。我们来交换好了，他说，我们来谈个价。你说你给我什么，他用开玩笑的口气说。

他拿着的是我的一只手。这时我看得很清楚，这手又白又皱，他抓住手腕，让手像只手套一样耷拉下来。但是我低头看看自己的手，两只都在，长在手腕上，像通常一样从袖子里伸出。我便知道那第三只手是另一个女人的。她是一定要来找手的，如果手在我这儿，她会说我偷她的；但我不再想要这手了，因为一定是有人把它割下的。可不是，还有血呢，浓浓的像糖浆似的向下滴。但我并不像醒着时看到真血那样感到恐怖，我一点也不害怕。但我却在担心别的什么事。身后传来长笛奏起的音乐，这使我感到很紧张。

走开，我对小贩说，你必须马上走开。但他还是撇着头，动也不动，我猜想他在笑话我。

可我所想的是：血会滴在刚擦净的地板上。

我说，我记不得了，先生。我记不清昨晚梦见什么了。是让人糊涂的梦。他把这话记下了。

我很少有自己的东西，没有财产，没有衣物，没有隐私可言，我要为自己保留些东西。不管怎么说，我做的梦究竟会对他有什么用？

然后他说，好吧，给猫剥皮的方法多种多样①。

我感到他用词很怪，我就说，我不是只猫，先生。

他说，我记着呢，你也不是狗，他笑了。他说，问题是，格蕾丝，你是什么呢？是鱼还是肉，还是好的红鲱鱼？

---

① 俗语，意为“干成一件事的方法不止一种”。

我说，你说什么，先生？

我不喜欢别人叫我鱼，我想离开那房间，只是我不敢。

他说，让我们从头开始。

我说，哪个头啊，先生？

他说，你生命的头。

我像其他人一样，出生到世上来，先生，我说，还是有点生他的气。

我这里有你的供词，他说，我来读一下你当时怎么说的。

那其实不是我的供词，我说，那只是律师让我说的话，以及报社来的人编的。你如相信那些，你应该也相信胡话满篇的小报。我第一次见到报社来的人时，我想，你妈妈知道你出来了吗？他跟我差不多年轻，不该为报纸写文章，因为他还没长出胡子。他们都是这样，乳臭未干，就是一头撞在事实上也不会知道那就是事实。他们说我十八或十九岁，不超过二十岁，其实我才十六。他们连名字也写不对，杰米·沃尔什的名字被他们拼成三种不同的拼法。麦克德莫特的名字也拼错了。他们把南希的名字写作安，她活着时从来没用过那个名字。名字都弄错，怎么能指望他们不在其他方面出错呢？他们会根据自己的需求编造出任何内容。

格蕾丝，他又说，谁是玛丽·惠特尼？

我很快地看了他一眼。玛丽·惠特尼，先生？你从哪儿见到这个名字？我说。

这是写在你的肖像下面的，他说。在你的自供前面：格蕾丝，又名玛丽·惠特尼。

啊，对了，我说。这肖像不像我。

那么玛丽·惠特尼呢？他问。

啊，那不过是詹姆斯·麦克德莫特带我跑时我在刘易斯顿客栈用的名字。

他说我不该用我的真名，以防他们来找我们。我回想起他当时紧紧抓住我的胳膊，好叫我按照他说的去做。

你就用了当时想起的一个名字？他说。

不，先生，我说。玛丽·惠特尼曾是我的一个朋友。她当时已去世了，先生，我想她不会介意我借用她的名字。她有时还把她的衣服借给我穿。

我停了一会儿，考虑如何适当地解释这事。

她总是对我很好，我说；如果没有她，我的故事会完全不同。

13

我记得小时候听过这样的顺口溜：

> 针头针脑，针头针脑，
> 男人娶亲，请进烦恼。

这里可没说女人的烦恼是什么时候开始的。先生，可能我的烦恼一生下来就开始了，因为他们说人不能选择自己的父母。要是我能自由选择的话，绝对不会选上帝给我的父母。

我的自供一开始说的是真的。我的确是从北爱尔兰来的；不过我认为他们不应该这样写：两个被告都供认他们是从爱尔兰来的。这样说好像从爱尔兰来是罪恶，我不知道那是罪恶，尽管他们常这样认为。但是，我们家是清教徒，这就不同了。

我所能记得的是一个临海的、多岩石的海港，土地的颜色绿里带灰，没有很多树。因此当我第一次看到这里的大树时还有些害怕，因为我想不通树怎么会长这么高。我不太记得那地方了，因为我离开时还是个孩子。我记得的只是碎片，像是一个被打碎的碟子。总是有几块瓷片像是另外一个碟子上的；可是又有些空缺之处，你放哪块都不合适。

我们住在一个简易的小屋里，屋顶是漏的，只有两个小房间。小屋在村边上。村子靠着一个镇子。这个镇子的名字我没告诉报纸，因为我的姨妈波琳可能还活着，我不想给她带来耻辱。她对我的印象总是很好，不过我也曾听到她跟我母亲说，在没什么前景的情况下，她父亲又是这副样子，真能期望我怎么样呢。她认为我母亲下嫁了；她说我们家就是这个样，她认为我的命运也会如此。但她却对我说我应该抗命，给自己定个高价，不要像我母亲那样碰见第一个表示好感的人不查家庭或背景就同意。要我对陌生人有戒心。当时我才八岁，不懂她在说什么，不过这仍然是好意的忠告。我母亲说波琳姨妈是好心，但是她定的标准太高，不是人人都能达到那样的标准的。

波琳姨妈和她的丈夫，也就是我的罗伊姨父（他的肩膀向下塌，说话很直率），在附近的镇子里开店铺。除去一般的货物，他们也卖裙料和花边，还有些从贝尔法斯特买来的亚麻，他们的生意做得不错。我母亲是波琳姨妈的妹妹，长得比波琳姨妈漂亮。波琳姨妈的脸色像砂纸，瘦得浑身都是骨头，她的指关节像鸡的膝盖那么大。但我母亲的头发很长，是金棕色的，所以我的头发也是金棕色的，她的蓝眼睛圆圆的，像娃娃似的。她出嫁前住在波琳姨妈和罗伊姨父处，帮他们照料小店。

我母亲和波琳姨妈是一个卫理公会的牧师的女儿，她们的父亲早已死去。据说他用教堂的钱做了件不该做的事以后，就再也找不到工作了，所以他死时没给她们留一分钱，她们姐妹俩被赶出去自己谋生。但她俩都受过教育，会绣花、弹钢琴，所以波琳姨妈也认为自己下嫁了，因为开店不是有教养的女士的营生。但是，虽然罗伊姨父未经雕琢，却是个好心肠的人，而且很尊敬姨妈，这点是很重要的。每当波琳姨妈察看她的亚麻织品壁橱，或是清点她的两套餐具（一套平常用的和一套最好的真瓷器），她都很感激自己的幸运之星保佑，因为一个女人的境况可能会比这糟得多；她的意思是我母亲的境况就糟得多。

我认为她说这些话不是为了伤害我母亲的感情，尽管实际结果是这样的，母亲听后总是要哭。我妈妈从小就在波琳姨妈的控制下长大，后来还是如此，只是又加上了我父亲的控制。波琳姨妈总是告诉她要勇敢地面对我父亲，而我父亲却要她勇敢地面对波琳姨妈。他们这样从两边压她，把她挤扁了。她这人胆小，爱犹豫，软弱，弱不禁风，这过去很让我生气。我想让她坚强些，这样我就不一定要这么坚强了。

我父亲根本就不是爱尔兰人。他是从北边来的英国人，但他为什么来爱尔兰从来没人知道，因为多数喜欢旅行的人都是往英国去的。波琳姨妈说他一定是在英国遇到了麻烦，跑到这儿来避难的。马克斯没准不是他的真名。她说，应该是马克，就像是该隐身上的标记，因为他看上去很有杀相①。但她这话只是后来当情况变得很糟时才说的。

我母亲说，起初父亲看上去是个不错的年轻人，人很实在，就连波琳姨妈都不得不承认他很英俊：高个子，黄头发，牙齿齐整。他们成亲时，他口袋里还有钱，前景也还不错。因为他确实是个石匠，就像报纸上所说的。即便这样，波琳姨妈还是说若不是我妈妈不得已，绝不会与他成亲。这事没张扬出去，不过有人

---

① 该隐是亚当和夏娃的长子，因嫉妒和过度愤怒把弟弟亚伯杀害。上帝因此而惩罚他；同时为了保护他不被其他人杀害，给他标上了标记。英文中标记一词是“mark”，作为姓名音译为“马克”，所以波琳姨妈认为马克（斯）先生有杀相。

说我大姐马莎大得不像七个月早产的孩子。这是因为我母亲太随和；很多年轻的女人都吃了这个亏，她告诉我这些只是为了要我不再吃亏。她说我母亲很幸运我父亲能同意与她成亲。她承认他这事做得不错，因为大多数男人一听到这消息就会跳上下班船，离开贝尔法斯特，把她晾在岸上。如果真是那样，波琳姨妈能帮妈妈什么忙呢？她还得考虑自己的名声和铺子。

所以，我父母各自都感到被对方拴住了。

我不相信我父亲开始就是个坏人。他只是容易上当，而且生活总是与他作对。因为他是英国人，即便在清教徒圈子里也不太受欢迎，因为他们不喜欢外来户。同时他还说我姨父说他施手腕骗我母亲与他成亲，他好过悠闲的日子，占用他们的店铺赚的钱。这话说对了一半，因为他们看在我母亲和孩子们的面上是不会拒绝他的。

我很小就听说了这些。我们屋里的门都不厚，我又是个耳朵长的孩子。加之我父亲喝醉酒后声音很大；而且他只要话匣子打开，就不注意有谁可能像老鼠一样悄悄地站在拐角或窗户外面。

他常说他的孩子太多。即便对比他富的人来说，这些孩子也太多了。就像他们在报上写的，我们兄弟姐妹九人，九个活着的。他们没把死的算进去。死了三个，这还不包括没生下就死的那个婴儿，他连名字都没有。我母亲和波琳姨妈管那孩子叫丢掉的婴儿。我小的时候曾不明白他丢在哪儿了，因为我以为他就像一分钱一样丢了。如果丢了，那么或许哪天还可以找到。

另外三个死的埋在教堂的墓地里。尽管母亲越来越喜欢祈祷，我们却越来越不常去教堂了，因为她说她不想让她可怜的孩子们衣衫褴褛地像麦田里的稻草人一样在众人面前走过，穷得连鞋子也穿不上。我们去的只是个教区教堂，但是尽管她性情软弱，却很自尊。而且作为牧师的女儿，她知道怎样到教堂才体面。她非常想再体面起来，也想让我们体面。但是没有适当的衣服穿，要体面是非常难的，先生。

我过去倒是常去教堂墓地。教堂只有牛棚那么大，墓地杂草丛生。我们的村子过去大些，但很多人搬走了，到贝尔法斯特的厂里去了，或者渡洋走了。所以常常是全家都走了，没人照管坟地。母亲叫我把小孩子们带出去玩时，我常常带他们去墓地。我们到那儿去看死去的那三个，也看其他的坟墓。有些坟墓已年头很久，墓碑上刻有天使的头，不过那些天使看起来更像大饼上安两个瞪大的眼睛，两边的翅膀从应该是耳朵的地方长出。我不明白头怎么没有身体能飞，我也不明白一个人怎么能同时在天堂，又在教堂墓地，但人人都说是这么回事。

我们家的三个早逝的孩子没有墓碑，只有木头十字架。他们的坟上现在一定长满了杂草。

我九岁时，姐姐马莎就离家去帮人了，所以她原在家里做的活儿都落到我身上。两年之后，哥哥罗伯特出海到一艘商船上做工，走后便再没音信。我们不久之后也离开了，即便他带信回来我们也收不到。

这样就剩了我和五个小的在家，还有个快要生了。我已记不得什么时候母亲不处于他们所称的“虚弱状态”之中了。不过，在我看来那状态一点也不虚弱。他们还管这叫做不幸的情况，这还差不多——不幸的情况之后便是幸福的事件，尽管后来的事件不总让人幸福。

父亲到这份上已经受够了。他会说，你又要生个小无赖做什么？你这么多还不够吗？你是止不住了，又一张嘴要吃。好像他自己与此无关似的。我还很小的时候，大约六七岁时，我把手放在母亲又圆又紧的肚皮上，问她里面是什么，是不是又一张要吃饭的嘴。母亲苦笑着说，我猜想是吧。我脑子里浮现出一张巨大的嘴，长在像是墓碑上那些天使似的头上，但长满了牙，从母亲肚子里开始吃。我哭起来，因为我想它会把母亲吃死的。

父亲常出门，甚至出远门到贝尔法斯特去为雇用他的建筑商干活儿。活儿做完了，他就回家来住几天，然后再出去找活做。他在家时就去小酒店，不愿在家听小孩哭嚎。他说一个男人在这样的吵闹声中听不见自己思考。有这么一个大家，他必须好好思寻，但是要养活这一大家是他力所不及的。可是他的思寻多数是在酒杯里进行的。他一醉就发脾气，大骂爱尔兰人，骂他们是一伙下贱的、没用的小偷恶棍，接着就有人跟他打起来。但他很有劲儿，很快便没剩几个朋友了。好像他们跟他一道喝酒还行，但他们不愿在有冲突时挨他的拳头。所以他就越来越多地独自喝酒。酒越喝越烈，晚上也回来得越来越迟，他便开始遗忘白天要做的工作。

就这样，他有了不可靠的名声，找他干活的人越来越少了。他在家的时候比不在家的时候更糟，因为这时他不仅仅是在酒店发火了。他会说不知道为什么上帝给他这样一大窝孩子，世界上再不需要我们了，我们早该像放在布袋里的小猫一样全淹死。这时小些的孩子就被吓坏了。所以我就带着四个大些的、能走远路的孩子，手拉手地排成一排走到教堂墓地去摘野草。要么我们就去港湾，在岸边的岩石上乱爬，用棍子去捅搁浅的海蜇，或在水潭里寻找能找到的东西。

或者，我们会到渔船停泊的小船坞去。我们本不该去的，因为妈妈怕我们会滑倒淹死。但是我还是把小的带去，因为有时渔民会给我们一条鱼，一条很好的鲱鱼或是鲭鱼，不管什么样的食物家里都很需要。有时我们吃了上顿不知下顿吃什么。母亲不让我们乞讨，我们也就不乞讨，至少不用言语乞讨。但是五个破衣烂衫的小孩的饥饿的眼睛是让人不能不动心的，至少当时在我们村是这样。所以多半情况下我们会拿到鱼，然后自豪地拿回家，好像是我们自己逮着似的。

我坦白，当我让小弟妹在船坞边坐成一排，他们一条条小光腿在岸边垂下时，曾产生过邪念。我想，我蛮可以推下去一两个，这样就没这么多张嘴要喂，也没这么多衣服要洗了，因为当时大部分衣服是我洗的。但这只是一闪而过的念头，无疑是魔鬼放进我头脑的念头。要么是父亲放进我头脑的，因为在那个年龄我还是在设法让他高兴。

不久之后，父亲和可疑的人搅在一起，有人看见他跟一些名声不好的奥林奇党人①在一道。二十英里外有个亲天主教的新教徒绅士的房子被烧，另有一个脑袋被敲碎。父母谈到这些，他问她到底期望他怎么赚钱，她至少应该为他保密。这倒不是说可以相信女人，因为她们只要看男人一眼就会出卖他，让这些女人下地狱太便宜了她们。但当我问母亲是什么秘密时，她拿出《圣经》，说我必须对《圣经》发誓要保密。如果我不守这样神圣的诺言，上帝会惩罚我。这使我很恐惧，因为我可能不小心说出来，其实我根本不知道那是什么秘密。受上帝惩罚一定很可怕，因为他比我父亲还要大得多。打那以后，不管是什么秘密，我总是很小心地为别人保守。

有段时间家里有了钱，但情况没有好转。父母常吵，不过不是我可怜的母亲说了什么才引起争吵的。波琳姨妈来时，母亲会对她耳语一阵，并把胳膊上的青紫伤痕给她看。她哭着说，他过去不是这样的。波琳姨妈会说，但你看看他现在的样子，不过是双带洞的靴子。你从上面填进的越多，底子漏掉的也就越多。这真丢人，让人感到羞耻。

罗伊姨父乘着他们的一匹马拉的双轮轻便马车与姨妈一道来，带来他们的鸡下的蛋和一块咸肉，因为我们自己的鸡和猪早就没了。他们坐在前面的房间里，那里挂满了正在晾干的衣服，

---

① 于1790年前后在北爱尔兰成立的维护新教徒利益、反对天主教的秘密组织。

因为在那种气候里你刚把衣服洗好趁太阳好晾出去，便会乌云满天，下起小雨来。罗伊姨父是个说话非常朴实的人。他说他没见过哪个男人像我父亲这样快地把好好的钱变成马尿。波琳姨妈要罗伊姨父因自己用的语言道歉。不过我母亲听过比这糟得多的语言，因为父亲喝了酒后那一张嘴就像下水道一样臭。

这个时候，已经不是父亲带回来的钱在养家糊口了。而是母亲缝衬衣挣的钱，我和妹妹凯蒂一道帮妈妈缝。波琳姨妈帮她揽到活，送过来，等做完了又取走。这对她来说一定有些开销，因为要用马，而且还有额外的时间和精力。并且，她总是要带些吃的来，因为我们尽管自己有土豆地，并自己种白菜，但远远不够。她还把店里的剩布料带来，给我们做衣服。

我父亲早就不问这些东西是从哪里来的了。那个时候，先生，不管一个男人对自己的家怎么想，养家糊口是他的自尊。母亲尽管性情软弱，但极明事理，是不会向他道实情的。另一个对这一切蒙在鼓里的人是罗伊姨父，不过他一定对实情已猜着八九，也一定看见有些东西在他家失踪后在我家出现了。但是波琳姨妈是个有主见的女人。

新的婴儿出世了。像每添一个新婴儿一样，我要洗的东西更多了。母亲比以往病得时间更长，我不仅要做早饭（这早就是我的事了），而且要做晚饭。父亲说我们应该在这婴儿头上敲一下，然后在白菜地里挖个坑，把它埋起来，因为它在地下比在地上快活得多。过了一会儿他又说看着这孩子就使他感到饿。要是把它放在盘子里，四周放上烤土豆，嘴里放个苹果，会很可爱。然后他问我们为什么都瞪眼看着他。

这时一件让人吃惊的事发生了。本来波琳姨妈已无望有自己的孩子，所以她把我们都当作自己的孩子。可是，现在她好像怀孕了。她非常高兴，母亲也为她感到高兴。但是罗伊姨父对波琳姨妈说因为他要考虑养活自己的一家，不能继续支援我家了，因而生活必须有所改变，要制订个新计划。波琳姨妈说不管我父亲怎么坏，不能让我们饿死，因为妹妹是她的亲骨肉，孩子们无罪。罗伊姨父说谁说让他们饿死了，他脑子里想的是移民。很多人都走了，加拿大免费送土地，我父亲需要重打鼓、另开张。因为那儿正在大兴土木，会很需要石匠。他听到可靠消息说，那儿很快会有很多火车站；一个男人只要勤劳一定能自食其力。

波琳姨妈说这听上去很好，可谁来付他们的路费呢？罗伊姨父说他有些积蓄，愿意倾囊相助。这钱不仅能付我们的路费，而且还能包括我们路上吃的食品。并且，他知道有个人收些费就可作全盘安排。他在没提出这事前早把一切都安排好了，我罗伊姨父喜欢把鸭子排列成行再开枪射击。

事情就这样决定了。波琳姨妈不顾自己的身体，专程坐着马车来一五一十地把一切告诉了母亲。母亲说她要跟父亲谈谈，征得他的同意，不过这都是做做样子的。贫不择路，也无路可择。同时，村子里来了些生人，谈论那幢被烧的房子和那个被杀的人，并问了很多问题。在这之后，我父亲巴不得快些离开那儿。

但他做得冠冕堂皇。他说这是生活的新开端，感谢罗伊姨父解囊相助。他会把路费当作贷款，一有钱就会偿还。罗伊姨父假装相信他。他不想侮辱我父亲，只是不想再见到他。至于他的慷慨相助，我想他认为最好是咬牙拿出一大笔款子，而不想成年累月地被一分钱一分钱地榨干。我要是他，也会这么做。

我们开始积极做准备了。已定我们四月底启程，这样我们就可以在初夏到加拿大，趁天气暖和时安定下来。波琳姨妈和母亲细细做了安排，花了不少时间整理打包。两人都尽可能显得情绪高，可两人都很沮丧。她们毕竟是同甘共苦的姐妹，知道一旦船离了岸，她们今生今世可能就不会再见面了。

波琳姨妈从店里拿来一张有点次的上等亚麻床单和一块又厚

又暖和的披肩，因为她听说大洋对岸很冷。她还带来一个有盖子的柳条大篮，里面用草包着一个瓷茶壶和两个杯子，两个碟子，上面都印有玫瑰花。母亲好好地谢了她，并说她总是对她这么好，她要永远珍惜这茶壶，永远记住她。

她们俩老在一块儿流泪。

14

我们乘坐姨父租的马车到了贝尔法斯特。这段路很长，也很颠簸，但没下什么雨。贝尔法斯特是个很大的石头城，是我所到过的最大的地方，街上到处是各种车辆。这里有些宏伟的建筑，但也有很多穷人，他们不分日夜地在亚麻纺织厂里工作。我们晚上到那儿时到处亮着汽灯，这是我第一次见到汽灯。它们很像月光，只是颜色更绿些。

我们在客店过的夜。那里的跳蚤多得叫你觉得你睡在狗窝里。我们把所有的箱子都带进房间，以防有人把我们的东西偷了。我没机会在四周多看。因为早上我们必须立刻上船，我急忙拉着弟妹们走。他们不明白我们上哪儿去，不过实话说，先生，我相信我们中间谁也不知道上哪儿去。

船贴着船坞停泊着。那是条大船，从利物浦开来的。后来我听说这船从加拿大向东行运来圆木，回去向西行运去移民。来去运的东西差不多，都被当作货物对待。有人已带着他们的包裹箱子上船，有些女人哭个不停。但我没哭，因为我觉得哭没用。父亲面色严厉，需要安静，我们不听话会挨打的。

船随着波浪前后摇晃，我感到非常不安全。几个小的都很激动，特别是男孩子。可我的心却沉了下来，因为我从来没坐过船，就连我们港湾里的渔船都没坐过。我知道我们要横渡大洋，四面见不着陆地。假如船出了事或我们落了水，我们没一个会游泳。

我看见三只乌鸦排成一排，站在桅杆的横梁上。母亲也看见了。她说这是凶兆，因为三只乌鸦意味着要死人。我听了很吃惊，因为她并不迷信，但我想她是太忧郁了。据我观察，人情绪低落时容易想到不吉利的事。但我是被吓坏了，可是因为年幼的弟妹就在身边我没表现出来。要不他们一见我害怕，也会受影响，当时的嘈杂声已够人受的了。

父亲表面上很勇敢。他背着最大的衣被卷，率先顺着跳板大步走上船。他四处看看，似乎什么都清楚，一点也不怕。但是母亲上船时非常伤心，她用披肩把自己裹住，偷偷地流泪。她绞着手对我说，天啊，我们怎么会到这儿来的？我们上船之后她对我说，我的脚不会再站在陆地上了。我说，妈妈，你干吗这么说？她说，我骨头里有这个感觉。

她的话后来应验了。

父亲花钱雇人把我们的大箱子运上船存好。浪费这笔钱真可惜，可是只能这么做，因为他不能一个人把所有的东西都运上船，而且搬运工们又粗鲁又无礼，会阻止他自己运的。甲板上非常拥挤，人走来走去，有人喊着要我们让路。我们在船上不需用的箱子都放在一个特殊的房间里，这房间用锁锁上以防小偷。我们带的路上吃的食品也另放一处。但是毯子、被子就铺在床上了。母亲坚持要把波琳姨妈给的茶壶带在身边，因为她一定要眼睛看着它才放心。她把柳条篮子用根细绳系在床头竖着的柱子上。

我们睡在甲板下面。走下一段满是油迹的楼梯，就是他们所称的货舱，里面到处是床。这是些粗糙的六尺长六尺宽的硬木板，马虎地钉在一起。大人两人一张，小孩三四人一张。有上下两层，相隔很近，身子勉强能挤进去。睡下铺的人不能直起身子坐，因为直起身子头就会碰到上床。上铺的人很可能掉下来。大家都像一个盒子里的鲱鱼挤在一起，除去上下的舱口没有窗户或其他通气口。空气闷得够戗，但过一阵还要糟得多。我们必须赶快抢床铺，把我们的东西放上去，大家都乱推乱搡。我也不想一家人分开住，小孩子与大人分开，夜里人生地不熟受惊吓。

中午一切安放完毕，我们就启航了。跳板一收，就不能再回陆地了。我们被铃声召集在一起，听船长讲话。船长是个皮革质皮肤的南边来的苏格兰人。他告诉我们必须遵守船上的规定，一定不能开伙做饭，我们要在听到铃声后马上把食品送到船上的厨师处由他统一做。不准抽烟斗，特别是在甲板下，因为很容易引起火灾。如果不抽烟受不了，可以用嘴嚼，然后吐掉。除了天气条件适宜时，不许洗衣服；而他将决定天气是否适宜。如果风太大我们的东西可能被吹走，但如果下雨，晚上货舱里就会到处都是湿漉漉的衣服，他担保我们不会喜欢住在那样的环境里。

并且，未经允许不准把床单拿到甲板上去晒。大家都要听从他和大副以及其他官员的命令，因为船的安全全靠大家听指挥。如有违纪行为发生，就要蹲禁闭，他希望我们不要试探他的耐心。他还说，不许酗酒，因为醉酒就会摔倒。在岸上我们可以醉得像个老爷，但在他的船上却不行。为了我们自己的安全，晚上不许上甲板，因为我们可能失足落水。不得有人妨碍他的水手的工作，也不得有行贿行为发生。他背后也长着眼睛，如有人行为不轨，他立即会知道。他的船员都可证明，他的船纪律严明，到了海上船长的话就是法律。

船上有个医生给人看病。但是，在大家没适应海上生活之前，多数人会感到不舒服。不能因有点晕船之类的小事打搅医生。如果一切顺利，我们六到八个星期后就能到了。最后他特别提到每条航行的船上都会有一两只老鼠，这是吉祥的象征，因为船要下沉时老鼠最先知道。所以如果哪位教养良好的女士看见一只老鼠，无需向他报告。他猜想我们过去没见过老鼠（这时有人笑出声来），但是如果好奇，他有只刚打死的。如果我们肚子饿，它会很吊胃口的。笑声更大了，这是他在开玩笑，想让我们更放松些。

笑声停止后，他说总的说来他的船不是白金汉宫，我们也不是法国王后；就像生活里的其他事一样，付什么钱，受什么待遇。他祝我们一路平安。然后他便回自己的船舱去了，留下我们自己设法弄清这一切。他心里很可能希望我们都到海底去，只要他能拿到我们的路费。但是，至少他似乎很懂行，这就使我放心多了。我不需要对你说，他的很多指示都没得到执行，特别是那些关于抽烟和喝酒的，但是那些违法的人必须偷着干。

刚开始情况还不错。云散了，有些零星的阳光，我留在甲板上看他们把船开出港湾。只要我们还能看见陆地，船有些摇晃我也不在乎。但是我们一进入爱尔兰海，他们又升起几张帆，我就开始感到恶心，很快就把早饭吐在排水孔里。我一手拉着一个小的，他们也在吐。绝不止我一个人，其他很多人都排成行，像猪站在木槽前一样。母亲躺下了，父亲比我晕得还厉害，所以他们俩都无力照料小的孩子。很幸运，我们没吃晚饭，要不情况会更糟。船员们对此很有准备，他们吊上来很多桶海水把脏物冲洗干净。

过了一会儿我好些了，很可能是因为有了海上新鲜的空气，要么是因为我慢慢习惯了船的颠簸。并且，希望你能原谅我这么说，先生，肚子里也空得没什么可吐的了。只要我待在甲板上，就不感到怎么晕。我们家人的身体都如此不适，不会想吃晚饭了。但是一个船员告诉我，如果我们能喝点水，吃一块饼干，会感觉好些。因为我们按姨父说的带了很多饼干，我们就尽力照此做了。

就这样，情况有些好转。可是到了晚上我们要下到货舱去，情况又变得很糟。像我刚才说的，所有的乘客都挤在一起，中间竟没墙拦着。大多数人都像狗一样晕船，所以你不仅能听见邻床的作呕声及呻吟（听着让你也作呕），而且因为舱内没有新鲜空气，气味越来越难闻，就那臭味也足以让你反胃。

如果你能原谅我向你提一句，先生，人都没法好好解手。有便桶，但是大家都能看见，或者说如果有光的话，大家都能看见。可是当时的情况是你要在黑暗中摸索，摸错了路遭人骂，便桶被人不小心弄翻，或者即便便桶没翻，有人把大小便解在桶外。幸好地板不很结实，至少有些流到船底。这使我想到，先生，女人穿裙子比男人穿裤子要好得多。至少我们随身带着一种自然的帐篷，可是男人还得踉踉跄跄地把裤子脱到踝骨处。不过就像我说的，没什么亮光。

船在颠簸，并在吱嘎作响；海浪发出的溅泼声；人的噪音和臭味；老鼠像老爷太太一样大摇大摆地跑来跑去：这一切使你感到像生活在地狱里的受苦的灵魂。我想到约拿在鲸鱼肚子里①，但至少他只要在那儿待三天，可我们这样的日子还要过上八个星期。并且，他独自一人在鱼肚子里，不需要听其他人的呻吟和呕吐。

过了几天，很多人不再那么晕船了，情况确有好转。但是晚上的臭气和噪音还是老样子。没那么多作呕声了，但咳嗽声和打鼾声却更响了，伴着很多人的哭声和祷告声。

不过，我不想触犯你的情感，先生。那船不过是个移动中的贫民窟，只是没有酒馆。可是，我听说现在有更好的船了。

---

①《圣经》故事。

也许你想要打开窗户。

这样的患难带来一件好事。乘客里有天主教徒，也有新教徒，同时还有利物浦来的一些英国人和苏格兰人。如果大家都健康安全，一定会争吵，甚至扭打起来，因为本来就互相恨得要命。但是什么也比不上一阵不可抑制的晕船能使人忘记争吵，能使那些在陆地上可能会劲头十足地撕扯对方喉咙的人像最慈祥的母亲那样在排水孔那儿互相扶着头。我有时在监狱里也见到同样的情况，可见危难确实使人不择伙伴。航海旅行和监狱生活可能是上帝在提醒我们，我们都是血肉之躯，血肉之躯皆为草，皆软弱。至少我是这么想的。

过了几天，我适应了海上生活，也就能够拿着东西上下楼梯，张罗一天几顿饭了。每家自己供应食品，送到船上的厨师手里，放进一个网兜，然后放进一个装满沸水的大锅，与其他人家的食品一起煮。所以你不仅吃自己的饭，而且也能尝到别人的饭的味道。我们有咸猪肉、咸牛肉、一些洋葱和土豆（但不很多，因为太重）、干豌豆和一棵包菜（但不久就吃光了，因为我觉得应该在它没蔫之前就吃掉）。我们带的燕麦片没法在大锅里煮，只是用热水和上，让它浸泡着，茶也一样。我已说过，我们还有饼干。

波琳姨妈还给母亲三个柠檬。母亲说它们就像金子一样贵重，因为能防坏血病，所以我把它们好好收藏起来，必要时再用。总的来说，我们有足够的食品保存我们的体力。但有些人就不如我们带的多，他们把钱都花在路费上了。我们还有些富余的，至少我是这样认为的，因为父母身体不适，都吃不了自己的那份。所以我给了我们的邻居一些饼干。她是个老妇人，名叫费伦夫人，她非常感谢我，并说上帝保佑我。她是天主教徒，和她女儿的两个孩子同行。这两个孩子在全家移民时没带走，现在她带他们去蒙特利尔，她的女婿付了他们的路费。我帮她照料孩子，后来我庆幸自己这样做了。不期望报答的善行会得到十倍的报答，我相信你也常听人这么说，先生。

有天风和日丽，我们听说可以洗东西（因为晕船呕吐，这时很需要清洗）。我除了洗我们自己的东西，还帮她洗了个床罩。其实也算不上什么洗，因为我们只能用提供的海水，但至少把污物洗去了，不过洗过之后东西都带有盐味儿。

船开出后一个半星期，我们遇上一阵狂风，船就像软木塞在盆子里一样被风刮得乱晃荡。随后便是一片疯狂的祈祷声和尖叫声。做饭是绝对不可能的了。晚上睡觉也是不可能的，因为如果你不抓好就会从床上滚下来。船长要大副来告诉大家保持冷静，因为这只是阵普通的大风，不值得这样激动，况且这风正把我们向要去的方向刮。但是水在顺着舱口往里进，所以他们就把舱门关上。我们被关在一片漆黑之中，空气更少了，我以为我们都要被闷死了。但是船长一定知道这个情况，因为舱门总有人一时打开一会儿。离舱门近的人身上已打湿，也轮到他们为一直能呼吸到较好的空气付点代价了。

两天后大风停了。新教组织了一个全体教徒参加的感恩仪式；船上的一位神甫为天主教徒做了弥撒。可以说，由于条件所限，没法避免两个仪式都参加，但没人反对，因为就像我说的，这两个教派在船上比在陆地上更能相互容忍。我本人与年老的费伦太太已很友好。她比我母亲腿脚还灵便，可母亲一直很弱。

大风刮过之后，天转冷了。我们开始遇上雾和冰山。有人说今年这个时候比往年冰山多。我们缓慢航行，恐怕撞上冰山。水手说冰山的一大部分在水下，看不见。幸好没有大风，要不我们可能会撞上一座冰山，船就要撞坏了。可是，我看冰山怎么也看不够。这些是冰的高山，有顶峰，也有塔楼，太阳照上去雪白晶亮。中心有蓝光，我想天堂的墙一定是这样的材料做的，只是没这么冰冷。

就在船驶入冰山群时母亲的病加重了。因为晕船，她多半时间卧床不起，除了吃些饼干和水，以及一点麦片粥，其他什么也不吃。父亲也好不了多少。你要是光听他哼哼的声音，他的病像是更重。情况很不好。因为在风暴期间我们没能洗晒床上的东西，我没注意到母亲的病已很重。她说她头疼得厉害，眼睛看不见什么东西。我找来湿布放在她额头上，发现她在发烧。她又说胃很疼，我用手摸了一下。有块大肿块，我以为又是一张要吃饭的小嘴，不过我不知道怎么会长得这么快。

我便告诉老费伦夫人。她说她共接生过十六个婴儿，其中九个是她自己的。她立刻过来，用手摸那肿块，她又是按又是捅，弄得母亲直叫。费伦夫人说我应该去叫医生。我不想去，因为船长说不要因小事去打扰他。可是费伦夫人说这不是小事，也不是婴儿。

我问父亲，他说我想做什么就去做，他病得太厉害，管不了那么多。所以最后我去找医生了，可是医生没来。母亲的病却是越来越严重。她要么不说话，要么说胡话。

费伦夫人说这太不像话，就是对牛也不该这样。她说叫医生时最好说可能是斑疹伤寒或霍乱，因为在船上他们最怕这些病了。我这样说了，医生马上就到了。

但他像公鸡身上的奶头一样，没有一点用——请原谅我的比喻，先生。玛丽·惠特尼爱这样说。他号了母亲的脉搏，摸摸前额之后，问了些问题，母亲没答。他只对我们说她得的不是霍乱。这我早就知道了，霍乱是我编出来的。但她到底得的是什么病他也说不出；很可能是肿瘤，或是囊肿，要么就是阑尾炎。他给了她一些药止疼。我想是鸦片酊，开了很多，母亲一下就不再喊了，他开药肯定就是这个目的。他说我们必须希望她能渡过难关；可是不开刀无法知道她得的什么病，而开刀她一定受不了。

我问他是否能把她抬到甲板上去呼吸些新鲜空气，但他说不能搬动她，然后他就赶快溜了，一边走还一边自言自语地说这下面空气这么糟糕，他都快闷死了。这又是我早就知道的。

我母亲当晚就死了。我希望能告诉你她像书里写的那样临终看到了天使，并在临死前对我们说了番很动人的话。如果她真见到天使了，她没告诉我们，也没对我们说其他什么话。我睡着了，不过我是想守夜的。第二天早上我醒来时，她两眼睁着，眼珠一动不动，已像鲭鱼一样死了。费伦夫人用胳膊搂着我，并用披肩把我裹上，让我喝了一口她带着做药的酒。她说哭一会儿对我有好处，至少那可怜的人已脱离苦难。虽然她是新教徒，但现在已到天堂与有福的圣人在一起了。

费伦夫人还说我们没按照习俗打开窗户让母亲的灵魂飞走；但也许这不会对我可怜的母亲不利，因为船底没有窗户，也就没法打开。可我过去从来没听说过这个习俗。

我没哭。我感到是我，而不是母亲死了。我坐在那儿像瘫了一样，不知道下面怎么办。但费伦夫人说我们不能让她就这样躺着，问我是否有条白床单把她包起来埋葬。我便开始发愁，因为我们只有三条床单。两条旧的，是用破之后，裁成两半，换了边又缝起来的。一条新的是波琳姨妈给的，我不知用哪条。用旧的似乎不敬，但要用新的对活着的人来说又是种浪费。所以可以说，我的所有悲哀都集中在床单的选择上了。最后我问自己，要是母亲活着，她会怎么做。因为她活着时总是把自己放在第二位，我决定用旧的，至少还挺干净。

船长得到通知，派来两名船员把母亲抬上甲板。费伦夫人和我一道上去，把母亲整理好，眼睛闭上，头发放下，因为费伦夫人说人下葬时头发不能打结。除去鞋子，我仍让她穿着死时穿的衣服。我把鞋子留下来，还有她的披肩，因为她已不再需要了。她看上去苍白而虚弱，像朵春天的花。小的弟妹都围成一圈哭，我让他们在她的前额上亲一下，但如果我认为她是得传染病死的，绝不会这样做的。有一个船员对这类事很精通。他把床单整齐地掖在她身下，然后紧紧地缝好，脚下放一节旧铁链，好让她沉下去。我忘了剪她一缕头发做纪念，这本是我应该做的，可是我当时头脑太混乱了，根本记不起来。

床单一盖上她的脸，我就感到不是我的母亲在床单下面，而是另一个女人。要么是母亲变了，但如果我现在把床单掀去，她就会整个变成另一个人。我一定是被惊吓坏了，才会有这样的念头。

幸好船上有个牧师也在作渡洋旅行。他住在一间船舱里，就是在大风之后主持感恩仪式的那个牧师。他读了一段很短的祈祷。我父亲也摇摇晃晃地从货舱走上楼梯，低着头站在那儿，看上去蓬头垢面的，但他至少在那儿。然后，当冰山在我们四周浮过，大雾慢慢飘近的时候，我们把可怜的母亲放下水去。在这之前，我从来没想过她会去哪儿。想到她要在白床单里下沉，周围的鱼都睁着大眼看的情形，就感到有点可怕。这比埋进土里要糟糕，因为如果把人埋在土里，你至少知道他们在哪儿。

然后，一切就很快地结束了。第二天一切照常，只是母亲不在了。

那天晚上，我把一个柠檬切开，叫每个小的都吃一片，我也吃了一片。非常酸，但让你觉得一定会对你有好处。这是我所能想到的唯一能做的事。

现在我还有一件关于那次旅行的事想告诉你。当风平浪静，雾最浓的时候，装着波琳姨妈给的茶壶的柳条篮子掉在地上，茶壶摔碎了。可是，现在尽管大风把船刮得颠簸动荡，那篮子仍在原处，安然系在床头柱子上。

费伦夫人说肯定是有人想偷，但怕人发现住手了，再说这东西本身也不好出手。但我可不这么想。我认为那是母亲的灵魂因我们没开窗户被锁在船底，为我没用最好的床单而生我的气。她将永远像瓶子里的蛾子一样被关在货舱里，在一片可怕的、黑暗的大洋上一趟趟航行，一趟运移民，一趟运圆木。想到这些我很不高兴。

你看人会有些什么怪念头。但我当时只是个小姑娘，非常无知。

15

幸好我们的船不再因为没风而不向前走了；要不然，我们不久就会缺粮断水。一阵大风把雾吹散，他们说我们已安全驶过纽芬兰。不过我没看见纽芬兰，也不知道那是个城市还是农村。很快我们到了圣劳伦斯河，可是还要好一会儿才能见到陆地。我们在船的北边真正看到陆地时，全是岩石和树，看上去黑黑的一片，挺吓人的，根本不适合人住。有大群大群的鸟，像丢失的灵魂一样尖叫，我希望我们不要被迫住在这样一个地方。

但是过了一会儿，岸上可看见农庄和房子了，土地看上去更平静，也许你会说更驯服。我们都被叫到一个岛上，检查霍乱，因为在我们之前有很多人已从船上把霍乱带进这个国家。但是，因为我们船上死的人都是因其他原因死的——除了我母亲之外还死了四人：两个人死于肺病，一人死于中风，还有一个跳水丧了命。他们允许我们继续向前开。我找了个机会在河水里把小弟妹们好好擦洗了一下；因为天很冷，至少把脸和胳膊擦了擦，这是他们迫切需要的。

第二天，我们看见了魁北克市在很陡的峭壁顶上鸟瞰圣劳伦斯河。房子是石头造的，港口的码头上有小贩在卖东西。我从一个小贩那儿买了几个新鲜洋葱。她只说法语，但我们用手指做生意，我想她因弟妹们消瘦的小脸而降低了价钱。我们很馋洋葱，就像吃苹果一样生着吃起来。虽然吃了以后肚子里生气，我可从来没吃过这么好吃的洋葱。

有些乘客在魁北克就下了，想在那儿试运气，但我们继续向前走。

我想不起那后一段旅行中还有什么事值得一提了。我们又向前走了一段，但航行的大部分时间都让人不舒服。然后，我们就到了安大略湖，换乘另一条船。安大略湖其实更像海，而不像湖。有一大群咬人的小飞蝇，蚊子像老鼠那么大，小弟妹们挠痒差点挠死。父亲神情忧郁，常说母亲死了他不知道他一个人怎么行。在这种时候最好什么也不说。

最后，我们总算到了多伦多，他们说就是在这儿可以免费得到土地。这个城市地势又平又湿，情况并不好。那天正下着雨，有很多马车和人匆匆走过，除了大路是柏油铺的，到处都很泥泞。柔和的雨使人感到暖和；空气使人有种浑浊的、沼泽似的感觉，就像油似的粘在皮肤上。后来我听说到了这个季节通常都是这样，很容易引起发烧和夏季疾病。这里有些气灯，但不如贝尔法斯特那么壮观。

人看上去什么样的都有：有很多苏格兰人，一些爱尔兰人，当然有些英国人，很多美国人，还有一些法国人；还有红印第安人，不过他们不戴羽毛。还有些德国人。什么肤色的人都有，这对我来说很新鲜；很难分清这些人说的是哪种语言。有很多酒店。因为有水手，港口有很多醉汉，总的说来，这城市像座巴别塔①。

但是我们第一天没多逛城市，因为我们要给自己找个尽可能收费低的住处。父亲在船上认识一个人，他告诉我们一些情况。他留给我们一罐苹果汁，让我们一家人和行李挤在一个酒店的一间房里（那里比猪窝还脏），然后他又去继续打听了。

他早上回来，告诉我们他找到了住处，所以我们就跟他去了。这地方在港口东边，洛特街过去一点，在一幢过去曾景气过的房子的背后。房东的名字叫伯特夫人，是个体面的海员的寡妇，至少她是这么对我说的。她相当壮实，脸很红，身上有种熏鳝鱼的味儿。她比父亲大几岁。她住在房子的前部，那部分非常需要重新刷层漆。我们住在后面的两间房间里，这部分倒很像是外屋。房子里没有地下室，我很高兴当时不是冬天，要不风会直接从房子中间穿过。地板是用宽木板做的，离地面太近，所以甲虫和其他小虫子会从地板缝中爬上来，特别是下雨之后。一天早晨我竟发现一条活虫子。

我们的房间是不带家具出租的，但是伯特夫人借给我们两个床架和玉米皮做的床垫。她说，这些可等到父亲在悲痛的打击之后重新站起来时再还。我们用水可从院子里的水泵里打。我们可以用连接房子前后两部分的走廊里的一个铁炉子做饭。那其实不是做饭的炉子，而是烤火用的。但我尽可能用它做饭。经过一段时间的摸索，我了解了那炉子的特点，可以在上面放个锅煮东西了。这是我用的第一个铁炉子，所以你可以想象那炉子很多时候让人发急，被烟熏更是常见的事了。但是燃料却很充足，因为整个国家到处都是树，他们正在到处砍，到处清理。而且，正在建造的大楼到处有剩下的碎木片；你只要微笑一下，或者只要愿意

---

① 源自《圣经·旧约·创世记》，系古巴比伦建筑未成的通天塔。

花力气搬，就可以从施工工人那儿拿到木板碎片。

不过，先生，说实话也没什么可做着吃的，因为父亲说他要省下我们剩的那点钱，这样等有机会四处走走，他才能适当谋生。所以，刚开始我们主要吃稀饭。但是，伯特夫人后院棚子里养了只山羊，常给我们新鲜的山羊奶。而且，现在已是六月下旬，她还给我们一些从她的厨房菜园里收的洋葱，作为对我们为她锄草的回报，她地里的野草很多。她做面包时，也喜欢多做一条给我们。

她说她可怜我们，因为我们的母亲死了。她自己没孩子。她唯一的孩子在她亲爱的丈夫去世的时候得霍乱死了。她很想念小脚步走路的声音，至少她是这么告诉父亲的。她会眼巴巴地看着我们，叫我们可怜的没娘的小羊羔或小天使，尽管我们都破衣烂衫，身上也不干净。我认为她想跟父亲结成一对；父亲也很注意，尽可能显示自己的长处。像父亲这样的男人，刚没了妻子，又是孩子一大帮，在伯特夫人看来一定像个成熟的水果，就要从树上掉下来。

她过去常把他叫到前房去安慰他。她说没人会像她这样一个寡妇能了解丧偶的苦楚。丧偶会使人一蹶不振，所以，迫切需要一个真正的、富有同情心的朋友，一个能分担痛苦的人。她说，她就是胜任这一工作的人。她这点可能说得很对，因为还没其他人申请这工作。

我父亲呢，他明白伯特夫人的意思，便开始做戏。整天像晕晕乎乎的男人，手绢不离手。他说他的心被活生生地从身体里拉出来。他亲爱的妻子人太好了，不能在尘世久留，已上了天堂。他现在一个人怎么办呢？有这么多张小嘴要喂。我常偷听他在前客厅这样不停地对伯特夫人诉说。分隔前后房的墙一点也不厚，要是把高玻璃杯对着墙，再把耳朵放在杯子的这一头，会听得更清楚。我们有三个高玻璃杯子，是伯特夫人借给我们的。我把它们一个个试过，很快便找到能让我听得最清楚的一个。

母亲死了，我已感到很痛苦，但一直尽可能挺住这一切，用自己的肩膀顶住车轮。可是听到父亲这样假悲哀，真让我反胃。我认为正是从这时我才开始真正恨他，特别是想到母亲在世时他待她简直不如一块擦靴子的破布。我知道（但是伯特夫人不知道）他这都是装的，他想让她可怜他，因为他把房租钱在附近的酒店里花了，拖欠着房租还没交。他还把母亲留下的上面有玫瑰花的茶杯也卖了。尽管我求他把打破的茶壶给我，可他说那壶的破痕很整齐，可以修补，所以把壶也卖了。母亲的鞋子和我们最好的床单也都给他卖了。我当时应该用那床单来埋葬母亲的，那样才合理。

他会像公鸡一样快活地离家，假装去找工作，可我知道他是到哪儿去，因为我可从他回家时身上的味儿猜出来。我会眼见着他大步从小路走出去，把手绢塞回到口袋里。不久，伯特夫人就放弃了她的安慰计划，也不在前客厅里设茶会了。她不再向我们提供羊奶和面包了，并收走了她的高玻璃杯子，催我们交房租，否则她就要把我们连人带包全赶出去。

就在这时，父亲开始告诉我，我已差不多是个大人，可还在家吃白饭。我应该学姐姐的样子（不过她从来没有把足够的工钱寄回家，这个忘恩负义的丫头！），出去挣自己的面包了。我问他谁来照看小的弟妹时，他说我下面的妹妹凯蒂。她当时才九岁半，但我知道只能这样了。

我一点也不知道怎么去找工作。因为我在这里只认识伯特夫人一个人，我就去问她。她现在想把我们赶走，也不怪她，但她在我身上看到把欠的钱拿回来的希望。她有个朋友认识帕金森夫人家的女管家，她听说他们缺个人。所以她要我梳洗干净，借给我一顶她的帽子，亲自带我去那儿，把我介绍给女管家。她说我人品好，肯干也能吃苦，她可替我作担保。然后，她说我母亲在船上死了，就埋在海里。女管家也认为这太凄惨了，更仔细地看了看我。我发现什么也比不上用死人为自己开门。

女管家叫霍尼夫人，不过她也只是名字甜①。她是个干瘪的女人，鼻子尖尖的像烛剪，看上去好像整天只吃干面包皮和奶酪皮。她是个落难的有教养的英国女士，因为丈夫死了，而且被独自困在这个国家，没有自己的经济来源，才当女管家的。伯特夫人告诉她我十三岁，我也没更正，因为她事先告诉我最好这样说，才容易受雇。其实那不完全是说谎，不出一个月我就真的要十三岁了。

霍尼夫人紧闭着嘴看着我，说我简直骨瘦如柴，希望我没什么病，并问我母亲是生什么病死的。伯特夫人说不是传染病，我只是长得小些，还没完全长开，但我很结实，因为她曾看见我像男人一样搬一堆堆木头。

霍尼夫人对此不全信，鼻子里哼了一下。接着问我是不是坏脾气，因为红头发的人经常脾气不好。伯特夫人说我有着世界上最好的脾气，并且像圣人一样以基督教的顺从忍受自己的全部不幸。这又使霍尼夫人想起问我是不是天主教徒，因为爱尔兰来的多半是天主教徒。如果我是，她就不能雇我，因为天主教徒迷信，会造反，正在搞垮这个国家。她听说我不是，才松了口气。霍尼夫人问我会不会缝纫，伯特夫人说我缝起来快得像阵风。霍尼夫人直接问我是不是这样，我尽管很紧张，还是开口回答她说，我很小就帮母亲做衬衣，可以缝最好的纽扣眼，也会补袜子。我说话时没忘记称呼她太太。

然后霍尼夫人思寻起来，好像正在脑子里把数字加在一起。接着她要看我的手。也许她是想看看我的手是不是干活的手，其

① 她的名字“Honey”在英文中意为“蜂蜜”，此处为双关用法。

实她不必担心，因为我的手正像她所期望的又红又粗，她看上去很满意。你可能会觉得她在买匹马，所以我很吃惊她没要看我的牙齿，但是我猜想要付工钱总想能付得值得。

结果，霍尼夫人与帕金森夫人商量之后，第二天就带话来要我去。我的工钱是吃住外加一块钱一个月，这是她凭良心能付的最低工钱。但是，伯特夫人说等我受了些训练，长大些，工钱会多些，当时的一块钱比现在的一块钱买的东西多。对我来说，我很高兴能自己挣钱，我认为这是很大一笔钱。

父亲以为我会两处走，在家（他把我们的两间摇摇晃晃的房间叫做家）睡觉，还能一大早起来点着那讨厌的炉子烧开水，晚上仍能收拾房间、洗衣服（或者说，用我们的方法洗衣，因为我们既没有铜盆，父亲又不愿买哪怕是最贱的肥皂）。可是，帕金森夫人家要我留宿，并且我下个星期一开始就得去。

我虽然不愿离开弟弟妹妹们，但很庆幸自己就要离开家。要不，我和父亲不要多久就会打得头破血流。我越大越难让他高兴，同时，我也丧失了孩子对家长的自然信任，因为他是在从自己孩子的嘴里把面包抠出来换酒喝。他很快就会逼我们去讨饭或去偷，或去干更糟糕的事。而且，他又开始发火了，火气比母亲活着时还大。我的胳膊已被打得青一块紫一块。后来有天晚上他像过去有时对母亲那样把我往墙上撞，大喊我是贱货、婊子。我昏了过去。打那以后，我就怕他哪天会打断我的脊椎骨，把我弄成残废。但发火之后，第二天醒来时他会说一点也记不起发过火的事，他说他做了反常的事，自己也不明白是怎么回事。

尽管我一天下来累得不行，可晚上总是睡不着，总是想这些事。谁也不知道他什么时候会像这样失控，暴跳如雷，无缘无故地（一定是因为喝了酒）要杀这个，要杀那个，连自己的孩子也不例外。

我想起那很重的大铁锅。如果他睡着时那锅砸在他头上，就会砸开他的脑壳，叫他立即死去，而我会说这只是个事故。我不想去犯这样严重的罪恶，但我是怕自己心里那股恨他的怒火会迫使自己那样做。

所以，在准备去奥尔德曼·帕金森夫人家时，我感谢上帝把我从诱惑的路上拉开，并祈祷上帝今后也不要让我被诱惑。

伯特夫人和我吻别，祝我安好。尽管她脸肥胖且带有斑块，身上有熏鱼的味儿，我还是很高兴她这样做了，因为在这个世界上就是这些零星的善意也该尽可能接受，人的善心是不会长在树上的。我走时小弟妹们都哭了。我手里拿着个小包，里面装着母亲的披肩。我说我会回来看他们的，当时我是这样想的。

我走时父亲不在家。他不在正好，因为我很遗憾地说，如果他在场，很可能出现的情况是双方对骂，不过我这边只会是默默地诅咒。除非有篱笆挡着，公开与比你强的人对骂总是个错误。

16

寄自加拿大西部金斯顿市低联合街C·D·汉弗莱少校转西蒙·乔丹医生；

致美国马萨诸塞州多尔切斯特爱德华·默基医生。

1859年5月15日

我亲爱的爱德华：

我在熬夜给你写这封信。我们过去常在一起熬夜。这个该死的房子很冷，与我们在伦敦住的地方温度一样低。但很快就要很热了，阴湿的瘴气和夏季的疾病就要向我们袭来，我又该抱怨不休了。

谢谢你的来信，感谢信中的好消息。你向可爱的科尼利亚求婚了，她竟答应了你的请求！请饶恕你的老朋友并未因此感到吃惊，因为你对这事在来信中早有透露，读信人无需太敏锐就能觉察出。请接受我最诚挚的祝贺。从我所听说的关于拉瑟福德小姐的情况看来，你是个幸运的人。此时此刻我羡慕那些已找到爱的归宿的人；或许我羡慕他们能有爱情。我常感到自己没有爱情，而只有一块心形状的石头，所以注定要像华兹华斯①所说的那样“像片云一样孤独地飘游”。

你订婚的消息一定会使我亲爱的母亲大受鼓舞，更会使她为我的婚事操劳。毫无疑问，她会把你当作判断正确的最佳榜样来批评我，会把你当作根棍子，一有机会就用来打我。不过，她是对的。总有一天我必须排除种种顾虑，照《圣经》里说的“多结果实，多子多孙”。我必须把自己的石头心交给一位慈善的女士，她应该不介意我的心不是肉做的真心，也该有足够的财产让她照顾我的石头心，因为众所周知石头做的心比真的心对生活的舒适更苛求。

尽管我有石头心这个缺陷，我母亲还是不停地为我的婚事操心。她正在大唱一位菲斯·卡特赖特小姐的赞歌，你应该记得几年前来我们家时见过这位小姐。她去了趟波士顿，据说大有进步。可是在我看来，你一定也有同感，我亲爱的爱德华（我们俩都在哈佛读的大学），波士顿没能改善过任何人。但是，从我母亲大力夸奖这位少女道德上的美德这点看来，恐怕她其他方面的

---

① Wordsworth（1770—1850），英国浪漫派诗人，于1843—1850年为桂冠诗人。

缺陷还没得到改善。天啊，优秀而又纯洁的菲斯绝不可能把你的玩世不恭的老朋友变成情人。

好了，就发这么多牢骚了。我非常为你高兴，我亲爱的伙伴。如果你举行婚礼时我就在附近，我会带着世界上最好的祝愿在婚礼上跳舞。

感谢你陶醉在幸福之中还询问我在格蕾丝·马克斯一案上的进展。我还没什么可报告的，但因为我所采取的方法产生的效果是渐进的，积累性的，我没期望很快就得到结果。我的目的是要唤醒她头脑中那沉睡的部分，探索她意识以外的领域，发现可能埋藏在那儿的记忆。我把她的头脑当作一个上了锁的盒子看待，我一定要找到打开那锁的钥匙。不过，到目前为止，我必须承认我还没有多大进展。

如果她真的疯了，或者比现在表面上看到的更疯一点，事情就好办一些。可到目前为止，她所表现出的镇定就连公爵夫人也要羡慕三分。我还从来没见过哪个女人这样有自制能力。除了我到这儿之前发生的那件事（很可惜我来得太晚了），她没再犯病。她的声音低而悦耳，比通常的仆人有教养。这无疑是她常在比自己社会地位高的人家干活时所学来的，但她已几乎没有刚来时的那种北爱尔兰口音了。不过，这也没什么稀奇的，因为她当时还是个孩子，她已在这个大陆上度过了生命的一大半时间。

她"坐在垫子上，缝着一条细边"①，像黄瓜一样冷静。她的嘴像女家庭教师那样一本正经。我用胳膊肘支撑着自己坐在对面的桌子那儿，绞尽脑汁想法把她那牡蛎壳似的嘴打开。尽管她谈话时似乎很坦率，但总能尽可能少地告诉我我想知道的东西。尽管我已弄清她小时候的家庭情况，以及远涉大西洋移民来这里的情况，但没什么特别值得注意的，不过是一般的贫穷、受苦之

---

① 引自英国儿歌。

类的经历。那些相信精神失常是遗传的人可能会因她父亲是个酒鬼，并可能是纵火犯这一事实而感到宽慰。可是，且不谈那些与遗传理论截然相反的理论，我也远不能确认这些倾向一定是遗传的。

至于我本人，要不是她的案子所具有的吸引力，我可能会因无聊而发疯的。这里几乎没有社交活动。除去杜邦医生，没人分享我的感情和兴趣。杜邦医生像我一样，也是暂时在这儿，但他笃信那个苏格兰疯子布雷德的理论；他自己也是个怪人。这里没有娱乐生活，但我已决定问房东太太是否能在她的后院（那里的地很可惜地荒着）开块地，种点包菜什么的，这只是为了消遣和锻炼。可见我已无聊到什么程度，我可是这辈子也没碰过铁锹！

现在已过半夜，我必须到此搁笔，爬上我那冰冷而又孤独的床。请接受我最好的思念和祝愿。我相信你的生活一定会更成功，不会像我的生活这样令人困惑。

你的老朋友，

西蒙

VI

秘密的抽屉

歇斯底里症——此类阵发病大多发生在年轻的、神经质的未婚女子身上……患有这种阵发病的年轻女子容易感到她们在经受“肉体所可能沾染上的所有疾病”的折磨。她们所表现出的假病症与真病症非常相似，所以常常极难分辨出真假。多数病人在该病症阵发之前会出现精神忧郁、流泪、反胃、心动过速等现象……发病时病人通常不省人事，晕倒，身体乱动，口吐白沫，语言不连贯，一会儿笑，一会儿哭，要么就尖叫。发病之后，大部分病人痛苦地哭，有时知道发病了；有时对发生的事一点也不知道……

——伊莎贝拉·比顿，《比顿管家大全》，1859—1861

我的心会听见她，激烈跳动，
哪怕它是躺在泥床上的泥土；
我的灰会听见她，激烈跳动，
即便我已在百年前就木；
会在她脚下惊吓颤动，
开出紫的红的花簇。

——艾尔弗雷德·丁尼生，《莫德》，1855

17

西蒙梦见一条走廊。那是他家老房子（他童年时的房子）里的顶楼通道，他父亲没破产去世前他们住在那幢房子里。女佣们住在顶楼。那是个像他这样的男孩儿不该探索的秘密世界，但他穿着袜子像间谍一样爬上去过。他在半开着的门外偷听她们在认为没人的时候会说些什么。

胆大时，他会在她们都在楼下时走进她们的房间。他会很激动地去看她们的东西，她们那些不让人看的东西。他会打开抽屉，摸摸断了两个齿的木梳子和细心卷起来的丝带。他会在角落里、门背后乱翻：穿皱了的衬裙，只剩一只的棉袜子。他会用手去摸，摸上去很暖和。

在他的梦里那过道与真的一模一样，只是大了一点。墙也更高、更黄，并在发光，好像太阳光正把这些墙照透。但门是关着的，并上了锁。他一扇扇门都试了，把门闩向上提，轻轻推门，但一扇也打不开。但他知道里面有人，他能感觉到她们。那些女人，那些女仆穿着白棉衬衫坐在她们的窄床的床边。她们的头发没扎上去，带着波浪披到肩膀处，她们的嘴唇微张，眼睛闪烁。她们在等着他。

门最终打开了。里面是海。他没来得及止步，就朝下走去，水漫过他的头，头上升起一股银色的水泡。他耳朵里听见铃响，一阵微弱的、银色的笑声，然后很多手在抚摸他。这是那些女仆，只有她们会游泳。但她们都从他身边游走，遗弃他。他对她们叫，帮帮我，但她们已走了。

他抓住一件东西：一把破椅子。海浪起伏不停。尽管浪很大，但没有风，空气清新，沁人肺腑。在他身旁够不着的地方，各种东西都浮在水里：一个银端盘，一对烛台，一面镜子，一个刻了花纹的鼻烟盒，一块会发出蟋蟀样的唧唧声的金表。这些东西本是他父亲的，但他死后就都卖了。它们像气泡一样从海底浮上来，越来越多。快到水面时这些东西慢慢翻个个儿，像腌熏的鲱鱼。它们不像金属那样是硬的，而是软的；外表有层像鳝鱼一样的带鳞的皮。他满怀恐惧地看着，它们现在都聚在一起，缠绕成一团，重新组合。触角在长。出现了一个死人的手。这是他父亲正在缓慢地起死回生。他强烈地感到自己违背了长者的意志。

他醒来了。心怦怦直跳，床单和被子都缠在他身上，枕头全掉在地上。他全身被汗湿透了。他静静地躺了一会儿，回想这一切。他想他能理解是什么样的联想让他做了这样一场梦。是格蕾丝的故事，在大西洋的航行，海上的葬礼，家用物品的目录，当然还有那专横的父亲。一个父亲使他联想起另一个父亲。

他看了看放在床边小桌上的表：他第一次睡过了头。幸好早饭也晚了。但粗鲁的多拉随时都可能到。他不想让她看见他穿着睡衣，发现他睡懒觉了。他把晨衣往身上一搭，迅速坐在写字台前，背对着门。

他要把刚才的梦记在日记里；他的日记专门记这些。法国有个学派的精神病医生提议把梦的记录当作一种诊断工具。他们记下病人的梦，也记下自己的梦，然后两者加以比较。他们认为梦像梦游症一样是意识以外的动物生活的表现。人眼看不见，也无法用意志去控制。也许记忆链的挂钩，或许是铰链，就在那儿？

他必须重读托马斯·布朗①有关联想和暗示的书以及赫巴特②的意识界限理论，即区分阳光下有意识的意念与阴影之下那

---

① Thomas Brown（1778—1820），苏格兰心理学家，主要理论是人脑的联想和暗示。

② Herbart（1776—1841），德国哲学家，心理学家，数学家，写有关于人的有意识与无意识现象的重要著作。

些已被遗忘的意念的分界线。莫罗·德·图尔斯认为梦是了解精神病的关键。梅因·德·比朗把有意识的生活仅仅看作一个岛，浮在下意识的宽阔水面上，但像鱼一样从水中吸取意念。已为人知的那部分只是这一黑暗的贮藏室里的一小部分。失去的记忆像下沉的宝贝一样躺在水底；有可能的话，人只能一件件地去找回这些宝贝。而健忘本身可能是梦的相反形式：沉溺于回想，钻进……

他背后的门打开了：早饭送进来了。他很勤奋地蘸了下墨水。他等着端盘嘭地放下的声音，以及陶器与木头相碰的声音，但他没听见。

“就放在桌上，行不行？”他没转身就说。

只听见一声空气从小风箱跑出的声音，接着是一阵东西被打碎的声音。西蒙的第一个念头就是多拉把端盘向他摔来，因为在他看来多拉一直有种压抑的、潜在的犯罪暴力行为。他不禁叫起来，从椅子里跳出来，猛一转身。直挺挺地躺在地上的是房东太太，汉弗莱夫人，破碎的陶器和食物撒了一地。

他赶快上前，跪在她身边，开始号脉。至少她还活着。他翻开一只眼皮，看到蛋白色。他很快解开她戴着的不很干净的全身围裙，他可以认出这就是邋遢的多拉常穿的那个围裙。然后他解开她裙子前面的扣子，这时他发现掉了个扣子，但线还挂在上面。他在几层布里寻找了一阵，终于用自己的小折刀把她胸衣的带子割断了。她体内散发出紫罗兰水、秋叶和湿的肉体的味儿。他没想到她身上还有些肉，不过她还远远算不上丰满。

他把她抱到自己的卧室（客厅里的沙发太小），让她躺在床上，并在她脚下放了个枕头，以便让血流回她的头脑。他想脱去她的靴子（今天早上她的靴子还没擦过），但认为这是不必要的亲昵。

汉弗莱夫人的踝部很好看，但他赶快把目光移开；她的头发因摔倒而变得蓬乱。这样看，她比他原来想的年轻。同时，因为丧失意识后她脸上不再有常见的愁容，显得更有魅力。他把耳朵凑近她胸部，听见心跳正常。这只是一般的虚脱。他用水罐里的水把毛巾弄湿，放在她的脸和脖子上。她的眼皮开始动了。

他从放在床头柜上的瓶子里倒出半杯水，加进二十滴嗅盐水，然后用一只胳膊扶着汉弗莱夫人，一只手把水送到她嘴边。他每天下午去谈话时总带着这瓶子，以防格蕾丝出现类似的虚脱，因为他听说她有晕倒的倾向。

“把这水喝下去。”

她笨拙地大咽了一口，然后把一只手抬到头上。他刚发现她脸旁有个红印子。可能她的那个无赖丈夫不仅是个酒鬼，还是个恶棍。不过那红印看上去更像重重的一记耳光，而像少校这样的男人更会用拳头。西蒙感到一股想保护她的怜悯，但他对此实在无能为力。这女人只是他的房东，除此之外她对他来说完全是个陌生人。他不想改变这样的关系，但是他脑子里却不由自主地（一定是见到一个无能为力的女人躺在自己的乱糟糟的床上而引起的）出现了这样一个场面：半昏迷状态中的汉弗莱夫人两手无望地在空中挥动，没穿胸衣，衬衫被撕开一半，仍穿着靴子的脚（这很奇怪）痉挛性地乱踢，弱弱地发出喵声；一个巨大的身影正对她横施强暴。那人一点不像他，不过从上面、从背面看（这是他目睹这一肮脏场面的角度），那件有衬里的晨衣看上去跟他的一模一样。

每当他观察到自己脑子里这类想象力的表现时总感到很好奇。它们是从哪儿来的？如果他有这样的想象力，大多数男人也一定有。他的精神健全而又正常，而且头脑中的理智功能已得到高度发展。可是，他却不完全能够控制这些场面的出现。一个文明的男人和一个野蛮的魔鬼（或称疯子）之间的区别也许只在于薄薄的一层有意识的自制力。

“你很安全，”他和蔼地对她说。“你摔了一跤。必须静静地休息，好点儿才能动。”

“但是——我躺在床上。”她四处看着。

“这是我的床，汉弗莱夫人。因为没其他合适的地方，我只好把你放在我床上。”

她脸上的皮肤变红了。她已注意到他穿着晨衣。“我必须马上离开。”

“我请求你记住我是个医生，现在你是我的病人。如果你现在硬要起来，病可能会复发。”

“复发？”

“你晕倒了，手里还端着……”似乎提这事很不雅，“我的早饭。我想问你——多拉哪儿去了？”

使他感到不安的是（但他并不感到突然），她哭着说：“我付不起她的工钱。我欠了她三个月的工钱。我卖掉了一些私人的东西，但我丈夫两天前把钱抢走了。他走后就没再回来。我不知道他上哪儿去了。”她显然想止住眼泪。

“那今天早晨？”

“我们争吵起来。她坚持要钱，我说我付不出，也不可能付。她说如果那样，她就自己付自己了。她开始翻我的衣柜抽屉，我想是找珠宝。什么也没找到，她就说想要我的结婚戒指。我的戒指是金的，但很平常。我尽力不让她抢走。她说我不老实。她……打了我。然后把戒指拿走了，并说她不再做我的免费奴隶了，说完就离开了。她走后我就自己给你做早饭，送上来。要不，我怎么办呢？”

那么，她不是挨了丈夫打，西蒙想，而是那头母猪多拉。汉弗莱夫人又开始哭起来，轻轻地、毫不费劲地哭，那抽泣声就像是鸟在唱歌。

“你一定有要好的女朋友处可去，或者要她来。”西蒙急着要把汉弗莱夫人交给别人来照看。女人们互相帮助，照顾受苦的人是她们的本能。她们会做牛肉茶和肉冻。她们一起织舒适的披肩。她们互相抚慰，互相劝解。

“我在这里没有朋友。我们在原来的住所经济上有了困难，最近刚搬来。我丈夫不喜欢让人来，也不让我出去。”

西蒙产生了一个有用的想法：“你必须吃点东西，感觉就会好些。”

听了这话，她对他惨淡地微笑着说，“这个房子里没有吃的，乔丹医生。你的早饭是最后一点吃的了。自从我丈夫走后，我已两天没吃东西了。还剩些吃的，都让多拉吃光了。我只是喝了些水。”

所以西蒙亲自来到市场，用自己的钱为保持房东太太的身体健康而购买食品。他已扶着汉弗莱夫人下楼回到自己的住处。她坚持要这样，说万一她丈夫回来发现她在房客的房间里，她会解释不清。他看到她的房间里基本没有家具，并不感到惊奇。前客厅里只有一张桌子，两把椅子。但在后面的卧室里还有张床，他把神经衰竭的汉弗莱夫人放在床上。她还在挨饿，怨不得这么瘦。他把自己的思路从床上移开，不去想那床上可能发生的夫妻间的受罪场面。

然后，他回到楼上自己的住处，找到一个污水桶，厨房已是一团糟。他打扫干净打翻在地的早饭和打碎的碟子，发现只有这一次，掉到地上的鸡蛋做得恰到好处。

他想自己应该通知汉弗莱夫人，他想换个住处。这会给他带来不便，但这样比打乱生活和工作要好，因为如果留在这儿，结果必定如此。毫无疑问，当债主执行官到他的住处搬家具时，一定会弄得到处乱七八糟，混乱一团。但如果他离开，这可怜的女人怎么办？他可不想因为她而受到良心的谴责，但如果她饿死在街的拐角，他的良心一定不会感到轻松。

他买了些鸡蛋，一些咸肉和奶酪，还从一个老农妇摆的摊子上买了些看上去脏兮兮的黄油，并在一个店里买了些茶，装在纸里包起来。他想买些面包，但没找到。他实在不知道上哪儿去买。他过去到市场来过，但只是很快地溜了一趟，是为了买他希望能刺激格蕾丝的记忆的蔬菜。可现在他处于一个完全不同的地位。他在哪儿能买到牛奶？为什么没见到苹果？因为只要有吃的，他从来不管吃的是从哪儿来的，所以这里是个他从未探索过的天地。市场上买东西的其他人有仆人，她们把女主人的购物篮子挎在胳膊上。再就是贫穷阶级的妇女，她们戴着软塌塌的女帽，披着脏乎乎的披肩。他感到她们在背后嘲笑他。

他回来时，汉弗莱夫人已起来。她用被子包着自己，头发已梳理整齐，坐在炉子旁（幸好炉子着着，要不他可不知道怎么点炉子），两手直搓，发着抖。他成功地泡了点茶，煎了鸡蛋和咸肉，并烤了个最后总算在市场上找到的发硬的面包。他们一起在还剩下的一张桌子上吃这些食品。他希望能有些橘子酱。

“你真好，乔丹医生。”

“不要多想这些。我不能让你饿死。”他的声音听起来比他内心想表示的要轻快，那声音像是发自一个快活的、但不甚真诚的舅舅，他迫不及待地把二十五分钱交给卑微顺从、等不及的穷亲戚外甥女，掐一下她的脸颊，然后飞快逃去看歌剧了。西蒙想知道那个坏少校现在在干什么，暗自诅咒他，并羡慕他。因为不管他在干什么，都会比他现在干的事令人愉快。

汉弗莱夫人叹口气说，“我就担心事情会是这样的结果。我已经山穷水尽了。”她现在很冷静，在客观地看待自己的情况。“要付房租，可我没钱。他们很快就会像秃鹫一样来吃骨头上的肉，我就会被赶出去。或许我还会因债务被捕。我情愿去死。”

“你肯定会做些活，”西蒙说，“借以维生。”她在极力维持自尊，西蒙为此而钦佩她。

她用眼凝视着他。她的眼睛这样看起来呈一种奇怪的海绿色。“你说呢，乔丹医生？精美的针线活？我这样的女人没什么手艺可赚钱。”她嗓音里有点恶意的嘲弄。她是否知道在她毫无知觉地躺在他睡过的床上时他脑子里在想什么？

“我可以提前交你两个月的房租，”他不知不觉地这样说。他是个傻瓜，一个软心肠的大傻瓜。如果他有理智的话，就该像魔鬼本人在追他一样赶快离开这儿。“这应该足以抵挡一阵那些豺狼，至少你能有时间考虑一下自己的前景。”

她眼睛里充满了泪水。没说一句话，就拿起他在桌上的手，轻轻地压在自己的嘴唇上。结果他的手只是被留在她唇上的黄油印稍稍弄湿了。

18

今天乔丹医生看上去比平常思想不集中，好像有什么心事；他似乎不知怎样开始谈话。在他没完全镇静下来之前，我就做我的针线活。然后他说，你是不是在缝一条新被子，格蕾丝？

我说，是的，先生，是给莉迪亚小姐缝的“潘多拉的盒子”。

这句话让他变得好为人师起来，我知道他要教我些什么了。绅士们都好为人师，金尼尔先生也像这样。他说，你知道潘多拉是谁吗，格蕾丝？

我说，知道。她是很久以前的一个希腊人。她打开了一个不许她打开的盒子，很多种疾病，还有战争和其他人类的罪恶都从盒子里出来。我是很久以前在帕金森夫人家知道这个故事的。玛丽·惠特尼不喜欢这个故事。她说如果他们不想让人打开那盒子，干吗把它随便放呢？

他见我知道这故事，感到很吃惊，就问，但你是不是知道那盒子最底下还留着什么？

知道，先生，我说，是希望。你可以拿这个开玩笑说，只要刮桶底就有希望，就像有些人到最后绝望了才结婚似的。要么，你可以说这也是个希望箱。不管怎么说，这只是个寓言。不过，这倒是个漂亮的被子图案。

是啊，我猜想我们时不时总是需要一点希望，他说。

我刚想说我已有很长一段时间没有希望地过日子了，可我忍住了没说。然后，我说你今天看上去不像以往，先生，我希望你没生病吧。

他嘴角高低不平地微笑着说，他没病，只是脑子里事很多。但是，只要我能继续谈自己的身世，就对他有帮助，因为那样会使他忘记烦恼，但他没说他的烦恼是什么。

所以我就接着说。

现在，先生，我说，我要告诉你我一生中最幸福的一段，在这段里我要谈到玛丽·惠特尼。然后，你就会理解我为什么在需要时借用她的名字，因为她绝不会在朋友需要时拒绝帮忙的。我希望在必要时我也能帮上她的忙。

我的新雇主的房子很大，据说是多伦多最好的房子之一。它在湖滨街，面对安大略湖，那里还有很多大房子。房子正面有装有白柱子的半圆形门廊。餐厅和客厅都是椭圆形的，尽管有过堂风，但看上去很气派。图书室像舞厅那么大，里面的书架快碰到天花板了，上面装满了皮封面的书，那书里的字是你一辈子也读不完的。卧室里有很高的带华盖床架的床，上面挂有帘帷，并有夏天防苍蝇的帐子。还有带镜子的梳妆台、红木的小衣柜和一整套五斗橱。他们信英国国教，当时所有上层人物和想当上层人物的人都信国教，因为那是法定的。

这个家有市政议员帕金森先生，我们很少见到他，因为他忙于生意和政治。他的样子像个苹果插上两个棍子做腿。他身上挂着那么多金表链、金徽章、金鼻烟盒和其他小饰物，如把他化了你可从他身上打出五根项链，外加相配的耳环。然后就是帕金森夫人。她的仪表威严，穿不穿紧身胸衣身材完全不一样。但如果用胸衣紧紧地束缚好，她的胸部会像个架子似的挺出，上面可放上一个茶盘，走起来一滴茶都洒不出。她从美国来。据她说，在没为帕金森先生所倾倒之前，她是个富有的寡妇。把她弄倒一定不容易。玛丽·惠特尼说帕金森先生把她弄倒之后还活着真是奇迹。①

她有两个成年的儿子，在美国上大学。她还有条长毛垂耳狗，名叫贝弗丽娜，我把它当作家庭成员是因为他们是这样待它的。我一般说来喜欢动物，但要喜欢这狗可不容易。

再就是仆人了。有很多仆人，我在那儿时有人走有人来，所以我就不都提了。帕金森夫人有个贴身女仆，她自己说是法国人，不过我们都怀疑。她不跟其他人来往。还有女管家霍尼夫人，她住在一楼后面一间相当大的房间里，男管家住在那儿的另一个大房间里。厨师和洗衣女仆住在厨房旁边的房间里。园丁和马夫住在外屋，两个厨房女帮工也住在那儿。外屋在马厩旁边，里面有马和三头奶牛，有时我去帮着挤奶。

我被安置在顶楼，即后楼梯的顶头，和玛丽·惠特尼睡一张床，玛丽在洗衣房帮忙。我们的房间不大，因为离房顶太近，而且没有壁炉或炉子，夏天热冬天冷。房间里有张床，床上有个装满草的床垫；一个小柜子；一个普通的脸盆架上面有个有小豁口的脸盆；还有一个尿盆；有个直的靠背椅，涂着淡绿色的漆，晚

① 此处玛丽·惠特尼在用原文中“sweep someone off his feet”（为某人倾倒；把某人撞倒）的双关意思说俏皮话。

上我们把叠好的衣服放在上面。过道对面住的是艾格尼丝和埃菲，她俩都是卧室的女仆。艾格尼丝信宗教，但心地善良，爱帮助人。她年轻时因试着用一种药方想把牙齿上的黄垢去掉，却把牙上的白色也去掉了，这很可能是她很少笑的原因；即使笑，她也总注意把嘴闭着。玛丽·惠特尼说她常祈祷是因为她想请求上帝让她重新有白牙齿，但到目前为止没见效果。埃菲在她的男朋友因三年前参加大造反①而被运到澳大利亚后变得很忧郁。她收到一封信说他死在那儿了，她曾用围裙带上吊自杀，但带子断了，有人发现她在地板上，有些喘不过气来，而且精神失常了，不得不把她送走。

我一点不知道大造反的事，因为我当时不在这个国家，所以玛丽·惠特尼告诉了我。那是造贵族，也就是那些掌管一切、占有钱和土地的那些人的反，造反的领导人是威廉·莱昂·麦肯齐。他是个激进分子，造反失败后，他穿着女人的衣服在冰天雪地中逃过安大略湖，逃到美国。在逃亡途中有很多次他都可能被出卖，可没人出卖他，因为他是个好人，总是为普通农民说话。可是，很多激进派人士都被捕了，被运走或被吊死，并丧失了自己的财产。要么，就向南边逃。留在这里的大多数人是保守党，或者他们自称是保守党人。所以除了朋友之间，最好不要谈政治。

我说我根本不懂政治，所以无论如何也不会想到谈政治。我问玛丽她是不是激进派人士。她叫我不要告诉帕金森家里的人，因为她没告诉他们实情。她的父亲就是因为参加激进党而丢了农场的。打那以后，他花了很大的劲才洗清自己；他们把他在与熊和其他野兽搏斗的情况下亲手造的圆木房烧了。后来，他因冬天躲在树林里染上了病而死去；她母亲因悲伤而死。但是到了适当

---

① 指 1837 年由脾气暴躁的民主领袖威廉·莱昂·麦肯齐领导的公开造反，后被英国政府的正规军和民兵所镇压。

的时候，他们的仇是一定要报的。玛丽说这话时神态很凶。

我很高兴能跟玛丽·惠特尼在一起，我立刻喜欢上了她。除了我，她是最年轻的女仆。她今年十六岁，是个漂亮、快活的女孩子。她身材很好，深色头发，闪亮的黑眼睛，玫瑰色的脸颊上长着一对酒窝。她身上的气味像肉豆蔻或天竺花。她向我了解我的身世，我同她讲了一路上船上的情况，母亲死了，被埋在冰山下的海底。玛丽说这很让人伤心。然后我向她谈起我父亲，当然没告诉她最糟糕的那部分，因为说家长的坏话是不对的。我告诉她，我怕父亲想要我的全部工钱。她说我不该把钱给他，因为不是他挣的，而且他拿了钱对我弟弟妹妹都没好处，他会都自己用了，很可能买酒喝。我说我怕他，可她说在这儿他不敢拿我怎么样。如果他想整我，她会告诉马厩里的吉姆，他个子很大，有很多朋友。所以，我就放心多了。

玛丽说我虽然很年轻，像鸡蛋一样无知，但是我却像新的一分钱币一样发亮，充满灵气。无知和愚蠢之间的区别是无知的人可以学。她说，我看上去是个能做好自己分内活儿的能干人，我们会很合得来。她已在另外两家做过。她说如果要在外帮工，帕金森家是不错的，因为他们吃饭不限量。她这话说得很对，因为我很快就长胖长高了。加拿大的食品的确比大洋那边来得容易，而且种类也更多。就连仆人也天天吃肉，哪怕只是咸肉或熏肉，还有面粉和玉米做的好面包。东家自己就养了三头奶牛，还有自己的厨房菜园，果树，草莓，黑加仑，葡萄及花卉的苗圃。

玛丽·惠特尼是个爱玩爱笑的女孩子。当只有我们俩在一起时，她说话很调皮，很大胆。但对年纪大的、地位高的人却很尊敬、顺从。因为这点，加上她干活利索，大家都喜欢她。但在他们的背后，她开他们的玩笑，模仿他们的脸、走路和做事的姿态。她嘴里说出的话常常让我听了感到吃惊，因为很多话都很粗鲁。这倒不是因为我过去没听过这样的语言；相反，在家里父亲喝醉酒时，到这儿来的船上，以及在海港靠近酒店和客栈的地方，这样的语言我听得太多了。我吃惊是因为这些话出自一个这么年轻、漂亮，这么干净、整洁的女孩之口。但我很快就习惯了，心想这是因为她是个生长在加拿大的孩子，对人的等级不够尊重。有时我会对她的行为感到吃惊，她会说我很快就会像艾格尼丝那样唱赞美歌了，然后她会把嘴巴往下撇，做出闷闷不乐的样子，把脸弄得像老姑娘的屁股一样走来走去。我会叫她不要那样做，我们就会都大笑起来。

但是，她对有人很富而有人很穷感到生气，她看不出这里有什么神的意志。她坚持说她奶奶是红印第安人，所以她的头发这么黑。她说只要有机会，她就会跑到林子里去，手拿弓箭到处走，不必再把头发夹上或再穿紧身胸衣，并说我可以跟她一起去。然后我们就会开始计划怎样躲在森林里，伏击过路人，揭他们的头皮，这是她在书里读到过的。她说她想揭下奥尔德曼·帕金森夫人的头皮，只是感到有点不值得，因为她的头发不是自己的。在她的化妆室里有一束束的头发，而且她还看到那位法国女仆在刷一大堆那样的头发，她还以为是那只长毛垂耳狗呢。不过，这只是我们说说而已，不会真这样做的。

玛丽从一开始就保护我。她很快就猜出我没有自称的那么大，并向我发誓一定不告诉别人。然后她看了一下我的衣服，说大多数都小了，而且太破烂。还说单靠母亲的披肩是过不了冬的，风会像吹透筛子一样吹透那披肩。她将帮我弄到我需要的衣服，因为霍尼夫人已对她说过我看上去像个叫花子。要让我穿得像点样子，因为帕金森夫人要在邻里中维护自己的面子。但首先要像土豆那样给我刮层皮；我就这么脏。

她说她要把霍尼夫人的坐浴浴盆借来。我听了很害怕，我从来没用过什么浴盆，况且我很怕霍尼夫人。但是玛丽说她是刀子嘴豆腐心。况且，因为她带着很多钥匙，走起路来就像是一车旧铜壶，你总可以听见她来的声音。如果我再争执下去，玛丽就威胁要在外面给我洗澡，一丝不挂的，在后院水泵下洗。这可把我吓了一跳，我说我绝对不能这样做。她也说她当然不会那样做。但是，如果霍尼夫人听到这个建议，一定会同意的。

她很快就回来了，说只要我们用后把浴盆洗刷干净，就可以用坐浴浴盆。我们把浴盆搬到洗衣房，用水泵打来水，放在炉子上去掉寒气，便倒进浴盆。我叫玛丽站在门口，背对着我，不让人进来，因为我从来没把衣服脱光过。不过出于谨慎，我没脱衬衣。水不很暖和，到我洗完时，冻得直抖。幸好是夏天，要不我就一定会得要命的感冒了。玛丽说我还必须洗头发。尽管洗头过频会耗尽体内的力气（因为她曾认识一个女孩因洗头过多渐渐消瘦，最后死去），但还是应该三四个月就洗一次头。她看看我的头，说至少我没有虱子。但如果有的话，我就需要往头上抹硫磺松脂。她头上抹过一次，像臭鸡蛋一样的味儿在她身上留了好几天。

在我的睡衣晾干之前，玛丽借给我一件睡衣，因为她把我所有的衣服都洗了。她让我用一个床单裹住自己，走出洗衣房，走上后楼梯。她说我看上去很可笑，像个疯女人。

玛丽要霍尼夫人提前发我工钱，好买一条像样的裙子；我们第二天就请假进城去了。在我们离开前，霍尼夫人给我们布了次道。她说我们举止要稳重，办完事就回来，不要和陌生人搭话，特别是男人。我们说一定照她说的去做。

但是，我们恐怕还是绕了远路。我看见围着栅栏的房子和花园，还有商店。跟我在贝尔法斯特很短时间里所见到的商店相比，这里的不够多，也不够大。然后玛丽问我是否想看看妓女住的那条街，我说我怕，但她说没有危险。我确实很好奇，想看看靠出卖肉体来谋生的女人，因为我想如果情况糟得不能再糟，到了要饿死的时候，我总还是有东西可卖的，所以我想看看她们是什么样子。我们来到伦巴德街，但因为是上午，没什么可看的。玛丽说那儿有好几个妓院，不过在外面看不出来。但里面却很华丽，有土耳其地毯、水晶大吊灯和平绒窗帘。妓女住在里面有自己的卧室女侍，有女仆为她们送早饭，擦地板，铺床，倒便盆。她们整天做的只是穿了衣服，再脱下，仰面躺着，这比在煤矿或纺织厂做工要容易得多。

在这些房子里的是高级妓女，要价高得多，男人都是绅士，至少是付钱不错的顾客。但是低级妓女必须在外面走来走去，按小时租房间。她们中很多人得了病，二十岁就变老了，不得不在脸上涂上胭脂，好骗没钱的醉海员。虽然从远处看她们很高雅，头戴羽毛，身穿绸缎，但走近一看，便可发现她们的裙子又脏又不合身，因为她们身上的每根线都是租的。她们几乎没有买面包的钱，日子过得很凄惨。玛丽想不通她们怎么不跳湖自杀。她们中有人自杀，所以常有人发现尸体浮在港口。

我不知道玛丽怎么会知道这么多。她笑着说如果我注意，会听到很多事，特别是在厨房里。她认识一个农村来的女孩就变坏了，过去她常在街上碰见她，但她不知道她以后怎么样了，恐怕没好结果。

然后，我们去了皇帝街，来到一个干货店，里面廉价出卖散棉花，还卖丝绸、棉布、细平布、法兰绒、缎子、格子花呢，要什么有什么。但我们必须考虑价格和用场。最后我们买了一块有用的蓝白相间的格子花布，玛丽说她会帮我做。不过，到真做的时候，她看见我针线做得这么好，针脚缝得这么细很吃惊。她说我做用人太可惜了，应该开店做女裁缝。

我们第二天从来卖货的小贩那儿买了做裙子用的线和纽扣。

这小贩大家都认识，厨师非常喜欢他。他打开包，拿出货时，厨师就给他沏杯茶，切条蛋糕。他名叫杰里迈亚。他从车道来到后门时，身后跟着五六个破衣烂衫的顽童，像游行似的。其中有个孩子在用调羹敲着锅，所有的孩子都在唱，

> 杰里迈亚，在吹火，
> 呼，呼，呼；
> 先轻轻一吹，
> 然后大气直鼓！

他们一路嚷着来到窗口。等他们来到后门，杰里迈亚给了他们一分钱去买东西，孩子们就跑开了。厨师问他这是怎么回事，他说他宁愿要他们跟着他，听他的指挥，而不愿让他们向他扔泥块和马粪。顽童们常常这样捉弄小贩，因为小贩不能放下货袋去追他们。但如果他真的放下货袋，这些小无赖就会马上把东西抢走。所以他选择了明智的做法，即雇用他们，那歌是他教他们的。

这个杰里迈亚是个灵活能干的人，长鼻子长腿，皮肤被太阳晒得黝黑，留着又黑又卷的络腮胡子。玛丽说虽然看上去他像犹太人或吉卜赛人（多数小贩都是犹太人或吉卜赛人），他其实是美国的北方佬，父亲是意大利人，到马萨诸塞州的纺织厂来做工。他姓庞太利，大家都喜欢他。他英语说得很好，但说话嗓音里有点外国腔。他有双敏锐的黑眼睛，微笑起来很开心，也很好看，他会不知羞耻地奉承女人。

他有很多东西我都想要，但是买不起。尽管他说我可先付一半，另一半可等他下次来时再付，可我不喜欢赊账。他有丝带、花边，还有线，纽扣有金属的、珍珠母的、木头的或骨头的（我买了骨头的），有白色的棉长袜，领子和袖口，围巾和手绢，还有几条衬裙，两件用过的紧身衣（洗得很干净，像新的一样），

一双淡色的夏天用的手套（做得非常漂亮），还有金银色的耳环，不过玛丽说颜色会掉的；一个纯银的鼻烟盒；几瓶香水，像玫瑰花的味儿，味儿很浓。厨师买了一些。可杰里迈亚说她根本不需要用，因为她身上的味儿已经像公主了。她脸红了，咯咯笑起来，不过她已年近五十，身材并不美。她说她的味儿可能更像洋葱。他说她的味儿好闻得能吃，要夺男人的心先得满足他的肚皮。然后便露出大白牙微笑起来，他的牙齿在黑胡子的反衬下显得更大更白了。他又馋兮兮地看着厨师，舔舔嘴唇，好像她本人就是块美味的蛋糕他想一口吞下。厨师的脸更红了。

然后，他问我们是不是有东西要卖，我们知道他会给很好的价钱。艾格尼丝卖了她姨妈给她的一对珊瑚耳环，说这都是为了虚荣；但我们知道她是需要钱支援她的有困难的妹妹。马厩的吉姆走进来，说他想用自己的一件衬衣和染了色的大手绢换件更好的，他更喜欢的衬衣；他又加进一把木柄的折刀，便成交了。

有杰里迈亚在，厨房里就像在开聚会，霍尼夫人过来看看怎么这样吵闹。她说，杰里迈亚，我看你又在耍老花招了，又在占女人的便宜。但她是微笑着说这话的，这是很少见的。他说，是呀，他就是在占女人的便宜，有这么多漂亮女人他不能不动心，但是没有一个像她这样漂亮。霍尼夫人从他那儿买了两条上等细布手绢，不过她说他的生意要快些做，不能占一整天，因为女孩子们还有活儿要干。说完就叮当作响地走出厨房。

有人要他看手掌算命，但是艾格尼丝说那是和魔鬼打交道，帕金森夫人是不会让人知道在她的厨房里有人像吉卜赛人一样算命的。所以他就没算命。但是，在大家一再请求下，他模仿了一个绅士，那声音、风度及整个神态学得太活灵活现了，我们都高兴地鼓起掌来。他还从厨师的耳朵里变出一枚银币，并让我们看他可以吞下一把叉子，至少像是吞了下去。他说这变戏法的一套是他年轻调皮捣蛋时学的，当时他很野，在集市上工作。后来他就变成了一个诚实的商人，腰包被人掏过，心被我们这样残酷而又漂亮的女孩子弄碎过五十次。我们在场的都笑起来。

他把货物又重新装进袋里，喝了茶，吃了蛋糕，然后说没人能像厨师一样做这么好吃的蛋糕。但在走之前，他把我叫到跟前，又给了我一个纽扣，好与我买的四个配用。他把那扣子放在我手中，然后用他的手把我的手指合上。他的手指又硬又干，像沙子似的。但他很快地看了眼我的手说，五个有福气。因为他那样的人认为四是不吉利的数字，奇数比偶数吉利。他很快地用他那发亮而又充满智慧的黑眼睛看了我一眼，用旁人听不见的低声说，前面有尖利的大石头。我猜想总是有大石头的，先生，我在身后已留下了很多，但我绕过了它们幸存下来，所以我并不很害怕。

但他又对我说了句最奇怪的话。他说，我们命运相同。

然后，他就拿起货袋，拄着棍子走了。可我还在想他说的是什么意思。我仔细考虑了之后，觉得他说的是我也无家可归，像小贩和在集市工作的人一样到处游荡。要不，我想不出他还会有什么别的意思。

他走了之后，我们都感到有些疲乏，无精打采的，因为我们这些在后房干活的人不是常有这样的娱乐机会的，既能好好看看这么多漂亮的东西，又有机会在白天这样地笑个不停，玩儿得痛快。

裙子做出来很好看。因为有了五个扣子而不是四个，我们在颈部用了三个，一个袖口一个。就连霍尼夫人也说我的样子变化很大。我一穿上合适的裙子，就显得利索、体面。

19

第一个月底我父亲来了，要拿我的全部工钱，但我只能给他四分之一，其余都用掉了。然后，他就开始骂人诅咒，抓住我的胳膊，但玛丽叫马倌来制止他。第二个月底他又来了，我又给了他四分之一，玛丽叫他下次不要来了。他就骂她，可她回骂得更厉害，并吹哨子招来些男的，就这样把他赶走了。我对这事心里很矛盾，因为我很可怜家里那些小的。我后来通过伯特夫人给他们带了点钱，可我不认为他们收到了。

我刚开始时做厨房洗碗女仆，把锅碗瓢盆洗刮干净。但他们很快发现大铁锅太重了，我弄不动。后来洗衣女仆离开去干别的活儿了，又来了一个新的，手脚不很利索。霍尼夫人说我要帮着玛丽清涮，拧干，挂，叠，轧平并缝补洗的衣服。我们俩都很高兴。玛丽说她要教我一些我应该知道的东西，并说我脑子灵，会很快学会的。

我弄错了什么，就会担心起来。然后玛丽会安慰我，她说我不该对事情这么认真。如果你不犯错误，就不可能学到东西。有时霍尼夫人对我说话严厉，我眼泪快掉下来，玛丽会说我不应该对她介意，她就是这个样子。她刚喝光一整瓶醋，现在全从舌头上出来了。她说，我还应该记住我们不是奴隶。我们不是一出生就是用人，也不是一辈子要做用人。这不过是个工作。她说在这个国家年轻女孩子受雇帮人是个习俗，为的是给自己挣点嫁妆，然后再结婚。如果她们的丈夫有钱，她们自己也很快会雇用人，至少会雇个全管性女用人。所以总有一天我会成为一个整洁的农场住房的女主人，生活上独立。到时候我回想起在霍尼夫人手下受的种种苦难，一定会感到好笑。她说人人平等。在大洋的这边，大家都靠艰苦奋斗而不是靠祖父的地位起家，实际就应该这样。

她说做仆人就像做其他事一样，其中的诀窍有很多人永远也学不会，其实全在于怎样看待这事。比如，总是有人告诉我们要走后楼梯，这样可以不挡东家家庭成员的路。但事实恰恰相反，之所以要有前楼梯是为了要东家的人不挡我们的路。他们可以穿着华丽的衣服，戴着各种小装饰品缓慢地在前楼梯上上下下，但家里真正的工作是在他们背后进行的，这样他们就不会搅在里面，干扰工作，让自己变得令人讨厌。尽管有钱，他们这些人既脆弱，又无知。他们中的大多数就是脚趾要冻掉了，也生不着火，因为他们不知道怎么点火。很奇怪，他们倒会擤鼻涕，擦屁股。他们生来无用得就像神甫身上的生殖器——请原谅我的语言，先生，但这是玛丽的原话。如果他们明天没钱了，被赶上街，他们就是卖淫也养不活自己，因为他们不知道什么东西该往什么地方去。他们可能会把××——我不能说这个词——捅进耳朵；他们中很多人分不清自己的屁股和地上的一个洞。她又说了些关于那些有钱的女人的话，太粗了，先生，我不想重复，但我们俩都大笑起来。

她说诀窍在于不让别人看见就把活干完。如果他们中哪一个在你干活时突然出现，你就马上走开。不管怎么样，我们比他们强，因为我们洗他们的脏床单，所以我们对他们很了解。可他们没洗我们的脏衣物，所以根本不了解我们。他们很少有秘密能瞒过仆人。如果我哪天做了卧室女仆，我就要学会要像端一碗玫瑰一样端便桶，因为他们最恨的就是有人提醒他们，他们自己也有血肉之躯，他们拉的屎和其他人的屎一样臭（如果不是更臭的话）。然后她就背一首诗：亚当掘地，夏娃纺线，当年谁贵谁贱？

就像我说的，先生，玛丽是个心直口快的年轻女子，说话直来直去。她的思想非常有民主性，我是过了一段才习惯的。

房子最上层有个顶楼，分成好几间。走上楼梯，走过我们住的房间，再走下另外几节楼梯，就到了晾衣室。里面拉着好几根绳子，有几扇小窗户可在屋檐下推开。厨房的烟囱从这间房子通向房子上面。这房间冬天和下雨天时用来晾衣服。

通常来说，如果天气看上去不好，我们就不洗衣服。但是，尤其是夏天，天可能看上去还不错，突然间会乌云满天，接着就打雷下雨。雷暴雨是很凶猛的，雷声震耳，闪电像火球，一下子你会认为世界的末日到来了。第一次我吓坏了，跑到一棵树下哭起来。玛丽说这算不上什么，不过是雷暴雨。但是她又跟我讲了好几个故事，说人在田里，或者就在谷仓里，被闪电打死，还有一头牛站在树下也被打死了。

衣物挂在外面时，我们一见掉雨点就拿着筐子跑出去，赶快把衣物收进来。然后把它们拖上楼梯，重新挂在晾衣室里，因为不能放在筐子里时间太长，要不会发霉的。我很喜欢衣物在外面晒干的味儿，闻起来很新鲜。大太阳天衬衣和睡衣在微风里飘打着就像大白鸟，或是欢快的天使，只是没有头。

可是，当我们把同样的衣物挂在屋里，挂在光线灰暗的晾衣室里时，它们看上去就像苍白的鬼在黑暗中徘徊，微微发光。它们一声不响，没有形体，看着我就很害怕。玛丽很灵，一下就发现了我的恐惧，所以她就躲在床单后面，把脸紧贴着单子，让我看到她脸的轮廓，然后发出呻吟的声音。要不，她就会躲在睡衣后面，让袖子活动。她是想吓我，也总是能吓成，我会尖叫起来。我们就会在一排排衣物里互相追打，又笑又叫，但尽可能声音不要太大。我逮到她就会冲上去，挠她痒，因为她很怕痒。有时我们会把帕金森夫人的紧身胸衣穿在自己的衣服外面，胸脯挺得高高地走来走去，眼睛朝鼻子下看。我们会笑得站不住，一屁股坐在洗衣筐子里，躺在里面像鱼一样喘着粗气，笑够了才爬起来。

这不过是年轻人寻开心，闹起来有时不像样子。我肯定你也有过这样的经历，先生。

我从来没见过谁有帕金森夫人这么多的拼花被子，因为这在大洋对面不很时兴，那儿的印花棉布没这么价格便宜，花色丰富。玛丽说这里的女子不亲手做三条这样的被子不能成亲。而且娶亲的被子图案最复杂，有“天堂之树”、“花篮”。其他图案，例如，“野鹅互相追逐”、“潘多拉的盒子”，都有很多拼块，也需要技巧。还有像“圆木小屋”和“九方块”都是日常用的，做起来也快得多。玛丽还没开始做自己结婚用的被子，因为她做仆人时没时间，但她已经做了一条“九方块”。

九月中旬的一个好天，霍尼夫人说应该把冬天的被子毯子拿出来晒晒了，以防天冷；也好把破裂之处缝一缝。她把这个任务交给我和玛丽。被子放在顶楼，不靠着晾衣房，以防潮湿。它们都在一个松木箱子里，每床被子之间有层平纹细布隔着，箱内放的樟脑真能叫一只猫送命。那樟脑味儿叫我有些头晕。我们要把被子搬到楼下，挂在绳子上，用刷子好好刷刷，看看是否被虫蛀了。因为有时尽管有樟脑，而且放在松木箱里，蛾子还是能进去。而且冬天的被子不像夏天的被子里放的是棉花芯，里面放的是羊毛芯。

冬天的被子比夏天的被子颜色深，上面有红色、橘红色、蓝色和紫色，有的还有丝、平绒和缎块在拼块里。在监狱里这些年，我单独一人时（很多时候是一个人）会把眼睛闭上，面对着太阳，就会看见像那些被子里的颜色一样鲜艳的红色和橘红色。我们在绳子上挂了一排六七条被子之后，我觉得它们看上去像军队上战场时的旗子挂在那儿。

打那以后我就想，为什么女人要缝这些旗子，然后把它们铺在床上呢？因为她们想把床变成房间里最引人注目的东西。后来我又想，这是为了发出警告。因为你可能认为床是件和平的物体，先生，对你来说它表示休息、舒适和睡一夜好觉。但并不是对人人都是这样；有很多危险的事可能在床上发生。我们是在床上生的，出生就是我们一生中的第一个危险；女人也是在床上生孩子的，这常常也是她们一生中最后一个危险。并且，男人女人之间的行为（我就不直说了，先生，但你也知道我指的是什么）也是在床上发生的——有人管这叫爱，也有人叫它绝望，也可能就是人必须经历的侮辱。最后，床是我们睡觉的地方，我们在床上做梦，床也常常是我们死的地方。

但我当时并没因为被子想这么多，这是后来我进了监狱才想到的。在监狱里你就有很多时间去思考，想什么也没人诉说，只好自己对自己说。

这里乔丹医生要我停一下，他好赶上记笔记，因为他说他对我刚才说的非常感兴趣。我很高兴，因为我很喜欢谈那些日子。如果按照我自己的意愿，我想一辈子停留在那段时间里。所以我就等着，看着他的手在纸上动，心想能写这么快一定是件愉快的事。这必须靠练习，就像弹钢琴一样。我不知道他是否有副好嗓子，会不会在晚上我被独自关在牢房时与年轻的女士唱二重唱。这是很可能的，因为他还算英俊，待人友好，还是单身。

那么，格蕾丝，他抬起头来说，你认为床是个危险的地方？

他的嗓音有点不同，也许在悄悄笑话我。我不该这么随便地跟他说话。我就暗自决定如果他用这样的腔调说话，我就不再随便说了。

当然，不是每次上床都是，先生，我说，只是我提到的那些时候。然后我就什么也不说，继续缝拼块了。

我好像得罪你了，格蕾丝？他说。我可不是有意的。

我又不作声地缝了一会儿。然后我说，我相信你，先生，相信你说的是真的；我希望以后还能继续相信你。

当然，当然，他热情地说。请继续讲你的身世。我不该打断的。

你一定不想听这些普通的日常琐事，我说。

我想听你能告诉我的任何事，格蕾丝，他说。生活中的细节常常掩盖着重要的内容。

我弄不清他说的到底是什么意思，但我接着说。

我们终于把被子都搬下来，挂在外面晒，都刷过了。我们拿进来两条补。洗衣房里没人在洗衣物，我们就在那儿补被子，这里比顶楼凉快。并且，洗衣房里有个大桌子，我们可把被子摊开。

有条被子看上去很奇怪；上面有四个灰色的瓦罐，里面长出四棵绿柳树，每个角上有只白鸽子。或者说，我认为应该是鸽子，不过看上去很像鸡。中间用黑线绣着一个女人的名字：弗洛拉。玛丽说这是条纪念性的被子，是帕金森夫人为纪念一个亲爱的故世的朋友做的。这个做法在当时很时兴。

另一条被子叫“顶楼的窗户”。用很多拼片做成的，如果你从一边看盒子都是关上的，但如从另一边看盒子都是开的。我猜想关上的盒子是顶楼，打开的盒子是窗户。其实所有的被子都是这样，你可用两个办法看，一是看深色的拼片，二是看淡色的拼片。但是，玛丽刚说这名字时，我没听清，以为是顶楼的寡妇①，就说，这倒是个很怪的名字。然后，玛丽告诉我正确的名字，我们都大笑起来，因为我们立即想到满是寡妇的顶楼。这些寡妇们都身穿黑裙子，戴着寡妇帽，挂着黑纱，一脸吊丧的神情，搓动着双手，在四周有黑框的信纸上写信，用带黑边的手绢抹眼睛。玛丽说，顶楼的盒子和箱子里会都装满了她们亲爱的已故丈夫头上剪下的头发。我补充说，没准她们亲爱的已故丈夫也在箱子里。

---

① 原文中，“顶楼的窗户”（Attic Windows）和“顶楼的寡妇”（Attic Widows）只是一个字母之差。

这又叫我们笑起来。就连听到霍尼夫人和她的钥匙丁零当啷地从走廊那头走过来，我们都止不住笑。我们把脸埋在被子里，等到她开门时玛丽已恢复了常态，可我还是低着脸，肩膀抖得一起一伏的。霍尼夫人问，怎么回事，孩子们。玛丽站起来说，霍尼夫人，格蕾丝在哭她死去的母亲。霍尼夫人说，好吧，你把她带到下面厨房去，喝杯茶，但不要耽搁太长时间。她说，年轻的女孩子常爱哭，但玛丽不该宠着我，把事情弄得太过分。但她走了之后，我们抱在一起，笑得差点死去。

你可能认为我们这样嘲笑寡妇太自私了，特别我自己家死过人，更该知道这不是开玩笑的事。如果附近有寡妇，我们就更不该这样做，因为取笑别人的痛苦是不对的。但是，当时没有寡妇在跟前。我只能说，先生，我们是年轻的女孩子，女孩子常像这样发傻。况且，笑出来比憋炸了好。

然后我想到寡妇们，想到寡妇的驼背、寡妇走的小道和《圣经》里说的寡妇施舍的硬币（常有人要我们用人从自己的工钱中拿出一个硬币给穷人）。而且我想到男人在谈到年轻、有钱的寡妇时会又挤眼又点头，可是如果又老又穷，做寡妇就让人尊重了。当你仔细想想这些时，就会感到很奇怪。

九月天气非常好，有些天就像夏天似的。可到了十月，很多树变成红色、黄色和橘红色，好像着了火似的。我看也看不够。一天下午快到晚上时我在外面与玛丽从绳子上收床单，我们听见一个声音，像是很多哑嗓子一道在喊。玛丽说，快看，是野大雁向南飞去过冬了。天上黑压压的一片大雁。玛丽说，明天一早猎人会出来打鸟，想到这些野生动物就要被打死很让人伤心。

十月下旬的一个晚上，一件可怕的事发生了。要不是你是个医生，先生，我是不会对你说的。反正医生已经知道这些，所以你也不会感到吃惊。我在用痰盂解手，因为我已穿上睡衣，就要上床，黑乎乎地不想到外面去上厕所了。我无意中往下一看，发现有血，还有一些在我的睡衣上。我在从两腿中间流血，我想我要死了，就大哭起来。

玛丽走进来发现我这个样子，问怎么回事？我说我得了可怕的病，肯定要死了。我肚子疼过，可我没在意，心想是吃新烤出的面包吃多了，因为正巧那天烤面包。但现在我想起母亲，她开始时也是肚子疼，我哭得更厉害了。

玛丽查看了一下，我应该感谢她，当时她没笑话我，而是向我解释清楚。你会想我母亲生了那么多孩子，我怎么连这个都不知道。可事实是我知道生孩子的事，知道他们是怎么生出来的，甚至知道他们是怎么进去的（我在街上见过狗干过那事），但从来不知道这么回事。我没有像我这么大的朋友，要不我猜我也该知道这事的。

玛丽说，你现在是大人了。听了这话，我又开始哭了，但她用手臂搂着我，安慰我。连我母亲也不会这样，因为她不是太忙，就是太累或生病。然后，她把自己的红色法兰绒衬裙借给我，等我有了自己的再还她。她还教我怎样把布叠起来，用别针别上。她说有人说这叫对夏娃的惩罚，但她认为那样说很愚蠢。夏娃真正受的惩罚是不得不受亚当的气，因为只要出一点麻烦，亚当就要怪她。她还说如果肚子疼得不行，她会给我些柳树皮，让我嚼，就会好一些。她还可以把砖头在厨房的炉子上烧热，用毛巾包上，也能止疼。我很感谢她，因为她的确是个好心的好朋友。

然后，她要我坐下，帮我梳头，梳得又轻又舒服。她说，格蕾丝，你会很漂亮，不久你就会叫男人神魂颠倒。最坏的是那些绅士，他们认为他们想要什么就有什么。晚上你去上厕所时，他们正是醉醺醺的，就在那儿等着你，然后就上来抓住你，根本不讲道理。不得已时，要在他们的两腿间踢一脚，让他们尝尝厉害。所以最好是把门锁上，用痰盂。但是，不管什么样的男人都是一个样，开始他们会许诺，他们会说你要什么他们就给你什么。但你一定要非常小心。不见到他们履行诺言，绝不能做任何事。如果他给了你个戒指，一定要同时有个牧师。

我天真地问她，为什么这样。她说因为男人生来是骗子，他们为想从你身上得到他们想得到的东西会说尽好话。然后他们会改变主意，乘下一班船溜之大吉。这时我发现她这说的和波琳姨妈过去对母亲说的一样，我懂事地点点头说她说得对，不过对她的意思还是不很清楚。她拥抱了我一下，说我是好孩子。

十月三十一日晚上，你知道先生，是万圣节前夕。他们说死人的灵魂都从坟墓里出来，不过这只是迷信。那天晚上玛丽回到房间，围裙下藏着什么。她说，快来，我向厨师讨来四个苹果。这个时节苹果很多，地窖里已经存了好几桶。我说，噢，是给我们吃的吗？她说我们过会儿再吃，但今天晚上你会发现将来与谁成亲。她说，她拿来四个，所以我们每人有两次机会。

她还让我看了从厨师那儿拿来的小刀，至少她是这么说的。实际情况是她有时不经允许就拿东西，这使我感到很紧张，不过她说只要用完了把东西再放回去就不算偷。但有时她并不放回去。她从图书室拿了一本沃尔特·司各特写的《湖上夫人》（那里共有五本），她大声读给我听。她还有一大堆从餐厅一根根拿回来的蜡烛头，她把它们藏在一块松动的地板下面；如果她拿这些是得到允许的，绝不需把它们藏在那儿。我们可以在晚上脱衣服时使用配给我们的蜡烛。但是，霍尼夫人说我们不能用得太浪费；每根蜡烛应该至少用一个星期，这可不够玛丽用。她还藏着一些安全火柴，所以我们吹熄发的蜡烛以后，她随时可以点燃另一根；现在她就点燃了两支蜡烛头。

这里是刀子和苹果，她说，你必须把皮削成一长条不断。然后不要往后看，就把苹果皮从左肩向后甩。苹果皮就会拼出你要嫁的丈夫的姓名的首字母，今晚你就会梦见他。

我还太年轻，不会想到丈夫，但是玛丽老是谈丈夫。等她把工钱攒足了，她会嫁给一个很好的年轻农夫。这农夫的田已开出，并已造好一幢好房子。如果没有这样的农夫，她可以找一个有圆木房子的男人，他们以后可造更好的房子。她连他们要养什么样的母鸡和牛都知道。她想养白色和红色的来克亨鸡和泽西种牛，因为她认为泽西种牛产的奶油和奶酪是最好的。

所以我就拿起苹果，削了皮，一条整皮。然后我把皮向后甩，我们一起看它落下来的样子。无法知道哪边是上面，但我们最后决定是个J。然后玛丽就开始取笑我，开始列举她认识的所有男人名字开头是J的。她说我会与马厩的吉姆结婚，他斜眼，有狐臭，要么就是小贩杰里迈亚，他要英俊得多，不过我要到处走，不会有房子，只是像蜗牛一样背后背个包。她说我要过三次水才能成亲。我说这是她瞎编造的，她微笑了，因为我猜到了她在捉弄我。

然后该她了，她开始削皮。但是她第一个苹果的皮削断了，第二个也断了。我又给她一个，可是她太紧张，刚开始就削成了两半。然后，她笑着说这都是很傻的做法，便吃起第三个苹果来，把另外两个放在窗台上留到明天早上。我吃了自己的苹果。然后我们又开始用帕金森夫人的紧身胸衣开玩笑，但是尽管有说有笑，她却很不高兴。

我们躺在床上时，我感觉得出她还没睡着，只是仰面躺在我旁边，眼睛盯着天花板。我真睡着时根本没梦见丈夫。相反，我梦见母亲被裹尸布裹着，在蓝绿色的冷水里下沉。床单的上部开始掀开，它像是在风里呈波浪形，她的头发都浮开，像海藻一样漂动。但头发盖住了脸，我看不见她的脸。那头发的颜色比母亲的深，然后我便知道这不是我母亲，而是另一个女人。她在床单里并没死，还活着。

我很害怕，醒来时心跳很快，出了一身冷汗。但玛丽现在睡着了，呼吸很沉，天上正出现灰色和粉红色的晨光。窗外公鸡开始打鸣，一切照旧。所以我感觉好些了。

20

就这样十一月份过去了。树叶都从树上掉下来，晚上天黑得早了。天气阴郁灰暗，下着瓢泼大雨。接着，十二月份到了，地冻得绷绷硬，像块岩石，开始飘起小雪。我们住的顶楼房间现在已非常冷，特别是在早上，我们不得不在黑暗中爬起来，光脚踩在冰冷的地板上。玛丽说等她自己有了房子，她会把每个床的边上放一个用碎布编的小地毯，并且她自己要穿一双暖和的绒拖鞋。我们把衣服带上床，好在穿上之前温热，然后在被子里穿，以免脚趾都变成小冰柱子。盆子里的水会变得冰冷，洗手时冻得胳膊都疼。幸好我们两人睡个床。

但玛丽说这还不算什么，因为真正的冬天还没到，还会变得更冷，不过，好在他们会在屋子里生火，而且会生得时间长些。当仆人的日子要好受些，至少白天是这样，因为我们总是可以在厨房里取暖。但客厅里刮着穿堂风，像是个谷仓。而且，只有站在壁炉边，才能感觉到暖和。帕金森夫人在没人的时候就把裙子撩起，暖暖屁股后面。去年冬天她的衬裙着了火，卧室女仆艾格尼丝听见喊叫，跑进去，吓得发起歇斯底里。马厩的吉姆往奥尔德曼·帕金森夫人身上压了条毯子，并叫她像桶一样在地板上滚了几下。幸好，她没被烧坏，只是烫焦了几处。

十二月份中旬，父亲叫我可怜的妹妹凯蒂来要我的工钱，他自己不愿来了。我很可怜凯蒂，因为原来压在我身上的负担现在压到了她的身上。我带她到厨房炉子旁边取暖，向厨师讨块面包。厨师说她的工作不是喂饱城里所有挨饿的孤儿，但她还是给了我。凯蒂哭着说她希望我能在家。我给了她二十五分钱，要她告诉父亲我只有这点了。很抱歉，我这是谎话，但我已感到不必对他说真话了。我还给了她十分钱，让她自己留着。我要她把钱放好，以备急用，不过她这时已到了急用的时候。我还把自己的一件穿小了的衬裙给了她。

她说父亲没有固定工作，只做些零活，但冬天有可能去北边砍树。他还听说西边有免费的土地，开春就过去。他真的这样做了，走得很突然，因为伯特夫人过来说我父亲没付欠的钱就走了。开始她想叫我付清欠款，但玛丽说她不能逼迫一个十三岁的女孩子付清一个成年人欠的债。伯特夫人并不是个坏女人，最后她说这不是我的错。

我不知道父亲和其他孩子后来怎么样了。我从来没接到过一封信，在审判我时也没听说他们的消息。

圣诞节快到了，大家都很高兴。火烧得更旺了，食品店送来一篮篮订的食品，肉食店送来大块大块的牛肉和一头要整个烤的猪，为了过节，厨房里热闹极了。我和玛丽被从洗衣房调来帮忙。我们帮厨师搅搅拌拌，削苹果皮，并把苹果切成块，筛选葡萄干，碾碎肉豆蔻，需要时还搅鸡蛋。我们很喜欢干这活，因为可以这里尝一口，那里吃一口。我们还时不时地给自己刮些白糖，厨师没看见，要么就是看见了不管，因为她脑子里有很多事。

所有碎肉馅饼底下的面皮都是我和玛丽两人做的，不过上面的皮都是厨师做的，因为她说做上面的面皮需要技术，我们太小还不知道。她在馅饼上做上星星和其他优美的图案。她让我们把圣诞糕外面的一层层布打开，浇上白兰地和威士忌，然后再包上；那糕好吃极了，我一辈子也忘不了那味儿。

需要很多馅饼和蛋糕，因为这个季节有很多来访的客人，许多晚餐、晚宴和舞会。东家的两个儿子从波士顿的哈佛大学回来了。他们的名字叫乔治先生和理查先生，两人似乎还不错，个子相当高。我没太注意他们，因为在我看来，他们回来不过意味着我们要洗的衣服更多了，而且有很多要浆要熨的衬衫。但玛丽总是从楼上的窗户里偷偷向院子里看，希望能在他们骑马出去时瞧上一眼。要么，就在他们与请来的女士唱二重唱时在走廊里偷听。她最喜欢的是《特雷利的玫瑰》，因为她的名字在里面。歌词是这样的："噢不，她的眼睛里正在显露出真情，这使我热爱玛丽，特雷利的玫瑰。"她自己唱歌也很好听，脑子里记了不少歌，所以那两个公子有时到厨房来，闹着要她唱。她叫他们小淘气，可是他们俩比她还大好几岁。

圣诞那天玛丽给了我一双自己织的暖和的手套。我见她织过，但她很神秘，告诉我是为她的一个年轻的朋友织的，我不知道那朋友就是我。手套很好看，是深蓝色的，上面绣着红花。我给她一个自己用五块方的红法兰绒布做的针线包，上面缝起来，用两根小丝带收口。玛丽谢了我，并拥抱了我，还亲了我一下。她说这是世界上最好的针线包，绝对在商店里买不到。她从来没见过这样的针线包，一定要永远好好珍藏。

那天下了很大的雪，人们都坐着雪橇出去，马身上挂着铃铛，听起来很美。东家吃了圣诞晚餐之后，仆人们吃。我们有自己的火鸡，自己的碎肉馅饼，我们一起唱了圣诞颂歌，很高兴。

这是我度过的最幸福的圣诞节，是第一次，也是最后一次。

理查先生假日过后就回学校了，但乔治先生还在家待着。他受凉影响到肺部，咳嗽咳得很厉害。帕金森先生和夫人脸色很难看，医生来了，这让我紧张起来。但听说他得的不是肺病，只是发烧感冒，加上腰部风湿痛，必须保持安静，多喝热饮料。他的饮料喝不完，因为仆人们都很喜欢他。玛丽在炉子上把一个铁纽扣烧烫，她说只要把它放在痛处，对腰部风湿最有效果。她把纽扣送上去给他。

等他好些时，已是二月中旬，他已落了很多课，所以他说他要等到下学期再回去上学。奥尔德曼·帕金森夫人同意了，说他还要养养身体。这样大家都对他很照顾。他有那么多时间，可没多少事情干，这对一个精力充沛的年轻人来说是很不好的。当然晚宴多得是，做舞伴的女士也很多，他们的母亲在他不知道的情况下为他安排婚礼。我想他是被宠坏了，这一点不是他自己的错，因为如果世界对你好，先生，你也就慢慢相信这是应该的。

玛丽关于冬天的话说得一点不假。圣诞期间雪下得很大，但那雪就像是床羽毛毯子，下了之后空气像是更暖和了。马厩的伙计闹着玩，扔雪球，但因为雪球是软的，砸到身上就变散了。

不久真正的冬天就来了，大雪认认真真地下起来。这次可不是软的，而是硬的，像是一个个小冰球。猛烈而又刺骨的风吹着雪，把它厚厚地堆起来，我害怕我们都要被活埋了。屋檐下出现了冰柱，走在下面还得小心点，因为这些又尖又硬的冰柱可能会掉下来。玛丽就听说有个女人被冰柱扎死了，那冰柱掉下来就像烤肉叉一样从她的身体穿过。一天下起了冻雨，所有的树上都浇了一层冰，第二天在阳光下看起来就像是上千个钻石。但是，树被压弯了，很多树枝都压断了。整个世界变得又硬又白，有阳光时非常晃眼，你非得把眼睛挡上，而且看的时间不能太长。

我们尽可能待在室内，要不很容易生冻疮，特别是在手指和脚趾上。男人们出去时用围巾把鼻子和耳朵包上，呼吸时冒出一股白气。东家的雪橇里有毛地毯，外出走亲访友时有外衣和大衣，可我们却没有这样暖和的衣服。晚上我和玛丽把自己的披肩盖在被子上，穿着袜子，并多穿一层衬裙上床。即便这样，我们也不感到暖和。到了早上火熄了，我们烧热的砖头也凉了，我们就像兔子一样地打哆嗦。

二月的最后一天，天气有所好转，我们冒险出去办事。我们把脚好好地用法兰绒布裹上，穿着从马厩伙计那儿讨来的靴子，用自己的和借来的披肩一层层把自己包起来，走到港口。那里的一切都冻硬了，湖岸上堆满了大块大块的冰。有块地方雪清干净了，女士们、绅士们正在滑冰。滑冰很优美，女士们就像是裙子下面安了轮子在冰上跑。我对玛丽说滑冰一定很开心。乔治先生也在那儿，跟一个戴着皮围巾的年轻女士手拉手地在滑冰。他看见我们，兴致勃勃地向我们招手。我问玛丽她滑过冰没有，她说没有。

大约在这时我发现玛丽变了。她常常晚来睡觉；就是来睡觉了，也不想说话。她听不见我跟她说什么，倒像是在听其他的什么。她老是向门外或窗外看，或朝我身后看。一天晚上她以为我睡着了，我看到她用手绢包着，把什么东西藏到她藏蜡烛头和火柴的那块地板下面。第二天，趁她不在，我打开一看，是个金戒指。我第一个猜测就是这是她偷的，这可比她过去偷的东西大得多，而且如果给人抓住，名声会很不好，不过这屋子里倒没人说丢了戒指。

她不像过去那样爱笑爱乐了，也不像过去那样干活利索了，我有点担心。但当我问她是否有什么事时，她就笑着说不知道我怎么会有这样的想法。但是，她身上的味儿也变了，不再像肉豆蔻，而像咸鱼了。

雪和冰开始融化，有些鸟回来了，开始唱歌鸣叫，所以我知道春天快来了。三月下旬的一天，我们正用筐子把洗干净的衣物从后面楼梯搬上楼，挂在晾衣室时，玛丽说她感到恶心。她跑下楼，到后院外屋后面。我也放下筐子，没带披肩就跟在她后面。

我发现她没来得及到厕所，就跪在旁边的湿雪上，猛地一下吐起来。

我扶她站起来，她的前额又湿又黏。我说她该上床歇歇，但她生气地说是她吃了什么东西，一定是昨天的炖羊肉，吐出来就好了。但我也吃了同样的东西，却一点感觉也没有。她要我保证不告诉别人，我保证了。但几天之后她又这样，接着第二天又是如此，我真的紧张了。我过去常见母亲这样，也记得她吐出的东西有点像牛奶的味道；这下我就很清楚玛丽得了什么病了。

我想来想去，反复在脑子里寻思。到了四月底，我一定要她对我说实话。我很郑重地发誓说，如果她对我说了，我不会告诉别人。因为我知道她很想对人说，见到她晚上睡不着觉，眼圈下有黑圈，可见她被自己的秘密压得受不了了。然后她哭了，说我猜对了。那个男人本说要娶她，给了她一个戒指，她也信了他，因为她觉得他和其他男人不一样。可现在他反悔了，话都不愿跟她说，她感到绝望，不知怎么办。

我问她那男人是谁，她不愿说。她说，一旦有人知道她所闯的祸，她就会被解雇，因为帕金森夫人的规矩很严。但她今后怎么办呢？在这样的情况下有些女孩子就会回家，但她无家可回。没有哪个正派的男人愿娶她，那么她就要上街谋生，变成水手的娼妓。要不，她就没办法养活自己和孩子。这样的生活很快就会要她的命。

我为她伤心，也为自己伤心，因为她是我在世界上唯一的真正的朋友。我尽最大努力安慰她，但我不知道说什么。

五月份整整一个月我和玛丽经常讨论她该怎么办。我说一定有个济贫院之类的地方可以收容她，可她说她没听说过。不过即便有，年轻的女孩子进去了就要死，因为孩子一生下她们就会发烧。她认为在那儿生的婴儿都被悄悄地掐死，好不给公众带来负担。与其这样，她倒更愿意死在别处。我们也谈到自己接生婴儿的办法，然后悄悄地当孤儿送走，但她说很快就会有人看出她的情况。霍尼夫人眼睛很尖，她已说过玛丽长胖了，这事不能再继续瞒下去了。

我说她应该再和那个男人谈谈，希望他能通情理。她与他谈了，但等她回来时（一定在很近的地方谈的，因为她走了并没多久），非常气愤。她说他给了她五块钱，她说这孩子就值五块钱？他说她不能这样缠住他，因为他怀疑这孩子不是他的。她和他在一起时很顺从，很可能与其他男人在一起时也很顺从。如果她要张扬出去，或者到他家里人那儿去告状，他就不承认，把她的名声弄臭。如果她想尽快了结这事，总是可以投水自尽的。

她说她曾真正地爱过他，但现在已不爱了。她把五块钱扔在地上，痛心地哭了一个小时。但后来我看见她仔细地把钱放在那块地板下面。

那个星期天她说她不去教堂了，只想自己走走。她回来时告诉我她到港口去了，想跳进湖里，结束自己的生命。我求她不要干这种可怕的事。

两天之后，她说她去过伦巴德街，打听到一个医生可以帮助她。妓女在必要时会去找这个医生。我问她这医生怎么帮她，她说我不该问，可是因为我从来没听说过这样的医生，不知道她是什么意思。她问我能不能把省下的钱借给她。我当时已省下三块钱，是想做条夏天穿的裙子。我说我非常愿意借给她。

然后她拿出一张纸（是她从楼下图书室拿来的）、笔和墨水。她写上：如果我死了，我的东西留给格蕾丝·马克斯。她签了名，然后对我说，我很快会死的，但你还会活着。她冷漠而又满怀怨恨地看了我一眼，我见她在背后用这种眼神看过其他人，但从来没这样看过我。

我被这事吓坏了，抓住她的手，求她别去找那个医生，不管他是谁。可她说她非得去，叫我不要管她，但我必须悄悄地把笔和墨水放回图书室的桌上，继续做我的活。明天吃完午饭她就会偷偷溜走。如果有人问，我就说她刚去厕所，要么就说她在晾干室，或者随便说什么。然后我就溜出去与她碰面，因为她回来时可能有困难。

我们俩晚上都没睡好。第二天她按照说的做了，把钱系在手绢里，趁没人注意就溜出去了。我很快也溜出去找她。那医生住的房子挺大，街区也不错。我们从仆人走的入口进去，医生本人来见我们。第一件事就是数钱。他穿着黑外衣，块头很大，用严峻的目光看着我们。他要我在厨房的洗碗间等着，并说如果我把这事说出去，他就不承认见过我。然后他脱去外衣，挂在衣钩上，开始卷袖子，好像要打架。

先生，他看上去很像那个你没来前吓得我发病的那个量脑袋的医生。

玛丽跟着他走出去，脸色像床单一样白。然后我听见尖叫和哭嚎。过了一会儿，医生把她从洗碗间的门推进来。她的裙子全湿了，贴在她身上像是湿绷带，她几乎走不动了。我用双臂抱着她，用最大的力气把她从那个地方搀扶出来。

我们回到家时，她的身子几乎弯到地，用手捂着肚子。她问我是否能把她扶上楼，我扶她上了楼，她似乎很弱。我帮她穿上睡裙，扶她上床。她没脱衬裙，衬裙皱巴巴地夹在两腿中间。我问她医生做了什么，她说医生拿了个刀子，把里面的什么给割掉了。他说她会感到疼，也会流血，但几个小时之后就会好了。她用了个假名字。

我现在才明白医生割掉的就是婴儿，我认为这太残忍了。但我又一想，这样只死一个人，要不会死两个人。要不这样，她一定要投湖自尽，所以我心里也找不出理由责怪她。

她很疼。晚上我烧热了一块砖头拿上楼，但她不要我叫任何人上来。我说我可以睡在地板上，因为那样她会舒服些。她说我是她最好的朋友，不管怎么样她都不会忘记我。我用围裙做枕头，裹在披肩里，躺在地板上。因为睡得不舒服，也因为玛丽痛苦的呻吟，我开始时睡不着。但过了一会儿，声音静下来，我睡着了，到天亮才醒。醒来之后，我发现玛丽已死在床上，眼睛瞪得很大。

我摸摸她，她身上已冷了。我吓得站着一动不动，过了一会儿我走出去，把卧室女仆艾格尼丝叫醒，扑在她怀里哭起来。她问，怎么回事？我说不出话，就拉着她的手，来到我们的房间玛丽躺着的地方。她抓住她，摇她的肩膀，然后说，天哪，她死了。

我说，艾格尼丝，我该怎么办？我不知道她会死，现在他们会怪我不早告诉他们她病了，但是她不让我告诉别人。我在抽泣，绞着自己的手。

艾格尼丝掀起被子往里看。睡裙和衬裙都被血浸透，床单也全是血，血干了的地方已变成褐色。她说，这事很糟糕。她要我待在那儿，她马上去找霍尼夫人。我听到她的脚步走远了。她似乎走了很长时间。

我坐在我们房间的椅子上，看着玛丽的脸。她眼睛睁着，我可以感到她从眼角看着我。我想我看到她动了一下。我说，玛丽，你在装死吧？因为她有时会躲在晾干室的床单后面装死吓我，可她这次不是装的。

然后，我听到两个人的脚步从走廊里走过来，我很害怕。但是我站了起来。霍尼夫人走进房间，她看上去并不悲伤，但很生气，也很厌恶，好像她可以闻到臭味。房间里确实有股味儿，那是床垫里的湿草发出的味，还有血的腥味。在肉店里你能闻到类似的味。

霍尼夫人说，这太不像话，太丢人了，我要去报告帕金森夫人。我们等着，帕金森夫人来了说，竟在我的屋顶下，这女孩多会欺骗人！尽管她在说玛丽，眼睛却直盯着我看。然后她说，你为什么不告诉我，格蕾丝？我说，请原谅我，夫人，玛丽不让我说，她说到了早晨就好了。我哭起来，又说，我可不知道她会死！

我跟你说过艾格尼丝是个虔诚的教徒。她说，罪孽的工钱是死亡。

帕金森夫人说，格蕾丝，你很邪恶。艾格尼丝说，她只是个孩子，只是很听话。她只是照着吩咐的去做了。

我以为帕金森夫人会骂她瞎插嘴，但她没骂。她轻轻拉着我的胳膊，看着我的眼睛说，谁是那男人？应该揭露那个恶棍，让他罪有应得。我想是港口的一个水手，他们像跳蚤一样没良心。你知道吗，格蕾丝？

我说，玛丽不认识什么水手。是与一个绅士相好，他们已订婚了。只是他不守诺言，不愿娶她。

帕金森夫人厉声问道，哪一个绅士？

我说，对不起，夫人，我不知道。玛丽只说，如果你发现是谁，一定不会高兴的。

玛丽没说这些话，但我自己可猜到是谁。

听了这话，帕金森夫人陷入沉思，在房间里踱起步子来。然后她说，艾格尼丝和格蕾丝，我们不再谈这事了，否则只能引起新的不幸，增加痛苦。牛奶泼了哭也没用。出于对死者的尊重，我们不要说玛丽的死因。我们就说是发低烧，这是最好的说法。

她用眼睛仔细盯着我俩，我们行了个屈膝礼。玛丽一直躺在床上，听我们编造这些关于她的谎言，我想，她对此心里一定不舒坦。

我没提那医生的事，他们也没问。也许他们根本没想到会有那一茬。他们一定认为只是丢了个婴儿（女人常发生这样的情况），玛丽是因此而死的（女人也常发生这样的情况）。我只向你一个人提到这个医生，先生，但我相信是那个医生用刀把玛丽杀死了，他和那个绅士一道干的。不总是动刀子的人才是杀人犯。玛丽是被那个无名的绅士杀死的，他实际上就像是亲手把刀插入她的身体。

帕金森夫人离开了房间。过了一会儿，霍尼夫人来了，说我们要把床单从床上拿下，一道与她的睡裙和衬裙洗干净，然后把尸体也洗净。把床垫拿出去烧掉，这些事都要我们自己去做。放被子的地方还有一个床垫套子，我们可在里面塞满草，再拿个新床单来。她问玛丽是否还有一件睡裙可穿在身上，我说有，玛丽有两条，但另一件还在洗。我说我可把自己的一件给她。她说在把玛丽收拾干净之前不要对人提她死的事。我们要给她盖好被子，把她的眼睛闭上，头发梳理整齐。说完她就走了，我和艾格尼丝照吩咐的去做。玛丽的尸体搬起来很轻，但为她料理后事却是件很沉重的事。

艾格尼丝说，这事很蹊跷，我想知道谁是那男人，然后她看着我。我说，不管他是谁，他还好好活着，很可能现在正吃着早饭，脑子里根本对可怜的玛丽想都不想，好像她不过是肉铺里挂着的一个躯体。

艾格尼丝说，我们都必须经受夏娃的惩罚。我知道，如果玛丽活着的话，一定会感到这句话可笑。然后，我非常清楚地听见她的声音就在我的耳边说，“让我进来。”我吓了一跳，仔细看着玛丽。她这时躺在地板上，等我们把床收拾好。看不出她说过什么话，眼睛还睁着，瞪着天花板。

这时我突然感到害怕，我还没开窗户。我马上跑过去，把窗户打开。我一定听错了，她是在说“让我出去”。艾格尼丝说，干什么呢？外面像冰柱一样冷。我说，这里的味道叫我想吐。她也认为这房间要透透气。我是希望玛丽的灵魂能飞出窗口，而不是留在房内，对着我耳朵说悄悄话。但我不知道是否这已太晚了。

我们总算都干完了。我把床单和睡裙裹成一卷送到洗衣房去，用水泵打上来一大盆冷水，因为只有冷水才能把血迹洗掉，热水只能让血渗在里面。幸好洗衣的女仆不在洗衣房，她在厨房里加热熨斗，正与厨师嚼舌头。我擦洗了一阵，血洗下来一大半，水都洗红了。我把水倒掉，又装了一盆水，让洗的东西浸泡一下，我还倒了些醋，除去些味道。不知是因为冷还是吓的，我的牙齿在打颤，等我再上楼时，感到有点头昏。

艾格尼丝在房间里守着玛丽。一切都安置好了，她的眼睛闭上了，像是在睡觉，两手呈十字状放在胸前。我告诉艾格尼丝我所干完的事，她要我去告诉帕金森夫人一切准备完毕。我去了，又回到楼上。很快就有其他仆人来看，有的在哭，很悲伤，这倒有点心肠。但也有人见死了人感到一种很奇怪的兴奋，我可以看出血液在他们的血管里流得比平常快。

艾格尼丝向大家解释说，这是很突然的发烧。像她这样一个虔诚的女人，挺会撒谎。我站在玛丽脚边，一声不吭。一个说，可怜的格蕾丝，早上醒来发现她硬冷地躺在你旁边，一点思想准备都没有。另一个说，想想都起鸡皮疙瘩，我的神经可受不了。

然后，就好像真是这样的情况，我脑子里可以想象出：醒来玛丽就在我身旁，我摸摸她，发现她不跟我说话，然后我可以感到自己的恐惧和痛苦。就在这时，我晕倒在地不省人事。

他们说，我这样躺了十个小时。尽管他们又是掐，又是打，又是洒冷水，又是在我的鼻子下烧羽毛，没人能把我弄醒。等我真正醒来了，我似乎不知道自己在哪里，发生了什么事，一个劲儿地问格蕾丝上哪儿去了。他们告诉我，我就是格蕾丝。我不相信，哭起来，想跑出房子，因为我说格蕾丝丢了，跳进了湖里，我要去找她。他们后来告诉我，当时他们很担心我被这一切吓得神经错乱了。想想所发生的一切，也实在怨不得我。

然后我又陷入沉睡。我再醒来时，已是第二天了。我已清楚我就是格蕾丝，玛丽死了。我记起我们向身后甩苹果皮的那个晚上，玛丽把皮削断了三次。现在都得到了证实，她什么人也没嫁，也再不会嫁谁了。

但我一点也记不起我在这两次长眠之间醒来时说的那些话和做的那些事了，这使我很担心。

就这样，我一生中最幸福的时光结束了，一去不复返了。

Ⅶ

蛇形栅栏

麦克德莫特……乖僻而粗暴，毫无让人敬佩之处……[他]是个机灵的年轻人，动作灵活得可以像松鼠一样在弯来拐去的蛇形栅栏①上跑，并能跃过五层横档高的大门，而无需打开或爬上那大门……

格蕾丝个性活泼，举止讨人喜欢，很有可能引起过南希的嫉妒……有充分的理由可假定她并不是这件可怕的谋杀案的煽动策划者，而只是整个惨案中的不幸受骗者。绝对看不出这女孩子性格中有麦克德莫特供词中所描绘的那种极度邪恶（假定他自供的一半真是他说的话）。他对事实毫不尊重，这是人人皆知的……

——威廉·哈里森，《回忆金尼尔惨案》，为《纽马克特时代报》撰文，1908

但如果你一时把我忘掉
随后又记起我，不要悲伤；
因为如果黑暗与堕落在我心上
留下我曾有过的一丝情怀，
你的遗忘与微笑
应远远胜过你对我的记忆与悲哀。

——克里斯蒂娜·罗塞蒂，《记忆》，1849

① 用铁轨段条弯来拐去筑成的之字形栅栏。

21

西蒙从狱长夫人的女仆手中接过帽子和手杖，踉踉跄跄地走出去。外面的阳光对他来说太亮，太刺眼，好像他在一间黑暗的房子里被关了很久；不过缝纫室一点也不黑暗。使他感到黑暗的是格蕾丝的故事；他好像感到自己刚刚走出屠宰场。为什么死了个人会对他影响这么大？当然，他过去就知道有这样的事，有这样的医生；也不是因为他没见过女尸。他其实见过很多的女尸，但那些都是彻底死了，已成标本的女人。他从来没亲眼看着她们死去。这个玛丽·惠特尼，还不到——多大？十七岁？一个年轻的女孩子。可悲可叹！他很想洗个手。

毫无疑问，事情的结局是他万万没想到的。他不得不承认，格蕾丝的故事给他本人带来一些愉快——他还记得自己年幼时那些幸福的日子。他的记忆里也充满了干净的床单和快乐的假日，以及高兴的年轻女仆们。可是，就在一片欢乐中突然发生了这件可怕的事。并且，她当时也失去了记忆，尽管只是几个小时，而且那是由于很正常的歇斯底里症造成的。但不管怎么样，这可能是很重要的线索。这好像是到目前为止她第一次失去记忆；除此之外，她连每个纽扣，每个蜡烛头似乎都记得。可是再一想，他对此无法查证。他有种不安的感觉，感到之所以她的回忆如此面面俱到也许是想转移他的注意力，就像是坟头上种些美丽的小花，要把他的脑子牵离隐藏的、但又是很重要的事实。同时，他还提醒自己，如果这是法庭，唯一能为她的故事作证的是玛丽·惠特尼本人，可她已不能出庭。

这时只见格蕾丝沿左边的车道走来。她走路时低着头，一边一个面目可憎的男人，他想是监狱看守。这两人紧紧地挨着她，好像她不是女杀人犯，而是珍贵的宝贝，一定要好好保管。他不喜欢他们紧紧挨着她那样子，可是如果她要逃走了，他们的日子会很不好过。尽管他一直都知道她每晚被送回一间很小的牢房囚禁起来，可今天他才感到这很不合理。他们俩谈了一下午，就像是坐在前客厅里。现在他自由得像空气，想干什么就干什么，而她却又要锒铛入狱做囚犯。囚犯的生活被人为地弄得悲惨而无聊；要不，还算什么惩罚呢？

即便惩罚一词他今天听起来也很刺耳。他满脑子想着玛丽·惠特尼，身上缠着满是鲜血的床单躺着。

他今天下午在狱长家待的时间比平常久些。再过半小时，他就要到维林格牧师家去吃早晚饭了，可他一点也不饿。他决定沿着湖滨散步，让湖风吹吹有好处，也许会让他有些胃口。

他回想起来自己没继续做外科也是件幸事。他在伦敦盖伊氏医院实习时最让人害怕的教师，著名的布兰斯比·库珀医生常说，做个好外科医生就像做个好雕塑家，其先决条件是要对手中做的事取超然态度。雕塑家不应为模特儿一时的魅力而动心，而只应该客观地把她看作塑成自己艺术品的原材料或泥块。同样，外科医生是肉体的雕塑家；他应该像雕刻浮雕那样精心而又细致地用刀在肉体上划口子。外科医生必须有一双冷手，一双好眼睛。如果对病人的痛苦考虑过多，手术刀就会从手中滑掉。病人需要的是你的技术，而不是怜悯。

说得不错，西蒙想；可是人不是雕塑，不像大理石那样毫无生命力。不过经过一段让人痛苦的病痛折磨之后，他们常常到了医院外科手术室就变成了大理石。在盖伊氏医院他很快就发现自己厌血。

不过，他还是学到了一些有益的知识，比如，第一，人死起来很容易；第二，人常会死。并且，精神和肉体有着千丝万缕的联系。刀动不好就能让人变傻。如果是这样，反过来做行不行呢？能不能裁裁剪剪，用针缝成个天才呢？神经系统里尚有很多谜有待人去解开，那用物质的和精神的结构组成的网，那通往全身的脉络由一千条亚利亚德尼的线索①组成，最后全部通向大脑。还有那模糊的中部洞窟，散布着人的骨骼，也暗藏着魔鬼……

也有天使，他提醒自己，在那儿也有天使。

他看见远处一个女人在散步。她身着一身黑；裙子形成柔软而有波浪的铃铛状，她的面纱被风吹到身后，像股黑烟。她回过头来看了一眼：是汉弗莱夫人，他的性情忧郁的房东太太。幸好她背对他走开了；要么她是有意回避。这正好，因为他此时没心绪同人交谈，特别不能承受别人的千恩万谢。他不明白她为什么要把自己打扮得像个寡妇。也许是希望如此。至今还没有少校的消息。西蒙在湖边上踱起步子，私下猜测少校现在干什么。跑马场、妓院、酒馆，必定是这三者之一。

然后，他不合逻辑地想起要脱鞋子，到湖里去玩水。他突然记起小时候在自己家后面的河湾里与保姆一道下水的情形。那保姆原是纺织厂的工人，后改做女仆的。当时他家女仆大部分是这样的背景。他把身上弄脏了，挨了母亲骂，那保姆也因让他下水挨了骂。

那保姆的名字叫什么？艾丽丝？是否就是她后来在他（当时他已上学）偷偷地爬到顶楼当场在她房间里抓住他的？他被当场抓获时正在摸她的一件衬衣。她对他很生气，但又不能表达自己的气愤，因为她不能忘了自己的身份。所以她就搬出女人的一招，大哭起来。他用胳膊搂着她，安慰她，最后相互接吻。她的帽子被弄掉了，头发全散下来。长长的深褐色头发，很性感。但

---

① 古希腊神话中的人物。她爱上雅典英雄西修斯，用悄悄给他的一根线把他救出迷宫。

不干净，味道像坏牛奶。她的手很红，因为她在摘除草莓的梗子，她嘴里也是草莓味儿。

这事发生以后，他的衬衫上在她帮他解扣子的地方就有了红印子。但那是他第一次与女人接吻，他起先感到很窘，然后感到吃惊，一点也不知道该怎么办。可能她对此感到好笑。

他当时真是个没经验的男孩子，简直是个傻瓜。他想起这些，不由得笑了。那都是天真孩提时的情形。半个小时之后，他感觉好多了。

维林格牧师的女管家见到他时不满意地点了下头。如果她要笑的话，那张脸会像蛋壳一样裂开。一定有个丑陋学校，像她这样的女人是在那儿受的训练。她把他带到图书室，那里已生了火，两杯不知名的加香料的果汁已准备好。其实，他此时最想喝的就是好的威士忌烈酒，可是与绝对禁酒的卫理公会教士在一起，是不能指望喝威士忌的。

维林格牧师已经站在他那些皮面书丛中了。他走上前来欢迎西蒙。他们坐下，品尝着饮料。杯子里装的饮料味道很像水草，带有木莓甲虫的味儿。“它有使血液纯净的作用，这是我的管家自己根据很老的配方做的。”维林格牧师说。一定非常老，西蒙心想，他马上想起巫婆。

“我们共同的项目有什么进展?”维林格问。

西蒙猜到他要问这个问题。可是，他回答起来还是有些结巴。“我在异常谨慎地向前进展，”他说，“目前确实有几条线索值得追踪。我首先要建立信任的基础，我想这点我已做到。然后，我就引导她谈她的家庭历史。我们的研究对象似乎能很生动地记起到金尼尔先生家之前的情况，而且很多细节也没忘，这说明并不是她的总体记忆有问题。我已知道她到这个国家时一路上的情况，以及她第一年到人家里做女仆的情况。这一段里除去一件事外，没什么让人不愉快的。”

“那是什么事呢?”维林格抬起他那稀落的眉毛问。

“你是否与多伦多一个姓帕金森的家庭熟悉?”

“我好像记得他们，”维林格说，“我年轻时听说过他们。我记得他是个市政议员。但他几年前去世了；他的遗孀，我认为，回自己国家去了。她像你一样是个美国人，她觉得这里的冬天太冷。”

“这太不幸了，”西蒙说，“我本来希望能跟他们谈谈，证实一些假定的事实。格蕾丝第一次受雇做仆人就在这家。她曾有个朋友也在那家做女仆，名叫玛丽·惠特尼。这个名字，你也许记得，是她与她的——，与麦克德莫特一起逃往美国时用的假名。那个年轻的女人死了，我应该说突然死了。当我们的研究对象在房间里守着她亲爱的朋友的尸首时，她认为自己听到死去的朋友跟她说话。这当然是听觉上的幻觉。”

“这种情况并不鲜见，”维林格说，“我本人也多次守灵。特别是容易伤感的、迷信的人认为如果没听见死者说话是不名誉的。如果听到天使合唱的声音，那就更好。”他的声调很冷漠，可能甚至有点在挖苦。

西蒙感到有点吃惊：牧师的职责应该是鼓励虔诚的想象。“幻觉产生之后，”他接着说，“她又晕倒，发歇斯底里，但这像是与梦游症同时发生的，然后她便长时间地沉睡，在此之后便出现记忆缺失。”

“噢，”维林格向前欠着身子说，“这么说她有过记忆缺失的病史!”

“我们不能急于下结论，”西蒙谨慎地说，“目前她本人是唯一能向我提供情况的人。”他讲到这里停下来；他不想让人看上去不老练。“在我提出专业性的意见之前，如果能与案发时认识格蕾丝的人，以及在她监禁的最初几年里在教养所和疯人院亲眼见过她当时的举止行为的人谈谈，将会非常有用。”

“我本人当时不在，”维林格牧师说。

“我读过穆迪夫人写的那段，”西蒙说。“她写的很多情况我都很感兴趣。据她说，肯尼思·麦肯齐律师在格蕾丝入狱后六七年时到教养所去看过她。格蕾丝告诉他南希·蒙哥马利的魂缠住她不放——她那两只充满血丝的、燃烧着的眼睛不管她走到哪儿都跟着她，竟然出现在她的膝上和汤盘里。穆迪夫人在疯人院亲眼看见格蕾丝（我想是在狂暴性病人的病房里），并描述了一个口说胡话的疯女人像幽灵似的尖叫，像被烧焦的猴子似的乱窜。当然，在写这些时她还不知道在那之后不到一年格蕾丝就会因为神经基本（如果不能说完全）恢复正常而被送回教养所了。”

“人不一定非要全面恢复才出疯人院。”维林格像铰链发出杂音似的短促地笑了一声说。

“我想去拜访穆迪夫人，”西蒙说。“但我想听听你的意见。我不知道如何在不对她所写的内容的真实性提出质疑的情况下向她提问题。”

“真实性?”维林格不以为然地说，听起来一点也不感到吃惊。

“她书中有些地方毫无疑问与事实有出入，”西蒙说，“比如，穆迪夫人不知道里奇蒙山在哪儿，她用的人名和日期都不准确，她把这出悲剧里的好几个演员的名字都叫错了。她还给金尼尔先生加了个军衔，可他根本就没有军衔。”

“可能是死后追加的奖章。”维林格自言自语地说。

西蒙微笑着说：“还有，她的书里写着两个罪犯把南希·蒙哥马利的尸体砍成四块，藏在澡盆下面，事实肯定不是如此。如真是这样，报纸上是绝不会漏掉这样耸人听闻的细节的。恐怕那女人自己没分过尸，也不知道分尸有多难。简言之，由于这些漏洞，使人也怀疑其他细节。比如，她把杀人动机归结为格蕾丝对南希的极度嫉妒，嫉妒她独自占有金尼尔先生，外加麦克德莫特的色欲，因为格蕾丝许诺在他尽了屠夫的职责后便会以情报答。”

“这是当时很流行的说法。”

“毫无疑问，”西蒙说，“公众总是更喜欢带有色情内容的情节剧，而不只是小偷小摸的故事。但你可以发现人们也可以对充满血丝的眼睛的说法持保留意见。”

“穆迪夫人已公开声明，”维林格牧师说，“她很喜欢狄更斯，特别喜欢《雾都孤儿》。我似乎记得那本书里也有一双类似的眼睛，那眼睛也是一个叫南希的死女人的。我该怎么说呢？穆迪夫人容易受外界的影响。如果你是沃尔特·司各特爵士迷，也许你想读读穆迪夫人的诗《疯子》。她的诗具备司各特的诗的全部特征——峭壁，月亮，波浪滔天的大海，被人出卖的少女唱着发狂的歌，身上穿着对健康有害的湿衣服。据我回想，她那滴着海水的头发上挂着植物标本。我想最后她从作者周到地为她提供的峭壁上跳了下去。让我把这诗背给你听——”他闭上眼睛，用右手打着拍子，吟诵起来：

> 风吹动她的衣衫，四月的暴雨珠如此鲁莽
> 珠宝似的挂在野花缠绕的深色秀发上；
> 她的胸脯袒露给子夜里冷酷的风暴，
> 那风暴无情地鞭笞着她的肌体虚弱而瘦小；
> 一双黑眼烁烁闪亮，可惜理智不清，
> 向我投来一瞥犹如鬼魅亡灵，
> 她对着嘶哑的汹涌波涛高声唱歌，
> 像悲哀的挽歌震荡在我的耳膜。
>
> 那负心人把她遗弃给耻辱与疯狂，
> 将她的荣誉和名声无情扫荡——

他当时可曾想到这颗破碎的心，
海誓山盟成灰烬，痛苦宽无垠？
还有那夺去母亲的平静与理智的
婴儿现在何方？……

他睁开眼睛。“是啊，在何方？”他说。

“你真让我惊讶，”西蒙说。“你一定有超人的记忆。”

“很不幸，在记某种诗句时，我的记忆是很好，这是赞美诗唱多了的缘故，”维林格牧师说，“所以上帝自己决定把《圣经》的很多部分写成诗体，这表明他对这一形式的赞同，只是实际生活中不很常用。不管怎么说，我们不能挑剔穆迪夫人的道德观。但我想你一定明白我的意思了。穆迪夫人是个有文学色彩的女人。像所有这样的女人，或者说像所有的女人一样，她喜欢——”

“添枝加叶，”西蒙说。

“正是这样，”维林格牧师说，“当然，我这里说的所有话都应绝对保密。穆迪夫妇尽管在大造反期间是保守派，可是他们打那以后已认识到自己的错误，现已变成坚定的改革派。但是，他们为此受了很多苦，因为有些不怀好意的人用法律诉讼等手段折磨他们。我不想说这位女士的坏话，不过我不赞成你去拜访她。顺便说一句，据我所知她现在笃信招魂术。”

“是么？”西蒙说。

“我是这样听说的。她很长一段时间是个怀疑论者，是她先生先信的。毫无疑问，他晚上出去听鬼魂吹喇叭，与歌德和莎士比亚的灵魂交谈时，她一人在家太闷了。”

“这么说你对招魂术并不赞同。”

“在我这个教派里，凡是涉猎这些（在我看来）邪恶的说教的教士都已被驱逐出去，”维林格牧师说，“应该承认我们委员会的一些成员不但参加了，而且还笃信招魂术。但是，我不得不对他们有耐心，让这阵疯狂自己过去，等他们自己恢复理智。就像纳撒尼尔·霍桑先生①所说，招魂术是骗人的；要不是骗人的，反倒更糟了。那些让桌子翻跟头或搞其他名堂的灵魂一定是没能进永恒世界的；他们正在像精神上的灰尘一样把我们的生活弄脏。他们不可能心怀好意，所以与他们交谈得越少越好。”

“霍桑？”西蒙说。他对一个教士读霍桑的作品感到吃惊，因为霍桑被指控为肉欲主义者，特别是在《红字》出版之后，被指控为道德不严谨。

“牧师一定要了解自己教区的教民的情况。要弄清格蕾丝·马克斯过去的行为，你最好去找肯尼思·麦肯齐先生。他在审判时为她辩护过，而且，据我所知，他头脑很清醒。他现在是多伦多一个法律事务所的合伙人，已在专业上有了很大进展。我可写封介绍信给他，我相信他一定会尽力帮助你。”

“谢谢你。”西蒙说。

“我非常高兴能在女士们到来之前跟你单独谈谈。但我听见她们现在来了。”

“女士们？”西蒙说。

“狱长夫人和两个女儿今晚赏脸光临，”维林格牧师说，“狱长本人不幸正因公务出差在外。我没告诉你她们要来？”他苍白的面颊上出现了两块红晕。“我们一起去欢迎她们，好不好？”

只有一个女儿来了。她妈妈说，玛丽安因感冒卧床不起。西蒙马上警觉起来：他很熟悉这样的伎俩，他了解母亲们的小计谋。狱长夫人想给莉迪亚一个单独向他进攻的机会，不想要玛丽安在一旁干扰。也许他应该立即公布自己的微薄收入，好先堵上她的嘴。但是莉迪亚是盘甜食，他还不想这么快就剥夺自己这样一个

---

① Nathaniel Hawthorne（1804—1864），美国作家。

具有美感的享受。只要不发公告，就不会有任何害处，况且他很喜欢莉迪亚用那双发亮的眼睛盯着他看。

已正式换了季：莉迪亚正是春花盛开。多层淡花的花褶边在她全身发芽，并像透明的翅膀从肩膀上招着手。西蒙一边吃着鱼——鱼烧过头了；在这个大陆上没人知道如何做鱼——一边欣赏着莉迪亚喉部的雪白轮廓，以及隐约可见的胸脯。好像她是用掼奶油塑造成的。盘子里装的应该是她，而不是鱼。他听人传说巴黎一位名妓就曾这样出现在宴会上，当然是一丝不挂。他一个劲儿地设想给莉迪亚脱去衣服，而后再打扮：她应戴上花环，象牙色的，淡粉色的，或许边上弄一圈温室培植出的葡萄和桃子。

她那眼球凸出的母亲依旧打扮得齐整无瑕。她一边用手指摸着脖子上的黑珠子，一边单刀直入地谈起当晚的正事。星期二的小组急切地希望乔丹医生去给她们讲话。不要很正式，只是朋友间认真的交谈。她希望她能假定乔丹医生也对那个题目感兴趣。可能他还能谈谈废奴问题？她们大家对此都很关心。

西蒙说他对废奴不是专家。其实，因为他前几年都在欧洲，对这类情况不很了解。如果是这样，维林格牧师提议说，也许乔丹医生可以跟她们谈谈关于精神病和精神失常的最新的理论？这也会很受小组欢迎，因为对公共疯人院的改革是他们的长期规划之一。

“杜邦医生说他会特别感兴趣，”狱长夫人说，“杰罗姆·杜邦医生，你已见过他。他对很多……东西都有兴趣。”

“噢，我会发现那个题目很迷人，”莉迪亚说，眼睛在又长又黑的睫毛下瞅着西蒙，“我希望你能答应！”她今天晚上还没说什么话，不过她也没机会多说，除非是在维林格牧师要再给她鱼时说不要了。“我一直想知道发疯是怎么回事，可格蕾丝不愿告诉我。”

西蒙设想自己和莉迪亚坐在灰暗的角落里，前面有厚厚的紫红色锦缎做的帷幕挡着。如果他用胳膊搂着她的腰——轻轻地，不会让她吓一跳——她会不会叹气？她会不会顺从，还是会把他推开？或是先顺从，再推开他？

回到住处，他拿出放在大橱里的酒瓶，给自己倒了一大杯雪利酒。他一晚上什么也没喝（维林格晚饭席间喝的是水），可他就像是喝了酒似的头脑发晕。他干吗要同意给那可恶的星期二小组讲话？她们是他的什么人？他又是她们的什么人？她们一点经验也没有，跟她们说什么才能让她们懂呢？是因为莉迪亚，是因为她对他的崇拜和请求。他感到自己遭到一簇开花的灌木的伏击。

他太累了，不能像往常那样熬夜、读书、工作。他一上床，立刻就睡着了。然后他做梦了，很令人不安的梦。他在一个有栅栏的院子里，洗好的衣服挂在绳子上飘动着。别的什么人也没有，这就给他一种暗自愉快的刺激。床单和亚麻织品在风里飘动，好像罩在无形的大臀部上，像是活着似的。他看着看着——他一定是个小男孩，因为他太矮，要抬起头来看——一条围巾或是一条薄纱做的面纱被从绳子上吹下，很优美地像水里的油漆，或像条长绷带一样在空中飘浮着展开。他跑着去抓住它，跑出了院子，跑上大路——他当时在农村——跑进田野，跑进一个果园。那布被缠在挂满了绿苹果的小树的树枝上。他把它拽下来，那围巾掉下来，盖在他的脸上。他才知道那不是布，而是头发，一个隐身女人的芬芳的长发，缠在他的脖子上。他挣扎着，但被紧紧地缠住了；简直不能呼吸。那感觉既使人痛苦，又几乎让人不可忍受地激发性欲。他猛然一抖醒来了。

22

今天我比乔丹医生先到缝纫室。因为绅士只遵守自己的时间，所以没有必要猜测他为什么晚了。我就自己继续缝，同时还低声唱着：

多年的岩石，为我开裂，
让我藏身于你；
让你那裂口流出的，
水与鲜血，
变成罪孽的双重妙药，
洗净其罪恶和魔力。①

我喜欢这个歌，因为它叫我想起岩石、水和海岸，这些都在户外。去不成的地方想想也很满足了。

我不知道你唱歌唱得这么好，格蕾丝，乔丹医生说着走进缝纫室。你的嗓音很美。他眼下有黑圈，看上去一夜没合眼。

谢谢你，先生，我说。我过去比现在唱的机会多。

他坐下，拿出笔记本和铅笔，然后把一段欧洲防风根②放在桌上。那防风根已发橘红色，说明已老了，我是肯定不会选这样的。

噢，欧洲防风根，我说。

这使你想起什么吗？他说。

嗯，有句老话说，不能在欧洲防风根上抹黄油，我说。还有，它很难削皮。

我认为它们是存放在地窖里的，他说。

噢，不对，先生。是存放在外面的，在地里挖个洞放些草，因为越上冻越好吃。

---

① 这是首圣歌。
② 一种块根植物，可食用。

他疲劳地看着我，我想知道什么原因叫他失眠。也许对哪位年轻的女士白相思，要么就是吃饭没规律。

我们能不能从上次停下的地方接着讲你的身世？他说。

我已忘了讲到哪儿了，我说。这其实不是真话，但我想弄清他是真在听我说，还是装着听。

讲到玛丽死了，他说。你可怜的朋友玛丽·惠特尼。

噢，对了，我说。讲到玛丽了。

先生，玛丽的死因尽可能被隐瞒了起来。不一定大家都相信她死于高烧，但也没人大声说不相信。看见她写的字条，也没有人否认她把东西都留给了我。不过有些人对她写字条一事感到吃惊，因为好像她事先就知道自己要死似的。但我说有钱的人事先都写好遗嘱，为什么玛丽不能也那样？这样他们就不再说什么了。可没人对写字条的纸和她是怎么拿到那纸等事提出疑问。

我把她的箱子（质量很好），还有她最好的裙子卖给了小贩杰里迈亚，他在玛丽死后不久就来了一趟。我把她藏在地板下的金戒指也卖给他了。我告诉他是为了好好给她办丧事，他给了我非常公道的价钱。他说，他曾在玛丽的脸上看出死的前兆。当然咯，事后聪明总是准确无误的。他还说，他为她的死而感到伤心，并说要为玛丽祈祷。不过，我想象不出他祈祷时会说什么，因为他会变戏法，会算命，像个异教徒。但是，什么形式的祈祷是无关紧要的，上帝唯一能区别的是好心还是坏意；至少我是这样认为的。

艾格尼丝帮着我一起安排后事。得到东家的准许之后，我们把从帕金森夫人的花园里摘的花放进棺材。因为是六月，正好有长梗玫瑰和牡丹花，我们只挑白色的。我还把花瓣撒在她身上，我悄悄把我为她做的针线包塞进棺材，不能让别人看见，因为颜色是红的，不太合适。我在她脑后剪下一撮头发，用线扎在一起，留作纪念。

下葬时玛丽穿着那条最好的睡裙。她看上去一点也不像死了，只像是睡着了，脸色苍白。身边又都是白花，她就像是个新娘子。

棺材是松木板的，很普通，因为我还想用剩下的钱做块石头的墓碑，但钱只够给她刻个名字。要不，我很想刻首诗，比如，你虽已在地下深葬，到天堂切勿把我忘。可我实在没钱刻这么多字。她与卫理公会的教徒一起埋在阿德莱德街上，埋在一个角落里。她的坟墓旁边就是贫民们的坟墓，但仍在教堂院子里。所以，我想我为玛丽尽了最大努力。葬礼只有艾格尼丝和另外两个女仆在场，因为一定有不少人怀疑玛丽的死有蹊跷。当他们把土撒在棺材盖上，那年轻的牧师说从土中来到土中去时，我哭得心都快碎了。我也想到可怜的母亲，她连像样的土葬都没得到，只是被扔进海里。

我很难相信玛丽真死了。我总是期望她能回到房间里来。晚上躺在床上，有时我想我能听见她呼吸；或者感到她就在门外笑。每个星期天我都在她的坟上放花，这些花不是从帕金森夫人的花园里摘的（葬礼只是一次特殊情况），而是我从野地里，或是湖滨，或是任何长野花的地方摘的。

玛丽死后不久，我就离开了帕金森夫人家。我不想再待下去，因为帕金森夫人和霍尼夫人对我不友好。她们一定认为我帮助玛丽和那位绅士联系，而且相信我知道他的名字。尽管事实不是如此，但是如果有人已开始怀疑了，就无法叫他们停止怀疑。我说我想走时，帕金森夫人没说不行，只是把我带进图书室，又一次非常认真地问我是否认识那位绅士。我说我不知道时，她要我对《圣经》发誓，即便我知道，也永远不会对别人说。这样她才会给我写好的推荐。我不喜欢别人这样不信任我，但我还是照吩咐的去做了。帕金森夫人帮我写了推荐，并好心地说她挑不出我工作上有任何过错。在我离开时还给了我两元钱作为礼物。这是很慷慨的，还帮我在狄克逊先生家找了个职位，他也是位高级市政官。

到了狄克逊家，因为我已受过训练，而且有人家推荐，工钱增加了。因为很多人在大造反之后都逃到美国去了，当时可靠的仆人很少。尽管不断地有新移民来，还是供不应求，对帮工的需求很大。由于这一点，我知道如果对哪家不满意，就不一定待在那儿。

我不喜欢在狄克逊家，因为我感到他们对我的情况太了解，待我很怪。所以，半年之后我就打招呼不干了，又到了麦克马纳斯先生家。可我在那儿也感觉不合适，因为只有两个用人，我是其中一个。另一个仆人是个男帮工，他大谈世界的末日，人受的痛苦和咬牙的声音，吃饭时难以交谈。我在那儿只待了三个月，就被科茨先生雇走了。我在那儿待到我十五岁生日过后几个月，但那儿有个用人嫉妒我，因为我干活比她仔细。所以我一听说哈拉基先生家要雇人，就去他家，工钱与在科茨家拿的一样。

在那儿干了一段挺不错。但是，哈拉基先生一次在我从餐厅端盘子出来时想调戏我，这使我开始感到不安。尽管我记得玛丽说过要往他裤裆里踢，我认为踢雇主是不对的，而且可能会因此被解雇而得不到好的推荐。但后来有一天我听见他在我的顶楼卧室的门外；我听到他呼哧呼哧的咳嗽声。他在拨弄门的插销。我晚上总是把门锁上，但我知道不管有没有锁，迟早他会想办法进来的。如果没有其他东西，他会用梯子。想到这些，我睡不着觉。可我又需要睡眠，因为我干了一天已很累了。如果有人发现你房间里有男人，不管他是怎么进来的，有罪的总是你。就像玛丽过去说过的，有些雇主认为你要为他二十四小时干活，而且主要的活儿是脸朝上躺着干的。

我相信哈拉基夫人也觉察到了这事。她出身于一个破落的大户人家，所以出嫁时只能听天由命。哈拉基先生靠宰猪发的财。我认为哈拉基先生不是第一次有这样的行为，因为当我通知哈拉基夫人我要离开时，她根本没问我什么原因，只是叹着气说我是个好姑娘，并用她最好的纸马上给我写了推荐信。

我到了沃森先生家。如果我有时间好好找的话或许能找到更好的人家，可我感到要立刻离开。因为哈拉基先生有一次呼哧呼哧喘着粗气来到洗碗间。当时我正在洗锅，满手沾着油污。就这样他还想抓住我，这说明他已经等不及了。沃森先生是个鞋商，急需找人帮忙。他有夫人和三个孩子，第四个马上要出生了，可他只有一个仆人，洗不过来所有的东西，不过烧饭还凑合。所以他愿意付我两块五角钱外加一双鞋一个月。我需要鞋，因为玛丽留下的那些鞋穿起来不合脚，而我自己的鞋都快穿通了，新鞋是很贵的。

我在那儿待了不久就认识了南希·蒙哥马利。她到沃森先生家来看厨师萨利，她俩是一起在农村长大的。南希到多伦多的克拉克森商店举办的布料拍卖市场来买东西。她给我们看她买来做冬裙的很漂亮的深红色丝绸，可我不明白女管家干吗要这样一条裙子。还有质量很好的手套，她还为她的雇主买了一块爱尔兰亚麻桌布。她说在拍卖时买东西比在店里买好，因为价格便宜，她的雇主想要省钱。她乘主人驾的马车进城的，她说这样舒服得多，因为你不需要跟陌生人一起挤车。

南希·蒙哥马利很漂亮，深色头发，大约二十四岁。她一双褐色的眼睛很漂亮，像玛丽·惠特尼一样喜欢说笑话，喜欢笑，看上去是好脾气。她坐在厨房里，喝着一杯茶，与萨利一道谈过去的事情。她们一道在多伦多北边上学。那是她们那儿第一所学校，由当地的牧师星期六上午开办，因为星期六孩子们才不干活。学校的校舍是幢圆木房子，更像是个马厩，南希说。她们必须从森林穿过，总怕遇上熊（那时熊很多）。一天她们真的见到了熊，南希尖叫着跑开，爬上一棵树。萨利说那熊比南希还害怕，南希说那可能是只君子熊。可能是在南希爬树的时候瞥见了它过去从未见过的危险物体之后，正在逃跑。她们俩为此事大笑不止。她们还讲到男孩子把学校后面的厕所推倒，当时有个女孩子在里面。她们没事先告诉那女孩，反而和其他人一起围观，但事后她们感到做错了。萨利说总是胆怯的人受欺负。南希说，是啊，但在生活里就是要学会保护自己。我想这说得很对。

在拿上披肩和其他东西的时候（她有个漂亮的小阳伞，粉红色的，只是有点脏了），南希告诉我她是住在里奇蒙山的托马斯·金尼尔先生家的管家。沿着央街向北，过了盖洛山和霍格山谷就到了。她说她需要一个用人帮她干活，因为那房子很大，而且原来在那儿干活的女仆回去结婚了。金尼尔先生是个出身于家境很好的苏格兰家庭的绅士，我行我素，还没成亲，所以家里活并不多，也没女主人挑剔指责。我是否对这个活儿感兴趣？

她说因为金尼尔先生的农庄离城太远，她太孤单，想找个女伴。并说她不想一个人待在那儿，一个单身女人和一个绅士在一起，别人会说闲话的。我想这话说得很对。她说金尼尔先生是个思想开通的主人，高兴时常表现出这个特点。她还说，如果我同意，这会对我很有利，因为我的地位就提高了一步。然后，她问我当时拿的工钱是多少，她说她能付三块钱一个月。我觉得这是很好的工钱。

南希说一星期后她有事要来城里，可以等到那时再听我的答复。那个星期我反复在脑子里考虑这事。我的确对到农村而不是在城里这点感到担心，因为我现在已适应了多伦多的生活。在这儿每次上街办事都有看不完的东西，有时还有演戏和集市（不过要小心小偷），街上还有人布道。而且，总有一个男孩或一个女人在街上唱歌讨钱。我见过一个人吃火，还有个人会表演口技，有会数数的猪，戴着口套会跳舞的熊（不过那跳舞更像是左右摇摆地走路），街头的流浪儿用棍子捅它。还有，到了乡下没有铺好的人行道，路上泥会更多；晚上没有汽灯，没有大商店和这么多教堂的尖顶，也没有漂亮的马车和前面有大柱子的砖头造的银行。不过，我想如果我不喜欢乡下，总是可以回来的。

我问萨利的意见，她说她不知道那份工对我这样一个年轻的女孩子是否合适。我问她为什么这样说，她说南希一向对她很好，她不想说。但她说人总要有些冒险，她还是少说为佳。况且，她很多事也不能肯定，多说也不合适。但她感到因为我没母亲给我出主意，她已说了该说的话，对我尽了职。我可对她说的意思一点也弄不明白。

我问她是否听说过有关金尼尔先生的坏话，她说她听到的算不上坏话。

这就像是个猜不透的谜；真希望她能明话直说了。但是，工钱比我过去拿得多，我很看重这点，可我更看重的是南希·蒙哥马利。她很像玛丽·惠特尼，至少我当时是这样认为的。自从玛丽死后，我就一直情绪低落，所以我还是决定去了。

23

南希事先给了我车钱，所以同意到了那天我乘早班公共马车去。那车开了很长一段，因为里奇蒙山要沿着央街向北走十六英里。刚过城北道路还不错，不过也有好几处陡坡我们都不得不下车走，要不马就拉不动。路旁沟里长着很多花，有雏菊什么的，蝴蝶飞来飞去，这路有几段很漂亮。我想到要摘些鲜花做个花束，但是一路上过去花一定要蔫的。

走了一段路就变糟了，开始有些车辙和石头，车子颠簸得能叫骨头散架。到了坡顶，那灰土能把你呛死，低洼处尽是泥，沼泽处用圆木横着走人和车。他们说下雨时路上就像是沼泽地，到了三月，下春雨时，根本就走不动车马。最好的时候是冬天，路冻得硬邦邦，雪橇在上面能跑得很快。可是，那时又可能有暴风雪的危险，而且如果雪橇翻了也有被冻死的可能。有时还可能有房子一样高的雪堆把你埋上，所以你唯一的机会只能是祈祷几句，喝上很多威士忌酒。这一切，还有其他许多情况都是挤在我旁边的那个男人告诉我的。他说他经营农具和粮种，自称对路很熟。

我们一路上经过的房子有些很大很好，但也有些只是圆木造的房子，又矮又难看。田地周围的栅栏是多种多样的。有铁轨做的蛇形栅栏，也有用从地下挖出的树根做的，看上去像一撮撮木头头发。时不时会有个十字路口，有几座房子集中在一起，而且有个小客栈，在那儿可以歇歇马，或换匹马，并喝上两口威士忌。有几个在那儿待了一阵的人已经喝了好几杯，穿得很破烂，而且很不礼貌。他们来到我乘的马车跟前，凑到我的帽檐下来看我的脸。我们中晌歇脚时，那个经营农具的人问我是否愿意进去跟他喝一杯，吃些点心。我说“不”，因为正派的女人不应该与陌生人走进这样的地方。我吃了带来的面包和奶酪，还从院子里的井里打了些水喝，这对我来说已足够了。

为了这趟旅行，我把夏天好看的衣服都穿上了。我戴着顶女式草帽，帽檐镶了一圈从玛丽的箱子里找出来的蓝色丝带，我自己的帽子戴在下面。我身穿一条落肩的印花棉布裙子，这种款式在当时已过时，但我没时间再去改做。新的时候上面的印花是红点，但已被洗成粉色的点了，这是科茨家作为部分工钱给我的。两条衬裙，一条破了但缝得很好，另一条现在有点太短了，可谁看得见呢？一件无袖棉衬衫，两件从杰里迈亚那儿买来的旧紧身胸衣，一双白棉袜（补过了，但还能穿一阵）。一双鞋商沃森先生给的鞋，质量不是最好，也不很合脚，因为最好的鞋是从英国进口来的。我披着绿色的纱布披肩，还把玛丽留给我的一条手绢（这手绢原是她母亲的，白底上印有名叫黑种草的小蓝花）叠成三角形围在脖子上挡太阳，防止生雀斑。能有这样一件她留下的纪念品很让人舒心。但我没戴手套。没人给过我手套，买起来又太贵。

我冬天的衣物，我的红法兰绒衬裙，厚裙子，毛质长筒袜和法兰绒睡裙，还有两条夏天的棉睡裙，夏天的工装裙和木底鞋，两顶帽子和一条围裙，还有我另一件衬衣，这些东西都用母亲的披肩捆成一包，放在马车顶上。上面的东西都很好地用绳子捆好了，但我一路上还很不放心，因为我怕它掉下来，丢在路上，所以我总是往车后看。

永远不要往后看，那农具商人说。干吗不呢？我说。我知道不该与陌生人说话，但因为我们挤成一团，很难避免说话。因为过去已是过去，他说，后悔也没用，忘记过去的事。你知道洛特的老婆①后来怎么样了么？他接着说。她变成了一根盐柱子，好好的女人就这样浪费了，这倒不是说女人加点盐不会好些，他笑了起来。我不明白他的意思，但猜想一定不是好事，心想我再也不跟他啰嗦了。

蚊子很厉害，特别是在沼泽地带和在森林边上。尽管路边的一些地已开发出来，还有大片的高树。森林里的空气闻起来味道也特别；很阴凉潮湿，闻上去有青苔、泥土和老叶子的味儿。我不信任森林，因为里面尽是熊和狼之类的野兽。我还记得南希讲的有关大熊的故事。

农具商说，小姐，你害怕进森林吗？我说，不，我不害怕，但如果不是万不得已，我不会进森林。他说，这正好，因为年轻的女子不应该孤身进森林。你不知道会发生什么事。最近发现一

---

①《圣经》人物，因在逃离索多姆的路上违背神的旨意回头看而变成盐柱。

个女人衣服都被撕破了，头和身子分了两处。我说是不是熊干的？他说可能是熊，也可能是红印第安人，你知道这森林里到处都是红印第安人。他们随时都可能跳出来，一下抓走你的帽子，然后剥你的头皮。你知道他们喜欢剪去女人的头发，因为可以在美国卖好价钱。然后他说，我想你帽子下面一定有一头好头发，他说这话时一直在往我这边挤，我感到很讨厌。

我知道他是在说谎。如果熊是真的，关于红印第安人的话一定不是真的，他是想吓唬我。所以我就很冲地说，我宁可把头给红印第安人，也不给你。他笑了，可我是说真的。我在多伦多见过红印第安人，因为他们有时到多伦多去领取协约款①。还有些人会到帕金森夫人家的后门来卖篮子和鱼。他们脸上毫无表情，你猜不出他们在想什么，但如果你叫他们走，他们就走。但不久我们的马车就开过了森林，又见到栅栏、房子和挂着的衣物，闻到炊烟，还有正在燃烧的树（烧出的灰可派用场）。这时我很高兴。

过了一会儿，我们路过一幢建筑的旧址，只剩下烧黑了的地基。那商人用手指着对我说，这儿原来就是著名的蒙哥马利酒店，是麦肯齐和他的乌合之众开煽动性会议的地方。在大造反时，他们是从这儿出发走到央街的。有个人要去向政府报信，被在这个房子前面枪决。后来这房子被烧了。他们把一些叛匪绞死了，但还远远不够，那商人说，应该把那个胆小的麦肯齐从美国拽回来。他自己逃到美国去，倒让自己的朋友留在这儿替他受绞刑。那商人口袋里有个瓶子，到这时他已喝了很多勇气剂②，我可从他的呼吸里闻到那味儿。当男人处于这样的情况时，还是不要惹他们为好，所以我就什么也不说了。

---

① 指的是当时一些印第安部落把土地出售给加拿大政府，因此而签的协约。按照协约规定，他们每年向政府索款，作为土地的赔款。

② 烈酒的谑称。

我们下午晚些时候才到里奇蒙山。它看上去并不像个城镇，倒更像个村子，房子都沿着中央街排成一排。我下车来到公共马车客栈，这是和南希商定好的会合点。马车夫帮我把行李拿下来。那农具商也在这儿下。他问我住在哪儿，我说他不知道也没关系。听了这话，他抓住我的胳膊，说我必须跟他进酒店，为我们的友情喝一两杯威士忌，因为我们在马车上已经变成了好朋友。我想挣脱自己的胳膊，但他不松手，却更亲昵起来，想搂住我的腰；旁边有几个闲着的男人还为他打气。我四处看，寻找南希，但她不在。我想，如让她看到我在客栈与醉汉扭打，印象该多坏。

客栈的门开着，就在这时小贩杰里迈亚走出来，背上背着货袋，手里拿着他的长拐棍。我看见他非常高兴，大声叫他的名字。他很迷惑地朝我看，然后跑了过来。

哎呀，是格蕾丝·马克斯，他说。我没想到会在这儿见到你。

我也没想到会见到你，我微笑着说。但因那农具商还抓着我的胳膊，我感到有些慌张。

这人是你的朋友？杰里迈亚问。

不，他不是，我说。

这位女士不喜欢你在旁边，杰里迈亚用装出的有教养的绅士的嗓音说。农具商说我不是什么女士，还说了一些不好听的话，甚至讲了些话骂杰里迈亚的母亲。

杰里迈亚拿起他的拐棍，把那人的胳膊朝下按，他才松开我。然后杰里迈亚推了他一下，他向后踉跄退到客栈的墙根，一屁股坐在一堆马屎上。其他人都开始嘲笑他，那些人总是喜欢嘲笑倒霉鬼。

你在这附近找了个活儿干？我谢他时，杰里迈亚问。我说是的。他说他要来找我，看能卖些什么给我。正在这时，又来了个人。你的名字是不是格蕾丝·马克斯？他问，要么，他就是问了这个意思，具体说什么我记不得了。我说，是的。他说他是托马斯·金尼尔先生，我的新雇主，他是来接我的。他有一辆一匹马拉的轻便马车（我后来发现那马的名字叫查利，是从查利马肌肉抽搐症叫过来的）。那马是匹栗色的阉马，非常英俊，马鬃、尾巴都很美，长着一双褐色的大眼睛，我第一眼看上去就很喜欢它。

金尼尔先生叫客栈喂马的人把我的行李放在车子后面（那里已有了一些包裹）。他说，你看，你到了这镇上还不到五分钟，就已经吸引了两个倾慕的男人。我说，他们不是。他说，你是说他们不是男人，还是说他们不倾慕你？我感到很糊涂，不知道他想让我说什么。

然后他说，上车吧，格蕾丝。我说，你是说让我坐在前面？他说，我们可不能把你像行李一样放在后面，说着他就把我扶上车，坐在他旁边。我感到不自在，因为我不习惯坐在他这样的绅士旁边，特别是因为他是我的雇主。可他好像根本不在乎，从另一边上车，开始向马发出出发的吆喝。就这样，我们沿着央街向北行，我就像是个贵夫人似的。我想如果有人从窗口看我们，一定有闲话可说。但是，后来我发现，金尼尔先生从来不管别人说的闲话，因为他根本不在乎别人说他什么。他有自己的钱，也不参加竞选，所以完全可以不管这些事。

金尼尔先生长得什么样？乔丹医生问。

他很有绅士风度，留着小胡子。

就这些？乔丹医生说。你对他的观察可不很仔细！

我不想盯着他看，我说，一上了车我当然就不看他了。因为我戴着帽子，要看他我必须把整个头转过来。我猜你从来没戴过无边有带的帽子，是不是，先生？

我没戴过，乔丹医生嘴巴一边高一边低地笑着说。我猜想戴上一定不灵活，他说。

就是那样，先生，我说。但是，我看见在他握着缰绳的手上戴的手套了。那手套是淡黄色的，软皮的，戴在手上很服帖，一点褶纹都没有，甚至你会认为那就是他的皮肤。我更为自己没有手套而感到遗憾，所以我把手好好地藏在披肩下。

我想你很累了，格蕾丝，他说。我说，是的，先生。他说，天气很热。我说，是的，先生。我们就这样一路向前走。说实话，这比坐在颠簸的马车里，挤在农具商旁边难多了。我也不知道为什么，因为金尼尔先生与那个男的相比，人好多了。但是，里奇蒙山不是个很大的地方，所以我们很快就到了城的另一头。他住在村子北边一英里多路以外。

最后，我们路过他的果园，上了他家的车道。他的车道有个拐弯，约长一百码，车道两边两行中等高矮的枫树。车道顶头就是房子，房子前面有阳台和白柱子，这是个大房子，不过没有帕金森夫人的房子大。

从房后传来砍东西的声音。有个男孩子坐在栅栏上，他可能十四岁左右。我们的车到了时，他跳下来，过来勒住马。他一头红头发，剪得不齐，脸上长着雀斑。金尼尔先生对他说，你好，吉米，这是格蕾丝·马克斯，她是大老远从多伦多来的，我把她从客栈接回来的。那男孩抬头看看我，笑起来，好像他认为我身上有什么很可笑。不过，他只是害羞，不知说什么。

阳台前面种着花，白色的牡丹和粉红的玫瑰，一位女士身穿一条漂亮的有三层荷叶边的裙子，手里拿着个平篮子，正在摘花往篮子里放。听到我们的车轮和马蹄在碎石路上走的声音，她直起身子，用手遮着阳光朝这儿看，我看见她戴着手套。这时我才认出这女人就是南希·蒙哥马利。她头上戴着与裙子一样淡的颜色的帽子，好像她是穿上了最好的衣服到前面来采花的。她朝我优雅地挥挥手，但没上前来；我心里紧了一下。

上马车是一回事，但下马车又是另一回事，因为金尼尔先生没帮我下车。他径直下车，很快朝房子走去，朝南希的帽子伏下身子，留我一个人像袋土豆一样坐在车上，我只好在没人帮忙的情况下慌乱地爬下马车。一个男人从后面出来，他手里拿着一把斧头，一定是他在砍什么。他一个肩膀上搭着一件织得很密的夹克上衣，衬衣袖子卷着，领口敞开，围着一条红色的大手绢。他穿着宽大的裤子，裤脚塞在靴子里面。他长着深色头发，很瘦，但不很高，看上去只有二十一岁。他没说话，但直盯着我看，眉头皱着，很有些不信任的样子，好像我是他的敌人。但又好像他不在看我，而是看我身后的什么。

那个叫吉米的男孩告诉他，这是格蕾丝·马克斯，可他还是什么话也不说。后来南希叫道，麦克德莫特，把马拉进来，好不好？还有，把格蕾丝的东西送到她房里去，你可以带她上去。听了这话，他好像生气似的，满脸通红，只是把头朝我一摆让我跟着他。

我站在那儿，下午的斜阳照着我的眼睛，看着牡丹旁的南希和金尼尔先生。一层金色的雾笼罩着他们，好像天上掉下的金粉撒在他们身上。我听见她在笑。我又热又累又饿，一路上风尘仆仆，可她还没说一句欢迎我的话。

然后，我跟着那马和车一道到房子后面。男孩吉米走在我旁边，他害羞地说，多伦多是不是很大，很大？我从来没去过那儿。但我只说挺大的。我一点也不想跟他谈多伦多，当时我非常后悔我离开了多伦多。

每当我闭上眼睛，就可以记起那房子的每个细节，就像是幅图画一样出现在我眼前——阳光下的阳台和花，窗户和大白柱子——我可以蒙着眼在那房子里的每个房间里走。不过那时我对那房子还没任何感情，只是想喝点水。很奇怪，回想起来那房子里当时那么多人，可六个月后就我一人活着了。

当然除了吉米·沃尔什，但他并不住在那儿。

24

麦克德莫特把我带到我的房间，就在冬天的厨房旁边。他说话不很有礼貌：他只说你就睡在这儿。我在拆开自己的包裹时，南希走进来，现在是满脸笑容。她说，我很高兴见到你，格蕾丝，很高兴你能来。她让我在冬天的厨房桌子旁坐下，那儿比夏天的厨房凉快，因为没生炉子。她告诉我在水池那儿洗脸洗手，然后给了我一小瓶啤酒，并从储藏室拿来一点冷牛肉。她说你走了一路，一定很累了，这一趟是很累人的。她坐在我旁边看着我吃，待我好极了。

她戴着一副非常好的耳环，我可以看出是纯金的。我不知道她只拿管家的工钱，怎么能买得起金耳环。

在我稍加休整以后，她带我看了房子和外房。夏天的厨房与主房是完全分开的，这样烧饭就不会给主房加热，每个房子都应该采纳这种合理布局。每个厨房都有石板铺的地和一个相当大的铁炉子，炉前有个平挡板，可在上面放东西，起到保温的作用，这在当时是最新样式的炉子。每个厨房还分别有个水池，有管子通往污水池，而且各有一个洗碗房和储藏室。水泵在两个厨房中间的院子里。我很高兴井上有盖，要不会很危险，不仅东西会掉进去，而且井里常会有老鼠。

夏天的厨房后面就是马厩，旁边就是车房，马车放在里面。车房大得可装下两辆马车，可金尼尔先生只有一辆轻型马车。我想，真正的四轮马车在那里的路上会毫无用途。马厩里有四个牲畜栏，可金尼尔只有一头奶牛，两匹马（查利和一匹小马驹，长大后要做骑的马）。马具房在冬天的厨房旁边，这倒不常见，而且不方便。

马厩里有个阁楼，麦克德莫特就睡在那儿。南希告诉我他刚来一个多星期。尽管金尼尔先生要他干活时他挺快，可是南希要他干什么他就不满意，而且很无礼。我说，他可能是对谁都不满意，因为他对我也很无礼。南希说，在她看来他要么改进他待人的态度，要么就离开，因为他来的那个地方他这样的人多得是。当时没事干的士兵一叫就来了。

我从来就喜欢马厩的味儿。我拍拍马驹的鼻子，向查利问好。我也向奶牛问了好，因为挤奶将是我的事，所以我希望我们开始就有个好关系。麦克德莫特在拿草出来喂牲口；他见到我们什么也没说，只是哼了一声。他狠狠地看了南希一眼，我看得出这两人关系很不好。我们走出马厩时，南希说，他现在比什么时候都无礼了。好吧，他可随着他的性子来，欢迎他这样做。反正他有几条路：要么是微笑，要么是开路，要么更可能的是被扔到沟底去，然后她笑起来。我希望他没偷听到这些话。

然后，我们去看鸡舍和鸡场。四周用柳条编的篱笆围起来，把鸡圈在一起。不过，这篱笆不能很好地挡住狐狸、黄鼠狼和浣熊这些偷鸡蛋的贼。厨房菜园里种了不少东西，但地需要锄。往后走好长一段小路才是厕所。

金尼尔先生有很多地，有块草场专喂奶牛和马。往南去中央街旁边有个小果园，还有好几块地，有些已在耕种，有些还在砍树开荒。是吉米·沃尔什的父亲在负责这些。南希说，他们在离这里约四分之一英里处有个小房子。从我们站的地方只能看见房顶和树梢上伸出的烟囱。吉米本人是个聪明而有前途的男孩儿。他帮金尼尔先生跑差，他还会吹长笛（或者是一种他叫做长笛的乐器，看上去倒像是横笛）。南希说他有时晚上会来，为我们演奏，因为他很喜欢这样。她自己也有点喜欢音乐，正在学弹钢琴。我听了很惊奇，因为通常管家是不学钢琴的。不过我什么也没说。

在两个厨房之间的院子里拉了三根绳子晒衣服。没有单独的洗衣房，但洗衣用的东西，比如，烧热水用的铜锅、洗衣盆、刷衣板，现在都在夏天厨房的炉子旁边，都是质量好的用具。我很高兴地发现他们不自己做肥皂，而用买的肥皂，这样对手的伤害小得多。

他们不养猪，我很高兴，因为猪太调皮捣蛋，喜欢从圈里往外跑，而且味道不好闻。马厩里有两只猫逮老鼠。可是，金尼尔先生的老狗范西死了后，没有养狗。南希说这里如果养条狗，见到生人就叫，她会感觉好得多。金尼尔先生是在找条好狗，能跟他去打猎。他其实不是个好猎手，但在秋天喜欢打几只鸭子，或是野鹅，这些到处都是，只是吃起来筋太多。

我们又回到冬天的厨房，从那儿顺着走廊来到门厅。门厅很大，有壁炉，壁炉上有公鹿的角，四周有很好的绿墙纸，还铺着上等的土耳其地毯。通往地窖的活板门就在前厅。要掀开地毯的一角才能找到它。我认为活板门在这儿很奇怪，因为放在厨房里更方便。可是厨房下面没有地窖。通往地窖的楼梯太陡，走起来不舒服。地窖用半截墙分成两部分：一部分放奶制品，他们在那儿放黄油和奶酪；另一部分他们用大桶装酒和啤酒，并在冬天用放了沙子的盒子存放苹果、胡萝卜、包心菜、甜菜和土豆，喝空了的酒桶也在这儿。地窖里有窗户，可南希说我总应该拿支蜡烛或灯笼，因为下面很黑，容易摔倒摔断脖子。

我们那次没下到地窖里去。

门厅旁边是前客厅，里面另有个炉子，还有两张画。一张是家庭合画，我想这些人是祖先，因为他们的表情都很死板，衣服穿得也很古板。另一张是头短腿肥公牛的画。还有架钢琴，不是大钢琴，只是客厅用的竖式钢琴。有个球形台灯，烧的是最好的鲸鱼油，是从美国带来的。当时他们还没用煤油点灯。客厅后面是餐厅，里面有个壁炉，银烛台和精美的瓷器以及盘子锁在柜子里。壁炉台上挂着一幅死野鸡的画，我觉得吃饭时看到这幅画不会舒服。餐厅与客厅之间有两扇门，还可以从单扇门的出口走到走廊，那是为了从厨房端送饭菜。走廊的另一边是金尼尔先生的图书室，但我们那次没进去，因为他正在里面看书。图书室后面是个小书房或是办公室，里面有个书桌，他在那儿写信并处理生意上的文件。

前门厅里有个很好看的楼梯，装有磨光的扶手栏杆。我们走上楼梯，二楼有金尼尔先生的卧室，里面有个大床。旁边是他的梳妆室，里面有个梳妆台，上面有个椭圆形镜子，还有个雕刻的衣柜。卧室里有个女人的画像，她什么衣服也没穿，坐在沙发上，是从背面画的，她正回头。她头上戴着个头带之类的东西，手里拿着个孔雀毛做的扇子。人人都知道，房子里放孔雀毛会有坏运气。虽然这些孔雀毛只是在画中，但我绝对不会让它们在我的房子里出现。还有一幅画，也是个裸体女人，她在洗澡，但我没机会仔细看。看见金尼尔先生的卧室里有两张裸体女人的画像，我有些吃惊，因为在帕金森夫人家主要是风景画或花卉。

从过道再往后走就是南希自己的卧室，房间并不那么大。每间房间都铺有地毯。照理说，这些地毯夏天都该拍打清理过收藏起来了，但南希因为缺人手，还没来得及管这些。我当时是感到她的卧室与金尼尔先生的卧室在同一层楼有点奇怪，可是这房子没第三层，没顶楼，也不像帕金森夫人家的房子那么大。还有个客房，以备万一。过道顶头是个壁橱，里面放冬天的衣服，还有个多层的、装得满满的亚麻卧具柜。在南希的卧室旁边还有间小房间，她把它叫做缝纫室，里面有张桌子，一把椅子。

看了楼上之后，我们就回到楼下，谈我该做的活。我心想，上帝保佑，现在是夏天，要不我要生那么多火，而且要擦净磨光那么多炉格、炉子。南希说当然我不一定当天就开始干，可以第二天再说。而且我一定累坏了，想早点休息。因为事实正是这样，太阳也下山了，我就休息了。

在这之后两个星期一切平安，乔丹医生说。他在大声读我的供词。

是的，先生，我说。基本上平安。

“一切”指的是什么？是怎么个“平安”法？

你说什么，先生？

你每天做什么？

噢，就是日常的事。我做该做的活。

请原谅我，乔丹医生说，什么是你该做的事？

我看着他。他戴着上面有小白方块的黄领带。他不在开玩笑，而是确实不知道。像他这样的男人不必把弄乱的东西收拾干净，可我们不仅必须为自己收拾，而且还要帮男人收拾。这样说来他们就像孩子，不需要想今后的事，也不需要为所作所为造成的后果而担心。但这不是他们的错，因为父母就是这样教他们的。

25

第二天天一亮我就醒了。因为已是夏天了，我的小卧室又封闭又热。而且光线也很暗，因为百叶窗晚上一直关着，怕有人进来。因为有蚊子和苍蝇，窗户也关着。我想我必须用块纱布蒙在窗户上，要么蒙在我床上，这我要跟南希提出。因为太热，我只穿着衬衫睡觉。

我下床打开窗户和百叶窗，想让光线好些，并把盖的单子反过来透透气。然后我穿上工装裙和围裙，把头发夹上去，并戴上帽子。我想过一会儿等我能用水池上面的镜子时，再好好弄头发，因为我房间里没有镜子。我卷起袖子，穿上木底鞋，打开卧室的门。我总是锁上自己的房间，因为如果任何人闯进这房子，最先到的就是我的卧室。

我喜欢早起床；这样我就可以假装这房子整个是我的。我所做的第一件事是把我的痰盂水倒进污水桶，然后拎着桶从冬天厨房的门走出去，脑子里想着地板要好好清洗一下，因为南希很多事都没能及时干，地上已有带进来的很多泥土，都没来得及打扫。院子里的空气非常新鲜，东方露出一点粉红的光，珍珠色的灰晨霭慢慢从地里升起。附近有只鸟在什么地方鸣叫，我想是只鹪鹩。远处有乌鸦在叫。清晨，好像万物都有了新的开端。

马一定听见厨房门响了，因为它们嘶叫起来。但是，喂马或带马去草场不是我的事，不过我倒很愿意做这些事。牛也叫了，因为她的乳房一定胀了。但她还得等等，因为我不能一下做那么多事。

我沿着小路，走过鸡场和厨房菜园，然后又折回来踩着沾有露水的野草，扒开昨夜织成的蜘蛛网。我永远不会弄死蜘蛛的。玛丽·惠特尼说这会带来厄运，不止她一个人说这话。如果我在屋里发现一只蜘蛛，我会用扫帚的头把它挑起来，拿到门外去抖掉。但我一定是无意中弄死了几只，因为我还是有了厄运。

我到了厕所，倒了污物桶，还做了些其他的事。

什么是“做了些其他的事”，格蕾丝？乔丹医生问。

我看着他。真的，如果他不知道在厕所里干些什么，他这人就没希望了。

我所干的事是，我提起裙子，不顾下面嗡嗡叫的苍蝇，坐在整个房子里的人都坐的便座上（像玛丽·惠特尼说的，不分女士还是女士的用人，她们的尿都是一个味儿，都不像丁香花味儿）。在那儿用来擦屁股的是本老的《戈氏淑女用书》。我用前总是喜欢看上面的图画。大多数图画是最新的时装，但有些是英国来的公爵夫人和纽约等地高级社交场合的女士。如有可能千万不要把你的照片登在杂志或报纸上，因为一旦出了你的手，你就不知道你的脸会派什么用场了。

不过，我没对乔丹医生说这些。“做了些其他的事”，我又认真地说了一遍，是因为你只能知道“做了些其他的事”。我不能因为他逼着我什么都说，就什么都告诉他。

然后我把污物桶拎到院子里的水泵旁，我说，我用专门留在那儿的桶里的水往水泵里倒了些水，因为用水泵时你必须先浇些水才能打出水来。玛丽·惠特尼常说，男人不怀好意时奉承女人正是这样。水泵里出水之后，我先把污物桶冲干净，然后洗脸，用手接水喝。金尼尔先生井里的水很好，没有铁和硫磺的味儿。到了这时，太阳已经升起，把晨霭驱散，我看得出上午天气会很好。

然后我到夏天的厨房里点着炉子。我把前一天的炉灰掏出来，留着用来撒到厕所里，或撒在厨房的菜园里，这样能叫蜗牛和黏黏虫不进菜园。炉子是新的，但它很有自己的主意。刚点着时，就像烧着的巫婆一样朝我吐黑烟。我得哄着它，给它一些旧报纸（金尼尔先生喜欢看报纸，订了好几份）和小木条。它咳嗽几声，我就从炉格那儿往里吹，最后终于烧着了，火苗很旺。烧火用的木块劈得太大，放不进炉子，我非得用炉钩才能塞进去。我必须告诉南希这事，她好跟负责劈柴的麦克德莫特说。

然后，我到院子里，再打一桶水，拎到厨房里，用长柄勺把水装进水壶，把水壶放在火上烧。

接着，我从冬天厨房旁边的马具房的盒子里拿两个胡萝卜，这些都是陈胡萝卜。我把它们放在口袋里，拿着牛奶桶到谷仓去。胡萝卜是给马的，我偷偷地给它们；只剩这些喂马的胡萝卜了，我事先没得到允许就拿它们喂马了。我伸长耳朵听麦克德莫特在阁楼上的动静，但他一动不动，正睡得死沉，或者是装的。

然后，我去挤奶。那奶牛很好，立刻就喜欢上我了。有些奶牛脾气很坏，会用角钩你，或是踢你一下，但这头牛不是这样，我的前额一碰到它的胁腹，它就开始出奶了。谷仓里的猫喵喵叫着过来要奶喝，我给了它们一些。然后我又去和马再见，查利低下头来碰到我围裙的口袋，它知道胡萝卜是装在那儿的，正是如此。

走出去时我听见阁楼上面传出很奇怪的声音。就像是谁在用两个锤子狠狠地锤，或是在木鼓上敲。开始我弄不清怎么回事；但再听听，猜想一定是麦克德莫特在阁楼的光木板上跳踢踏舞。那脚步听起来挺熟练，但他为什么一个人在上面跳，而且选在这么一大早呢？也许就是快活，发泄动物情感，但不知怎么的我不觉得是这么回事。

我把牛奶拎回夏天的厨房，舀出一些新鲜牛奶放在茶里。因为有苍蝇，我用块布把牛奶桶盖起来，让牛奶停放一会儿，好让奶油浮上来。如果没有雷暴雨，我想当天晚些时候用这奶做黄油。要是打雷的话，黄油就出不来了。然后我把自己的房间清理干净。

其实，也算不上什么房间，没糊墙纸，没挂图画，连窗帘都没有。我用扫帚很快地扫了一下，用清水涮了一下痰盂，把它藏在床下。床下有成堆的“懒婆娘绒毛”灰团，足足像是一头羊身上剪下的毛。由此可见，这里已好久没扫地了。我把床垫摇摇松，把床单拉拉直，把枕头拍拍松，把被子拉拉好。这是一床很旧的被子，不过刚做好时是床不错的被子，上面是“野鹅互相追逐”的图案。我想起等我攒足了钱，结了婚，有了自己的房子时想给自己做的被子。

能有个整洁的房间使我感到满意。等我干完一天的活回到房间，看到一切整整齐齐，就像是有用人帮我整理过似的。

然后，我拿着鸡蛋篮子和半桶水到鸡舍去。詹姆斯·麦克德莫特在院子里，把自己长着深褐色头发的头放在水泵下冲。但他一定是听到我在他后面的声音了。他把脸从水里抬起来，有一会儿脸上显露出不知所措的表情。那表情又野又狂，像是个淹得半死的小孩。我想知道他是以为谁在追踪他。可当他看清是谁时，向我得意地招招手，这至少是个友好的表示，也是他第一次对我表示友好。我两手都拿着东西，所以只是朝他点点头。

我把水倒在鸡槽里，然后把鸡从鸡舍里放出来。当它们争先恐后地挤在一起抢水喝时，我走进鸡舍去收蛋。一个个蛋很大，这正是产蛋的季节。然后我喂它们谷物和前一天厨房里的剩饭菜。我并不很喜欢鸡，因为我总是更喜欢有毛皮的动物，而不是乱扒泥土、脏兮兮、咯咯直叫的家禽。但是，如果想要它们的蛋，就非得容忍它们那种不听话的习惯。

公鸡用它腿上的距来顶我的踝关节，想把我从它的妻妾身旁赶走。我朝它踢了一脚，差点把木底鞋从脚上踢掉。他们说，一群母鸡中养一只公鸡就能让母鸡们高兴，但在我看来，一只公鸡也不该养。你规矩点，要不我要把你的脖子拧断，我对公鸡说。不过，我是从来不会拧断鸡脖子的。

这时，麦克德莫特已在隔着栅栏看我，脸上露出笑容。我不得不承认尽管他人很黑，而且嘴撇起来像个无赖，但他笑起来好看些。不过，先生，我可能是因为后面发生的事在想象。

你是不是和我在说话？麦克德莫特说。不，不是，我从他旁边走过时冷静地说。我想我可猜到他脑子里想的是什么，这对我也不是什么新鲜事了。我不需要那类麻烦，所以最好保持一段距离。

水壶的水总算开了。我把烧粥的锅放在炉子上，锅里的东西已在水里浸过。然后我就泡茶，让茶泡着，我就到院里去又打来一桶水，把大铜锅放在炉子上，在里面倒满水，因为我需要很多热水洗用过的盘子和其他一些东西。

这时南希走进来，穿着一条棉方格花布的裙子和围裙，不再是她前一天下午穿的那件华丽的裙子了。她说早上好，我也向她问了好。茶泡好了吗？她问。我说泡好了。哎呀，我早上不喝杯茶就活不了，她说，我就帮她倒了茶。

金尼尔先生在楼上喝茶，她说。但我已经知道了，因为昨晚她已把茶盘准备好，上面放着个小茶壶、杯子和碟子。但不是那个有家徽的银茶盘，而是用漆木做的。她还说，等他下楼吃早饭前还要喝杯茶，这是他的习惯。

我用一个小罐子装新鲜牛奶，还有糖，拿起茶盘。我去送，南希说。我很吃惊，说在帕金森夫人家，管家从来也不会想到端茶盘上楼，因为那是女仆做的事，不该她做。南希盯着我看了一会儿，很不高兴。但她又说，她当然只在缺少人手时才端茶盘上楼，但她最近已养成了送茶的习惯。所以，我就端着茶盘上了楼。

上了楼梯就是金尼尔先生卧室的门。因为没地方让我把茶盘放下，我就一只手敲门，一只手端茶盘。您的茶，先生，我说。里面哼了一声，我便走了进去。房间里很黑，所以我就把茶盘放在床边的矮圆桌上，然后到窗户那儿把窗帘打开一点。那窗帘是用深褐色的锦缎做的，摸上去有点像缎子，还有流苏，这窗帘摸上去很软。但我觉得夏天窗帘还是用白的好，棉布的或是纱布的，因为白色不吸热，也就不会把那么多热气带进家里来，而且看上去也凉快得多。

我看不见金尼尔先生，因为他在房间里最黑的角落，脸在暗影里。他的床上没有拼块做的被子，只有一个深色的床罩，与窗帘的颜色相配。床罩已掀开，他只盖着被单，你可能会说他的声音就是从床单下面传出来的。谢谢你，格蕾丝，他说。他总是说“请”，“谢谢”。我得说他说话很有礼貌。

不用谢，先生，我说，从心里说我是不想要他谢。我为他做事从来没抱怨。尽管他是花钱雇我做事，但我做起来好像是无偿似的。今天早上收了些很新鲜的鸡蛋，我说，您是否想早饭时吃一个？

好的，他有点犹豫地说。谢谢，格蕾丝，我相信这会对我有好处。

我不喜欢他说这话的口气，听起来好像是他生病了。可是南希没提这事。

我下楼后告诉南希，金尼尔先生早饭想吃个鸡蛋。她说，我也想吃一个。他的鸡蛋与咸肉一道煎，我的鸡蛋煮着吃。我们在餐厅一起吃早饭，因为他要我与他做伴。他不喜欢独自吃饭。

我发现这很奇怪，不过也不是从来没听说过。然后我说，金尼尔先生是不是病了？

南希笑了一会儿说，有时他认为自己病了，但都是脑子里想出来的。他就是想让人为他大惊小怪。

我很奇怪，像这样的好人为什么从来没结婚，我说。我正在拿出炒菜锅做鸡蛋。这本是随便谈谈的闲话，我并没有什么特别的意思。可她却用生气的口吻回答我，至少在我听来是生气的口吻。有些绅士就不愿意结婚，她说。他们对自己本人的情况非常满意，所以认为他们不结婚也会过得不错。

我猜是这么回事，我说。

如果钱不是问题，他们肯定能过得不错。如果他们需要什么，只需付钱就是了。这不会是个问题。

现在我谈谈我和南希之间的第一次争吵。那是我到的第一天，打扫金尼尔先生房间的时候。我当时穿着在卧室用的围裙，好不把炉子上的灰和油弄在白床单上。南希当时在那卧室里窜来窜去，告诉我东西放在什么地方，怎样把床单的角塞进去，怎样晒金尼尔先生的睡衣，怎样把他的发刷和梳妆用的东西放在梳妆台上，多久这些用具的银背面要擦一次。他喜欢把叠好的衬衣和亚麻衣物放在那个架子上，这样拿起来就穿。她那样子好像我过去从来没干过这些事似的。

我当时想，后来我也常想，要为一个过去当过仆人的女人干活比为没有做过女仆的女人干活难得多。因为做过仆人的有自己一套干活的方法，也知道偷懒的办法，比如把一些死苍蝇扔在床后面，或是把沙子或灰扫在地毯下面。这样做很难被人发现，除非你仔细检查，而干过仆人的人眼睛总是尖一点，容易在这些事上找你的茬儿。并不是说我就是这样马虎，但是我们总有忙不过来的时候。

每当我说什么事在帕金森夫人家不是这么做的，南希就会厉声回答她不管这个，因为我现在不在帕金森夫人家。她不喜欢总是有人告诉她我曾在那样一个大户人家干过，接触过比她高的人。但打那以后，我想她这样大惊小怪的原因是不想让我一人在金尼尔先生的房间里，怕他万一走进来。

为了让她脑子放松些，我问她墙上的画。不是问那张有孔雀毛扇子的，而是关于那张一个年轻的女人在花园里洗澡的（在花园里洗澡本身就很奇怪）。她的头发往上扎，一个女仆拿着大毛巾等着，几个长胡子的老头在从树丛后面盯着她看。我可从他们穿的衣服上看出这是很久以前的事。南希说这是幅雕版画，颜色是用手上的，这是一幅关于苏珊娜和长老们的名画的复制品。那是《圣经》里的故事，她为自己知道这么多而感到非常自豪。

但我因为她过于挑剔而生她的气。我说我对《圣经》记得很熟（事实也确实如此），《圣经》里没有这个故事，所以这不可能是《圣经》里的。

她说是，我说不是，我愿意查对一下。可她说我的任务不是要谈论画，而是要铺床。正在这个时候，金尼尔先生走进来。他一定是在过道里听到我们的争论了，因为他好像感到好笑。他说，你们这么早就在谈论神学？他想知道我们谈的是什么。

南希说他不该为这事烦神，但他还是想知道，就说，那么，格蕾丝，我知道南希想对我保密，但你一定要告诉我。我很害羞，但最后我还是问他那画是不是像南希说的是有关《圣经》里的故事。他笑起来，说严格地说不是，因为这故事是在《经外书》里。我感到很吃惊，就问那是什么样的书；我也看出南希也从来没听说过这个。但她感到很窘，因为她错了，所以皱着眉头闷闷不乐。

金尼尔先生说我这么年轻很好学，很快他就会有里奇蒙山最有学问的女仆了。他要把我带出去表演，他会向观众索费，就像多伦多那个会数学的猪一样。然后他说《经外书》是本书，里面写的是《圣经》时期的，但又不应收入《圣经》的故事。我听了之后感到非常惊奇，就问，谁说不应该的？因为我从来认为《圣经》是上帝写的，所以人人管它叫上帝之言。

他微笑着说，虽然可能是上帝写的，但是人把它写下来的，这里有点不同。但听说写的那些人得到了神意；这就是说上帝跟他们说过话，告诉他们怎么写。

然后，我就问他，那些人是不是能听见上帝的声音？他说，是的。我很高兴别人也会听到空间传来的声音，不过我什么都没说。不管怎么说，我只听到过一次这样的声音，那不是上帝的，而是玛丽·惠特尼的。

他问我是否知道苏珊娜的故事，我说不知道。他说她是个年轻的女子，被一些长老诬陷跟一个年轻男人通奸，因为她不愿跟他们通奸。她本来是要被乱石砸死的，但幸好她找了个聪明的律师，这律师设法让长老们的证词自相矛盾，从而证明他们在说谎。然后，他问我认为这故事的寓意是什么？我说寓意是你不该在外面，在花园里洗澡。他笑了，说寓意是你要找个聪明的律师。然后他对南希说，这女孩儿一点也不傻。听了这话，我想她一定对他说我很傻。南希的眼睛就像匕首一样向我刺来。

然后，他说他发现有件衬衣熨好叠平之后少了个扣子，并说如果穿上一件干净衬衣，但因为少个扣子而不能很好地扣上是很让人恼火的。希望我们不要再让此类事情发生了。他拿起自己的金鼻烟壶（他就是来拿这个的），就离开了房间。

就这样，南希被逮住错了两次。那衬衣一定是她洗了熨好的，因为当时我还没来。然后，她就给了我像你胳膊那么长的一长串要干的活儿，随后就立刻离开了那房间，下了楼，奔到院子里，开始责骂麦克德莫特，说他早上没把她的鞋子擦好。

我对自己说，今后会有麻烦。我说话要小心，因为南希不喜欢别人顶撞她。最重要的是，她不喜欢金尼尔先生发现她的错。

当她从沃森家把我雇来时，我以为我们会像姐妹一样，至少会是好朋友，会像我和玛丽·惠特尼一样两人一道干活。现在我知道了，情况不会像想象的那样。

26

我到这时用人已做了三年，活儿也已干得很熟。但南希非常多变，你可以说她是双面人，很不容易弄清她前一小时要什么，后一小时要什么。前一分钟她会骑着高头大马向我发号施令，到处挑错；可下一分钟她会成为我最好的朋友，至少装着是。她会挽着我的手说我看上去很累，要我与她坐坐，一起喝杯茶。为这样的人干活难得多，因为当你行屈膝礼，连声称呼夫人时，她们会转身指责你太死板、太正式，接着就想对你说心里话，并希望你也这样待她。和这样的人打交道你做什么都不对。

第二天天气很好，有点微风，我就洗了些衣物，况且也该洗了，因为干净的东西快用完了。洗东西是很热的活，因为我要把夏天厨房里的炉子烧得很旺。我没能在前一天晚上把要洗的东西浸在水里，但我又不敢等，因为这个季节的天气很容易变。所以，我又是刷又是搓，总算把洗的东西都好好地挂起来，但餐巾布和白手绢都铺在草上让太阳晒白。南希的一条衬裙上有鼻烟油渍、墨水渍和青草渍（我不明白她裙子上怎么会有这些，但她可能是滑倒了弄上的）。我还在一堆亚麻织品靠下面的几件上发现因潮湿造成的霉点，桌布上有晚宴留下的酒渍（当时就应该撒上盐，但没撒），但用了碱和漂白粉制成的液体之后（这是我在帕金森夫人家里学的），大部分都洗去了，下面就是要让太阳把它们晒白。

我站在那儿欣赏自己的成就，因为把东西洗干净，看着它们在微风里像赛跑场上的三角锦旗或是像船的白帆一样飘动，心里感到非常愉快。衣物飘动时发出的声音就像是天堂的主人们在很远的地方拍手的声音。确实有人说净气仅次于圣气。过去，当我看到雨后天空上出现一团团洁白的云彩时，我常想那就像天使自己挂出的干净衣物，因为我想天堂的一切这样干净、新鲜，一定有人洗衣物。但那些都是幼稚的想法，因为孩子们喜欢自己讲有关看不见的东西的故事。我当时其实不比个孩子大多少，不过我已认为自己是个成年女人，有自己挣来的钱了。

我站在那儿时，吉米·沃尔什从房子拐角走过来，问我要不要他跑差。他还很害羞地对我说，如果南希或金尼尔先生差他去村里，我要是想要什么小东西，可以把钱给他，他会很高兴地为我买回来。尽管有些尴尬，但他非常有礼貌，甚至摘下他的帽子。那是顶旧草帽，而且很可能是他父亲的，因为他戴太大了。我说他想得很周到，但我现在还不需要什么。但后来我想起这房子里没有洗衣服时用来固定染色的牛胆，而我需要洗一些深色的衣物。我早上洗的都是淡色衣物。我和他一起去找南希，她还有几件东西要他买，金尼尔先生有个口信要捎给他的一个住在附近的男朋友。然后他就出发了。

南希要他下午过来，来时把他的长笛带来。他走了之后，她说他笛子吹得非常好，听起来很让人愉快。现在她脾气又好了，帮我一道做晚饭。那天晚饭吃冷食、火腿和泡黄瓜，还有从厨房的菜园里收的色拉（当时园子里有生菜和细香葱可吃）。但她像以前一样在餐厅里与金尼尔先生一道吃，我只好和麦克德莫特一起吃。

看别人吃饭，甚至听别人吃饭（特别当这个人很贪吃时）是很让人不舒服的。麦克德莫特闷闷不乐，似乎不喜欢与别人交谈。所以我就问他是否喜欢跳舞。

你为什么问我这个，他很有疑心地问。我不想让他知道我偷听到他在练习，我只说听说他跳舞跳得好。

他说也许他跳得好，也许跳得不好，但他似乎很高兴。然后，我就决定让他多说些话。

我问起他在来金尼尔先生家之前的身世。他说谁想听那些？我说我想，因为我对这类事情很感兴趣。他就开始对我说了。

他说他是从爱尔兰南部的沃特福德来的，出生于一个体面的家庭。他父亲是个管家，但他本人却是个淘气的败家子。他从不拍富人的马屁，总是恶作剧，对此他感到非常自豪。我问他母亲是否还活着，他说活着不活着对他来说都一样，因为她认为他坏透了，曾告诉他，他会直接到魔鬼那儿去。她也可能死了，但他无所谓。但他说这话时的嗓音不如他说的话那么坚决。

他很小就从家里逃出来，虚报好几岁年龄在英国参了军。但军队的生活太苦了，纪律和强行训练也太过分，他就开小差，爬上一条来美国的船。被船上人发现后，他就一路打工过来，但他来到加拿大东部，而不是美国。他先在圣劳伦斯河上航行的船上找了份工，后来又在湖上开的船上干活。他们也很高兴雇他，因为他很有力气，又很有耐力，可以像蒸汽机一样不停地干，这活做了好一段时间。但做久了太单调，因为他喜欢多样化的工作，就又应征入伍，在格伦加里轻步兵团当兵。我听玛丽·惠特尼说，这个部队在农民中名声很坏，在大造反期间烧了很多农房，把女人和孩子赶到雪地里，除此之外还干了些其他的坏事，但这些坏事从来没在报上登过。所以那是一帮不守规矩的男人，放荡，赌博，酗酒，无恶不作，可他称这些为男人的美德。

当时大造反已发生过，军队无事可做。但麦克德莫特不是个普通的士兵，而是亚历山大·麦克唐纳上尉的勤务兵。当勤务兵的日子过得挺舒服，工钱也不错，所以当那个团解散时他很伤心，不得不又自寻生计。他到多伦多，无所事事，靠省下的钱过日子。可是慢慢钱就快用完了，他知道非得找活做不行。他就沿着央街向北，最后来到里奇蒙山。他在一个酒店里听说金尼尔先生需要个人，于是就自己找上门，是南希雇他的。但他以为是要伺候那绅士本人，就像他过去伺候麦克唐纳上尉一样。可是管他的是个女人，整天喋喋不休地说他，不停地找他的岔子，他很不高兴。

他说什么我信什么。可是后来当我把他说的时间在脑子里加起来时，心想他一定比所称的二十一岁大。所以，要么他就不止二十一岁，要么他就是在说谎。后来我听包括吉米·沃尔什在内的周围的人说，大家都知道麦克德莫特既会说谎，又会吹牛，我听了一点也不吃惊。

这时我开始意识到我不该对他的身世这么感兴趣，因为他会误认为我对他这个人感兴趣。喝了几杯啤酒之后，他开始对我抛媚眼，并问我是否有情人，因为像我这样的漂亮女孩子一般都有情人。我当时应该说我的情人六尺高，很会打拳。但我太年轻不知道怎么说，就对他实话实说了。我说我没有情人，也不想要找情人。

他说这太遗憾了，但干什么事都有第一次，我只是像小马驹一样需要受训练。然后我就会和其他人一样能干了，他就是训练我的人。我听了这话很不高兴，马上站起来，开始生气地收拾碗筷。我说，如果他把这样让人讨厌的话自己留着，我会非常感谢他，因为我不是头母马。然后他说他不是那个意思，不过是说说玩的，他就是想要知道我是怎样个女孩子。我说我是怎样个女孩子与他毫无关系。他听了这话开始生闷气，好像是我侮辱了他。他跑到院子里，开始劈柴。

我洗好碗（洗碗时要特别小心，因为周围苍蝇很多；如不用布盖好，苍蝇就会飞到洗过的碗上，留下苍蝇屎），就到外面去看洗的东西晒得怎么样了，我在手绢和餐巾布上洒了些水，让它们更好地在阳光下漂白。这时就该把牛奶上的奶油撇去做黄油了。

我这活是在外面做的，我躲在房子投下的阴影里，可以凉快点。因为搅奶器是用踏脚板操作的，我搅奶时可以坐在椅子里，而且可以边搅边缝补些东西。有些人的搅奶器是用狗来干活的，也就是把狗关在笼子里，让它踩着踏车，尾巴下面烧着块热煤，但我认为那样太残忍了。我坐在那儿等黄油出现，同时在金尼尔先生的衬衣上钉纽扣。这时，金尼尔先生本人在去马厩时路过我坐的地方。我想站起来，但他让我不要动了，因为他想要的是好黄油，而不是屈膝礼。

我看你总是忙，格蕾丝，他说。是的，先生，我说，但是魔鬼会给无所事事的闲手活干。他笑着说，我希望你不是说我，因为我的手闲得慌，但还不够像我所期望的那样像魔鬼操纵的手。我感到很糊涂，忙说，不，先生，我说的不是你。他微笑着说，脸红才像是年轻的女孩子。

我无法回答这句话，所以就什么也没说。他就走了。过了一会儿，他骑着查利又过来，顺着车道走了。南希来看我黄油做得怎么样，我问她金尼尔先生到哪儿去了。去多伦多了，她说，他每星期四都去，在那儿住一夜，在银行里办些事，并办些其他的事。但他先要去布里奇福德上校家，他夫人不在家，两个女儿也不在家，所以他就可以安全地到那儿拜访。但如果她在的话，他就不受欢迎。

我听了这事以后很吃惊，就问为什么。南希说布里奇福德夫人认为她丈夫不该与金尼尔先生搅在一起。她认为她是法国女皇，而其他人连舔她靴子的资格都没有。她说着笑了，但听起来她并不感到这有什么可笑的。

为什么呢？他做了什么？我问。但就在这时，我感到黄油就要搅成了（有种变厚的感觉），所以就没再问下去。

南希帮我做黄油，我们在大部分黄油里放了盐，把它盖上放在冷水里存放，然后把一些新鲜的黄油放在模子里压。两个模子上有蓟草的图案，还有一个上面有金尼尔家的家徽，上面还有他家的座右铭：我在希望中生活。南希说如果金尼尔先生在苏格兰的哥哥（其实只是同父异母的兄弟）死了，金尼尔先生就能继承那里的大房子和土地。但她说他不指望那笔财产，他认为自己现在这个状况就很幸福了，至少这是在他身体好时说的。但是他与他哥哥之间是没有感情的，这是很普遍的；我想金尼尔先生是被打发到殖民地来的。

我们做好黄油之后，就把它搬下地窖，存放在奶品存放室里。但我们还留了些奶油在楼上，等过些时候做饼干。南希说她不很喜欢地窖，因为尽是土味儿、老鼠味和陈蔬菜的味儿。我说如果我们能把窗户打开，哪天该让地窖好好地透透气。我们回到楼上，我收了衣物后就坐在外面阳台上和她一起缝补，我们俩就像是世界上两个最要好的朋友。后来我发现每当金尼尔先生不在场时，她都是和蔼可亲。但只要他在，而且我也在同一间房间里，她就会像猫一样神经过敏。但我当时还没发觉这一点。

我们坐在那儿时，麦克德莫特在蛇形栅栏上跑过来，灵活得就像只松鼠，而且在跑之字形。我感到很惊奇，说，他到底在干什么。南希说，噢，他有时这样。他说这是为了锻炼，但实际上他就是想让别人钦佩他。不要注意他。所以我就假装不看，但在悄悄地偷看他，因为他实在是很敏捷。他跑来跑去之后，就跳下来，然后再跃到栅栏上，只用一只手放上去使自己保持平衡。就这样，我假装不看，他也假装没人看他。女士们和绅士们在文明的社交场合下也常会这样。人斜着眼可以看到很多东西，特别是女士，她们不想让别人发现她们在瞪着眼睛看。她们还可从面纱和窗帘后面看，也可从扇子上面看。她们能这样看也好，要不，她们就有很多东西看不到了。但我们这些人不需要用面纱和扇子，就能看到很多东西。

不一会儿，吉米·沃尔什来了，他是从地里来的，并按照我们的要求带来了长笛。南希很热情地欢迎他，并谢谢他能来。她要我去给吉米拿杯啤酒来；我在倒酒时，麦克德莫特走进来，说他也要喝一杯。我不好反对，只是说，我不知道你血管里有猴子的血，你跳来跳去真像个猴子。他不知道要为被我看见了而高兴，还是要为被我叫做猴子而生气。

他说老猫不在，老鼠就可以跳舞了。金尼尔进城时，南希总是喜欢搞小聚会。他猜想那个沃尔什男孩现在就要用他的铁皮哨子尖叫了。我说是的，我也要快活一下，听听他吹长笛。他说在他看来这算不上什么欢乐；我说随便他怎么想。听了这话，他抓住我的胳膊，很认真地看着我。他说他过去没想冒犯我，但是因为和粗野、没教养的人在一起待久了，他容易忘掉自己，会不知道怎么说话了。他希望我能原谅他，我们可以做朋友。我说我总是愿意做朋友的，只要对方诚恳。谈到原谅，不是已写在《圣经》里了吗？我确实希望我能原谅别人，因为我自己也希望今后被别人原谅。我说这话时很冷静。

然后，我就把啤酒端到前阳台，还有些我们晚饭吃的面包和奶酪。我和南希，还有吉米·沃尔什坐在那儿时，太阳在下山，不久天就变得太暗，不能再做针线了。那天晚上的天气非常宜人，一点风也没有，鸟在叽叽地叫，靠路边的果园里的树在晚霞的映照下变成金色的。长在车道旁的马利筋属植物的花散发出芬芳的甜味儿，阳台旁还有最后几棵牡丹和爬藤玫瑰。吉米坐着吹长笛，那曲调非常哀怨，对人的心脏很有好处。空气慢慢变凉了。过了一会儿，麦克德莫特像被驯服的狼似的从房子边上悄悄地走过来，他倚在房子边上，也在听长笛。就这样，大家都处在一种和谐之中。那天晚上如此之美，使我心里感到疼痛，就像有时你说不出到底是高兴还是悲哀。我想，如果我能有个愿望，就会希望一切保留当时的样子，我们永远也不要变。

但是，除非是上帝，无人能阻止太阳的运行。上帝已经让太阳停止运行了一次①，但在世界末日来临之前不会再这样做了。那天晚上太阳照旧下山了，留下一片深红色的晚霞，在短暂的时间里把房子前面照得一片粉红。黄昏降临了，飞来一些萤火虫，因为这时正是这些昆虫出没的季节。它们在低树丛里、草地上忽闪忽亮，就像星星透过云彩在闪光。吉米用大玻璃杯逮到一只，用手捂住杯口，所以我可仔细地看看。它慢慢地闪光，发出柔和的微绿光。我想，如果我能有两只萤火虫在我耳朵上做耳环，我根本不会对南希的金耳环眼馋的。

天越来越黑了，夜幕笼罩着树、树丛和田野，影子变长了，合在一起。我觉得这看上去有点像水，从地上流过来，像海一样慢慢升起来。我看得出了神，回想起渡过大洋的时候，那时白天水天一色，都是深蓝色，很难分清哪是天哪是海。我的记忆里浮

---

① 指的是《圣经·旧约全书》里记载的上帝为帮助犹太人领袖乔舒亚而奇迹般地阻止了太阳的运行。

着一座冰山，颜色白极了，尽管那天晚上很暖和，我却感到一阵寒意。

过了一会儿，吉米·沃尔什说他必须回家了，要不，他父亲就要找他了。我记起还没给牛挤奶，也没把鸡圈关起来过夜，所以趁着还有些光去做这两件事。我回到厨房时，南希还在那儿，并已点着了一根蜡烛。我问她为什么还没睡觉，她说当金尼尔先生不在家时，她不敢一个人睡觉，问我是否愿意上楼陪她睡。

我说我愿意，但我问她怕什么。是不是怕强盗？或者，也许她怕麦克德莫特？不过我这是说的笑话。

她调皮地说，从她对麦克德莫特的眼神的观察，我比她更有理由害怕他，除非我正想找个新情人。我说比较起来我倒更怕鸡场的老公鸡。要说情人，我就像月亮上的人一样对情人毫无用处。

她笑起来。我们俩就上床互相做伴了。不过，我先小心地察看是否门都锁上了。

VIII

狐狸与鹅

有两个星期一切都很安静，只是管家好几次训斥麦克德莫特不好好干活，她通知他两个星期后他就要被解雇……在这之后，他常告诉我他很高兴就要走了，因为他再不想和一窝婊子——在一起。但在他走前想知道个究竟。他告诉我，他肯定金尼尔和管家南希睡在一起。我下决心要证实，后来我证实这是真的，因为她的床只有在金尼尔先生不在时才有人睡，那是我和她一起睡的。

——格蕾丝·马克斯的供词，《明星及抄本报》，多伦多，1843 年 11 月

"格蕾丝·马克斯……是个漂亮的姑娘，很会干活，但是不爱说话，总是闷闷不乐。很难知道她什么时候高兴……干完一天的活之后，基本上是我和她两人在厨房里，［管家］忙着伺候主人。格蕾丝对她与管家之间的地位差别很气愤。她很恨管家，经常对她无礼顶撞……'凭什么她比我们强？'她会说，'为什么要像个有教养的女士那样待她，吃喝都是最好的？她的地位并不比我们高，受的教育也不比我们强……'

"格蕾丝的漂亮脸蛋使我对她很感兴趣。虽然那女孩身上有种东西我不很喜欢，但我一直很放荡，不守法。如果一个女人年轻漂亮，我就不管她的人品怎样了。格蕾丝很沉闷，高傲，很难让她对我倾心。但是为了取得她对我的好感，我总是尽可能听她发泄不满和牢骚。"

——詹姆斯·麦克德莫特与肯尼思·麦肯齐的谈话，引自苏珊娜·穆迪，《森林开发地的生活》，1853

但我隐约感到有种恶作剧的萌芽
伏于我身，天知道什么时候——
或许做噩梦时。结束之后，
照此发展。正当你想作罢
再试最后一次，只听一声喀哒
就像笼子门关上——你落在洞穴里头！

——罗伯特·勃朗宁，《蔡尔德·罗兰来到黑塔》，1855

27

今天我醒来时，见到美丽的粉红色的日出。田野上铺盖着一层薄雾，像是一层柔软的白色薄纱布。经太阳一照，层层薄雾变得模糊起来，像在缓慢烧着的桃子一样显出玫瑰色。

其实，我不知道外面看是什么样的日出。他们把监狱的窗户开得很高，我猜你就无法爬出去，还有你也无法从窗户里向外看，或者至少看不到外面的世界。他们不想让你向外看，他们不想让你想“外面”这个词。他们不想让你看到地平线，怕你可能哪天会在地平线上消失，就像一艘远去的船上的白帆，或是一匹马和马上的骑手在远处的山坡上渐渐地消失。所以今天早上我只见到通常形状的光，一种没形状的光从很高的脏灰色的窗户射进来，好像不是太阳，或月亮，或灯，或蜡烛发出的光。只是一缕像猪油一样的日光。

我脱去我的囚犯睡衣。那睡衣织得很粗，颜色已发黄。我不该说它是我的，因为在这儿我们什么都没有，像最早的基督徒一样分享一切。你睡觉时贴着身子穿了一个星期的睡衣可能两个星期前贴着你最坏的敌人的心脏，并被对你不怀好意的人洗过、缝过。

我穿上衣服，把头发拢到后面去的时候，脑子里想起一首歌。这首短歌过去吉米·沃尔什有时用长笛吹奏：

汤姆，汤姆，风笛师的儿子，
撒腿就溜偷走了猪仔，
会吹的小调随身带走，
越过小山不再回头。

我知道自己歌词记得不对。原来的歌里说的是猪给吃了，汤姆挨打了，沿街跑走大哭大嚷。但我觉得自己完全可以把结尾改得好些。只要我不把脑子里想的告诉别人，就不会有人要我解释，或要纠正我。就像不会有人对我说真正的日出不像我刚才自己想象的那样，而是种又脏又黄的白色，就像浮在港湾里的死鱼的颜色。

在精神病院你至少有宽广些的视野，因为在那里你不是被关在黑屋子里。

吃早饭前有人在院子里挨鞭抽了。他们把鞭抽的惩罚安排在早饭前是因为如果被抽的犯人吃过了早饭，他们很可能会吐，就会弄得一团糟，而且会浪费营养丰富的食品。再就是看守和卫兵们说他们喜欢在早饭前有这样的锻炼，这会使他们胃口大开。这只是日常的鞭打，没什么特别，所以我们没被叫去观看。只有两三个人，而且全是男人；女人不经常挨鞭打。第一个人叫起来声调很高，可听出是个年轻人。因为听多了，我对这些事都很在行。我尽量不听，脑子里却想着小偷汤姆偷的那头猪以及他是怎么把猪吃了的，是汤姆自己吃的，还是抓住他的那些人吃的？玛丽·惠特尼常说，用贼捉贼。我不知道那猪是不是一开始就是死的？很可能不是，很可能是脖子上有条绳子或鼻子上有个环，被迫跟汤姆一道逃跑。这样才合情理，因为这样就不要抱着它了。在那首歌里，只有那可怜的猪是无辜的，也只有猪死了。我发现很多歌都像这样不公平。

吃早饭时，没人说话，只听见嚼面包，大声喝茶，动脚，抽鼻子和单调地念《圣经》的声音。今天《圣经》读的是雅各和以扫及浓蔬菜汤的故事。故事里讲到撒谎，出卖上帝的祝福和长子继承权，欺骗和伪装，上帝好像对欺骗和伪装一点也不介意，而是挺感兴趣。讲到老以撒用手去摸长满了毛的儿子时（其实那不是他儿子，而是羊皮)①，安妮·利特尔在饭桌下狠狠地掐了我大腿一下。我知道她是想要我尖叫起来，所以我就要受罚，或者被认为又发疯了。可我对她是有防备的，因为我料到这样的事会发生。昨天在洗衣房我们俩都站在水池边时，她靠过来，对着我的耳朵说，医生的宝贝，受宠的婊子，因为大家都听说了我与乔丹医生的谈话。有些人认为我得到的关注太多，因此变得有些骄傲了。他们想在这儿煞下我的威风已不是第一次了。他们一直对我去狱长家里做仆人感到不满意，但他们又不敢太公开地治我，害怕我会向有权的人报告。什么地方也比不上监狱会让人为一点小事就嫉妒。我曾看见有人仅为块奶酪就打起架来，甚至快杀人了。

但我绝不会把这事向女看守报告。不仅因为那些看守讨厌打小报告的人；她们自己也想安安稳稳地过日子；而且她们很可能不相信我，或者可以说她们就是不相信我，因为看守常说犯人的话不足以做证据。同时，安妮·利特尔肯定要想别的办法来向我报复。除非你能找到一种办法把敌人绊倒而不被发现，否则你就应该耐心地忍受一切——这也是我们应受的教养的一部分。互相扯头发是不明智的，因为吵闹的声音会把看守吸引来，然后双方都会因为引起骚乱而受惩罚。像魔术师一样用袖子把尘土弄到食物里可能不会引起大惊小怪，但却会带来一定的满足。可是安妮·利特尔和我一起待过精神病院，她犯的是杀人罪，曾用一条木棍把个小马倌打死。据说她患的是精神兴奋症，与我同时被送回到这里。她其实不应该过来的，因为我不认为她头脑正常。所以，我决定原谅她这一次，除非她变得更恶劣。看来掐一下就让她心里好受一些了。

---

① 这里提及的是《圣经·创世记》里的一段故事：以扫和雅各是以撒和利百加的孪生子。有一天，以扫打猎回来因饥饿难忍，用长子继承权与同胞弟弟雅各换了碗浓蔬菜汤。后来，偏爱雅各的利百加又指使雅各把羊皮绑在手上和脖子上，冒充生来多毛的以扫，骗取了双目失明的老以撒的祝福。

然后就轮到受那两个看守的罪了，他们要押送我走出教养所。一个说，啊，格蕾丝，出来与你的两个情人散散步，你真够幸运的。另一个说，噢，不，我们才幸运呢，用胳膊扶着这样一个宝贝，我们自己才是幸运的小伙子。你说呢，格蕾丝？我们快快走进一个边上的小胡同，到后面的马厩里去，躺倒在干草上。如果你老实地躺着，不会费你多少时间的；如果你四下扭动，我们会干得更快。一个说，但是干吗要躺倒呢？把她逼到墙根，拉起衬裙，那样干得快，只要你的膝盖能吃得消。好了，格蕾丝，只要你一句话，我们就是你的了，两个人都很强，如果有两个挺直地站着，干吗只要一个呢？是啊，一直挺直地站着，在这儿呢，拿手过来你就知道了。我们不会向你要一分钱的，另一个说，都是老朋友了，在一起开开心有什么不好？

你们话说得这么脏，根本不是我什么朋友，我说，你们生在贫民窟，也要死在那儿。哈哈，一个说，我就喜欢这样，女人有些烈性子，生盆小火，他们说这是因为红头发引起的。但在最重要的地方的毛发是不是也发红？另一个说，树顶上烧火没一点用，要在壁炉里或是小火炉里烧火才能有热气。你知道上帝为什么要让女人穿裙子吗？就是为了要让她们能把裙子拉到头上系上，这样她们就不能大叫大嚷了。我最恨鬼哭狼嚎的贱女人，女人生下来就不该有嘴，她们身上唯一有用的东西在腰下边。

你们说这些话真不要脸，我在绕过小水潭，过街时说，你们自己的妈是不是女人？至少我认为她们是的。愿她倒霉，一个说，那个不要脸的老巫婆。她只希望看到我的光屁股上布满皮鞭抽的印子。她这会儿正在地狱里遭火烧呢。我唯一感到遗憾的是我没能把她送到那儿，而是一个喝醉了的水手在她要掏他腰包时用瓶子打她的头，这样把她送下地狱的。是啊，另一个说，我母亲倒是个天使，据她自己认为她是世上的一个圣人，而且要我也记住这点，我不知道你我的母亲哪个更坏。

我是个哲学家，一个说，我信奉适度，不要太瘦，也不要太胖，最好不要浪费上帝送来的礼物。话说到这里，格蕾丝，你已熟透了，要让人摘了，何必待在树上不让人摘呢？不管怎么样，你总会从树上掉下来，烂在树底下的。说得太对了，另一个说，干吗让牛奶在碗里酸了呢？好吃的坚果应该趁里面还有果仁时就敲开，因为等变得又老又霉就一点用也没了。快来吧，你已叫我口水直淌了，你真能把个老实人变成吃人的人。我就想用牙好好咬你一口，就是从你大腿上咬一小口。你有的是肉，不会感到少了一块儿的。说得对，一个说，你看，她的腰像柳条，但下面倒粗起来了。这都是在监狱里吃得太好了，她是奶油喂胖的。你来摸摸看，这大腿简直可以上教皇的饭桌。然后他就用手隔着我的裙子又是捏又是戳。

我谢谢你不要太随便了，我边说边挣脱开来。我本人非常赞成自由①，一个说，因为我心里是拥护共和党的。除去自然所给的本能，我很讨厌英国女王。不过，她倒长着一对漂亮的乳房。只要她提出要求，我随时可以捏一下她的乳房表示对她的敬意。她像鸭子一样没有下巴。我说的意思是，男人都是一个样，不要挑三拣四。只要你和我们其中一个人玩过，其他人都会像真正的民主党人似的轮流来找你玩。为什么那个发育不全的麦克德莫特能干的事我们比他强的人却不行呢？

是啊，另一个说，你可是让他太随便了，我相信你们一定玩儿得很快活，他在刘易斯顿客栈没机会喘口气就挥汗与你玩了个通宵。他们说他是一流的运动员，也是用斧头的能手，会像个猴子一样爬绳子。你说得对，另一个说，最后这狡猾的家伙想爬进天堂，结果向上跳得很高，在空中待了两个小时。不管他们怎么

---

① 说话人在双关地使用“liberties”一词，此处既可解释为两性之间轻佻随便的行为，又带有自由的原意。

叫，他自己都下不来，结果要别人把他弄下来。他在天上时一直在跳舞，与绳匠的女儿跳快步舞，就像脖子刚被拧断的公鸡一样灵活，你看着一定心里很好受。

我听说过后他僵硬得像块木板，一个说，但女人就喜欢这样。说到这里他们大笑起来，认为他们说了世上最好的笑话。但他们笑一个倒霉的死人是很残酷的，因为死人是不喜欢被嘲笑的。我心里肯定死人有自己的办法不受伤害，时候到了一定是要跟这两个看守算账的，不管他们是在地上，还是在地下。

我早上在缝补莉迪亚小姐在一次晚会上撕坏的亚麻色花边。她一般对自己的衣服并不马虎，也一定知道她的这些好衣服不是长在树上的。这活很细，很伤眼睛，但我总算做完了。

乔丹医生照常下午来了，看上去很疲劳，心情也不好。他没带任何蔬菜来问我是怎么想的。我感到有些吃惊，因为我已习惯了下午这部分谈话，而且很喜欢猜测他下一次会带什么，以及他究竟想叫我说什么。

所以我就说，先生，你今天可是没带东西。

他说，东西，格蕾丝？

土豆或胡萝卜，我说，或是洋葱，甜菜，我补充说。

他说，是的，格蕾丝，我决定采用一个新计划。

什么计划，先生？我问。

我决定要你告诉我你想要我带什么。

噢，我说，这确实是个新计划。我还要想一想。

他说，你可以好好想想。但你同时也说说你是不是做了什么梦？因为他看上去像是丧失了希望，不知道下面怎么办。我猜想事情不是很顺利，所以我没说我记不得了。相反，我告诉他我确实做了个梦。那梦是关于什么的？他说着，脸上放出光彩，用手玩弄着他的铅笔。我告诉他我梦见花了；他很快地用笔记下来，又问我是什么样的花。我说是红花，大大的，叶子光光的，像朵牡丹。但我没说这些花是布做的，也没说我最后一次是在什么地方见到的，也没说它们不是梦。

这些花长在哪里？他问。

这里，我说。

这里，在这个房间里？他变得十分警觉地说。

不，我说，是在院子里，我们在那儿散步，锻炼。他把这点也记下了。

至少我认为他是记下了。我不能肯定，因为我从来没看见他记下了什么。有时我想不管他记下什么，都不可能是我嘴里说出的，因为我说的很多东西他都不理解，不过，我倒是尽可能说得清楚些。好像他耳朵聋，或是还没有学会读嘴唇。但有时他似乎又听得很清楚，不过就像其他绅士一样，他常希望一句话能有本身所没有的意思。

他写完之后我说，我已想起下次让你带什么来了，先生。

是什么呢，格蕾丝？他问。

一个小洋花萝卜，我说。

小洋花萝卜，他答道。小红洋花萝卜？你为什么选小洋花萝卜呢？然后他皱起眉头，好像这是什么值得沉思的事。

是这样的，先生，我说，你带来的其他东西都不能生吃，因为它们大多数需要烧了才能吃，用完了你又把它们拿走了。除去你第一天拿来的苹果，那苹果很好吃。但我想如果你带来一个小洋花萝卜，不要煮就能吃了，正巧现在洋花萝卜正上市。我们在教养所里很少吃到新鲜的东西，即便我在这里的厨房吃饭，也吃不到园子里的新鲜菜，因为那是留给狱长家吃的。所以洋花萝卜对我来说是吃稀罕。如果你也带些盐来，我会非常感谢你。

他像是叹了口气，说，当时在金尼尔先生家他们有洋花萝卜吗？

当然有，先生，我说。但当我到那儿时，季节已经过了。因为洋花萝卜最好要早吃，一到热天就变软了，里面还有蛆，会长子的。

他没把这些记下。

他准备走时对我说，谢谢你告诉我你做的梦，格蕾丝。也许不久你还会告诉我一个梦。我说，也许，先生。然后我又说，如果能帮你减少现在的麻烦，我一定尽可能记住我的梦，因为我很同情他，他看上去很不舒服。他说，你怎么认为我有麻烦呢，格蕾丝？我说有过麻烦的人会对别人的麻烦很敏感，先生。

他说很感谢我的好意，然后他犹豫了一会儿，好像要告诉我什么，但又改变了主意，跟我点了下头表示再见。他走时总是微微点下头。

我还没做完那天的被子拼块，因为他在房间里跟我谈话的时间不如平常长。所以我还是坐着，继续缝。过了一小会儿莉迪亚小姐走了进来。

乔丹医生已走了？她说。我说是的。她穿着一件我也帮着缝的新裙子，紫罗兰色的底子，上面有白色的小鸟和花，穿着很合身。下面穿着的半截裙子像是半个南瓜。我想她很可能认为不止要见到我一人。

她坐在我对面刚才乔丹医生坐过的椅子上，开始翻弄针线筐。我找不到我的顶针了，我想我一定留在这儿了，她说。噢，他忘了把剪刀拿走了；我想他不该把剪刀留在这儿。

我们不太注意这事，我说。他知道我不会伤害他。

她坐在那儿把针线筐放在腿上。你知不知道你有个倾慕人，格蕾丝？她说。

噢，是谁呀？我说，心想一定是个马倌之类的年轻人，很可能听了我的故事，感到很浪漫。

杰罗姆·杜邦医生，她说。他现在住在昆内尔夫人家。他说你的一生很不寻常，他发现你很有趣。

我不认识这个绅士。我猜想他看过报纸，正好在旅游，认为我是必见的人物，我说这话时有些严厉，因为我怀疑她在笑话我。她喜欢闹着玩，有时会过分。

他是有认真追求的人，她说。他在学神经催眠术。

那是什么？我说。

噢，有点像催眠术，但更有科学性，她说，都是和神经有关的。他一定认识你，或者至少见过你，因为他说你还是挺漂亮的。也许他在你早上到这儿来的路上见过你。

也许吧，我说；心想我当时一边一个傻笑的无赖，不知是什么样的形象。

杜邦医生的黑眼睛很神，她说，能洞察人的内心世界，好像他能透视似的。但我并不喜欢他。当然，他已老了。就像妈妈和其他人一样，我猜想，他也参加他们一起敲桌子和招魂集会。我不相信那一套，乔丹医生也不相信。

乔丹医生说过？我问。那么，他是个有头脑的人。不应该搅到那些事里去。

“有头脑的人”，这多冷漠，她说；叹了口气。“有头脑的人”让人听起来好像乔丹医生是个银行家。然后她说，格蕾丝，乔丹医生跟你交谈的时间比跟我们谁谈的都多。他到底是什么样的人？

一个绅士，我说。

好了，这点我是知道的，她不耐烦地说。但他是什么样的人？

一个美国人，我说，这也是她已经知道的。然后我放松一些说，他像是个挺正派的年轻人。

噢，我可不希望他太正派了，她说。维林格牧师就太正派了。

我私下同意这个说法。但因为维林格牧师正在设法为我请愿赦罪，我就说，维林格牧师信宗教，宗教要求他们正派。

我认为乔丹医生很会挖苦人，莉迪亚小姐说。他是不是也很会挖苦你，格蕾丝？

我猜他就是挖苦了我也不知道，小姐，我说。

她又叹了口气，说他要在妈妈的一个星期二小组会上发言。我一般不参加那样的会，因为太长了，不过，妈妈说我应该对有关社会福利的严肃的题目更感兴趣，维林格牧师也是这样说的。但这次我要去，因为我断定听乔丹医生谈精神病院一定很让人激动，不过我倒是情愿他能请我到他的住处喝茶。当然咯，要和妈妈与玛丽安一起去，因为我必须有个女伴。

有女伴对少女来说总是需要的，我说。

格蕾丝，有时你就是这么古板，她说。我其实已经不是少女了，我已十九岁了。我猜这对你来说不算什么，你已经经历过各种事情，可我从来没到过一个男人的住处去喝过茶。

仅仅因为你过去没做过某件事就要去做这事可不是个好理由，小姐，我说。但是，如果你妈妈也去，我想这就很合适了。

她站起来，用手沿着缝纫桌边抹了一下。是的，她说。那就很合适了。她好像对这样的做法不很感兴趣。然后她说，你能不能帮我做我的新裙子？这是要在星期二的小组会上穿的，因为我想穿去轰动一下。

我说我很乐意帮她忙；她说我是个宝贝，并说她希望他们永远不要让我出狱，因为她想要我永远在这儿，帮她做裙子。我猜想这也是对我的一种夸奖。

但我不喜欢她眼睛里那种茫茫然的眼神，也不喜欢她嗓音里那种降调。我想要有麻烦了；当爱情只是一厢情愿时，常常会有麻烦。

28

第二天，乔丹医生很守信用，给我带来了洋花萝卜。萝卜已洗过，叶子也已去掉，看上去又新鲜又脆甜，不像有时放了一阵之后发皮。他忘了带盐来，但我没提这事，因为对礼物吹毛求疵是不对的。我很快就把萝卜吃了——我在监狱里养成了吞食食物的习惯，因为不马上吃掉就会被抢走——我津津有味地吃着带辣味的萝卜，就像是旱金莲属植物的那种辣味。我问他是怎么弄到萝卜的，他说是从市场买来的。不过，他已计划在自己住的房子后面开个厨房菜园，因为那儿有地方，而且他已开始挖地了。这是我现在也想干的一件事。

然后，我说我从心底里感谢你，先生，这个萝卜就像是众神的琼浆。他听见我用这样的语言看上去很吃惊；但这只是因为他已忘了我读过沃尔特·司各特爵士的诗歌。

因为他如此周到地给我带来了萝卜，我就很乐意地开始给他讲自己的故事，并且尽可能把它讲得有趣味，富有情节，作为回送给他的礼物。我向来相信善行必用善行报。

我上次讲到，先生，金尼尔先生骑马去多伦多了，然后吉米·沃尔什过来吹长笛。当时日落很漂亮，然后我就跟南希一起睡了，因为没有男人在房子里她怕强盗会来。她没把麦克德莫特算在内是因为他不在房子里住。或许她也不把他当个男人；再就是她想他很可能跟强盗站在一边，而不是与强盗拼斗。但她没明说。

我们俩拿着蜡烛上了楼。像我已经告诉你的，南希的睡房在房子后面，比我的大得多，也好得多，不过不像金尼尔先生的卧室那样有单独的梳妆室。她的床很宽，床上的被子很好，是条夏天的被子，白底带浅粉色和蓝色，那图案叫“倒塌的楼梯”。她有个衣柜，裙子都放在里面。我弄不清她怎么能省下这些钱买这么多裙子。她说金尼尔先生情绪好时，是个很慷慨的东家。她还有个梳妆台，上面铺着绣花桌布，桌布上有玫瑰和百合花以及两种花的花苞。她有个檀香木的盒子，里面装着耳环和一个胸针，她的各种面霜和药剂也都在那儿。她上床之前像擦靴子一样把脸上涂满了油。她有一瓶玫瑰香水，她让我也试了点，那味儿闻起来很香。那天晚上她非常友好。她还有一盘润发油，她往头上抹了一点，说这油会叫头发发亮。她要我帮她把头发梳通，就像一个贵妇的女仆那样，我很高兴地帮她梳了。她的头发深褐色，长长的，有波浪，很好看。啊，格蕾丝，她说，好舒服，你很会梳头。我听了很高兴，但我记起玛丽·惠特尼，想起她是怎样帮我梳头的；我确实时常想起她。

我们上床后，她非常友好地说，看我们俩，像两个豌豆在一个豆荚里那样舒服。但当她吹灭蜡烛时叹了口气。那不是一个幸福女人的叹气，而像是个随遇而安的女人在叹息。

金尼尔先生星期六早上回来了。他原想星期五回来的，但因在多伦多有事要办耽搁了一天（至少他是这么说的）。他还在回来的路上第一个税卡门北边不远的一个客栈里过了夜。南希听了后不很高兴，因为那个地方的名声不好，据说有些放荡的女人，至少这是她在厨房里告诉我的。

我说一个绅士在那里过夜不会损害他的名声；我是想安慰她。她有些坐立不安，因为金尼尔先生在回家的路上遇上两个熟人，布里奇福德上校和博伊德上尉，他邀请他们来吃晚饭。那天正是屠夫杰斐逊来的日子，但他还没来，家里已没新鲜肉了。

噢，格蕾丝，我们非得杀只鸡了。快出去叫麦克德莫特杀鸡。我说肯定要两只鸡，因为有六个人吃饭，还有那些女士们。

但她很不高兴，说没有女士要来，因为这两个绅士的夫人从来不愿屈尊进这个门，而她也不会与他们一起在餐厅吃饭。他们在一起只会喝酒、抽烟，谈论他们在大造反期间的功绩，他们会待很长时间，然后还要打牌。这对金尼尔先生的身体很不好，他会咳嗽，每次这些人来时都是这样。她时不时说他体质不好。

我出去找詹姆斯·麦克德莫特，可怎么也找不到他。我叫他，甚至爬着梯子到他在马厩睡觉的阁楼上去找他。他也不在那儿。但他没跑走，因为他的东西还是老样子放在阁楼里，我也不相信他没拿工钱就会走。我走下楼梯时看到吉米·沃尔什，他很好奇地看着我，我猜他心想我是来找麦克德莫特玩的。但当我问他麦克德莫特会到哪儿去时，吉米又对我微笑，很友好地说他不知道。但又说他很可能到路对过哈维家去了。哈维是个很粗鲁的人，与一个不是他老婆的女人住在一个圆木房（或更像是个木棚）里。这女人我见了面认得，她名字叫汉纳·厄普顿，她这人看上去很凶，大家都躲着她。哈维是麦克德莫特的一个熟人（还称不上朋友），他们俩喜欢在一起喝酒。然后吉米问我是否有什么事要他跑腿。

我回到厨房说找不到麦克德莫特，南希说她对他的懒劲已经受够了。他总是在人需要时走掉，让她来承担后果，并说那就要我来杀鸡了。我说，那不行，我过去从来没杀过鸡，也不知道怎么杀。而且，我很讨厌叫任何有生命的动物流血。但是，如果是已杀死的鸡，我倒可以拔毛。她说不要发傻，这是很容易的，只要拿把斧子朝头上敲去，然后照脖子上狠狠一敲。

可我想想都怕，哭了起来。很遗憾我得说（因为说死人坏话是不对的）她把我猛摇一阵，还给了我一巴掌，然后把我从厨房门里推到院子里，对我说不把鸡杀死就不要回来，而且要我快些杀。我们已没多少时间准备了，而金尼尔先生喜欢准时吃饭。

我跑到鸡场，抓了一只白的肥仔鸡，一边哭着，一边把它好好地夹在自己胳膊下边。朝木堆和砧板走去，一路上我用围裙擦着眼泪，因为我实在想不出自己怎么能干这样的事。但是吉米·沃尔什一直跟着我，并好意地问我怎么回事。我问他是否能帮我杀鸡，他说这再容易不过了。因为我吓得这样，心这么软，他愿意帮我杀鸡。他从我手中拿过鸡，利落地把头剁掉了。那鸡没了头还跑了一会儿，然后脚一蹬就躺在土地上死了。我想这很可怜。然后我们俩并排坐在栅栏的一段铁轨上一起拔毛，把鸡毛弄得四处乱飞。我很真诚地谢谢他的帮助，并说我没什么可给他，用来表示我的谢意，但我今后会记着这些的。他很尴尬地咧嘴一笑，说无论什么时候只要我需要，他都会很乐意地帮助我。

南希出来时正好听到这最后一段，现正站在厨房门口举着手做眼帘，不耐心地等待着鸡弄好可下锅。所以我就屏住呼吸（我受不了鸡的那股味道），尽可能快地把鸡清洗干净。我留下了鸡杂，以备做肉汁时用。我把鸡在水泵下冲干净，便拿进厨房。我们俩在厨房里往鸡肚子里填料时南希说，我看你刚刚征服了一颗心。我问她这是什么意思。她说，吉米·沃尔什，我从他脸上看得出来他正在初恋。他过去是我的崇拜者，现在是你的。我看得出来她发过脾气之后，又想与我做朋友。我听了笑起来说，他对我没什么吸引力，因为他只是个男孩子，头发红得像胡萝卜，脸上像鸡蛋一样长满了雀斑，不过他的个头在这个年龄来说算高的。她说，好了，兔子被逼急了也会跳墙。我发现她这话很奇怪，但没问她是什么意思，以免她说我什么也不知道。

我们必须在夏天的厨房里把炉子生得又旺又热来烤鸡，所以我们其他事都是在冬天的厨房里做的。我们做了个奶油洋葱和胡萝卜，与鸡一道上。甜点有草莓，外加我们自己做的奶油，最后吃完了还有我们自己的奶酪。金尼尔先生把酒放在地窖里，有些在桶里，有些在瓶里。南希要我下去拿五瓶上来，她从来不喜欢下去；她说那儿蜘蛛太多。

在我们正忙得不可开交时，麦克德莫特逛回来了，样子十分潇洒。南希挺温和地问他去哪儿了。他说，因为他走以前已把该干的事干完了，他到哪儿去了不干她屁事。如果她一定要知道，他是去办金尼尔先生去多伦多以前就交给他的特殊事了。南希说她要查清这事，并说他没有权利随便来随便走，并在最需要他时从地球上失踪。他说他怎么知道呢，他也不会预见未来。她说如果他能预见未来的话，他应该知道他在这个房子里的时间不很多了。但是，因为她现在正忙，过会儿再和他谈。现在他可以照料金尼尔先生的马了，长途跑了之后正需要照料，如果殿下他认为这活不过于低贱的话。他就满脸不高兴地去马厩了。

布里奇福德上校和博伊德上尉如约来了，他们的举止像南希说的一样。餐厅里传来高谈阔论的声音，笑声不断。南希让我在餐桌旁伺候。她自己不想干这事，只是坐在厨房里，手里拿着一杯酒，为我也倒了一杯，我想她很不喜欢这两个绅士。她说她不相信博伊德上尉是真正的上尉，因为他们有些人只是因为大造反的那天骑在马上就能有个军衔。我问那么金尼尔先生呢？附近有人也叫他上尉。她说她不知道，因为他从来没这样称呼过自己，而且他的名片上也只写着先生。不过，如果他真是上尉的话，他一定是在政府一边的。她对这件事好像也不满意。

她给自己倒了第二杯酒，说金尼尔先生有时拿她的名字开玩笑，叫她脾气暴躁的小造反派，因为她的姓是蒙哥马利，和约翰·蒙哥马利的名字一样。约翰·蒙哥马利是个酒店老板，当时造反的队伍曾在那儿集中，那酒店现已变成了废墟。但他断言说当他的敌人在地狱挨火烧时，他会在央街再开个酒店。这话后来成了事实，至少他又开了酒店。可在当时他在很胆大地从金斯顿教养所逃出之后，人还在美国。所以，从监狱逃跑是件可能的事。

南希给自己倒了第三杯酒，说她越来越胖了，今后怎么办，说着就把头靠在胳膊上。但当时我正要把咖啡端进去，所以没问她为什么一下变得这样悲观。餐厅里他们很高兴，五瓶酒已喝光，还想喝。博伊德上尉问金尼尔先生在哪儿找到我的，并问我来的那棵树上是否还长着像我这样的。如果还有的话，是否已成熟了。布里奇福德上校问金尼尔先生，他把南希放哪儿去了，是不是和他其他的土耳其妻妾一道锁在柜子里了。博伊德上尉说我应该好好照看自己好看的蓝眼睛。要不，如果老汤姆（金尼尔）对我送秋波，南希会把它们抠出来的。这些都是打趣的话，但我还是希望南希没听见。

星期天早上南希说我应该与她一起去教堂。我说我没有好看的裙子穿着去，不过这只是个借口。我不喜欢到生人中间去，因为别人肯定会盯着我看。但她说她可以借给我一条裙子。她真的借了我一条，不过不是她最好的裙子，不如她自己穿的那件好看。她还借给我一顶帽子，说我看上去很得体。她还让我戴上一副她的手套，但因为南希的手大，戴上不是很合适。我们每人还披了条有图案的丝披肩。

金尼尔先生头痛，说他不去了（反正他从来也不对教堂很感兴趣），但是他说麦克德莫特会用马车送我们去，然后去接我们回来。我们都知道麦克德莫特不参加教堂的活动，因为他是天主教徒，而我们去的是长老会教堂。那是当时那儿唯一的教堂，所以很多不属于那个教派的人也到那儿去，因为这比不去教堂要好。那个教堂里的墓地也是全城唯一的，所以，无论什么教派的人死了都埋在那儿。

我们俩坐在马车里很神气。这天天气很好，小鸟在唱歌，我像平常一样感到世界很美好。我们走进教堂时，南希用她的手挽住我的手，我猜想是出于友好。有些人扭头看我，我想是因为他们没见过我。那里各种人都有：有较穷的农民和他们的妻子，有仆人，有城里的商人，还有些人，从着装和他们坐的前排位子判断，自认为是贵族，或类似于贵族。我们根据自己的身份坐在后排座位上。

牧师看上去像只苍鹭，尖尖的鼻子像鸟嘴，又长又瘦的脖子，头顶上还翘起一撮头发。布道的主题是神的恩惠，以及我们为什么只能通过神的恩惠，而不是通过自己的努力或是自己行的善，才能得救。但这并不意味着我们不要做努力，不要行善了，但是我们不能只靠自己的努力，或者自认为做了努力、行了善就肯定得到解救了。神的恩惠是个谜，得到恩惠的人只有上帝知道。尽管《圣经》上说你会从他们的果实认出这些人，可所说的果实是精神上的，只有上帝才能看见。尽管我们必须，而且应该为上帝的恩惠而祈祷，可我们不能过于虚荣，以至于相信我们的祈祷是会生效的，因为谋事在人成事在天。我们是凡人，灵魂弱小而又充满罪恶，不能左右事情发展的方向。我们认为最先的往往是最后的，而最后的又可能是最先的①。有些人多年来一直用凡人的炉火取暖，但很快会气愤而又吃惊地发现他们将受到热得多的火焰的煎熬。还有很多伪君子在我们中间走着，表面上堂而皇之，肚子里却腐烂透顶。我们必须当心第九条箴言里告诫我们的那个坐在自己家门口的女人，或者要当心任何对我们说偷来的水很甜、偷吃的面包很香的人。《圣经》告诉我们死神在那儿，死神的客人都在地狱里。我们特别要谨防自我满足，不要像那些愚蠢的处女，不应让手中的灯灭了，因为没人知道哪天什么时候上帝会出现，我们必须诚惶诚恐地等待。

他这样又继续说了好一会儿，我不知不觉地自己开始尽可能从后排我坐的地方仔细观察起在座女士的帽子和披肩上的花。我心想，如果无法用祈祷或其他方式得到上帝的恩惠，甚至根本就

---

① 此段牧师的布道中充满了直接或间接引自《圣经》的词句。

不知道是否能得到恩惠，那就干脆不要指望了。就可以随便做什么了，因为无论是得到拯救，还是受到惩罚，都是你不能控制的。如果你根本不知道牛奶是否真洒了，因洒了牛奶而哭是绝对没用的。如果只有上帝知道，那么也就只能让上帝一人把洒了的牛奶收拾干净了。但是，想这些事让我发困，加上那牧师说起话来声音很单调，我差点打瞌睡。后来我们都起立一道唱《守在我身边》①。这歌集体唱不很好听，但至少是音乐，对人很有安慰作用。

我和南希出去时，没人跟我们热情打招呼，相反，不少人避着我们，不过有些穷人对我们点点头。我们走过时有人悄悄地议论，我感到很奇怪，因为尽管大家不认识我，南希一定跟他们很熟悉。虽然那些贵族或是那些自己认为是贵族的人没必要注意到她，但是农民和他们的妻子，以及其他仆人是不该这样对她的。南希把头抬得高高的，不往两边看。我心想这些人太冷淡高傲了，不是好邻居。他们很虚伪，他们认为教堂是把上帝锁起来的笼子，这样上帝就不会在星期中的几天里在地球上到处走，管他们的闲事，观察他们心灵的深处、黑暗处和两面性，并发现他们缺乏真正的博爱。他们相信，只有在星期天当他们穿上最好的衣服、面部表情一本正经、手洗干净戴上手套、准备好忏悔的内容时才需要想到上帝。但上帝是无所不在的，不能像人一样被关在笼子里。

南希谢谢我和她一道去教堂，并说她很高兴有个伴儿。但她要我当天就把裙子和帽子还给她；她怕我会把它们弄脏。

那个星期又过了几天，麦克德莫特到厨房来吃午饭时拉长着脸，闷闷不乐。南希已通知他，要他月底就离开。他说这正称他

---

① 一首赞美歌，歌词大意是人死前请求上帝守在身边。

的心，因为他不喜欢被一个女人指挥，他在军队里和船上从来没受过女人支配。但当他向金尼尔先生抱怨时，金尼尔先生只说南希是这个房子的女主人，是专门雇来安排事情的，麦克德莫特应该听她的安排，因为金尼尔先生不管小事。所以，这是很糟糕的，但更糟糕的是，她不是个好女人。他不能再跟这帮婊子住在一起了。

我听了以后感到很惊奇，心想这全是麦克德莫特的一面之词，他在夸张，说谎。我气愤地问他说这话是什么意思。他说难道我不知道南希和金尼尔先生公然地睡在一起，虽然她和他一样都没结过婚，却悄悄地过着夫妻生活。不过，这已不是秘密，周围的人都知道这事。我很吃惊，我也告诉他我很吃惊。麦克德莫特说我是个傻瓜。除去我总是帕金森夫人长，帕金森夫人短，还有我那些城里人的概念，我不像自己想象的那样见识多。至于南希是婊子这事，除了我这样的傻瓜，任何人都会一下就觉察到。大家都知道南希在赖特家干活时曾和一个年轻的流浪汉生了个孩子，只是那男的丢下她跑了，孩子也死了。但金尼尔先生还是雇了她，换上一个正派的绅士绝对不会这样做的。所以他脑子里一开始就打什么主意是很清楚的，因为一旦马跑出了马厩，再把谷仓门关上是没用的。一旦一个女人仰面躺在地上，就像海龟一样很难再翻身，所以这也是两厢情愿的公平交易。

尽管我还说不可能，但我意识到他这次说的是真话。我一刹那明白了人们在教堂把头撇过去低声议论的原因，还有过去我没注意的其他小事，以及好衣服和金耳环。你也许会说那都是罪恶的工钱。我甚至还想起沃森夫人家的厨师萨利在我没同意到这儿来做以前给的警告。打那以后，我就特别注意，像间谍一样在屋里到处查看，这才发现金尼尔先生在家时南希的床从来没人睡过。我因自己这样被人骗，这样没眼睛没头脑而感到羞愧。

29

很遗憾，在这之后，我就失去了过去因南希年龄大、又是这房子里的女主人而对她产生的尊重。我让自己对她的蔑视表现出来，不理智地与她顶嘴。我们之间开始发生争吵，有时还提高嗓门，她有时打我一两巴掌，因为她脾气火爆，动不动就打人。但我到目前为止还是没忘记自己的地位，从没回过手。但如果我能管好自己的舌头，挨的耳光会少些，所以我也有责任。

金尼尔先生似乎并没注意到我们之间的不和。如果有什么变化的话，只是对我比过去更好了。我在做各种活时，他见到都会停下，问我情况怎么样。我总是说，很好，先生，因为像他这样的绅士最想打发的就是净发牢骚的仆人。你是受雇来微笑的，应该记住这点才是。然后，他就会说我是个好姑娘，干活很快。有一次我拎一桶水上楼，给金尼尔先生洗澡，因为他要在梳妆室里洗。他问我为什么麦克德莫特不做这事，让我拎水太重了。我说这是分给我的任务，他就想把水桶从我手中拿开，自己向上拎水。他把自己的手放在我抓着桶把柄的手上。噢，这不行，先生，我说，我不能允许这样。他笑着说，他是这里的主人，应该由他来决定允许什么，不允许什么，是不是啊？我只好说是的。正当我们这样紧挨着站在楼梯上，他的手放在我的手上时，南希走进楼下的门厅，看见这个情况；这事可没让她改善对我的态度。

我常想，如果像通常那样在房子后面专门有个仆人用的楼梯，事情会好得多；但那房子里没有。这就使得我们不免接触得过于密切，增加互相之间的摩擦。这是很不好的，因为你在那房子里，特别是在楼下门厅里，咳嗽或笑一声别人都能听见。

麦克德莫特一天天变得更郁闷沉默，富有报复心了。他说南希想在月底前就叫他走，不发他工钱，但他不能容忍这点。如果她这样待他，很快也会这样待我，所以我们俩要联合起来，要求我们的权利。金尼尔先生不在时，趁南希到赖特家去串门时（赖特一家是仍对她友好的几家邻居之一），他更经常地偷喝金尼尔先生的威士忌。因为是用小桶装的，所以总是有很多的威士忌，即便少了一些也没人发现。这种时候他会说他恨所有的英国人，尽管金尼尔是从低地苏格兰来的，也一个样。他们都是贼和婊子，他们偷别人的土地，走到哪儿都欺负穷人。应该有人在金尼尔和南希的头上敲一下，然后把他们扔在地窖里；而他就是做这件事的人。

但我想他只是说说，因为他总是好吹牛，喜欢说他会做什么伟大的事。我自己的父亲喝醉的时候也常说要这样对待我母亲，但实际上从来也没这样做过。在这种时候最好是点头表示同意，然后就不再多管了。

乔丹医生记到这里抬起头来问，那么一开始你不相信他的话？

一点也不相信，先生，我说。如果你当时在听他说这话，也会不信的。我把这看作口头威胁。

麦克德莫特在受绞刑前说是你要他这样做的，乔丹医生说。他说，你想在稀饭里放毒药把金尼尔先生和南希毒死，你一再要他帮助你，但他不同意。

谁说的这个谎？我问。

这是写在麦克德莫特的供词里的，乔丹医生说。其实这些我自己也知道，因为我在狱长夫人的剪贴本里读过同样的东西。

不能认为写在纸上的东西就成了上帝说的真理，我说。

他笑起来像狗叫，哈，然后对我说我刚才说得很对。但不管怎么说，格蕾丝，他说，你对这点怎么回答呢？

那么，先生，我说，我认为这是我所听到的最傻的话。

为什么这样说呢，格蕾丝？他问。

我让自己微笑着说，如果我要在一碗稀饭里下毒药，先生，我干吗需要他这样的人帮忙呢？我完全可以自己做，而且一不做二不休，也会在他的碗里放些毒药。放毒药需要的力气不比放勺糖需要的力气多。

你对这事头脑很清楚，格蕾丝，乔丹医生说。但如果这不是真的，他为什么要这么说呢？

我猜想他是想推卸罪责，我缓慢地说。他从来不喜欢别人责怪他。也许他想要我跟他做伴。通往死亡的路是很寂寞的，而且，即便是从绞刑架上被绞死后直接去，那路也比看上去的要长。那是条很黑的路，从来不会有月亮为你照路。

虽然你从来没死过，但对死你好像知道很多，格蕾丝，他嘴唇高低不平地微笑着说。

除了做梦，我从来没死过，我说，但有很多个晚上我朝死路上看过。我原先也是要被绞死的，我也以为我会被绞死，只是因为走运，多亏麦肯齐先生的有力辩护，强调我年纪太轻，我才得以赦免。在你认为自己也要上死路时，你非得弄清方向。

这倒是真的，他若有所思地说。

我也不怪罪可怜的詹姆斯·麦克德莫特，我说。我不为这点怪他。我不会因为任何人感到寂寞而责怪他。

接下来的星期三是我的生日。因为我和南希的关系很冷淡，我不指望她会庆祝我的生日。不过，她一定是知道这个日子的，因为在雇我的时候我把年龄告诉了她，而且告诉她我什么时候就十六岁了。但是，让我吃惊的是，她早上走进厨房的时候非常友好，祝我生日快乐。然后亲自到房子前面，从棚架上摘来一束玫瑰花，把它放在一个玻璃瓶里，要我放在自己的房间里。因为我们常吵架，她已很难得对我这么好。我对她的好意非常感谢，差点哭出来。

然后，她说因为是我的生日，下午可以放我的假。我好好地谢了她。但我说有了假我也不知道做什么，因为我在附近没有朋友，这里也没真正的商店，没东西可看。也许我还是要待在家里，缝缝补补，要么就擦拭银器，反正我本来就是这样计划的。她说，如果我愿意，我可以到村子里去散个步，或在周围的乡村里走走，我可以借用她的草帽。

但后来我听说金尼尔先生那天打算在家待一下午；我猜想南希想把我打发出去，她就可以独自和他在家，而不要担心我是不是会突然走进房间或走上楼，也不要担心金尼尔先生会走到厨房找我问这问那了（他近来时常这样）。

把金尼尔先生和南希的午饭端上去之后（因为天热，那天吃的是冷切烤牛肉和色拉），我和麦克德莫特在冬天厨房里吃了我们自己的午饭。我洗完碗碟，又洗了手和脸，取下围裙挂好，就戴上南希的草帽，把我的白蓝相间的手绢围在脖子上好挡太阳。这时麦克德莫特还坐在饭桌旁，他问我到哪儿去。我说今天是我的生日，所以南希放我的假，让我出去散个步。他要跟我一道出去，因为路上会有很多粗人和无赖，我需要人保护。我差点说我知道的一个无赖现在就坐在这个厨房里。可是，因为他尽可能对我有礼貌，我咬着牙说谢谢他的好意，我不要人保护。

他说，不管怎么样，他要跟着我，因为我太年轻，不稳重，不知好歹。我说，这不是他的生日，况且他还有活要干。他说，该死的生日，他从来不稀罕生日，也不认为这有什么可庆祝的，他并不特别感谢他母亲把他生下来。即便是他的生日，南希也不会放他假。我说他不该因此向我发牢骚，因为我并没要求放假，也不想要什么特殊待遇。所以我尽快地离开了厨房。

我自己也不知道该到哪儿去。我不想到村子的中间地段去，因为我什么人也不认识。我这才觉察到自己有多孤独，在这里除去南希我就没朋友了。其实，南希也算不上朋友，因为她就像风标一样：今天是朋友，可明天就翻脸不认人了。要么吉米·沃尔什，但他只是个孩子。还有查利，但它是匹马。虽然它能听你说而且会给你安慰，但当你需要有人提建议时，它就没用了。

我不知家里人到哪儿去了，这就像是没有家。这倒不是说我想再见到我父亲，但我很希望能听到其他孩子的消息。还有波琳姨妈，如果我能买得起邮票，我是会给她写封信的，因为还没对邮政进行改革，要给大洋对面寄封信是很贵的。如果你这样来看我的情况，我就是单独一人在世上，除去每天做的活儿，没有任何前景。尽管我总是可以再找份活儿，可还是同样的活，从早忙到晚，还总是要受人使唤。

我一路这样想着，快步沿着车道往外走，心想麦克德莫特这时可能在看着我。可不是，我一回头，他正倚着厨房的门在朝这边望。要是我放慢脚步，他会认为我在等他一起走。但等我走到果园时，认为没人能看到我了，便放慢了脚步。通常我能很好地控制自己的感情，但是过生日时有些情绪低落，特别是单独一人时。我走进果园，背靠着一个当年开发森林时留下的老树根坐下。小鸟在我周围唱歌，但我想这些鸟对我来说也是陌生的，因为我并不知道它们的名字，这在我看来似乎是最让人伤心的。眼泪顺着我的面颊滚下来，我也不去擦，就随着性子这样哭了几分钟。

但是，我对自己说，治不好的病就要忍着。我向四处看，看到白色的雏菊和马利筋属植物的紫色球状花，那花发出甜香味儿，上面落满了橘黄色的蝴蝶。然后我抬头看头顶上的苹果树枝条，上边已长出小绿苹果了。我还看到远处的一块块蓝天。我想使自己高兴起来，所以我就想只有仁慈的上帝心里想着我们的幸福，才能创造出这么美的东西。我身上背着的负担只不过是对我的考验，就像考验早期的基督徒约伯和那些殉教者一样考验我的力量和信仰。但是，就像我已告诉过你的，一想到上帝我就发困；我睡着了。

很奇怪，不管我睡得多沉，但只要有人靠近或看着我，我都能本能地感觉到。就好像我身上有一部分从来不睡觉，而总是把一只眼睛睁开一点儿。我小时候认为这是我的守护神。但也许这正是从童年养成的习惯。因为如果我睡过头了，没能及时做家务，我父亲就会对我大叫，骂我，常常是被拽着一只胳膊或是头发从床上拉起来。不管怎么说，我梦见一只熊从森林里跑出来，看着我。我吓醒了，就像是有人把手放在我的肩上。有个人站得很近，但身体对着阳光，我看不见他的脸。我尖叫了一声，急忙站起来。这时，我发现并不是个什么男人，只是吉米·沃尔什；我也就坐在原地不动了。

哦，吉米，我说，你吓了我一跳。

我并不想吓你，他说。他在我旁边坐下。然后他说，大白天你在这儿干什么？南希不会找你吗？他是个爱打听的男孩，总是问问题。

我解释说今天是我的生日，南希好心地放我一下午假。他祝我生日快乐。然后他说我看见你哭了。

我问，你在哪儿偷看我呢？

他说每年这个时候当金尼尔先生不再瞭望时，他常来果园。金尼尔先生有时站在前阳台，用望远镜瞭望，保证周围的男孩子不来园子里偷摘水果。但现在苹果和梨都还太绿，还没孩子来。然后他问，你为什么伤心，格蕾丝？

我感到又想哭了，只是说，我在这儿没有朋友。

吉米说，我是你的朋友。然后他停了一下，又说，你有没有个情人，格蕾丝？我说我没有。他说，我想做你的情人。再等几年，我长大些，攒够了钱，我们就成亲。

我忍不住笑了起来。我说（只是想开开玩笑），那你不爱南希了？他说，不，不过我倒挺喜欢她的。然后他说，你的意见呢？

但是，吉米，我说，我比你大很多，我说这话时好像是在取笑他，因为我不相信他是当真的。

大一年多一点，他说。一年算什么？

但是，你还是个孩子，我说。

我比你高，他说。这倒是真的。但我弄不懂为什么十五六岁的女孩子就是大人了，可十五六岁的男孩还是孩子。但看到这是他的敏感处，我没说这话。我很真诚地感谢他的想法，并说我要想一想，我不想伤害他的感情。

好吧，因为今天是你的生日，让我来给你吹个曲子。他拿出笛子，很优美地，又很富有感情地吹了一曲《参战的少年兵已离去》，不过吹到高音时音有些尖。然后他又吹了《相信我如果这可爱的青春之美》。我可以听出这些是他在练习的新曲子，他很为此感到自豪，我告诉他这很可爱。

然后，他说他想用雏菊给我做个花环来纪念这一天。我们俩就开始像小孩子一样专心而又起劲地做起雏菊花条来。我想，自从与玛丽·惠特尼相处的日子结束以后，我还没这么高兴过。我们做好之后，他郑重地把一条花链绕在我帽子上，把另一条放在我脖子上，做项链。他说，我是五朔节女王。我说，我应该是七月女王，因为当时已是七月，我们笑起来。他问我他能不能在我脸颊上亲一下。我说能，但只能是一下，他就亲了一下。我告诉他，他让我忘掉了自己的烦恼，使我生日过得很快乐。他听了以后，微笑起来。

但时间过得飞快，下午就这样过去了。我沿着车道往回走时，看见金尼尔先生手拿望远镜站在前阳台上。在我向后门走去时，他从房子前面绕过来说，下午好，格蕾丝。

我也问了声好，他说，那个和你在果园里的男人是谁？你在那儿跟他做什么？

我可从他的嗓音里听出怀疑的口气。我说只是小吉米·沃尔什，因为是我的生日，我们在做雏菊花链。他信了我说的话，但还是不很高兴。我到厨房里去做晚饭时，南希说，你头发里怎么有朵枯了的花？看上去挺傻。

这朵花在我把雏菊花链取下时留在头发里了。

但这两件事加在一起，就把那天的天真的乐趣扫去了不少。

我开始做晚饭。后来麦克德莫特抱着一抱烧火用的柴火走进来时，很蔑视地说，好啊，你在草里滚来滚去，还亲那个跑差的男孩。为这事，他的脑袋应该被砸开花。如果他不是乳臭未干，我就把他的头敲开了。看来你是喜欢小男孩，而不喜欢男子汉，你居然是个抢摇篮里的孩子的强盗①。我说，我没干他说的这些事。但他不信我。

我感到，这一下午好像并不是自己的，不是一个自我享受的下午，而是每个人，包括金尼尔先生在内（我本来不认为他会做这样下贱的事），都在监视我。就像是他们每个人在我卧室的门口排着队，轮流透过钥匙孔朝里看。这使我很伤心，也很生气。

30

好几天平安无事地过去了。我到金尼尔先生家已近两个星期，但感到比两个星期要长。当你不高兴时，先生，时间总是过得特别慢。金尼尔先生骑着马走了，我猜是去梢恩山了。南希到

---

① 对与年纪很轻的人结婚的人的谑称。

她朋友赖恩夫人那儿去串门了。吉米·沃尔什近来没来过，我猜想麦克德莫特警告过他，叫他不要来了。

我不知道麦克德莫特在哪儿；我猜想他在谷仓里睡觉。我与他关系很不好，因为他一大早就说我的眼睛很好看，特别是在我向乳齿未脱的男孩子送秋波时更好看。我叫他把这些话留在肚子里，因为这样的话只有他一人愿意听。他说我的舌头像毒蛇的舌头。我说，如果他要找不会反驳的人，干吗不去谷仓和母牛配对去。玛丽·惠特尼一定会说这些话，至少我是这样认为的。

我在厨房菜园里，一面摘新豌豆，一面想着这些让人气愤的事——我还在为受人监视，并受麦克德莫特恶意取笑的事而生气。正在这时，我听见有人吹口哨的声音，然后我看见一个人身上背着背包，头上戴着顶旧帽子，手里拿着一根长拐杖顺着车道走过来。

是小贩杰里迈亚。我看到自己过去幸福时认识的人高兴得把围裙里兜着的豌豆撒了一地。我朝他招手，赶快跑到车道那儿去迎他。他是个老朋友了，至少我当时是这样想的。在一个新国家，朋友很快就会变成老朋友了。

格蕾丝，你看，他说，我跟你说我要来的。

我见到你很高兴，杰里迈亚，我说。

我跟他走到房子的后门。我说，你今天有些什么？我总是很喜欢看小贩货袋里的东西，尽管其中很多东西都是我买不起的。

他说，你干吗不邀请我进厨房，格蕾丝？那儿比太阳地里凉快些。这时我想起当时在帕金森夫人家就是这么做的。我把他带进厨房，让他坐在厨房的桌子旁，从储藏室里拿出一些小瓶啤酒和一小杯冷水，我还给他切了一块面包和奶酪。因为我感到他是个客人，我是主人，我就应该表现得好客，所以我忙个不停。我自己也倒了一杯啤酒，陪着他喝。

这杯祝你健康，格蕾丝，他说。我谢了他，也向他祝了酒。

你在这儿幸福吗？他说。

这房子很漂亮，我说，里面有图画和钢琴。我不想讲别人的坏话，特别是自己的雇主。

但是，这里很静，很偏僻，他说着用他那发亮的眼睛看着我。他的眼睛像黑莓，似乎大多数人看不见的东西他都能看见。我看得出他在猜我在想什么，不过是出于好心。我认为他一直很尊重我。

是很安静，我说，但是，金尼尔先生是位思想开放的绅士。

而且，他很有绅士的口味。他说着，很精明地看了我一眼。他们在邻里中说他喜欢追求女仆，特别是家门口的那些。我希望你最后不要和玛丽·惠特尼的结局一样。

我听了后非常吃惊，因为我以为只有我一人知道那事的真相，那个绅士的姓名，以及那事就发生在家门口，可我谁也没告诉过。你是怎么猜着的？我问。

他把手指放在鼻子旁边，以显示沉默和智慧；然后说，对明眼的人来说，未来就隐藏于现在。既然他已经知道了这么多，我就把一切都告诉了他，也就是我所告诉你的一切，甚至包括我听见玛丽的声音，然后晕倒，在屋子里到处跑，却一点也记不得了的那部分。不过，我没告诉他那段关于医生的事，因为我知道玛丽不想让别人知道那段。但我相信杰里迈亚猜到了，因为他总是很会猜算。

那是个很让人痛心的故事，等我说完，杰里迈亚说。说到你呢，格蕾丝，小洞及时补，大洞不吃苦。你知道，南希不久前也是这个房子里的女仆，你现在做的很多脏活粗活过去都是她做的。

他这话说得太直率了，我低下头。我说，我可不知道这些。

一个男人一旦有个习惯是很难改的，他说。就像是狗变坏了——如果一只羊被狗咬死了，狗尝到味道之后，还会咬死第二只羊。

你近来跑了很多地方吗？我问；我不喜欢谈咬死之类的事。

是啊，他说，我总是在路上跑。我最近刚去过美国，在那儿我可以低价买来一些日用杂货，拿到这儿来多卖些钱。我们小贩就是这样谋生的。我们至少要挣来买鞋的钱。

美国怎么样？我问，有人说那边好些。

那边很多地方和这边一样，他说。哪儿都有无赖和坏蛋，但他们用另一种语言来为自己找理由。那边他们空头谈民主，就像这边他们滔滔不绝地大谈社会的正常秩序和效忠女王一样；不过到处的穷人都一样穷。你过边境到美国，就像是从空气里走过去一样。根本不觉得自己已过了边境：两边的树都是一样的。我一般都从树林子里走，不然我就得缴海关税，那是很不方便的。况且，上了税后，卖给像你这样的好顾客的价格就要提高了，他微笑着说。

但你这不是犯法吗？我说，被人抓住怎么办呢？

法律制定了就是让人违反的，他说。况且这些法律不是我们这些人制定的，它们是当局为了自己的利益制定的。但我不伤害任何人。有灵气的男人喜欢挑战，用智谋战胜其他人。至于是不是会被抓住，我已是老狐狸了，这事已干了多年，不会被抓住的。再说，我是个幸运的人，从我的手相可以看出这点来。然后他让我看他左右手掌上都有个十字，所以他说无论他是睡觉，还是醒着，都受到保护，因为左手是保佑梦境的手。我看看自己的手，什么十字也看不到。

运气也会用完的，我说。我希望你小心点。

干吗？格蕾丝，你是不是真的担心我的安全？他微笑着说。我低下头看着桌子。说真的，他更认真地说，我想过要放弃这一行，因为现在竞争比过去激烈了。而且，随着路面的改善，很多人进城去买东西，而不再是在家等着向我买东西了。

我听他说可能不再卖东西了感到很失望，因为这意味着他再不会背着货袋来了。但是，你打算干什么呢？我问。

我可以到集市上去耍把戏，如吃火，要么去做医学上的先知，专修催眠术和磁力学，那些总是很能吸引人的。我年轻时曾和一个懂这行的女人搭档，因为这样的买卖一般是两人一道做的。我负责做票收钱，她蒙上纱布面纱，进入出神状态，用听上去遥远的声音告诉人们他们得了什么病，当然是要收钱的。那真是再简单不过了。因为人们看不见自己身体内部的情况，怎么知道你说得对不对呢？但那女人做得厌烦了，或是对我厌烦了，就到密西西比河的一条船上去了。要么，我可做个布道的，他接着说。边境那边很需要布道的人，比这里需要的多，特别是在夏天，那时可以在室外或帐篷里布道。那里的人喜欢晕倒在地，用各种语言说话，然后被布道的人拯救过来。如可能，他们一个夏天喜欢得到一次或多次的拯救。救活之后，他们就会慷慨地留下大把的硬币来表示谢意。那活很有前途，而且体面，比干这个赚钱赚得多。

我不知道你还信宗教，我说。

我不信宗教，他说，不过据我所知，干这个你不必信宗教。很多布道的人不比一块石头更信上帝。

我说他说这话很邪恶，他只是笑笑。只要让人们得到他们想要得到的东西，那有什么关系？他说。我会非常尽职的。一个没有宗教信仰的布道人，只要风度和嗓音好，总是能比一个两手无力、满面愁容的布道人（不管他怎么信神）能使更多的人皈依。然后，他做出一种庄重的姿态，拖着长音说，那些笃信上帝的人知道，在主的手中，病人也会康复如初的。

我看你对这个已很有研究，我说，因为他听起来确实像个布道的牧师。他又笑起来。然后，他的神情变得认真起来，把身子从桌子那边靠过来。我认为你应该跟我一道走，格蕾丝，他说。我感到这里情况不妙。

走？我问。你这是什么意思？

你跟我走比你在这儿安全，他说。

听了这话，我打了个颤，因为这与我本人的感觉差不离，不过我直到这会儿才感到危险。但我做什么呢？我说。

你可以跟我一起到处跑，他说。你可以做个医学上的先知；我会教你说什么，并让你进入出神状态。我从你手上就可看出你很有才能，你把头发放下来看上去就更像了。我向你保证，你两天挣的钱会比在这儿擦地板两个月挣的还多。当然，你要起个新名字，法国名字或是什么其他外国名字，因为大洋这边的人很难相信一个名叫格蕾丝这样普通的名字的女人能有神秘的魔力。未知的东西对他们来说会比已知的东西更有吸引力，更令人信服。

我说，那不是骗人吗？杰里迈亚说，这并不比演戏更骗人。如果人们想相信一件事，想要得到它，想相信这是真的，想因此感觉好些，你只是换了个无关紧要的名字去让他们更坚定自己的信仰，这能说是骗人吗？这难道不更应该叫做慈善和人的善心吗？经他这样一说，听起来好多了。

我说，换个名字对我来说不成问题；我对自己的姓名并不稀罕，因为是从我父亲那儿继承的。然后他微笑着说，那我们握手成交吧。

不瞒你说，先生，当时这个主意对我吸引力很大，因为杰里迈亚很英俊，白牙齿，深色的头发，而且我回想起我应该与一个名字的首字母是J的男人成亲。我还想到我可能赚到的钱，我可用那钱买衣服，或许还有金耳环。我还可以到处跑跑，看看，而不是整天干同样的又脏又累的活儿。但我又想起玛丽·惠特尼的遭遇。虽然杰里迈亚看上去是个好心人，但表面现象是很有欺骗性的，这是玛丽·惠特尼花了代价才知道的。如果出了问题，我被独自一人留在陌生的地方怎么办？

那我们是不是要结婚？我说。

有那个必要吗？他说。据我看来，结婚从来没什么好处，因为如果两人想在一起，他们就会在一起。如果不是如此，其中一个人就会跑掉，就是这么回事。

这让我很吃惊。我想我还是待在这儿，我说，反正我现在结婚还太早。

考虑一下吧，格蕾丝，他说。我是为了你好，愿意帮助你，关心你。我真诚地告诉你这里周围都是危险。

正在这时，麦克德莫特走了进来，我不知道他是否在门外偷听，听了多久，因为他看上去很生气。他问杰里迈亚到底是谁，在厨房里干什么。

我说杰里迈亚是个小贩，过去我就认识。麦克德莫特看看这时已打开的货袋（杰里迈亚在我们说话时已把货袋打开，不过还没把东西都摊开），说这倒没什么，但是金尼尔先生如发现我把好啤酒和奶酪浪费在一个普通的无赖小贩身上会不高兴的。他说这些并不是因为他在乎金尼尔先生会说什么，而是为了侮辱杰里迈亚。

我回答说，金尼尔先生待人慷慨，不会在大热天不让别人喝口冷水的。听了这话，麦克德莫特更不高兴了，因为他不喜欢我夸奖金尼尔先生。

然后，杰里迈亚为了当中间人做调解，说他有几件衬衣，虽然是穿过的，但质量还不错，很便宜，正是麦克德莫特的尺寸。虽然麦克德莫特嘟嘟哝哝的，杰里迈亚还是把衬衣拿出来，指出衬衣的好质量。我知道麦克德莫特需要一些新衬衣。他有一件已撕坏不能再补，还有一件弄上了泥，湿漉漉地放在那儿，最后上了霉。我看到他有了兴趣，就悄悄地给他拿来一杯啤酒。

衬衣上写有 H. C.，杰里迈亚说这些过去属于一个士兵，很能打仗的士兵，但人没死，因为穿死人的衣服有厄运。然后，他把四件衬衣定成同一个价。麦克德莫特说如果卖那个价，他只买得起三件，然后他自己叫了个低点的价。他们就开始讨价还价，最后杰里迈亚说好，他愿意以三件的钱卖给他四件，但一分钱也不能少。他说，不过，这是拦路抢劫，如果人人都像这样，他很快就会破产的。麦克德莫特因为自己能把钱压得这么低，心里很高兴。但我可从杰里迈亚闪光的眼神里看出，他只是想假装让麦克德莫特占了便宜，其实他这笔交易做得不错。

先生，就是这些衬衣在审判时变成很大的目标，引起了很多疑问。第一，开始他说是从小贩那儿买的，然后又改口说是从一个士兵那儿来的。其实两个说得都对。我想他这样说是为了不想让杰里迈亚在法庭作证，因为他知道杰里迈亚是我的朋友，会帮我说话，并会证明他的人品不善，至少他一定是这样想的。第二，报纸弄不清到底几件衬衣，应该是有四件，而不是像他们说的三件。两件在麦克德莫特的毛毯制的手提袋里，一件上面有血藏在厨房门后；麦克德莫特在处理金尼尔先生的尸体时穿的就是这件。第四件在金尼尔先生身上，是詹姆斯·麦克德莫特放在那儿的。所以应该是四件，而不是三件。

我送杰里迈亚走上车道，麦克德莫特带着一脸邪恶，不高兴地站在厨房门口看着。但是，我不在乎他是怎么想的，反正他也不是我的雇主。要分手时，杰里迈亚真诚地看着我，他说他很快会回来听我的答复。他希望得到肯定的答复，因为那样会对我们俩都有好处。我谢了他的好意。想到只要我愿意就能离开这儿，这使我感到安全多了，幸福了许多。

我回到房子里时，麦克德莫特说这人总算走了。他不喜欢这人是因为他脸上有种外国佬的表情，他猜想杰里迈亚一定一直像公狗在大热天里追逐母狗一样缠着我。我没搭理那话，因为太下流了。我看到他脸上那副凶狠的样子感到很吃惊。我叫他最好能离开厨房，因为是我做晚饭的时间了。

直到这时，我才想起还撒在菜园地上的豌豆，就到外面去捡了。

31

过了几天，来了个医生。他的名字叫里德，是个年纪大的绅士，至少看上去年纪挺大。但是医生的年龄很难说准，因为他们表情严肃，用他们装刀具的皮包带着各种病到处走，所以他们会过早衰老。他们就像乌鸦，你如果看见两三个医生在一起，就会知道很快要死人了，因为他们在讨论这事。乌鸦讨论的是先扒开，先吃掉哪块儿，医生也一样。

我说的不是你，先生，因为你没有皮包和刀具。

我看到医生坐着单马拉的马车从车道开过来时，感到心跳得很疼。我感到快晕倒了，但没晕倒。因为只有我一人在楼下，很可能要提供所有可能需要的东西。南希躺在楼上，是帮不上忙的。

前一天，我帮她试她正在做的裙子的尺寸。我嘴里含满了大头针，跪在地上一个小时，她在镜子前面转来转去观察自己。她说自己变得太胖了，我说长些肉是好事，皮包骨头没什么好的。现在年轻女子为了赶时髦，叫自己挨饿，变得病快快的。她们的胸衣扣得太紧，所以一见人就晕倒。玛丽·惠特尼过去常说，哪个男人也不想要个骷髅；他们要的是抱住的人，前后都要有肉，屁股越大越好。但我没把这话说给南希听。她正在做的裙子是用淡奶油色的美国花布做的，图案是小花枝和花蕾，腰部有个紧身的束腰，裙子上有三层荷叶边。我告诉她这裙子很好看。南希看见自己在镜子里的样子，皱起眉来，说她的腰也宽多了。如果继续下去，她就会需要一副新的紧身胸衣，她很快就会变成一个肥胖的卖鱼妇了。

我硬忍着没告诉她，只要她少吃点黄油就不会长那么胖了。早饭前她可以吃掉半条面包，上面涂的黄油厚得就像柏油，上面还抹上梅子果酱。前一天，我还看见她在储藏室吃了一条火腿上割下的纯猪油。

她要我帮她把胸衣再扣紧点，然后再试腰，但在我帮她扣时，她说她感到不舒服。她吃那么多，怨不得不舒服，不过我还认为是胸衣太紧了。但今天早上她还有阵发晕，至少她自己是这样说的。不过，这是在没吃一点东西，没扣紧胸衣的情况下发生的。所以我就弄不清出了什么事，心想或许医生就是南希叫来的。

看到医生来时，我在院子里，正在用水泵打水洗衣物。天气非常好，空气很清爽，太阳光又热又强烈，正是一个晒衣物的好天。医生把马绳系在栅栏上，金尼尔先生跑出来迎接那医生，然后两人一道从前门走进房子。我继续洗衣物，很快就把洗出的东西挂在绳子上。这些都是白色的东西，有衬衫、睡衣、衬裙，等等，但没有床单。这会儿我脑子里一直在想那医生在和金尼尔先生干什么。

他们俩走进了金尼尔先生的小办公室，把门关上。我考虑了一会儿，就悄悄地到旁边的图书室去掸书上的灰尘，但除了低声的说话声之外，办公室里发生的事什么也听不见。

我开始想象各种可能的事。比如，金尼尔先生咳血了，喘不过气来，我变得越来越为他担心。所以，当我听到办公室的门把响时，赶快拿着抹布穿过餐厅来到前客厅，因为坏消息还是早些听到为好。金尼尔先生把里德医生送到前厅。医生说他肯定他们会在今后的很多年里继续享受金尼尔先生的友谊，并说金尼尔先生看的医学杂志太多，所以开始胡猜乱想。他的身体没有大毛病，只要饮食健康，起居规律就行，但是为了保护肝，他应该节制饮酒。这番话让我放心了，但我想这也可能是医生对快死的病人说的话，是为了让他不要担心。

我小心地从前客厅旁边的窗户向外看。里德医生走到自己的马车旁，我再一看南希在那儿。她用披肩紧紧地裹住自己，头发放下一半，在和医生说话。她一定是悄悄下楼的（我都没听见她下来），这说明她也不想让金尼尔先生听见。我想她可能是要发现金尼尔先生有什么毛病，但我后来又想她也可能想问问医生自己突然生的病。

里德医生走了，南希来到房子后面。我听见金尼尔先生在图书室里叫她，但因为她还在外面，可能不想让别人知道她在干什么，所以我就自己进去见金尼尔先生。金尼尔先生看上去并不比通常脸色差，正在读本《柳叶刀》医学杂志，他的书架上有一大堆这样的杂志。我打扫这间房子时有时也翻翻，但里面的大多数东西我都不明白，只有那些关于身体功能的内容我才明白，但我认为不该把那些内容印出来，尽管在书里这些功能都有了不同平常的名称。

噢，格蕾丝，金尼尔先生说，你的女主人呢？

我说，她不舒服，躺在楼上，但如果他要什么，我可以送来。他说，如果不太麻烦的话，他想要点咖啡。我说不麻烦，不过可能要一些时间，因为要把炉子再生起来。他说等烧好了要我送给他；他像通常一样谢了我。

我穿过院子来到夏天厨房。南希在那儿，坐在桌子旁，看上去又累又伤心，脸色苍白。我说我希望她感觉好些，她说她是感到好些了。然后她见我在重生快灭的火，便问我在干什么。我说金尼尔先生要我给他做些咖啡送去。

但总是我给他送咖啡的，南希说。为什么他叫你呢？

我说，肯定是因为她当时不在。我只是在帮她做点事，我说，因为我知道她病了。

我送咖啡进去，她说。格蕾丝，今天下午我想要你擦这地板。这儿已很脏，我已住够了猪圈。

我不认为地板脏跟这个有什么关系，但她惩罚我是因为我自己走进了金尼尔先生的办公室。这是很不公平的，因为我不过是在帮她。

尽管天一开始还很晴朗，但到了中午就变得很闷人，咄咄逼人。四处一点风也没有，空气很潮湿，天上布满了沉闷的黄灰色的云。但云层后面有光亮，像是烧热了的金属，给人一种难以预料的不祥之兆。这种天气常常使人呼吸困难。但是，下午过了一半时，如果一切正常我就会坐在外面做些针线，呼吸些新鲜空气，同时歇歇脚，因为每天大部分时间我都站着。可是，今天我却是跪在地上，擦洗夏天厨房的石头地板。这地板确实需要打扫了，但我倒希望天气能凉快些。那天热得能煎鸡蛋，我出的汗就像鸭子身上流下的水，请原谅我这样打比方，先生。因为嗡嗡叫的苍蝇比哪天都多，我很担心储藏室肉柜子里的肉。如果我是南希，绝对不会在这样的热天买这么大块肉。我肯定这肉要变坏，扔掉，那很可惜。应该把肉放在地窖里。那儿要凉快些。但我知道我对她说也没用，只能自找倒霉。

地板脏得像马厩，真不知道上次是什么时候打扫的。当然我先扫了一遍，然后我就好好地洗刷地板。我跪在地上，但因为地板太硬，我在每个膝盖下垫了块旧布。我鞋袜都脱了，因为要把地板洗干净，一定要这样。我的袖子卷过胳膊肘，裙子和衬裙都从身后掖在围裙腰带下面。先生，任何擦洗过地板的人都知道，只有这样才能不弄脏你的长袜和衣服。我用一个很好的鬃刷刷地，然后用旧布擦干净。我从墙角后退着向门口擦，因为在做这样的活时，先生，你不能擦到后来把自己擦到角落里出不去。

我听见有人从后面走进来。我把门开着是想让风把地板吹干。我想一定是麦克德莫特。

你那脏靴子可不要在我的干净地板上踩，我对他说，继续擦着地板。

他没说话，也没走开。他还站在门口，我突然想起他是在看我的光脚和踝部。尽管我的脚很脏，我擦地板时臀部一前一后地动，先生请原谅我这样说，就像是狗在摇动屁股。

你没别的事干了，是不是？我对他说。拿了工钱不是让你在那儿站着傻看。我回过头朝后一看，根本不是麦克德莫特，而是金尼尔先生本人。他脸上带着一丝得意的笑容，似乎感到这很可笑。我急忙站起来，用一只手把裙子拽下，另一只手拿着刷子，脏水流到我的裙子上。

啊，对不起，先生，我说。但我想他干吗不能堂堂正正地告诉我他是谁呢？

这没什么大不了的，他说，就是猫也可以看皇后一眼。正在这时，南希从门口走进来，脸白得像石灰，腮帮子一圈发绿，但眼睛却像针一样尖。

怎么回事？你在这干什么？她对着我说，实际上是说的他。

擦地板啊，夫人，我说，是你命令我擦的。她认为我在干什么，我想，在跳舞？

你还回嘴，南希说，我受够了你的无礼。可我并不是无礼，只是在回答她的问题。

金尼尔先生好像道歉似的说（可他没干什么啊），我只是想再要杯咖啡。

我来烧，南希说。格蕾丝，你可以走了。

我上哪儿去？夫人？我问。地板只擦了一半。

只要不在这儿，随便上哪儿，南希说。她对我很生气。看在上帝的分上把你的头发别上去，她又说。你看上去像是街头的邋遢女人。

金尼尔先生说，我在图书室里，说完就离开了。

南希拨着炉子里的火就像是用匕首在捅火。闭上你的嘴巴，她对我说，嘴张着会进苍蝇。如果你知道好歹的话，今后会一直把嘴闭着的。

我想用擦地的刷子砸她，并把桶和脏水都向她甩过去。我想象着她站在那儿，像淹死的人一样头发顺着脸滴水的情景。

但就在这时，我一下明白了她得了什么病。这我过去见得够多了。在奇怪的时间吃奇怪的食物，呕吐，嘴边一圈绿色。她就像葡萄干泡在热水里一样越长越胖，而且她脾气古怪，容易发火。她怀孕了。她遇上麻烦了。

我站在那儿盯住她看，好像有人照我肚子上踢了一脚。噢，这不可能，不可能，我想。我感到心跳得像锤子敲一样重。这是不可能的。

那天晚上金尼尔先生在家，他和南希在餐厅里吃晚饭，是我送进去的。我看了下他的脸，希望能发现他是否知道南希的情况：可我发现他还不知道。我不知道一旦他发现了会怎么办。一脚把她踢下壕沟，还是与她结婚。我对这也猜不准，但感到无论是哪种结局都不合适。我不希望南希受伤害，也不想叫她被抛弃，成为无家可归的流浪女，受过路的流氓欺负。但是，如果她最终能成为体面而富有的、手指上戴着戒指的、有教养的妇人，这也是不公平、不公正的。那样是绝对不对的。同样的事情发生在玛丽·惠特尼身上，把她整死了。为什么犯了同样的罪一个能如愿以偿，而另一个却要受罚呢?

等他们进了客厅，我像往常一样把桌上的东西清理干净。这时天热得像火炉，尽管太阳还没下山，乌云已遮住阳光。屋里静得像坟墓，外面一丝风也没有，但是天边隐约出现热闪电，也可听见闷雷轰鸣。在这样的天气里，你可以听见自己的心在跳。就像是在捉迷藏，你在等人来找你，但又不知道这人是谁。我点着一根蜡烛，好不摸黑吃晚饭。我和麦克德莫特一道吃的晚饭，吃的是冷的烤牛肉，因为天太热我不能再烧热的吃了。我们在冬天厨房吃饭，喝了些啤酒，还吃了些仍旧挺新鲜的面包，夹上一两片奶酪。然后我把晚饭的餐具洗干净，擦干放好。

麦克德莫特在擦鞋。他吃晚饭时闷闷不乐，说我们干吗不能吃烧好的饭，像那两人那样吃牛排和新豌豆。我说新豌豆不是长在树上的，长出的只够两人吃，他应该知道谁该先吃。再说我是金尼尔先生的仆人，不是他的仆人。他说，如果我是他的仆人，我可待不下去。我是个脾气坏的巫婆，对付我的唯一办法是用皮带头抽。我说，恶语不能伤人。

我可以听见南希在客厅里说话的声音，我知道她是在大声读书。她喜欢这样做，因为她认为这样才高雅。但她又常假装是金尼尔先生要她这么做。尽管蛾子会飞进去，他们还是让客厅的窗户开着，所以我才能听见南希的声音。

我又点着一根蜡烛，告诉麦克德莫特我去睡觉了，他什么也没说，只是用鼻子哼了一声。他拿起自己的蜡烛走了。他走后，我打开通往走廊的门朝里看。球形灯的灯光从半开着的客厅门里射出，照在走廊的地板上，从门厅里也能听见南希的声音。

我把蜡烛放在厨房桌上，悄悄地走进走廊，靠着墙站着。我想听她讲的故事。她读的是《湖上夫人》，我和玛丽·惠特尼过去读过，我想起来就感到伤心。南希读得很不错，但有些慢，有时有的词一下读不出来。

那可怜的疯女人刚被子弹误中，死前正在吟诵诗句。我认为这段很悲伤，可金尼尔先生不同意。我听他说，很奇怪，没人在苏格兰这样浪漫的地方碰见这些疯女人。这些女人总是被箭或子弹误伤，这样的好处在于能终止她们的哭嚎和痛苦。要不，她们总是跳海自尽，那么多人跳下去，海里一定会很快堆满她们的尸体，对行船构成严重危险。南希说他缺少感情。金尼尔先生说他不是那回事。但是，众所周知，沃尔特·司各特爵士在书里写了这么多尸首是为了满足有教养的女士，因为这些女士非得看到血，什么也比不上血泊里的尸首那样让她们高兴。

南希欢乐地告诉他别说话，规矩点，要不她要罚他，不再念了，而要弹钢琴。金尼尔先生笑着说，什么形式的折磨他都可忍受，就是不能听她弹钢琴。这时，只听见轻轻一巴掌，接着就是衣服摩擦的声音。我猜测她一定坐在他膝盖上。有一阵没人说话。然后，金尼尔先生问南希是不是猫把她的舌头叼走了，她干吗这么沉默。

我向前凑去，因为我想她一定要告诉他她身体的情况了，这样我就知道下文是什么了。可是她没说，却说她是在为仆人的事担心。

哪个仆人，金尼尔先生想要知道；南希说两个人都一样。金尼尔先生笑着说，当然这房子里有三个仆人，而不是两个，因为她本人也是仆人。南希说，谢谢他提醒她这一点，她现在一定要离开他，因为她厨房里还有事要做。然后又听到衣服摩擦和挣扎的声音，她好像想站起来。金尼尔先生笑得更厉害了，对她说她应该就这样待着不动，这是她的雇主的命令。南希很尖刻地说，她猜想她受雇就是为了干这个。然后他安慰她，又问她说，仆人的什么事让她担心。该干的事都做完了就行了，他说，只要他的靴子是干净的，他就不在乎是谁擦的，因为他工钱付得好，就希望能得到好价值。

是的，南希说，活倒是都干了。但是，麦克德莫特能干完活只是因为她拿着鞭子盯着他。她骂他懒时，他很无礼，她已向他下了解雇通知。金尼尔先生说他是个忧郁不乐的恶棍，他从来没喜欢过他。过了一会儿，他说，格蕾丝怎样呢？我伸长耳朵，想更清楚地听南希说什么。

她说我利落，干活快，但是我最近变得很爱争吵，她在考虑给我下解雇通知。我听到这里，脸变得滚烫。然后，她说我身上有毛病使她感到不安。因为她好几次听见我大声地自语，不知我神经是否完全正常。

金尼尔先生笑了，他说那不算什么，他自己就常常自言自语，因为他自认为是最健谈的人。毫无疑问，我是个很漂亮的姑娘，我有种自然的高雅神态，纯希腊式的侧面轮廓。如果他给我穿上适当的衣服，叫我把头抬高，嘴闭紧，我到哪儿都会被看作是有教养的女士。

南希说她希望他不要当我面说这些恭维的话，要不我就会头脑发热，感到了不起，这对我没好处。然后，她说他从来没对她有这么高的评价，他说了句什么我没听见，接着又是一片沉默和衣服摩擦的声音。然后，金尼尔先生说该上床了。我就赶快跑回厨房，坐在桌子旁，因为我绝不能让南希发现我在偷听。

但他们上去后，我又回去听了。我听见金尼尔先生说，我知道你躲起来了，快出来，你这个坏姑娘，照我说的去做，要不我要来抓你。抓住了我可……

然后听见南希的笑声，接着听见一小声尖叫。

雷声越来越近了。我从来不喜欢雷暴雨，那天也不例外。我睡觉时把百叶窗关得严严的，这样雷就打不进来了。尽管天很热，我还是用被子把头蒙上，我想我肯定睡不着。可我睡着了，但在一团漆黑中被轰隆一声吵醒了，好像世界的末日来临了。暴风雨在猛刮猛下，声音听起来像打鼓，吼叫。我被吓得不行，缩在床上祈祷风暴赶快过去，闪电从百叶窗的缝里射进来时我把眼睛闭上不敢看。暴雨下得很猛，房子在狂风中就像是在磨牙，我感到下一分钟我们就会像海上的船一样被劈成两半，沉到泥土中去。然后，我听见耳边有人说“不会那样的”。我一定是被吓得精神失常了，因为在那以后我就完全失去了知觉。

然后我做了个很奇怪的梦。我梦见四处很静，我穿着睡裙下了床，打开我睡房的门，光着脚穿过冬天厨房，走到院子里。乌云被吹散了，月亮很亮，树上的叶子看上去像银子做的羽毛。空气凉爽了些，有点像天鹅绒的感觉，蟋蟀在唧唧鸣叫。我可以闻到花园里的湿味，也可闻到鸡窝里那刺鼻的味儿。我还可以听见查利从马厩里发出的低声马嘶，这说明它知道有人来了。我站在水泵旁，好像动不了似的。

然后，有两只胳膊从后面偷偷抱住我，开始抚摸我。那是男人的胳膊；我还可以感到同一个男人的嘴热烈地吻我的脖子和面颊，他的身子紧贴着我的后背。但就像是孩子们玩的摸瞎子游戏，我弄不清这是谁，也无法转身看。我闻到路上尘土和皮革的味道，心想可能是小贩杰里迈亚。可是一会儿那味又像是马粪味，所以我想是麦克德莫特。但我起不来，不能把他推开。可味道又变了，变成烟草的味儿，闻起来也像金尼尔先生的高级剃须肥皂的味儿。我一点也不吃惊，因为我一直预料到他会这样做。那个不知名的男人一直在用嘴吻我的脖子，我可以感到他的呼吸在吹动我的头发。可是后来我感到不是刚才想的那三个男人，而是另一个人，这人我很熟悉，像是童年就很熟悉的人，但后来忘了。他这样待我已不是第一次了。我感到一阵温暖和怠倦偷偷向我袭来，要我服从，投降，因为服从比反抗容易得多。

但是，这时我听见一匹马在嘶叫，可我发现那马不是查利，也不是粮仓里的小马驹，而是另外一匹马。我感到很害怕，浑身吓得冰凉，站在那儿像是被吓瘫痪了。我知道那马不是寻常的马，而是要到最后审判日才派来的白马，骑这马的是死神。是死神站在我身后，把胳膊像铁箍一样紧紧地抱住我，并用他那没有嘴唇的嘴吻我的脖子，好像是爱上了我。可是除去害怕，我还感到一种奇怪的向往。

这时太阳出来了，但不是像我们醒着时那样一点一点地向上升，先生，而是一下就像一团白光一样出来了。如果是声音，那声音就像是许多小号同时吹。抱着我的胳膊也消失了。亮光照花了我的眼睛。我抬头看时，发现房子旁和果园里的树上有很多鸟，像冰一样白的大鸟。这是不祥之兆，因为它们像是蹲在那儿准备跳起来袭击。这样看来，它们就像一群乌鸦，只是颜色是白的。但等我眼睛不再发花，才发现那些根本不是鸟。它们有人的模样，其实是天使，像《圣经》里说的那样，身穿用血洗过的白袍子。他们立在金尼尔先生的房子上，默默地对住在房子里的人作审判。这时我看到他们都没有头。

然后，我就在梦中被吓得失去了知觉。我恢复知觉时，发现自己在自己的睡房里，躺在自己的床上，被子拉到耳朵边。我起来后（因为这时已是清晨），发现自己睡裙的边是湿的，脚上有泥土和草的印子。我想我一定在毫无知觉的情况下在外面走了一圈。这样的事过去发生过一次，那是在玛丽·惠特尼死去的那天。我的心沉了下来。

我像往常一样穿衣服，发誓要对做的梦保密，要不，在那个房子里我还能信任谁？如果我把它当作警告告诉别人，只会招来笑话。但当我到外面水泵去打第一桶水时，才看到我昨天洗的全部衣物被夜间的风暴刮到树上去了。我忘了把它们收进来；把这事整个忘了对我来说是极为反常的，特别是一绳子白衣物，我花了很大劲才洗干净上面的污渍，这对我来说又是一大不祥之兆。被卡在树上的睡裙和衬衣确实像没脑袋的天使，所以似乎我们自己的衣物在对我们作审判。

我无法摆脱这种感觉，认为这房子里有厄运，里面有人注定要死。如果杰里迈亚这时来，我一定会冒险跟他一起走。确实，我想去追他，要真去了就好了；可我不知道他上哪儿去了。

乔丹医生急促地记着，好像他的手已跟不上了，我从来没见过他这么兴奋。想到能让别人的生活愉快，我心里感到很高兴。我暗自想，不知道他要这些有什么用。

IX

人心与内脏

晚上吉米·沃尔什来了，他带来了长笛。南希说，金尼尔先生不在，我们还是好好玩玩吧。南希对麦克德莫特说，你常吹嘘你会跳舞，来给我们跳一个。他整个晚上闷闷不乐，说他不愿跳舞。大约十点钟我们去睡觉了。我那晚与南希睡。没睡前麦克德莫特对我说他下决心当晚要用斧头在床上杀了她。我求他不要那天晚上干，因为他会误杀了我。他说，他妈的，那我就明天一大早干了她。我星期六早上起得很早。我到厨房时，麦克德莫特正在擦鞋，火已点着。他问我南希在哪儿，我说在穿衣服。我问他，你是否今天早上要杀了她。他说是的。我说，麦克德莫特，看在上帝的分上不要在房间里杀她，你会弄得满地血。好吧，他说，我不在房间里干，但是她一走出房间我就用斧头把她敲倒。

——格蕾丝·马克斯的供词，《明星及抄本报》，多伦多，1843 年 11 月

"地窖里的情形很吓人……像我所猜测的，（南希）蒙哥马利还没死；那一斧头只是把她打懵了。她已部分恢复知觉；我们拿着灯下楼梯时她正用一个膝盖跪着。我不知道她是否看见我们了，因为顺着她的脸流下的血一定挡住了她的视线。但她一定是听见我们了，她举起紧握着的双手，像是在求饶。

"我转身看格蕾丝。她那发青的脸上的表情比那倒霉的女人脸上的表情还吓人。她没叫，但把手举到头上说：

"'上帝因此要罚我下地狱了。'

"'那你就什么也不要怕了，'我说，'把你脖子上那条手绢给我。'她没说话就把手绢给我了。我一下扑到女管家的身上，用膝盖跪在她乳房上。我把那手绢打个结系在她脖子上，

把一端交给格蕾丝拿着，我自己紧紧拽着另一头，好完成我所做的残忍的事。她的眼睛真的从脸上爆出来，哼了一声就完蛋了。然后我把尸体分成四段，用个大浴缸反扣过来盖上。”

——詹姆斯·麦克德莫特与肯尼思·麦肯齐的谈话，引自苏珊娜·穆迪，《森林开发地的生活》，1853

……那么，一个漂亮女人的死亡毫无疑问是世界上最富有诗意的题目……

——埃德加·爱伦·坡，《创作的哲学》，1846

32

炎热的夏天不打声招呼就到来了。前不久的一天还是寒意十足的春天，下着一阵阵暴雨，冰川似的蓝色湖面上空远远地飘浮着充满寒气的云。可是，黄水仙突然萎缩了，郁金香花盛开，从里开到外像是打哈欠，不久便花瓣凋零了。污水坑的气味从后院和明沟里传出，每个行人的头上都密集着一群蚊子。中午的空气就像是烧热的铁盘上方的空间那样发着颤光，湖上光影闪烁。湖边隐约散发出死鱼和青蛙卵的腥味。晚上，西蒙的灯被蛾子包围住，它们在他身旁扇动着翅膀。它们的翅膀碰着人时很柔软，像是丝一样的嘴唇一掠而过。

他被这变化弄得眼花缭乱。他在欧洲习惯了逐渐变换的季节，已忘记了这样急剧变化的气候。他的衣服像毛皮一样重，所以他的皮肤好像总是湿的。他感到自己身上的味儿像咸肥肉和酸牛奶。要么，可能是他住的卧室有这些味道。这房间好久没彻底打扫了，床单也好久没换了。尽管汉弗莱夫人每天早上都详细地告诉他，她正在努力找个杂务女仆，可还没找到合适的。据她说，从这离开的多拉在城里到处（至少是对所有可能做女仆的人）散布有关汉弗莱夫人的谣言，说她不付她工钱，并且因为没钱很快就要被房东从家里赶出去。她还到处说汉弗莱少校出走不归了，这事更不名誉。她告诉西蒙，当然没有仆人愿意冒险到这样的人家来了。说完，她苦笑了一下。

她一直亲自做早饭。按照她的建议，他们仍是一道在她的饭桌上吃早餐。他同意了，要不让她端着盘子上楼太丢人。今天西蒙心不在焉而又不无烦恼地一边听她说，一边拨弄发湿的烤面包片和煎鸡蛋。

她只能做早饭，因为她容易虚脱，常头痛。西蒙猜测（并且告诉了她）这是由于受惊引起的，所以到了下午她总是要躺在床上，用发出很浓的樟脑味的湿毛巾捂在前额上。他不能让她饿死，所以尽管他多数情况下在那糟糕的小饭店吃饭，还时常设法给她买些食品。

昨天，他从市场上的一个恶狠狠的老太婆那儿买了只鸡，但到了家才发现那鸡尽管毛已拔去，还没清洗过。他感到很为难，因为他从来没洗过鸡，所以他想把鸡扔了。可是沿湖畔散散步，甩甩胳膊之后，他忽然想起这不过是解剖。说起来，他可是解剖过比鸡更糟的东西。他手里一拿起手术刀（他还用皮包保留着过去的工具），就熟练地把鸡切开了。开膛以后更让人受不了，可是他屏住呼吸，总算弄完了。他把鸡切成小块，油炸熟了。汉弗莱夫人来到饭桌前，说她感觉好了些，虽然虚弱，但吃了不少。可是到洗碗时，她又感到不舒服了，西蒙只好自己洗涮。

厨房比他刚来时脏得多。炉子下面积满了灰团，墙角有蜘蛛网，水池旁尽是面包渣，食品室里已住进一窝甲虫。真可怕，人会这么快就穷困潦倒。必须采取措施，要找个仆人。除去脏，还有面子的问题。他不能再单独一人与房东太太住在这幢房子里了，特别是这样一个过于敏感的、被丈夫遗弃的房东太太。一旦大家知道这事，开始议论，不管议论是如何的毫无根据，他的名声和专业名誉都将受影响。维林格牧师已说得很清楚，改革派的敌人会不择手段地诽谤自己的对手。一旦出现丑闻，他立刻会被解职。

如果他愿意，至少可以使这房子的面貌有所改观。必要时他可以扫地和楼梯，掸去自己房间家具上的灰尘，可是不能掩盖潜在的灾难的臭味，以及缓慢而又丧气的衰败，这一切都从毫无生气的窗帘、坐垫和房子的木头建材部分里散发出来。炎热的夏天的到来使情况更糟了。他颇为怀旧地记起多拉的嘎嘎作响的簸箕；他开始对这个世界里的多拉产生了新的敬意。尽管他很想解决这房子里的问题，但不知道该怎么办。曾有一两次他想向格蕾丝讨教，诸如怎样适当地雇用女仆，怎样清洗鸡，但他改变了主意。他必须保持他在她心目中那种无所不知的权威形象。

他吃着烤面包片，汉弗莱夫人像往常一样又在说话了，主题是她对他的感激。她等着他嘴里塞满了面包片，便大谈起来。他打量起她来：椭圆的脸上气色苍白，头发粗硬而缺血，她的腰在黑丝绸的裙子里飒飒作响，白色的花边棱角分明。在她那挺硬的裙子下面一定是乳房，是那未经上浆、不加紧身胸衣的柔软而有肉感的、带奶头的乳房。他开始胡乱地猜想她奶头在阳光下或在灯光下的颜色以及大小。粉红的小奶头像兔子或老鼠等动物的嘴；或是像快熟的小葡萄那样的类红色；或是像橡果的顶帽那样带鳞片的褐色。他发现自己的想象朝着原始森林的细节发展，脑子里想的东西不是坚果就是很警觉的动物。事实上，这女人对他并没有吸引力：这些意念都是自然产生的。他感到自己的眼皮很紧，但还没感到头痛，只有些隐隐的压力。他不知自己是否在发低烧。今天早上，他在镜子里仔细看自己的舌头，看看是否有表示有病状的发白及斑点。有病的舌头看上去像烧熟的小牛肉：灰白色，上面有泡沫。

他过的生活很不健康。他母亲说得对，他应该结婚。像圣保罗所说，要么结婚，要么烧死；要么就寻找常用的药。像其他地方一样，金斯顿也有些名誉不好的地方，但他不能像在伦敦和巴黎那样去那里。这个城市太小，他又太引人注目。并且，他的职位太不稳定，狱长夫人太虔诚，改革派的敌人又是无所不在。不值得冒这样的险，况且这里的不名誉的地方也一定让人沮丧，一定是令人痛苦的做作。小地方对诱惑的理解表现在一厢情愿地装了沙发面的家具上；室内有过多的锦缎和流苏；但又活泼地富有功利主义的色彩——根据北美纺织城工厂里快速处理的原则，注重最大多数人的最大幸福，全然不顾那幸福的质量是何等的糟糕、低劣。脏兮兮的衬裙，妓女们久不见阳光的苍白肤体就像没进烤炉的点心面团，被水手们沾有黑油的粗手指所玷污，并且还留有偶尔路过的，因害羞而隐名埋姓的政府官员修剪过的手指的痕迹。

他还是离那些地方远点为好。那样的经历会耗尽人的脑力。

“你病了吗，乔丹医生?”汉弗莱夫人一面问，一面把主动为他倒的第二杯茶递上。她的眼睛一动不动，绿得像海水，瞳孔又小又黑。他猛地一下惊醒了。他睡着了吗?

“你刚才在用手按着前额，”她说，“你那儿感到疼吗?”

她有个习惯：常在他想工作时突然出现在他的门外，问他是否需要什么。她对他的照顾近似于温柔。但她又很有些畏缩讨好的神态，好像在等一巴掌，一脚，或是一个耳光。凭她那阴郁的宿命论，她知道她迟早会挨这一下的。但他是绝对不会给她这一下的，绝对不会，他暗自对自己说。他是个性格温和的人，从来没大怒、暴躁或采取过暴力。少校一点消息也没有。他想到她的光脚像贝壳一样薄，露在外面，易受攻击——这想法是从哪儿来的? ——她的脚被根普通的绳子捆着，像个包裹。如果他的下意识一定要做这样奇怪的想象，至少应该能提供一条银链子去捆那双脚……

他喝了那茶。味道很像灯芯草的根。他近来肠子有些问题，在服用鸦片酊；幸好他带来不少。他怀疑是因为这房子里的水，要不，是他在院子里断断续续地掘地把井水弄脏了。尽管他翻起了一大堆土，但是要开个厨房菜园的计划尚未实现。一天天把时间花在捕风捉影上之后，他发现能把手放进像土这样的实实在在的东西里是种很奇怪的安慰。但是，天已变得太热，不能再挖下去了。

“我必须走了。”他说着站起来，把椅子向后一推，匆匆擦擦嘴，作出很急的样子，虽然他要到下午才有约会。待在自己的房间里想做些工作已是徒劳。坐在书桌前他只会打瞌睡，但像昏昏欲睡的猫一样，他的耳朵很灵，对楼梯上的脚步声很敏感。

他走出去，无目的地闲荡。他的身体此时感到毫无实质，像个把意志抽空的膀胱。他沿着湖畔向前走；他眯着眼走进一片晨光，不时地走过把鱼饵投进温热而又懒洋洋的湖里的孤单的垂钓者。

一旦他与格蕾丝在一起，情况就好一些，因为他还可以炫耀自己的使命感，自欺欺人。格蕾丝对他来说至少代表一种目标或成就。但是，今天听着她那低沉、坦率的嗓音——那声音就像他童年时的一个保姆给他背诵一个非常喜爱的故事——他差点睡着了。只有当自己的铅笔掉到地板上时才把他吵醒。有一阵他觉得自己聋了，或是经受了一次小中风：他可以看见她的嘴唇动，但却听不懂她说什么。不过这只是意识玩的一个把戏，因为只要他下了决心，就能记得她说的每一句话。

他们俩中间的桌子上有个小的没精打采的白萝卜，到现在还没引起他们的注意。

他必须集中自己的全部智力；不能就此萎靡不振，变得懒洋洋的，丢掉他这几周来所跟踪的线索。现在，他们总算共同到达格蕾丝的故事的中心了。他们正在接近那神秘的空白，那块记忆被磨灭的区域。他们正要步入健忘症的森林，事物是在那儿丢失名称的。换句话说，在这之前他们一直在一天天、一小时一小时地追溯谋杀之前的那些情节。她现在说的任何话都可能是线索；任何手势，任何一个抽搐。她知道真情；她知道。她可能不知道自己其实是知道真情的，但深深埋在她心里的是对真情的知晓。

问题是她记得的越多，说得越多，他的困难就越大。他好像弄不清支离破碎的细节。好像她正在耗干他的精力，在用他的脑力去把她故事里的人物具体化。这当然是无稽之谈。他必须拒绝沉溺在这些疯狂的幻觉之中。但不管怎么说，她曾提到过晚上一个男人的什么事：他是不是给漏了？一定是这些男人中的一个：麦克德莫特、金尼尔。他在笔记本里用铅笔写着“耳语”一词，并在下面画了三道杠。他是想以此提醒自己什么呢？

> 我最亲爱的儿子，好久没收到你的来信了，这叫我很不安。或许你身体不好？有晨霭和雾的地方一定有细菌感染。据我所知，金斯顿的地势很低，附近有许多沼泽地。人在一个要塞城一定要万万小心，因为士兵和水手在两性关系上太随便了。我希望你在酷暑季节尽可能在室内，不要到太阳下面去晒。
>
> 亨利·卡特赖特夫人买了一台新的家用缝纫机，让仆人用。可菲斯·卡特赖特小姐感到很有趣，自己也试着用起来，居然用很短的时间就在机器上拷了条衬裙的边。她昨天很周到地把衬裙带来，好让我看看那针脚，因为她知道我对现代发明很感兴趣。这缝纫机很不错，不过还有可改进之处，比如，过多地出现线疙瘩，非得剪掉或解开。这些机器刚开始时都不是十全十美的。卡特赖特夫人说她丈夫认为制造这些缝纫机的公司的股票从长远看会是个很好的投资。他是个充满爱心、考虑周到的父亲，为自己唯一生存下来的女儿的未来福利作了精心安排。
>
> 我知道你认为谈钱很烦，就不在这儿多说了。不过，我的儿子，有钱才能保证食品柜不空，才能购买让人生活舒适的小东西，这也就造成生活贫困和小康人家之间的差距。就像你亲爱的父亲曾经说的，钱不会长在树上……

时间并不在以通常的持久不变的节奏向前走，而是时常踉跄一下。现在是晚上；时间走得太快了。西蒙坐在桌子前，笔记本摊在面前，呆望着渐渐暗下来的窗户方框。炎热的日落已消失，留下一抹紫色，外面的空气随着昆虫的哀鸣和两栖动物的鸣叫而在振动。他整个身体像雨中的木头一样膨胀起来。从草坪上飘来一股枯萎的丁香花的味道，一种烧焦的味儿，像是晒焦的皮肤。明天是星期二，是他答应给狱长夫人的小沙龙讲演的日子。他可以说什么呢？他必须写下几点，组织出较为连贯的讲话稿。但是没有用；他今晚什么重要的事都做不成。他根本不能思考。

蛾子在撞击灯。他把星期二开会的事搁在一边，决定把没写完的信写完。*我亲爱的母亲，我的身体仍然非常健康。谢谢你把卡特赖特小姐为你绣的表套寄来。虽然像你所说，这表套比你的表大，但是我还是为你能舍得把它给我而感到意外。表套做得很精致。我预计很快就能结束这里的工作……*

他这边是谎话加回避；她那头是策划加引诱。菲斯·卡特赖特小姐和她那无休无止的该死的针线活跟他有什么关系？他妈妈的每封信都谈到织毛线、做针线和没完没了的钩花。卡特赖特家现在一定是每个桌子、每张椅子、每盏灯和钢琴上都盖着可用英亩丈量的流苏。羊毛织的花在这家的每个角落里盛开。难道他母亲真的认为他会着迷于这样一幅图画：与菲斯·卡特赖特结婚后，他被囚禁在壁炉旁的沙发椅里，陷入瘫痪似的痴呆，而他亲爱的夫人则正在逐渐地用彩色丝线把他像落入蜘蛛网里的苍蝇那样缠在茧里？

他把纸揉成团，扔在地上。他要写另外一封信。*我亲爱的爱德华。我相信你身体很健康。我本人还是在金斯顿，我在这儿继续*……但继续在干什么呢？他到底在这儿干什么呢？他不能再使用自己通常的那种洋洋得意的口气了。他能给爱德华写什么呢？能向他展示什么奖杯或奖品呢？或者是什么新线索？他两手空空；没能有任何新发现。他一直在盲目地旅行，是否向前走他都说不出。一无所获；唯一的收获是进一步认清了自己的无知。他就像那些徒劳地寻找尼罗河之源的人。像他们一样，他应该考虑到失败的可能性。无望的电报，写在树皮上，夹在劈开的树棍里，从张开血盆大口的森林里送出。*患了疟疾。被蛇咬了。速送*

药品。地图有误。① 他一点好消息也没有。

早上他会感觉好些。天气凉下来，他会使自己镇定下来。现在他要上床了。他耳朵里听到昆虫的叫声。湿漉漉的热像只手一样搭在他的脸上，有一会他的意识活跃起来——他刚才就要记起的是什么？——可是意识又变弱了。

突然他惊醒了。房间里有光，一根蜡烛在门口浮动。烛光后面有个发微光的身影：是他的房东太太，身穿白睡袍，围着白色的披肩。在烛光下她的长散发看上去是灰色的。

他把床单向上拉盖住自己；他睡衣都没穿。“出了什么事?”他问。他的声音听起来一定很气，其实他是吓得够呛。当然不是被她吓的，但是她到他房间来干什么？今后他一定要把门锁上。

“乔丹医生，很抱歉打搅你，”她说，“但是我听到声响。好像是有人想从窗户外爬进来。我很害怕。”

她的嗓音不颤不抖。这女人神经很镇静。他告诉她他一会儿到楼下去，跟她一起检查锁和百叶窗；他要她在前厅等着。他摸索着穿上自己的睡衣，那睡衣马上黏上他湿漉漉的皮肤。他在黑暗里拖着脚步朝门走去。

这样的情况必须终止，他对自己说。不能再这样下去了。但是什么情况也没发生，所以也就无可终止的了。

33

正是半夜，但时间在不断地向前走，而且还绕圈子走，就像

---

① 指的是十九世纪初一些探险家在非洲进行的无效的探险。

前客厅里那高大的钟里的太阳和月亮一样。很快就要天亮了。我不能阻止天像平常一样破晓，也不能阻止破晓后天一直亮着。总是同一天，像发条装置一样总是绕回来。开始时总是两天前，然后是一天前，然后就到了那一天。那是个星期六。天亮了。那天肉铺老板来。

关于这一天我该告诉乔丹医生什么呢？我们现在就要谈到那儿了。我能记得逮捕时我说的话，麦肯齐律师叫我说的话，以及我连他都没告诉的话。我还记得审判时我说的话及以后我说的话，那也是不一样的。我也记得麦克德莫特说是我说的话，以及其他人说我一定说过的话，因为总是有人要把他们自己的话说成是你的，并且会把这些话直接放在你的嘴里。这些人就像是在集市上玩口技的魔术师，而你就像他们的木娃娃。审判时就是这样。我站在被告席上，完全可以是个布做的娃娃，肚子里塞上东西，装个陶瓷脑袋。我被关在那个娃娃的身体里，自己的真实声音发不出来。

我说我做过的一些事。但有其他一些事他们说我做过，可我说我一点也记不起来了。

他是不是说，我看见你晚上穿着睡衣在外面，在月光下？他是不是说，你在找谁？是不是个男人？他是不是说，我付好工钱，所以我就想得到好的服务？他是不是说，别发愁，我不会告诉你的女主人，这将是我们的秘密？他是不是说，你是个好姑娘？

他很可能说了，要么我很可能睡着了。

她是不是说，不要认为我不知道你想干什么？她是不是说，我星期六可付你工钱，然后你就离开这儿，不再回来了？

是的，她说了。

在那之后，我是不是蹲在门后哭起来？他是否用双臂抱着我？我让他这么做了吗？他是不是说，格蕾丝，你为什么在哭？我是不是说我希望她死了？

不，不，我肯定没那样说。至少没大声说。我真的不希望她死。我只是希望她到别处去，她也希望我能上别处去。

我是否把他推开了？他是不是说，我很快就会叫你对我有好感？他是不是说，如果你发誓保密，我就告诉你一个秘密？但如果不保密，你就没命了。

或许有这回事。

我正在设法回想起金尼尔先生的模样，好向乔丹医生描述他。他总是对我很好，至少我想这样说。但是，我实在记不清他的样子了。事实是尽管我曾经对他有很多想法，但是，现在对他的印象模糊了。就像洗了一遍又一遍的衣服，他一年一年地褪色了，现在脑子里还剩些他的什么呢？很模糊的印花，一两个扣子。有时是个声音；没眼睛，没嘴巴。他活着的时候到底是什么样子？没人把这点写下来，就连报纸里也没有。报纸上写到麦克德莫特，也写到我，写到我们的模样，但没写到金尼尔先生，因为谋杀人的人比被谋杀的人更重要，也就有更多的人盯着你看。他现在不在了。我想到他睡着了，躺在那儿做梦，早上我送茶进去，他把脸藏在弄乱的床单里。在这里的黑暗中我可以看见其他东西，但一点也看不见他。

我心里一件件数着他的东西：金质鼻烟盒，望远镜，随身携带的罗盘，单开小刀，金表，我擦过的银勺子，刻有家族座右铭*我生活在希望中*的烛台和格子花呢的马甲。我不知道这些东西都上哪儿去了。

我躺在又硬又窄的床上，躺在很粗的坚质条纹亚麻布做的床垫上。床垫里塞满了干草，我在上面翻身时总像烧火似的噼啪作响，在我转动位置时它轻声对我说，嘘，*小声点儿*。这牢房里黑得像块石头，热得像颗烧烤着的心。如果你睁着眼盯着黑暗看一会儿，一定能看见什么。我希望不是花。但这正是花喜欢生长的时候，那些红花像是缎子做的闪亮的红牡丹，像是泼出来的漆。它们生长的土壤是空白，是一无所有的空间和安宁。我低声说，跟我说话；因为我情愿与人说话也不愿让花在沉默中缓慢地成长，同时红缎子的花瓣顺着墙往下掉。

我想我睡了。

我在后面的过道里，用手扶着墙往前走。我几乎看不到那糊墙纸，过去是绿色的。这里是通往楼上的楼梯，这里是扶手。卧室的门半开着，我能听见。光脚在红花地毯上的声音。我知道你在躲着我，赶快出来，要不我就会找到你，逮着你。我一逮着你，你就不知道我要干什么了。

我很安静地躲在门后，可以听见自己的心跳。噢，不，不，不。

我来了，我这就来了。你从来不随从我，不照我的话去做，你这个坏姑娘。现在你一定要受罚了。

这不是我的错。我现在该怎么办？到哪儿去？

你必须打开门上的锁，必须打开窗户，必须让我进来。

哎呀你看，看看这些碎花瓣，你干了些什么？

我想我睡了。

夜深了，我在外面。有树，有小道，以及半个月亮照着的蛇形栅栏，我光着脚站在碎石路上。但当我绕到房子前面时，太阳正在下山；房前的大白柱子呈粉红色，白色的牡丹在落日的余晖里发出红光。我的手麻木了，感觉不到手指尖的触觉。尽管我已告诉肉店老板我们不需要任何肉，仍有新鲜肉的味道，从地下和四处散发出来。

我的手相表明有灾难。我一定是生下来就有这个厄运，我不管走到哪儿，都带着它。他碰我时，坏运气就传给了他。

我想我睡了。

鸡叫我就醒了，我知道自己在哪儿。我在前客厅。我在洗碗间。我在地窖。我在自己的牢房里，盖着监狱的粗毯子，很可能是我自己绞的边。我们在这儿白天黑夜穿的用的一切都是自己做的。我既然铺了这个床，就得睡在上面。①

早上了，该起床了；今天我必须接着讲自己的故事，或者说故事一定要带上我，把我装在里面，沿着特定的轨道向前行驶，直到终点。像火车一样地抽泣。尽管我在车里直往四壁上撞，又是叫，又是哭，请求上帝让我出去，但是那火车听而不闻，锁得紧紧的。

当你在故事中间时，故事就不是故事了，而只是一团糊涂，一声黑暗中的吼叫，一阵双目失明，打碎的玻璃和劈裂的木片的残骸；像是旋风中的房子，要不就像是条被冰山撞碎，被大风卷到激流中的船，船上的人都无能为力，无法把船停下。只是事过之后，当你说给自己或是别人听时，才像是个故事。

34

西蒙从狱长夫人手里接过一杯茶。他不太喜欢茶，但认为在这个国家喝茶是个社会义务。他用一种冷淡而又宽容的微笑听人说起大量的有关波士顿茶党②的笑话。

---

① 双关用法，作为成语，也作“自作自受”解。

② 指的是1773年12月16日波士顿居民为抗议英国的茶叶税和东印度公司对茶叶的垄断，化装成印第安人袭击停泊在波士顿港内的三艘英国货船，把342箱茶叶推入水中的事件。

他身体上的小小不适好像已消失。今天他感觉好些了，不过就是想睡觉。他总算给星期二的小组作了一个小型讲演，觉得自己讲得还不错。他开始时呼吁对精神病院进行改革，因为很多精神病院还是上个世纪那种肮脏邪恶的洞穴。这点效果很好。接下去他谈到这一领域里的学术争论，以及精神病学家之间的几个不同的学派。

首先，他介绍了物质学派。这些精神病学家认为精神失常的起因是有机的。比如，是由于神经和大脑受伤，或是由癫痫一类的可下定义的遗传病症所引起的，还可由后天得病引起，这包括由性生活传染的疾病。考虑到有女士在座的缘故，这一点他讲得很简略，但每个人都知道他说的意思。然后，他描述了精神学派的理论。他们认为精神病起源于一些很难孤立出来的病因。比如，如何衡量休克的后果？在没有明显的实际症候或没有难以解释的个性上的巨大变化的情况下，如何诊断健忘症？他问他们，意志和灵魂起的是什么作用？这时，昆内尔夫人身子向前倾了，但听到他说他也不知道时，又朝后靠去。

他接着谈到现今许多的新发明——比如，莱科克医生发明的治癫痫的溴化物疗法，它应该消除了许多错误的想法和迷信。又如对大脑结构的调查；用药物导致或解除各种幻觉。创新性工作不断在进行；这里他想提及巴黎勇敢的查高医生，他最近投身于歇斯底里病的研究。还有把对梦的调查作为诊断的主要手段，并研究梦和健忘的关系，他希望自己能对此作出绵薄的贡献。所有这些理论都处于发展的初期，但很可能很快就会出成效。正如杰出的法国哲学家和科学家梅因·德·比航所说，一个内在的新世界正有待于发现，这使得我们必须“置身于灵魂的地下洞穴进行研究”。

他在结束讲演之前说，正如十八世纪的重点是对物质的研究一样，十九世纪的重点是对头脑的研究——这是个启蒙的时代。尽管他占的位置很微不足道，他为能成为知识的重大发明的一部分而感到自豪。

他希望天气不是这样又热又潮湿。他讲完时已汗流浃背，可还能闻到一种沼泽地的味道，那是他手上的味儿。一定是挖土弄的，因为他今天早上没热起来之前又挖了一阵土。

星期二小组有礼貌地鼓了掌，维林格牧师致了感谢词。乔丹医生，他说，祝贺你今天为我们做了一番给人启示的讲演。你的讲演提出了很多值得我们思考的问题。宇宙的确是个神秘的地方，但是上帝赐给了人类头脑，使他们能更好地理解人的理解范围内的神秘现象。他暗示，还有其他的现象是人所不能理解的。这样说似乎让大家都感到满意。

会后，大家又分别谢了西蒙。昆内尔夫人告诉他，他的讲话充满了诚挚的情感，这使他感到有点内疚，因为他的主要目的是想尽快混过去。莉迪亚穿着一身很精神又有些沙沙作响的夏装，楚楚动人。她对他赞不绝口，佩服得五体投地；任何一个男人渴望的也不过如此。可是，他总感到其实他说的话她一句也没听懂。

“非常有趣，”杜邦先生在西蒙身旁说。“我发现你对娼妓卖淫只字未提，但是，卖淫和酗酒同样是当今时代的主要社会弊病。”

“我不想谈那点，”西蒙说，“是考虑到在座的女士们。”

“自然咯。但是，我们在欧洲的一些同事认为娼妓卖淫是精神失常的一种形式。他们把它与歇斯底里症及神经衰弱联系在一起。我有兴趣知道你对这个问题是怎么想的。”

“我听说过这个说法，”西蒙笑着说。在他当学生期间，常争论当女人全无其他生计，只能饿死、卖淫或是从桥上投水自尽时，卖淫者自然显示出最顽强的自我保存的本能，应被看作比她那些软弱的并已死去的女同胞的精神更健全。他想指出，不能说女人怎么做都一回事：女人被诱惑之后遭遗弃应该发疯；但如果她们没发疯，而是回过头来引诱男人，她们这样做的原因就是她们变疯了。他曾说过在他看来这个推理很不可靠，因此（根据听话人的不同背景），他被称作愤世嫉俗的人，或是信奉清教的伪君子。

“我本人，”杜邦医生说，“偏向于把娼妓与杀人狂和宗教躁狂症患者归为一类；也许这些行为都可被看作表演冲动失控的现象。这些现象在戏剧界出现过，演员声称他们变成了扮演的角色。女歌剧演员尤其容易出现这样的情况。历史上有个露西亚就真的把情人杀了。”

“这很有趣，有这样的可能性。”西蒙说。

“你没很信服，”杜邦医生用他那深色而有光泽的眼睛注视着他说，“但你是否承认总的来说女人的神经系统较为虚弱，因而更易受暗示的影响？”

“也许吧，”西蒙说，“当然大家都是这么认为的。”

“这也就使她们，打个比方，更易进入催眠状态。”

噢，西蒙想。原来他俩在各叙所好，他刚明白过来。

“你那位漂亮的病人怎么样了（我能否这样称呼她）？”杜邦医生问，“有进展吗？”

“还没什么重大进展，”西蒙说，“但有几条线索我想跟踪。”

“如果你能允许我试用我的方法，只作为一种实验，或者也可称作一种演示，我将会感到非常荣幸。”

“我正处于关键时刻。”西蒙说。他不想表现得无礼，但他不想让这人干预。格蕾丝是他的领地，他必须赶走偷猎者。“你的方法可能会使她糊涂，会使我前几周的准备工作前功尽弃。”

“看你的方便了，”杜邦医生说，“我预计至少在这儿再待一个月。我会很乐意能帮些忙。”

“我想你住在昆内尔夫人处。”西蒙说。

“她是个很慷慨的女主人，但像现在的许多人一样，对招魂术着了迷。这是没有一点根据的系统，我可向你保证。但是，丧失亲友的人是易于上当的。”

西蒙想说，但是没说他不需要他的保证。“你参加过她晚上的……一些招魂会吧？”

“参加过一两次。不管怎么说，我是个客人。不过，当时产生的幻觉对一个临床研究人员来说是很有兴趣的。但是昆内尔夫人绝没有对科学一概排斥，甚至愿意为合法的研究提供资金。”

“哦。”西蒙说。

“她想让我代表委员会对马克斯小姐做一次神经催眠术，”杜邦医生温和地说，“你没意见吧？”

他们这帮该死的家伙，西蒙心想。他们一定是对我不耐烦了；他们认为我用的时间太长。但是，如果他们干涉太多，会破坏我的计划，使我功亏一篑。他们为什么不能让我照自己的办法做呢？

今天是星期二开会的日子。因为乔丹医生要在会上讲话，我下午没见到他，他要做些准备。狱长夫人问看守是否能多用我些时间，因为他们人手不够，要我帮着招呼茶点（我经常做这事）。其实这只是形式上的请求，因为看守只能答应，也确实答应了。干完了活我就像真正的仆人一样在厨房里吃饭，因为等我回去，教养所的饭早已吃过了。我期望着那晚饭，因为这就像我过去自由时那样，吃的东西多种多样，而且总是有好吃的让人盼着吃饭。

但是，我知道自己必须忍受别人的怠慢和难看的脸色，以及对我人品的恶意诽谤。不过克拉利不会这样，尽管她不太说话，但总是我的朋友。厨师也不会这样，她对我已习惯了。但是有个楼上的女仆很恨我，因为我在这个房子里的时间比她长，了解情况，而且莉迪亚和玛丽安小姐有话都对我说，而不对她说。她一定要谈到谋杀或勒死人，或其他这类让人恶心的事。还有来洗衣房帮忙的多拉，她还不是固定工，只是计时工。她人长得粗壮，胳膊很有劲，所以，在搬运装满湿床单的沉重的大篮子时很有用。但她人很不可信，总是谈论她过去的男女主人，说他们从来不付她的工钱，而且还尽出丑闻，他总是喝得醉醺醺地像白痴，不止一次地为了她把他夫人的眼睛打黑。女主人动不动就生病，多拉说如果在这女人的溴瓶和头痛药里发现酒，她是不会感到惊奇的。

但是，尽管这样说，多拉还是同意回去做杂务女仆了，其实已经开始做了。厨师问她，既然这些人不讲信用，她干吗还要回去。她眼睛一挤，说钱说了算，而且说话的声音很响。她说在那儿寄宿的年轻医生付清了欠她的工钱，然后几乎跪在地上求她回去，因为其他没人肯做。他这个人喜欢安静，一切干净整洁，愿意付钱。不过那房东太太付不起，她丈夫已逃走，所以她现在不过是个被遗弃的女人，一个穷光蛋。多拉说她已不听她使唤，因为她的女主人总是爱挑剔，脾气古怪。她只听乔丹医生的，因为是他付的钱，有权使唤她。

也不是说他就干什么好事，她说，他像所有的医生一样有那些瓶子、药水和药丸，有种下毒药的人的样子。她每天感谢万能的主没让她做受这个医生治疗的有钱的老妇人。要不，她是不会活太长的。他有个奇怪的习惯，就是在花园里挖土，尽管现在种什么都晚了。但是，他就像教堂里的司事一样，几乎把整个院子的土都翻了个个儿。还得靠她把他带进来的土扫净，把他衬衣上的泥刷去，还要烧热水让他洗澡。

我很吃惊地意识到她说的这个乔丹医生与我的乔丹医生是同一个人。不过我也很好奇，因为我从来没听说过他房东太太的那些事，其实我对她一无所知。所以，我就问多拉她是什么样的女人。多拉说，皮包骨头像根棍子，脸苍白得像尸体，长长的头发黄得几乎成了白色。尽管她一副贵夫人的神态，其实名声并不好，不过多拉对这点并没证据。但是，这个汉弗莱夫人的眼睛打起转来有种野劲，而且有抽搐的神态。这两个特征加在一起就说明她关起门来干劲很大。乔丹医生应该留神，因为她从汉弗莱夫人的眼睛里看出一种让男人脱裤子的决心。他俩现在每天一道吃早饭，这在她看来是不正常的。我感到她的话很粗鲁，特别是关于裤子的那段。

我想，她如果在背后这样说她的雇主，格蕾丝，她会怎么说你呢？我发现她用她那小小的粉红眼睛盯着我看，心里琢磨着怎么向她的朋友讲同一个著名的女杀人犯一起喝茶的耸人听闻的故事。

但是，我想保持安静，所以什么也没说。因为如果我跟她打起来，我很清楚谁会受责怪。

我们奉命要注意会议结束的时间，到时会听见掌声，有人发言感谢乔丹医生的给人以启示的讲话，这是他们在这样的场面对所有的讲演者说的话。这也就是端上茶点的信号，所以有个女仆就在客厅门那儿听着。她过了一会儿下来了，说刚致完谢辞，然后，我们就数到二十，送上第一壶茶和第一盘点心。我留在下面切蛋糕，把切好的蛋糕放在一个圆盘里。狱长夫人事先指示要在中间放上一两朵玫瑰花，所以看上去很好看。然后，有人传话，要我把那盘蛋糕送上去，我感到很奇怪。但是，我把头发弄整齐，端着蛋糕走上楼梯，走进客厅门，没感到会出什么事。

客厅里有昆内尔夫人。她的头发像粉扑，戴着条粉色纱巾，这颜色对她来说太年轻了。狱长夫人穿着灰色的衣服；维林格牧师照常低头看着自己的鼻子；还有乔丹医生，有些苍白无力，好像讲演使他感到很累；莉迪亚小姐穿着我帮她做的裙子，她漂亮得像幅画。

但是，我竟然看见小贩杰里迈亚微笑着看着我！他的头发和胡须修整得很好，像绅士一样地站起来。他身穿一套裁剪得体的沙子颜色的西装，一条金表链从马甲前胸拉过，用装出的最好的绅士风度手里端着一杯茶。那样子就像是当时在帕金森夫人家的厨房里模仿绅士的动作一个样；但是他到哪儿我都能认出他。

我吃惊极了，不禁尖叫了一声。然后，我站在那儿一动不动，嘴巴张着像黑线鳕，差点把端盘掉在地上。不过，还是有好几块蛋糕滑到地上，玫瑰花也掉了。这时杰里迈亚放下茶杯，把食指放在鼻子旁，好像是挠鼻子；这动作谁也没看见，因为大家都在看我。他这动作告诉我闭住嘴巴，不要声张或把他出卖了。

所以，我就没说什么，只是说，对不起我把蛋糕掉在地上了。然后，把端盘放在旁边的桌子上，跪下去把掉下的蛋糕块拾到自己的围裙里。但是，狱长夫人说，现在不要管那些了，格蕾丝，我想介绍你认识一个人。她拉着我的胳膊，向前走。这是杰罗姆·杜邦医生，他是位著名的医生。杰里迈亚朝我点点头说，你好，马克斯小姐。我还是很糊涂，但还能保持平静。狱长夫人对他说，她常被生人吓着。但又转身对我说，杜邦医生是朋友，他不会伤害你。

听了这话，我差点大声笑出声来，但我却说，是的，夫人。然后低头看着地板。她一定在担心上次量脑袋的医生来时的情况会重演，那次我尖叫不止。但是，这次她不该担心。

我必须看看她的眼睛，杰里迈亚说。人的眼睛里常有迹象可看出疗程是否会有效。他抬起我的下巴，我们相互对视。很好，他很严肃稳重地说，好像他真是个医生似的，我真的佩服他。接下来他说，格蕾丝，你是否做过催眠术？他这会儿还扶着我的下巴，以便让我镇定下来，给我些时间控制自己。

我确实认为我没做过，先生，我有点气愤地说。我根本不知道那是什么。

这是个完全科学的疗程，他说。如果这对你的朋友和委员会有帮助，如果他们认为你应该做一次，你愿不愿意试一次？他轻轻捏了一下我的下巴，眼睛很快地上下动了几下，暗示我应该说愿意。

如果大家要我这样，我说，我愿做任何事，先生。

好，很好，他说，就像是个真正的医生那样一本正经。但是，要想成功，你必须信任我。你认为你能信任我吗，格蕾丝？

维林格牧师、莉迪亚小姐、昆内尔夫人和狱长夫人都用鼓励的眼光对着我笑。我试试看，先生，我说。

这时，乔丹医生走上前来说，他认为我今天已经够激动的了，必须照顾我的神经，因为它们很脆弱，不应受损伤。杰里迈亚说，当然，当然。但他看上去很得意。尽管我尊敬乔丹医生，他对我很好，但我认为在杰里迈亚旁边他就像是条可怜的鱼，像是一个人在集市上被人掏了腰包，但还毫无觉察。

我呢？我完全可以高兴地笑起来，因为杰里迈亚变了个戏法，就像是从我的耳朵里拿出一个硬币，或让我相信他吞下一把叉子。过去他变戏法是当着大家的面，大家都在一旁看着，却看不出他的把戏。而现在他是在他们的眼皮下与我订了同盟，可他们一点也不知道。

但后来我记起他曾作为施催眠术的魔术师到处表演，还在集市上做过医学上的先知。他确实知道这些事的门道，很可能会使我进入出神状态。这使我吃了一惊，让我有些时间加以考虑。

35

“我关心的并不是你有罪或无罪，”西蒙说，“我是个医生，不是法官。我只是想知道你自己实际能记得多少。”

他们总算要谈到谋杀了。他已经看过手头的所有文件——审判记录，报纸的评论，供词，甚至还有穆迪夫人的夸张的描述。他有充分的准备，但有些紧张：他今天如何进行将决定格蕾丝是不是会张口，摊出她一直藏着的宝贝。要不，她就会被吓坏，躲起来，像蛤蜊壳一样合上口。

他今天带来的不是蔬菜，而是个银烛台。这是维林格牧师提供的，他希望跟金尼尔家用的、后来被麦克德莫特偷走的那种差不多。他还没把它拿出来，仍放在一个柳条篮子里（其实是向多拉借的一个购物用篮），他把这篮子不显眼地放在自己的椅子旁边。他还没确定怎么用这个。

格蕾丝继续在缝，没抬头看。“过去没人对我记得什么感过兴趣，先生，”她说。“他们说我一定在说谎；他们总是想知道更多的东西。只有律师肯尼思·麦肯齐先生不是这样，但我肯定就连他也不相信我。”

“我会相信你的。”西蒙说。话刚说完，他就意识到这是个很大的许诺。

格蕾丝把嘴缩紧一点，皱了下眉头，什么也没说。他开始说：“金尼尔先生星期四进城了，是吗?”

“是的，先生，”格蕾丝说。

“三点钟，骑马去的?”

“那是确切的时间，先生。他要星期六才回来。我在外面，正在往晒在阳光下漂白的手绢上洒水。麦克德莫特把马牵来给他。金尼尔先生骑的是查利，因为马车正在村里重新上漆。”

“他当时跟你说话了吗?”

“他说：‘这是你最喜欢的情人，格蕾丝，快来吻它一下再见吧。’”

“说的是麦克德莫特? 可麦克德莫特哪儿也不去啊。”西蒙说。

格蕾丝抬头看他一眼，那茫然的表情里略带轻蔑。“他说的是那马，先生。他知道我很喜欢查利。”

“那你干什么了?”

“我走过去，先生，抚摸着查利的鼻子。但是南希在冬天厨房的门里朝外看，她听见他说的话了，不很开心。麦克德莫特听了也不开心。但那话说得并无恶意。金尼尔先生只是想打个趣。”

西蒙深深地吸了口气问：“金尼尔先生是否对你做过不规矩的举动，格蕾丝?”

她又看他一眼，这次略带点微笑。“我不知道你说的不规矩指的是什么，先生。他从来没对我讲过脏话。”

“他碰过你吗? 对你过于随便过吗?”

“只是通常的举动，先生。”

“通常的?”西蒙问。他感到很迷惑。他不知道怎么才能说清自己的意思，而又不说得太露骨：格蕾丝很有点假正经。

“对仆人他是个很好的雇主，”她一本正经地说。“想随便时就随便。”

西蒙有些不耐烦了。她说的是什么意思? 她是不是说她因向金尼尔提供额外的欢快而取报酬? “他是否把手放进你的衣服里了?”他问，“你是躺着的吗?”

格蕾丝站起来。“这种话我听够了，”她说，“我不一定非待在这儿。你跟疯人院那些人一个样，还有那些监狱的牧师，还有巴纳林医生和他那些肮脏的念头!”

西蒙发现自己在向她道歉，而且什么新情况也没得到。“请坐下，”见她平静下来，他说，“我们还是谈谈事情发生的顺序吧。金尼尔先生星期四三点钟骑马走了。然后又发生了什么事?”

“南希说我们两人第二天都要走，她要付我们的工钱。她说金尼尔先生同意她的意见。”

“你相信她说的话吗？”

“关于麦克德莫特，我相信。但关于我的话，我不相信。”

“你不相信她说的关于你的话？”

“她恐怕金尼尔先生回来后更喜欢我。像我已说过的，先生，她有孕了，男人们常是这样。他们会从怀孕的女人转向不怀孕的。牛和马也是一样。如果母牲畜怀孕了，它和它的私生子就会被赶走。很清楚她想把我打发走，在金尼尔先生回来之前就走。我不相信他知道这事。”

“那你怎么办呢，格蕾丝？”

“我哭了，先生。在厨房里哭了。我不想走，我也没有新的人家去。事情发生得这么快，我都没时间找东家。我还怕她不付我工钱，不写推荐信就让我走，那我该怎么办呢？麦克德莫特也担心这事。”

“然后呢？”西蒙见她没接着说，便问。

“就是在这个时候，先生，麦克德莫特说他有个秘密，我就发誓对谁也不说。你知道，先生，一旦我发了誓就要受约束。然后，他说他要用斧头把南希杀死，并要勒死她，然后等金尼尔先生回来就用枪把他打死，抢走值钱的东西。如果我为自己着想的话，就要帮他，跟他一起逃，否则罪责就要堆在我头上。如果我不是那么生气的话，会笑话他的，但我没笑话他。说实话，我们俩都喝了点金尼尔先生的威士忌，因为我们想到反正我们要被赶走了，喝点也没错。南希到赖特家串门去了，我们喝了也没人管。”

“你是不是相信麦克德莫特会照他说的去做？”

“不完全相信，先生。一方面，我认为他只是在吹牛，吹他人怎么好，怎么能干，他喝醉酒之后容易这样。我父亲过去也是这样。但另一方面，他似乎很认真，我很怕他。同时我感到一切都是命中注定的；不管我做什么，都无法避免。”

"你没告诉任何人？南希本人回来后也没告诉？"

"她干吗要相信我，先生？"格蕾丝说，"如果我说出来，听起来会很傻。她会认为我在报复她，因为是她先叫我走的。要么，这就是仆人之间的争吵，我在报复麦克德莫特。如果只有我说的话，他会轻易否认，并说我不过是个傻乎乎的歇斯底里的女孩儿。况且，如果麦克德莫特真的想干，他完全可以把我们两人都杀了，而我不想被杀了。我所能做的是要他等到金尼尔先生回来再说。开始时他说他当晚就要干，我劝他不要马上干。"

"你怎么能让他推迟呢？"西蒙问。

"我说，如果南希星期四就被杀死，就说明要有一天半的时间我们要解释她的去向（如果有人问起）。但是如果他晚些动手，引起的怀疑会少一些。"

"噢，"西蒙说，"讲得很有道理。"

"请不要取笑我，先生，"格蕾丝很有尊严地说，"这是很让人痛苦的，特别是要我回忆这些事更是加倍地让我痛苦。"

西蒙说他不是那个意思。他似乎在花很多时间向她道歉。"然后怎么样了呢？"他问，尽量让她听上去态度温和，而不是迫不及待。

"然后南希串门回来了，情绪相当高。她总是这样，发过脾气之后，假装什么事也没发生过，我们又成了最好的朋友；至少在金尼尔先生不在时她是这样。所以，她就好像没叫我们走，或没训斥过我们一样，一切跟往常一样。我们在厨房里一起吃晚饭，吃的是冷火腿和土豆色拉，外加花园里摘来的细香葱，我们三人一道吃。她有说有笑。麦克德莫特忧郁不乐，一声不响，但他一向是这样。然后我和南希一道上床，金尼尔先生不在时总是这样，主要是因为她怕夜里有贼，她一点疑心都没有。但我保证卧室的门是锁着的。"

"为什么呢？"

“像我已经说过的，我睡觉时总是锁门。并且，麦克德莫特有种很愚蠢的想法，即夜里拿着斧头在房子里到处走。他想趁南希睡觉时杀了她。我说他不能那么办，因为他很可能错杀了我；但他不信这一点。他说他杀她时不想让她看着他。”

“这点我能理解，”西蒙干巴巴地说，“然后怎么样了呢？”

“噢，星期五表面上看来一切正常，先生。南希很高兴，轻松愉快，根本没骂人，至少没像过去骂得那么多。上午，就连麦克德莫特也没那么忧郁了，因为我告诉他如果他总是一脸丧气的样子，南希一定会怀疑他不怀好意。

“下午过了一半时，小吉米·沃尔什带着长笛过来了，是南希叫他这样来的。她说因为金尼尔先生不在，我们大家都该开个晚会好好庆祝一下。我不清楚到底要庆祝什么。但南希情绪好时很活泼，喜欢唱歌跳舞。我们晚饭吃得很好，吃的是冷烤鸡，就着啤酒吃。然后南希叫吉米给我们吹长笛，他问我是否有哪个调子特别想听。他很注意听我的意见，对我很好。麦克德莫特不乐意了，告诉他不要对我抛媚眼，因为让人看了反胃；可怜的吉米脸变得通红。然后，南希叫麦克德莫特不要拿那个男孩开心，问他是否还记得自己小的时候。接着，她告诉吉米他长大会很英俊，有一点她总是可以肯定，即他会比愁眉苦脸、噘着嘴的麦克德莫特英俊。不管怎么说，脸英俊还要行为英俊才行。麦克德莫特瞪了她一眼，充满了仇恨，她假装没看到。然后她要我到地窖去再拿些威士忌来，因为这时我们已把楼上酒瓶里的喝光了。

“然后我们又笑又唱；至少是南希又笑又唱，我跟着。我们一起唱《特雷利的玫瑰》。我想起玛丽·惠特尼，非常希望她能在，因为她会知道怎么办，会帮我解决困难。麦克德莫特不愿唱歌，他又是郁郁不乐的；南希叫他跳舞，并说现在有机会证明他夸口自己舞跳得好的大话了，可他不愿跳。她想叫我们临分手时仍然都是朋友，但他对那些听都不要听。

“过了一会儿，晚会没生气了。吉米说他吹累了，南希说该睡觉了。麦克德莫特说他要送吉米走过农田回家，我猜想是要保证他真的走了。但等麦克德莫特回来时，我和南希已上楼，到了金尼尔先生的卧室里，把门锁上了。”

“金尼尔先生的卧室?”西蒙问。

“是南希出的主意，”格蕾丝说，“她说他的床大，天热时凉快，而且我睡着了有踢腿的习惯。不管怎么样，金尼尔先生是发觉不了的，因为是我们铺床，而不是他。即便他发觉了，也不会在乎，肯定会因两个女仆同时睡在他床上而感到高兴。她喝了好几杯威士忌，说话已无所顾忌了。

“其实我警告了南希，先生。她在梳理头发时，我说，麦克德莫特想杀你。她笑了，说，我料到他想杀我。我倒也不介意把他杀了。我们互相憎恨。我说，他是说真的。她轻率地说，他什么真话也没说过。他总是自吹自擂，都是吹牛。

“这时我才知道做什么也救不了她了。

“她一上床就睡着了。我坐在那儿借着一根蜡烛的光，梳理自己的头发。图画里裸体的女人在朝我看，一个在室外洗澡，另一个戴着孔雀毛，两个人都对我微笑，但那神态我不喜欢。”

“那天夜里玛丽·惠特尼出现在我的梦中。这不是第一次，她过去也出现过，但从来没说过一句话。她会挂洗好的衣物，要么就削苹果，或者躲在顶楼挂在绳子上的床单后面，这些事都是在她出麻烦之前常与我一道做的。每当我这样梦见她，醒来时都会感到安慰，好像她还活着，非常幸福。

“但那都是过去的事了。这次她就在我现在的房间——金尼尔先生的卧室里。她身穿睡裙站在床边，头发披散着，就像她下葬时那样。我可以看见她身体左边的心脏，透过她的白裙子看那心是鲜红的。但后来我发现那并不是心，而是那年圣诞节我给她做的红平绒针线盒。是我把它放在棺材里，藏在花和撒的花瓣里的。我很高兴地看到她还保存着它，还没忘了我。

“她手里拿着一个玻璃杯，里面有只萤火虫，被关在里面发出冷绿色的光。她的脸色苍白，但她看着我，微笑着。然后，她把盖着杯子的手松开，萤火虫飞出来，在房间里乱撞。我知道这是她的灵魂，正在要找出去的路，但是窗户是关着的；然后我就不知道它飞到哪儿去了。这时我就醒了，脸上淌着悲伤的泪水，因为玛丽又一次消失了。”

“我在黑暗中躺着，听着南希的呼吸声。耳朵里还可听见自己的心跳，好像我正走在一条漫长的路上。这条路不管我想不想走，何时才能走到头，我都命中注定一定要走。我恐怕再睡着，害怕再做个这样的梦。我的恐惧不是无缘故的，因为实际发生的事恰恰如此。

“在这个新梦里，我梦见我在一个从来没去过的地方走，四周是高高的石墙。那石头又灰又暗，像是我出生的村庄里的石头，那是在大洋对岸。地上有排列稀松的灰色鹅卵石，牡丹从碎石中长出。它们还只有花苞，又小又硬，像是没熟的苹果。过了一会儿花苞开放了，开出深红色的大花，花瓣像缎子一样发亮。然后它们迎风绽开，落到地上。

“除去颜色是红的，它们很像我第一天到金尼尔先生家时前花园里的那些牡丹，当时南希正在剪摘最后的一批。我在梦中见到南希，就像她当时那样，身穿白色的连衣裙，上面印有粉红色的玫瑰花苞，裙子上有三层荷叶边。她的女式草帽遮住了她的脸。她手里拎着一个平篮子，用来装花。她转过身来，把手举到喉部，像是受了惊吓。

“然后我回到石头院子，继续走路。我的鞋尖在裙边下时隐时现，那裙子是蓝白条相间的。可我知道我过去从来没有那样的裙子，所以一见到那裙子我就感到心情沉重，孤寂凄凉。但是，牡丹还在从石缝里长出。我知道它们是不合时宜的。我伸手去摸其中一朵，可摸上去很干，我这才知道它是布做的。

“接着我看见南希跪在前面地上，头发散乱，鲜血慢慢流进眼睛。她脖子上系了条白色的印有蓝花（黑种草）的棉手绢。那手绢是我的。她向我伸出双手求饶，耳朵上戴着那副曾引起我嫉妒的小金耳环。我想跑过去帮助她，但是不行。我的脚不停地用同样的步伐走着，好像它们已根本不是我的脚。我快走到南希跪着的地方时，她微笑了。但只见到嘴，眼睛被血和头发挡住了。然后她消散成一块块颜色，化作一片红白布做的花瓣散落在石头地上。

“突然一片漆黑，一个男人手拿一支蜡烛站在那儿，挡住上楼的楼梯。地窖的墙把我围起来，我知道再也出不去了。”

“事情发生之前你就梦见这些？”西蒙问。他发疯似的在写。

“是的，先生，”格蕾丝说，“在那以后我又多次做这样的梦。”她的声音已变成耳语。“就是这个原因他们才把我送走。”

“送走？”西蒙提示道。

“送进精神病院，先生。是因为做噩梦。”她已把针线活放下，低头看着自己的手。

“只是因为梦？”西蒙柔声地问。

“他们说那根本不是梦，先生。他们说我醒着。但是我已不想再谈这些了。”

36

星期六早晨我天一亮就醒了。鸡圈里公鸡在打鸣，那鸡叫起来声音发哑，好像有人卡住了它的脖子。我想，你是知道你很快就要进汤锅了。很快你就要变成尸体一具了。虽然我在想公鸡，我不能否定我也在想南希。听起来很冷酷，或许也确实冷酷。我感到头晕，魂不附体，好像我实际已不在那儿，只是躯体在那儿。

“我知道坦白这些想法是很怪的，先生，但是我不想说谎或掩饰它们。我这些想法从来没告诉过任何人，也完全可以隐瞒起来。我想如实地把发生的事讲述一遍，我当时就有这些想法。

“南希还在睡觉，我注意不吵醒她。我感到她还是多睡些为好，她在床上躺的时间越长，对她对我来说平安的时间也就越长。我小心地爬出金尼尔先生的床时，她哼了一声，翻了个身，我猜她可能在做噩梦。

“前一天晚上，我是在自己的房间换上睡衣才拿着蜡烛上楼的，所以我回到自己的房间，换上衣服。一切都和过去一样，而又不一样。我去洗脸梳头时，厨房水池上镜子里的我根本就不像我的脸。看上去圆得多，白得多，两只眼睛很大，受了惊似的瞪着人，我对那个形象看都不想看。

“我走进厨房，打开百叶窗。前一天晚上用的玻璃杯和盘子仍在桌上，这些东西看上去很孤独，悲惨，好像什么突然性的大灾难袭击了用它们吃喝的那些人。而我却在多年之后偶然地发现它们；我感到很伤心。我把它们收拾起来，送到洗碗间去。

“我回来时厨房里有种奇怪的光，好像所有的东西上都有层银色的薄膜，像是雾，但比雾更平滑，像是水薄薄地在平石头上流过一层。然后我的眼睛睁开了，我知道这是因为上帝来到了这个房子，那银色是盖天堂的罩子。上帝来了是因为他无所不在，你不能把他拒之门外，他是世上万物的一部分，所以你怎能建一堵墙或四面墙，或一扇门，或一扇关上的窗户挡住他呢？

“我说，你到这儿来想要什么？但他没说话，仍旧是一片银色，所以我就出去挤奶了。跟上帝打交道就是要继续干你想干的事，因为你无法制止他，也无法与他论理。跟上帝只能有‘做这个’或‘做那个’，而不能问‘为什么’。

“我提着一桶牛奶回来时，看见麦克德莫特在厨房里。他在擦鞋。南希在哪儿？他问。

“她在穿衣服，我说。你今天早上要杀了她吗？

“是的，他说，该死的，我现在就去拿斧头，在她头上敲一下。

“我把手放在他胳膊上，抬头看着他的脸。你肯定不会杀她，你肯定不会做这样一件邪恶的事，我说。但是他没能理解我，认为我在嘲笑他。他认为我在称他为胆小鬼。

“一会儿你就会看见我能做什么了，他生气地说。

“噢，看在上帝的分上不要在房间里杀她，我说，你会把地板弄得都是血。说这话很傻，但我当时是这样想的。你知道，先生，擦洗地板是我的事。南希的房间里有个地毯。我从来没洗过有血的地毯，但我洗过其他有血的东西，那可不是简单的事。

“麦克德莫特蔑视地瞥了我一眼，好像我是个笨蛋，可能我听上去确实像个笨蛋。然后他走出房子，从剁木板旁拿来斧头。

“我不知道怎么办，就到花园去摘些细葱，南希早饭想吃煎蛋饼。蜗牛在新长的生菜上织花边。我跪下去，仔细观察它们，看到它们的眼睛盯着细葱的小叶子。我伸手去摘细葱，但是，手根本不像是我的手了，只是一层壳或是皮，里面长着另一只手。

“我想祈祷，但想不起词来，我想是因为我诅咒过南希。我确实希望过南希能死掉，可我那会儿没再诅咒。但是，如果上帝就在那儿，像死神天使在埃及人头顶上那样在我们上方盘旋①，我干吗还要祈祷呢？我心里可以感到上帝呼出的冷气，可以听见

---

① 指的是《圣经·旧约全书》里上帝赐死埃及的追兵，让摩西率领的犹太人顺利渡过红海的故事。

他那黑色的翅膀拍打的声音。我想，上帝无所不在；上帝在厨房里，在南希身上，也在麦克德莫特身上，在他的手里，也在他的斧头上。然后，我听到里面一声发闷的响声，像是关上了一扇沉重的门，这以后发生的很长一段事我就记不得了。”

“记不得地窖了？”西蒙问，“记不得麦克德莫特拽着南希的头发把她拉到地板门口，然后扔下楼梯了？这些都写在你的供词里。”

格蕾丝用两手紧紧压着头的两边。“他们要我这样说的。麦肯齐先生告诉我必须这样说才能救自己一命。”她第一次发起抖来，“他说这不是说谎，因为不管我是否记得，当时肯定是这个情况。”

“你是否把围在脖子上的手绢给了麦克德莫特？”西蒙听上去像是法庭里的律师，不过他并不想用这样的口气，但他还是继续追问。

“就是那条把可怜的南希勒死的手绢？那是我的，这我知道。但我记不起来把手绢给他的事了。”

“也记不清到地窖去过？”西蒙问。“也记不得帮他弄死南希了？也记不得想要从尸体上把金耳环取下的事了？他说你是想这样做的。”

有很短的一小会儿，格蕾丝用一只手盖住眼睛。“那时的事我都不记得了，先生，”她说，“不管怎么样，我没拿金耳环。我不能说后来我没想拿，那是在打包时才想到的。但是，想并不等于做。如果我们都因为想过的事受审，就都会被绞死的。”

西蒙不得不承认这点说得对。他试着换个角度。“肉店老板杰斐逊证实说他当天早上跟你说过话。”

“我知道他是这样说的，先生。但我记不得了。”

“他说他感到惊奇，因为一般不是你，而是南希向他订货。他感到更惊奇的是，你说下个星期不需要鲜肉。他觉得很奇怪。”

“如果当时我头脑正常，先生，我会用头脑想，并会像平常一样订肉的。这样就不会引起太大的怀疑。”

“我发现自己站在房子前面，先生，就是种花的那个地方。我感到头晕、头疼。我在想，我必须打开窗户；但那想法很傻，因为我已到外面了。一定是快三点了。金尼尔先生驾着刚漆成黄色和绿色的轻型马车从车道驶过来。麦克德莫特从后面出来，我们俩一道帮他卸包，麦克德莫特用威胁性的眼光看了我一眼。然后，金尼尔先生走进房子，我知道他是在找南希。这时我想到：你在房子里找不到她，要往下看，她已是具尸体。想到这儿我很害怕。

“然后麦克德莫特对我说，我知道你会告发。如果你真告发，你的命就会不值一根草。我听了感到很糊涂。你做了什么？我问。你很清楚，他笑着说。我不知道；但现在我猜到最糟的后果。然后，他要我保证帮助杀金尼尔先生，我说我会的。如果我说不，我可从他的眼睛里看出，他会把我也杀了。然后他就把车马都送进马厩。

“我走进厨房，继续干该干的事，好像什么事也没发生。金尼尔先生进来问，南希在哪儿？我说，她坐公共马车进城了。他说这很奇怪，因为他在路上见到公共马车，但没看见她。我问他是否想要吃什么东西。他说是的，接着又问杰斐逊是否送新鲜肉来了，我说没有。他说这很奇怪，然后说他想要点茶、烤面包片和鸡蛋。

“我做好之后，端到餐厅。他正坐在那儿等，在读一本刚从城里带回来的书。那是最新的《戈氏淑女用书》，可怜的南希喜欢看里面的时装。尽管金尼尔先生总是说那都是女士们看的东西，南希不在时他也常偷偷地看，因为那里除去时装还有其他东西。他喜欢看新式的内衣，读有关淑女行为举止的文章。我送咖啡进去的时候，常发现他在因这些文章的内容而发笑。

“我回到厨房，麦克德莫特在那儿。他说，我想现在就去把他干掉。但我说，天啊，麦克德莫特，这太快了，等到天黑再说。

“然后金尼尔先生上楼，穿着衣服睡了一小觉。所以不管麦克德莫特愿不愿意，他还得等。就是他也不忍心在人睡着时开枪。麦克德莫特一下午像胶水一样紧紧黏着我，因为他认为我会逃跑告发。他手里拿着枪，老是扳弄个不停。那枪是老式的双管猎枪，金尼尔先生用它来打鸭子，但这次装的不是打鸭子的子弹。他说他有两颗铅弹在里面：其中一颗是他找到的，另一颗是他用一块铅做的。他在路对过他的朋友约翰·哈维家弄到火药，不过汉纳·厄普顿，那个与哈维同居的恶狠狠的母狗，说他不能拿走。但他还是拿走了，对那女人睬都不睬。这时他已很激动、紧张，也有些感到了不起，有胆量。他一个劲儿地骂骂咧咧，但我因为很害怕也顾不了那么多了。”

“大约七点钟金尼尔先生下楼来，喝了茶，因南希而感到不安。我现在要动手了，麦克德莫特说，你必须进去，要他到厨房来，这样我就可在石头地板上打死他。但我说我不干。

“他说，既然这样，他就自己干。他要告诉他新马鞍有毛病，都被弄成碎片了，叫他出来。

“我不想与这事有任何瓜葛，就拿着茶盘从院子里来到后面厨房。那里的炉子已点着，我本想在那儿洗些衣物的。可当我刚放下茶盘，便听见一声枪响。

“我跑到前厨房，看见金尼尔先生躺在地上死了。麦克德莫特站在一旁。枪丢在地板上。我想跑出去，他大声叫骂道，我必须打开前厅里的地板门。我说我不干；他说，你必须干。我就去开了，麦克德莫特把尸体扔下楼梯。

“我吓坏了，从前门跑到草坪上，绕过水泵来到后厨房，麦克德莫特拿着枪从前门跟出来，朝我开枪，我晕倒在地。这就是我所能记得的，先生，我到那天晚上晚些时候才醒过来。”

“吉米·沃尔什出庭证明他大约八点来到院子里，一定是你刚晕过去不久。他说麦克德莫特手里还拿着枪，声称在打鸟。”

“我知道，先生。”

“他说你站在水泵边。告诉他金尼尔先生还没回来，南希到赖特家去了。”

“我没办法解释这一点，先生。”

“他说你身体不错，情绪很高。他说你比平常穿得好，还穿着白色长袜。他暗示那长袜是南希的。”

“我当时也在法庭，听见他说这话，不过那长袜是我的。但是，到了那时他已忘了他曾对我的一片钟情，只想伤害我。如可能，只想看到我被绞死。但是，对于别人要说什么，我是一点办法也没有的。”

她的声调很沮丧，西蒙不禁很可怜她。他很想用双臂抱着她，安慰她，抚摸她的头发。

“好了，格蕾丝，”他很快地说，“我看得出你已累了。我们明天再继续你的故事。”

“好的，先生。我希望我有力气继续说。”

“我们迟早要了解真相的。”

“我希望如此，先生，”她很疲倦地说，“最终知道全部事实，对我来说也会是个解脱。”

37

尽管还没到八月，树上的叶子已披上八月的色彩——无光泽，灰蒙蒙，懒洋洋。西蒙在烤人的午后酷暑中慢慢朝回走。他带着那银烛台；他没想起来要用它。那烛台沉重地挂在他胳膊上；实际上，他两个胳膊的肌肉都有种奇怪的紧张感，好像他在用劲拉着一根很重的绳子。他在期待什么呢？当然是失去的记忆了：是对于那几个关键的小时的记忆。可是，他还没能找回来。

他不知不觉地记起很早以前的一个晚上，当时他还是哈佛大学的学生。他和父亲到纽约去玩，当时他父亲还活着，仍旧很富。他们看了歌剧，那是贝里尼①的《梦游女》。说的是有人发现阿米娜，一个单纯贞洁的乡村少女，睡在一个伯爵的卧室里，她是在毫无意识的情况下走进去的。她的未婚夫和村民都指责她为娼妓，不过伯爵本人根据他超人的科学知识极力为她争辩。但是当人们看见阿米娜梦中走上一座危险的桥，那桥在她刚过不久就倒塌在激流之中时，她的清白无疑得到了证实，她醒来时幸福如故。

正像他的拉丁文教师精辟地指出的，这是个灵魂的寓言。阿米娜（Amina）是 anima（拉丁文“灵魂”）的变形。但是为什么，西蒙自己问自己，灵魂被描绘成无意识的呢？更有趣的是，如果说阿米娜在睡觉，谁在走路呢？这个问题所包含的意味对他来说非常有紧迫性。

格蕾丝当时是像她自己说的毫无意识？还是像吉米·沃尔什所证明的那样完全醒着？她说的话西蒙能相信多少？他是否该持些保留意见，多一些，还是少一些保留意见？这是记忆缺失的一个实例，属于梦游一类的？还是，他在受一个狡猾的假病人的骗？他告诫自己不要使用绝对论的观点：她为什么应该只说纯正的、完全的和无误的事实呢？无论谁处于她的地位都会选择并重新安排细节，给人好印象。对她有利的是，她说的大部分与印出的供词一致；但是这样真对她有利吗？可能太一致了。他不知道她是不是也在用他用的同一套材料做准备，以便更让他确信她

① Bellini（1801？—1835），意大利歌剧作曲家。

的话。

问题在于他想要相信她，想让她做阿米娜。他想为她平反。

他告诫自己，必须小心。他必须向后退一步。尽管她对谋杀有明显的焦虑，但表面上又很顺从，客观地看他们之间的谈话是意志上的较量。她没有拒绝开口，远不是那回事。她告诉了他很多东西；但她只是选择性地告诉他一些情况。他想知道的正是她拒绝告诉他的，或许也是她想假装不知道的那部分。知道自己有罪，或是知道自己无罪，这两者都可隐瞒。但是，他还要从她嘴里探出来。他已经把钩子放在她嘴里，但他能不能把她拉出水？拉上来，拉出深渊，到光亮中来。从深深的蓝海里出来。

他不知道为什么自己在用这样激烈的措辞。他自言自语道，他是为了她好。他把这看作是种解救，他确是这样想的。

但她是不是这样想的呢？如果她有什么要隐藏，她可能会想待在水中，待在黑暗处，待在自己熟悉的环境里。她可能害怕如果不这样，就会不能呼吸。

西蒙告诫自己不要如此极端，如此做作。很可能格蕾丝是真患有记忆缺失症。要么，就是相反。要么，她就是有罪。

当然她也可能精神失常，表现出的是经验丰富的疯子所具有的让人吃惊的狡猾和似是而非。她的一些回忆，特别是谋杀发生的那天的一些细节，听起来像狂热的宗教信仰。但是，同样的回忆又易被看作一个单纯的灵魂所具有的天真的迷信和恐惧。他想要得到的是肯定的信息，要么黑要么白，而这正是她不让他得到的。

也许是他的方法错了。至少他用的联想技术不很有成效：那些蔬菜确实是可悲的失败。或许他过于具有试验性，过于随和了；或许更严厉的方式会更合适。也许他应该鼓励杰罗姆·杜邦进行神经催眠术治疗，并且安排自己在场观看，甚至由自己选择问题。他不相信那方法。但是，可能出现新的线索，可能发现他到目前为止没能发现的新的事实。至少可以试一下。

他到了住处，在口袋里摸钥匙，但是，多拉为他开了门。他厌恶地看了她一眼：一个女人如此像猪，在这种天气出这样一身汗，不应该允许到公共场合。她是对整个女性的诽谤。他本人对把她雇回来是起了作用的——他其实是行贿让她回来的——但这并不说明他比过去更喜欢她。从她用那又小又红的眼睛恶毒地看他一眼的样子看来，她也不喜欢他。

“她想见你。”她说，头朝后屋一歪。她的态度仍是那样使人感到主仆平等。

汉弗莱夫人非常反对把多拉雇回来，几乎没法与她同在一个房间里，这倒不让人吃惊。但是，西蒙指出，没有干净和秩序他就无法工作，所以必须有人打扫房子。因为眼下找不到其他人，只能找多拉了。只要她能拿到工钱，他说，多拉会听话的，不过要她讲礼貌是要求过高了。这一切都得到了证实。

“她在哪儿?”西蒙说。他不该用她字的，因为听上去太亲密了。汉弗莱夫人会更好些。

“躺在沙发上，我想，”多拉轻蔑地说，“像通常一样。”

但是，当西蒙走进客厅——仍是空荡荡的，没什么家具，不过原来的一些家具神秘地回来了——汉弗莱夫人站在壁炉旁，一只手和胳膊优美地搭在白色的壁炉台上。手里拿着花边手绢。他闻到紫罗兰味儿。

“乔丹医生，”她从刚才的造型中走出来说，“我想你今晚也许愿意与我一道进晚餐，这只是我对你为我做的那么多事的微不足道的答谢。我不喜欢不知恩图报。多拉做了点冷鸡。”她把每个字的音都发得格外清楚，好像是背熟了的发言。

西蒙尽可能有礼貌地拒绝。他说他非常感谢，但今天晚上他另有安排。这倒是真的：他已答应莉迪亚，要去参加年轻人在内港举行的划船游览会。

汉弗莱夫人文雅地一笑，接受了他的拒绝，说下次再找个时间。她站着的姿态，要么，是她说话时那种慢条斯理的样子使他感到奇怪。这女人是不是喝酒了？她眼睛有点发直，手略有些颤抖。

上楼之后，他就打开自己的皮包。里面的东西很整齐。三瓶鸦片酊都在那儿：一点也不少。他把它们打开，尝尝里面的内容：简直是白水。她在偷用他的药品，天知道有多久了。下午常有的头痛现在看来另有缘故。他早该知道的：有这样一个丈夫，她是一定要寻找精神支撑药的。有钱时，他认为她一定去买；但是，现在手头紧了。他真太粗心了。他完全应该锁上门的，可现在开始锁已太晚了。

当然，这事他是无法同她说的。她是个过于讲究的女人。要说她偷用药不仅残忍，而且粗野。不管怎么样，他是上当了。

西蒙参加了划船会。那天晚上暖和而恬静，有月光。他喝了一点香槟酒——只喝了一点——和莉迪亚坐同一条船，和她半真半假地调情。她至少正常、健康，而且漂亮。可能他应该向她求婚。他想她可能同意。把她带回家去讨母亲的喜欢，把她交给母亲，让她们两人共同为他的幸福操心。

这也是决定他自己的命运，或是解决自己的麻烦，或是使自己不受伤害的一种方法。但是他还不想这样做；他还不至于这么懒，或这么疲倦。还没到那一步。

X

湖上夫人

然后我们开始把所能找到的值钱的东西都打包。我们两人都下到地窖去。金尼尔先生面朝上躺在酒窖里。我拿着蜡烛；麦克德莫特从他口袋里拿出钥匙和钱。我们没提到南希；我没见到她，但我知道她在地窖里。大约十一点钟，麦克德莫特套好马；我们把箱子放进马车，朝多伦多驶去。他说他要去美国，然后与我结婚。我同意一起去。我们大约清晨五点到了多伦多的城市旅馆，我们把人叫醒，在那儿吃了早饭。我把南希的箱子打开，穿上一些她的东西。我们六点钟乘船离开，大约三点钟到达刘易斯顿客栈。晚上我们在公共大饭桌吃的晚饭，然后我自己睡一间房，麦克德莫特睡另一间。我睡觉之前告诉麦克德莫特我想在刘易斯顿停下，不再往前走了。他说他要我跟他一起走。大约早晨五点钟，法警金斯米尔来了，把我们逮捕，送回多伦多。

——格蕾丝·马克斯的供词，《明星及抄本报》，多伦多，1843 年 11 月

他遇见，由于天赐良机，
命中相配的女子；一只隐蔽的手
向他显露那可爱的人品
他人全不能理解享受。
他的长处在她面前变得更长，
以匹配她眼中的希望，
围绕她幸福的脚步吹拂着
真正的微风来自天堂……

——科文特里·帕特莫尔，《房屋里的天使》，1854

38

麦克德莫特后来告诉我他向我开枪之后，我就晕过去。他用水泵打上来一桶冷水，浇在我身上，然后给了我一些薄荷水喝，我马上就苏醒过来。我精神很好，很高兴，把火拨大，给他烧了晚饭。吃的是火腿和鸡蛋，接着喝茶，并喝了一点威士忌，好镇定自己。我们很友好地一起吃饭，碰了杯，祝贺我们的冒险行为成功。但我一点也记不得了。我绝对不会这样没心肠地做事，金尼尔先生躺在地窖，不要提南希了，她也一定死了，不过我不清楚她最后怎样了。但是，麦克德莫特很会说谎。

我一定昏迷了很久，因为当我醒来时天色已黑。我脸朝上躺在自己卧室的床上；帽子已脱，头发很乱，披到我的肩膀处。我身上很湿，裙子上半都湿了，一定是詹姆斯往我身上倒水弄的，所以至少他说的这段是真的。我躺在床上，尽量回忆发生的一切，因为我想不出是怎样进卧室的。一定是詹姆斯把我抱进来的，因为门还开着。如果我是自己走进来的，我一定会把门锁上的。

我想起来把门闩上，但头很疼，房间里很热，而且空气不流通。我又睡着了，一定睡得很不安宁，因为我醒来时床单弄得很皱，盖的被单也掉在地上了。我这次是突然醒的，一下坐起来坐得笔直。尽管天很热，我出了一身冷汗。原因是房间里有个男人在看我。是詹姆斯·麦克德莫特，我想他把其他人都杀了，现在要趁我睡觉时把我勒死。我吓得声音在嗓子里发干，说不出一句话。

但是，他相当和气地问我休息了之后现在是否感到好一些。我发现嗓子能说话了，便说我是感到好些了。我知道不应该表现得太害怕，对自己失去控制。要不，他会认为他不能信任我，或者，不能指望我能保持镇定，并会担心我会在旁人在场时突然哭或尖叫起来，把一切都说出来。他就是因此朝我开枪的；如果他有那样的想法，不眨眼就能把我干掉，这样就没活着的人证了。

然后他坐在床边说，现在是我信守诺言的时候了。我说什么诺言？他说我很清楚，因为我说只要他杀了南希我就跟他好。

我记不得说过这样的话了。但是，因为我认定他是个疯子，我认为他是歪曲了我确实说过的某句话，可那句话在其他人听起来是很清白的，比如，我希望她死，我愿意付任何代价叫她死。南希经常对我很粗暴。但这些是仆人在他们的主人听不见时常说的话，因为假如你当面不能回嘴，必定要以另一种方式发泄自己的感情。

但是，麦克德莫特把这些话理解为我从来没想过的意思，而现在他要我对自己没做过的交易兑现。他很认真；他把一只手放在我的肩膀上，把我向后推倒在床上，另一只手在把我的裙子向上拉。从他身上的气味我可以猜出他又在偷喝金尼尔先生的威士忌了，而且喝了很多。

我知道还有一种办法就是哄着他。噢，不行，我笑着说，不能在这个床上，这床太小太窄，两个人会很不舒服。我们还是到另一张床上去吧。

使我惊奇的是，他认为这是个好主意，并说能睡在金尼尔先生的床上会让他更快活，南希常在那张床上做婊子。我想，如果我让他得逞，他也会认为我是婊子，会把我的生命看得一钱不值。很可能会用斧头把我砍死，扔下地窖，因为他常说婊子一钱不值，只能用脏靴子在她们的脏身子上狠踢，这样来把靴子擦干净。所以，我决定推迟，尽可能长地拖延他。

他拉我站起来，我们点上厨房的蜡烛，走上楼梯，然后来到金尼尔先生的卧室。那房间整整齐齐，床整得干干净净，是我当天早上才亲手整的。他把床罩掀开，把我拉倒躺在他身旁。他说，上等人不睡草，他们用的全是鹅绒，怪不得南希喜欢在这床上躺那么久。有一阵子他似乎被吓坏了，不是因为他所做过的事，而是因为这张床的华丽。但是，他接着就吻我，并说，来吧，我的姑娘，到时候了，说着就开始解我裙子的扣子。我记起，罪恶的工钱是死亡，便要晕过去。但我知道在现在这样的情况下我要晕了还不如死了。

我大哭起来说，不，我不能，不能在这儿，在一个死人的床上。这是不合适的；他正僵硬地睡在地窖里，我开始哭起来。

他很生气地说，别哭了，要不他要扇我耳光，但他没扇。就像书里写的，我说的话使他的激情冷下来。或者，玛丽·惠特尼会说，他放下了硬硬的拨火棍①。因为这个时候金尼尔先生虽然死了，可比他还硬。

他把我从床上拉起来，拽住我一只胳膊使劲在走廊里拖，我仍在拼命地大叫大喊。如果你不喜欢那张床，他说，我就在南希的床上干，反正你和她一样是贱货。我很清楚要发生什么事了，心想我的末日来临了。我准备随时被整死，而后被掼倒，头发被抓住往前拖。

他甩开门，把我拖进房间。那房间还是像南希离开时那样乱七八糟。因为一没必要二没时间，我还没打扫那房间。但等他掀开床罩，床单上溅得都是黑色的血迹，床上有本书，上面也尽是血。看到这些，我吓得尖叫一声。但是麦克德莫特停下来，看看这场面说，我已经忘了这事。

我问他这是怎么回事，怎么这东西在这儿。他说那是金尼尔先生正在读的一本杂志。他拿着杂志到厨房来，他被枪击中后倒下时还用拿着书的手去捂胸口，所以书上沾了很多血。麦克德莫特把它扔到南希的床上是想把它藏起来，同时也因为那书就该在

---

① 男性生殖器的委婉语。

那儿，因为是给她买的。并且，金尼尔的血就在南希头上①。如果不是因为她是那样一个婊子、泼妇，事情会大不一样，金尼尔先生也不会丧命。所以，这是个标记。这时他在胸前画了十字，我只有这一次看到他像个天主教徒。

我认为这会儿他就像玛丽·惠特尼过去常说的，像一头发情期的驼鹿。但是，那本书让他冷静下来，他一下忘记了刚才想要干的事。我把蜡烛凑近，用两个手指把书翻过来，果然是金尼尔先生上午读得津津有味的《戈氏淑女用书》。想到这里，我差点真的哭出来。

但是，很难说麦克德莫特现在的心绪能维持多久。所以我说，这会使他们感到糊涂。等他们发现这书，会弄不清它是怎么来的。他说是的，这就使他们要用脑子好好猜这个谜了，然后他干笑起来。

然后我说，我们最好快些，要不我们没走就会有人来，我们要赶快打点要带走的东西。我们只能夜里赶路，要不就会有人看到我们驾着金尼尔先生的马车在路上，就会知道出事了。我说，夜里驾马车我们要好长时间才能到多伦多，况且查利今天已跑了一趟，会很累。

麦克德莫特已在发困，他同意我的意见。我们开始搜索房子，把要带的东西打起包来。我不想拿得太多，只想拿一些最轻、最值钱的东西，比如，金尼尔先生的金鼻烟壶、望远镜和便携式罗盘，还有他的金小刀，以及能找到的任何钱。但是麦克德莫特说一不做二不休，杀山羊和杀绵羊都是一死。所以，我们就把房子仔细搜了一遍，拿走了银盘子和烛台、勺子、叉子之类的，就连上面有家族印记的也拿走了，因为麦克德莫特说那些总是可以化掉的。

---

① 这一说法源自《圣经》，意为南希应对金尼尔的死负责。

我看了看南希的箱子和她的裙子，心想不应该浪费，反正南希也用不着了。所以我就把整个箱子拿走，还有她冬天的东西。但我留下了她正在缝的那条裙子，因为它会使我想起她，而且还没缝好，我听说死人会回来干他们没干完的事。所以我不想让她找不到这裙子，总是跟着我。到这个时候，我已确认她死了。

走以前，我把房子打扫干净，洗了晚饭用的碗盘，把金尼尔先生的床铺好，把南希的床罩拉平（不过我把书留在那儿了，我不想把金尼尔先生的血弄到我手上）。我还倒了南希用的尿盆，因为我想留着它不好，对人不尊敬。同时麦克德莫特在给查利套车，把箱子及毛毡制的手提包装上车；不过有一会儿我发现他坐在外面台阶上，漠然地盯着前面看。我要他振作起来，像个男子汉。因为我最怕的是只和他两人待在那房子里，特别是当他精神不正常时。我要他像个男子汉那句话产生了一些效果。他抖擞了一下，站起来说我说得对。

我做的最后一件事是脱下那天穿的衣服。我穿上一条南希的裙子，就是那条白底有小花的，我第一天到金尼尔先生家时她穿的那件。我穿上南希那条有花边的衬裙和我自己多余的一条干净衬裙。我还穿上南希那双常叫我羡慕的夏天穿的淡色皮鞋，不过不很合脚。还戴上她的漂亮草帽。我还拿了她的薄开司米披肩，不过我并不认为会需要用到它，因为晚上很暖和。我在耳朵后面和手腕上抹了点她梳妆台上瓶子里的玫瑰水，那味道让人挺舒服的。

然后，我戴上干净的围裙，拨起夏天厨房炉子里的火（炉子里还有些没全熄的灰烬），把我自己的衣服烧了。我不想再穿那些衣服了，因为它们会使我想起我想忘却的事情。可能是我的幻觉，衣服里发出一股烧焦的肉味，好像我在烧自己被玷污的、脱下的皮。

我在做这些事时，麦克德莫特走进来说他已准备好了，问我为什么还在浪费时间。我告诉他我找不到那条上面有蓝花的大白手绢了。我需要用它围在脖子上挡太阳，因为我们明天要乘渡船过湖。听了这话，他有点吃惊地笑起来，说它在楼下地窖里，围在南希脖子上挡太阳。我自己应该记得的，因为是我亲手把手绢拉紧打结的。听了这话，我很吃惊，但不想跟他争吵，因为跟发疯的人争吵是很危险的。所以我说我忘了。

大约晚上十一点我们出发了。那天晚上很美，阵阵微风给人以凉意，蚊子也不太多。天上有半个月亮，但我记不得是上弦月还是下弦月了。我们沿着车道，在两排枫树中间穿过。开过果园时，我回头看见那房子在月光的照射下非常宁静，像是在微微发光。我想，谁能从外表猜到里面发生过的事呢？我叹了口气，做好长途旅行的准备。

尽管查利认识路，我们还是走得很慢。查利知道这不是它的真正的主人，感到不对劲儿，好几次它停下来，不想继续走，用鞭子赶它才走。但当我们走了好几英里，路过它最熟悉的地方时，它就照常朝前走了。我们只好跟着它，走过静静的、发银色的田野，蛇形栅栏像深色的辫绳一样伸展在田野边上。蝙蝠在头顶上来回飞，有几块浓密的林木区。有一次我们碰见了一只猫头鹰，它又白又软像只蛾子。

起初我还担心会碰到认识的人，他们会问我们这么悄悄地要上哪儿去，但一个人也没有，所以詹姆斯变得更大胆，情绪更高了，开始谈起我们到了美国后要做什么。他要把这些东西卖了，买个小农场，然后我们就可以独立了。如果我们开始时钱不够，就可以先出去做仆人，省下工钱。我对这些不置可否，因为一旦我们安全地过了湖，到了人群中，我一分钟也不想和他多待。

但过了一会儿他就不说话了，只有查利的蹄子在路上走，还有微风沙沙吹的声音。我想我可以跳下车，跑到树林里去。但我知道即便这样做了，我也走不远。我会被熊和狼吃掉的。我想我就像《圣经·诗篇》里所说的正在骑马走过死影的山谷，所以我试图不害怕任何邪恶。但这很难，因为车里就有邪恶，像薄雾似的。所以，我就设法想其他的事。我抬头看天空，天上没有一片云，布满了星星。天好像离我很近，手一伸就能碰到；但又像沾满了露水的蜘蛛网那样细密，我可以把手从中插过去。

但是，看着看着，天空的一部分像热牛奶上的一层皮那样皱起来，只是更硬、更脆，而且上面满是卵石的印子，像是发暗的海滩，或是黑色的绉绸。这时天空就像纸一样，只剩了薄薄的表层，慢慢地被烧焦，烧化了。在这后面就是冷冷的一片黑，我看到的既不是天堂，也不是地狱，只是空荡荡的一片。这比我所能想到的任何事都可怕，我默默地祈祷上帝饶恕我的罪；但要是没有上帝饶恕我怎么办？然后，我想我看到的可能是天外的黑暗，那里有嚎叫声和咬牙声，上帝不在那儿。我一想到这点，天空就又合上了，就像你往水里扔个石头以后，河水又合上一样，天空又变得光滑无缝，满天是星星。

但是，月亮一直在下沉，马车在一直往前走。我慢慢地发困了；夜晚的空气有些凉，我用开司米披肩裹紧自己。我一定是睡着了，不知不觉地把头靠在麦克德莫特身上，因为我所能记得的最后一件事是他轻轻地把披肩拉到我肩膀上。

我所知道的下一件事就是发现自己仰面躺在地上，躺在路旁的野草上，感到身上压着很重的东西，有只手在我衬裙下面往上摸。我开始挣扎、尖叫。然后一只手捂住我的嘴，只听见詹姆斯很生气的声音问我这是什么意思，这样大喊大叫，是想让人发现我们？我不再作声，他抽去他的手。我要他马上从我身上下去，让我站起来。

他很生气，声称是我要他停下马车，要在路边解手。解手完了，我就在两分钟前铺开自己的披肩，要他来，并说我现在要履行诺言了。

我知道我睡得很死，但没做过这样的事，我就这样对他直说了。他说他可不能让人耍弄，我是个该死的贱货，一个恶魔，下地狱对我来说都便宜了我。是我纵容他，勾引他，叫他把他的灵魂也玷污了。我哭起来，感到自己不该受到这样的辱骂。他说鳄鱼的眼泪这次不起作用了，因为他已见了一肚皮的眼泪。然后，他继续拽我的裙子，拉住我的头发把头往下按。我狠狠地咬了他耳朵一口。

他大吼一声，我以为他当时会把我就地打死。可是，他却把我放开，站起来，还帮我也站起来。他说我毕竟是个好姑娘，他要等到跟我结婚，因为那样更好，更合适，他刚才只是在考验我。然后，他说我的牙齿确实厉害，血都咬出来了，但他似乎对此很高兴。

我倒对此很吃惊，但什么也没说，因为我还得一个人跟他在没有人烟的路上走很多英里路。

39

就这样，我们走了一夜，最后天终于发白了；我们早上五点过一点到达多伦多。麦克德莫特说我们要去城市旅馆，把那里的人叫醒，给我们烧早饭，因为他已快饿死了。我说，这不是个好主意，我们应该等人多了再去。如果我们按照他说的去做，就会太引人注目了，会被人记住的。他问我为什么老是和他争辩，这简直要叫他发疯。他口袋里的钱和其他人的一样有用，如果他想吃早饭，而且有钱付，他就应该吃。

在这之后我想，这很奇怪，怎么一个人只要有了几个钱，不管这钱是怎么来的，马上就认为这钱应该是他的，应该用这钱买东西，于是就感到自己了不起了。

我们照他想的那样做了；我认为这不是仅仅为了早饭，而是因为他想让我看看谁说了算。我们吃了咸肉和鸡蛋。看着他傲视一切，口气很大地吆喝仆人，说他的鸡蛋没烧熟，很让人感到吃惊。但我只吃了两口；因为他把自己的目标弄得这么大，我吓得直发抖。

我们发现下班开往美国的渡船要八点才开，所以我们必须在多伦多等两个多小时。我感到这很危险，因为金尼尔先生的马车在城里一定有人认识，因为他常来这里。所以，我就让麦克德莫特把车停到我所能想到的最僻静的地方（一条很小的街上），不过他想到处去，炫耀自己。但是我后来发现，尽管我很小心，那车还是被人认出来了。

直到太阳升起，我才在阳光下好好看看麦克德莫特，发现他穿着金尼尔先生的靴子。我问，是不是他从躺在地窖的尸体上脱下来的，他说是的。衬衣也是金尼尔先生的，是从他的梳妆室的架子上拿的。那衬衣质量很好，比他的任何一件衬衣都好。他曾想把尸首上的那件也扒下，但上面沾着血，他就把它扔在门后了。我听了感到很可怕，问他怎么能做这样的事。他问我是什么意思；我也穿着南希的裙子，戴着她的帽子。我说这不是一回事，他说是一回事，我说至少我没把靴子从尸体上脱下来。他说这没什么区别。不过，因为他不想让尸体光着身子，所以他就把自己的衬衣给他穿上了。

我问他把哪件衬衣给金尼尔先生穿上了，他说是从小贩那儿买来的一件。我感到很不安，就说，这下杰里迈亚要倒霉了，因为通过这衬衣会追到他。我会为此感到很难过，因为他是我的朋友。

麦克德莫特说，这朋友在他看来太亲密了。我问他是什么意思。他说他不喜欢杰里迈亚看我的样子。并说他的妻子不能和犹太小贩一起亲密交谈，跟他在后门说三道四、调情。如果她那样做了，他非要把她眼睛打青，脑袋敲歪。

我非常生气；差点要说，杰里迈亚不是犹太人，但即便他是，我也宁愿随时跟犹太小贩结婚，而不愿跟他结婚。但我知道我们吵架对哪一方都不好，特别是叫起来，打起来时。所以我就不再说了。我是想平安无事地到达美国，然后趁麦克德莫特不备时溜掉，彻底摆脱他。

我叫他换身衣服，我自己也换一身。如果有人来打听我们，这样做可能把他甩掉。我们认为至少在星期一之前不会有什么事，可是我们不知道金尼尔先生请了几位朋友星期天来吃晚饭。所以，我就在城市旅店换了衣服，麦克德莫特穿上了金尼尔先生的一件淡色的夏季上衣。他半带嘲笑地告诉我说，有了粉红阳伞之类的装饰品，我看上去很漂亮，很像个贵夫人。

然后，他就去找人刮胡子了。这个时候，我满可以跑去找人求救。但是，他多次告诫我，我们必须守在一起，要不就得分头受绞刑。尽管我认为自己是无辜的，但我知道这事让别人看起来对我不利。即便他会被绞死，而我不会，即便我害怕他，不想与他为伍，我也不想做背叛他的工具。背叛是可悲的；不管他的心是如何让人讨厌，但它仍然是颗人心，我会感到他的心就在我的心的旁边跳动。我不想参与让那颗心永远停止跳动的行为，除非我不得不那样做。我还想到，《圣经》里写着“由我来复仇，上帝说”。我觉得自己不应该做复仇这么一件严重的事，所以我就在原地等着他回来。

八点钟我们带着马车、查利，还有那些箱子之类的东西上了“轮渡”号轮船，开出了港口。我感到松了口气。天很好，有点微风，太阳照在蓝色的波浪上闪闪发光。这时詹姆斯兴致很高，感到很自豪。我担心他会甩下我去到处夸耀，穿着新衣服感到了不起，卖弄金尼尔先生的金首饰。可是，他非常急于看紧我，生怕我会告诉别人他所做的事，所以他像蚂蟥一样紧紧叮着我。

因为查利的缘故，我们在船的下层。我不想叫它单独在一处，因为它很紧张，我猜想它从来没乘过轮船，所以听到电机的声音和明轮的转动它一定感到很可怕。所以我守着它，喂它吃苏打饼干，它很喜欢吃，因为上面有盐。一个年轻的姑娘和一匹马总是会招来爱慕的青年，这些青年会假装对马感兴趣。很快就有人对我们感兴趣，我发现自己不得不回答问题。

詹姆斯要我说我们是兄妹俩，与合不来的亲戚吵架后出走的。我叫自己玛丽·惠特尼，说他的名字叫大卫·惠特尼，我们要去罗彻斯特。因为詹姆斯是我的哥哥，所以那些年轻人感到可以与我调情，就跟我开起玩笑来。我认为自己应该幽默地回答他们的俏皮话，不过这些话在后来审判时对我不利。当时詹姆斯尽给我难看的脸色看，但我不过是在设法减少别人的怀疑；我表面上的开心掩盖着内心的沮丧。

我们在尼亚加拉停了，但离大瀑布很远，所以我根本看不见。詹姆斯上了岸，他叫我也跟他去。他吃了块牛排，我没吃任何东西，因为在岸上的每一分钟我都十分紧张。但是，什么事也没发生，我们又继续向前开。

一个年轻人指着远处的一艘船说，那是“湖上夫人号”，她是美国的船，直到前不久一直被认为是湖上最快的船。但是，她刚在一次速度比赛中以四分半钟的时间落后于新的皇家邮政标准船“日食号”。我问他，这是否让他感到自豪，他说没有，因为他在“夫人”身上下了一元钱的赌注。在场的人都笑起来。

这时，有件我一直弄不清的事突然变得明白了。有个被子图案叫“湖上夫人”，我本来认为是因为司各特的诗命名的，但我在图案中怎么也找不到夫人或湖。但现在我总算明白了，那船是用诗命名的，而那被子是用船命名的。那是一个玩具风车的图案，一定是代表明轮转动的情景。我想，只要你用心琢磨，事情都是有道理、有设计图案的。因此，可能最近的一系列事件也是如此。这会儿在我看来完全没道理，但找到一个被子图案的名称的来源对我来说很有教益，叫我要有信仰。

然后，我记起玛丽·惠特尼曾和我一道读这首诗时，我们会跳过让人厌烦的有关求爱的描写，只读令人激动的部分和争斗的场面。但我记得最清楚的一段，是那个在婚礼那天被从教堂偷走（为了让一个贵族男子取乐而被绑架）的可怜的女人，她因此发疯了。她到处游荡，采野花，自我吟唱。我想，我也可以说是被绑架走的，尽管不是在婚礼那天，所以我害怕我也会有同样的结局。

这时我们到了刘易斯顿。詹姆斯不顾我的反对，想把马和车卖给船上的人；但他要的价钱太低，引起别人的怀疑。因为他要卖车和马，刘易斯顿的海关官员要给这两项上税，但因我们付不起税款，他们就把车马扣在那儿了。虽然詹姆斯起初很生气，但马上就认为这不很重要，并告诉我，我们要卖掉其他一些东西，第二天再回来取马和车。但我很着急，因为这意味着我们非得在那儿过夜。尽管我们到了美国，应该感到安全了，因为这已是外国了。但是，边境从来没能阻止奴隶贩子到加拿大来把他们说是自己的奴隶捉回去；总的说来我们离得还太近，不够安全。

我设法要他不卖查利，不过，他可随意处置马车。但他说，该死的马。我认为他是嫉妒那马，因为我对它太好了。

美国的景色与我们来的乡村风光差不多，但是，这儿确实是个不同的地方，因为旗子都不同了。我记起杰里迈亚对我说起的边境，以及过边境如何容易。他跟我说这话的时候（在金尼尔先生的厨房里）好像是很久以前，像是上一辈子的事；但实际上不过就在一个多星期之前。

我们来到最近的客栈。就像大报纸上关于我的诗里所写的，那根本不是个旅店，只是码头旁边的一个廉价客栈。在那儿詹姆斯很快就喝了很多（过多的）啤酒和白兰地，然后我们吃晚饭，他又喝了很多酒。到了要睡觉的时候，他要我们俩假装是夫妻，睡在一个房间里，因为，他说，这只要花一半钱。但我看穿了他，说因为我们在船上是兄妹，现在不能再变了，万一有在船上的人还记得我们怎么办？所以，他和另一个男人睡一间，我自己住一间。

但是，他想进我的房间，说反正我们很快就要结婚了。我说我们不是快结婚了，我宁愿和魔鬼结婚也不会跟他结婚。他说，反正他有我的诺言作证。然后我说，我要大叫，这一屋子人可是跟只有两具尸首的房子不一样。他要我看在上帝的分上闭上嘴，并骂我贱货、婊子。我说他该想些新词用，因为那些我已听腻了。他离开时有点气急败坏。

我决定早些起身，穿上衣服就溜。因为如果我被迫与他结婚，就会立刻死去，埋在土里。如果他现在就对我疑心重重，今后更是这样。一旦他把我带进一个周围人生地不熟的农场，附近没有朋友，我就没命了。一定会被他在头上敲一下，埋在厨房花园地下六尺，让那块地上的土豆和胡萝卜疯长。

幸好门上有门闩，我就把门闩上了。然后，我脱去衣服，只剩一件衬衫，像我过去在帕金森夫人家的小房间里与玛丽·惠特尼一起睡时一样，把衣服叠好放在椅背上。然后我吹熄蜡烛，钻到两层床单之间（那床单居然挺干净，真是奇迹），我就闭上了眼睛。

我可以在眼皮的里面一层看见水在流动，并看见我们过湖时波浪的蓝色浪峰，上面闪烁着光亮。不过这些浪大得多，颜色黑得多，像滚滚的小山峰；这些是我三年前渡过的大洋里的波浪，感觉倒像是一个世纪之前的事了。我不知道自己今后会成什么样子，但我安慰自己说，一百年后我已死去，在坟墓里安息。我想如果能早些进坟墓，麻烦会少得多。

但是，那些波浪不停地动，尽管有一道船留下白色的浪痕，但很快又被湖水冲平了。这就像是我在把留在身后的脚印擦去：那些是我童年时留在海滩和我离开的故土小径上的脚印，还有我到这儿之后在大洋这边踩的脚印。我留下的所有痕迹，像擦去银器上的黑斑一样，或是用脚在干沙里一抹而过那样，被擦干净，抹平滑了，好像从来就没有过痕迹一样。

快睡着时我想：如果没有我的痕迹存在，我就像是从未生存过似的，我没留下任何痕迹。那样的话，没人可以跟踪我。

这就几乎和清白无罪一个样。

然后我睡着了。

40

我在刘易斯顿客栈躺在两层还算干净的床单中间睡觉时，做了个梦。

我走在通往金尼尔先生家的车道上。那车道挺长，而且有些打弯，两边种有两排枫树。我是第一次看见这些，不过我知道我到过那里，梦里常有这样的情况。但我想，不知道谁住在那房子里？

然后，我才知道并不是我一个人在车道上。金尼尔先生在我后面走，靠左一点。他在我后面走是为了保证没人伤害我。过了一会儿，客厅的灯亮了，我知道南希会在里面，等着欢迎我旅行归来。我能肯定我外出旅行了，而且出去了很长时间。不过不是南希，而是玛丽·惠特尼在等我。知道能再见到她，我感到非常高兴；她还是像过去那样健康、爱笑。

我看到这房子真漂亮，一色白，门前有圆柱子。阳台旁的白色牡丹花在黄昏里发微光，灯光在窗户里开了花。

尽管在梦里我已经在那儿了，但我还是很想到那儿去。我对那个房子很向往，因为那是我的真正的家。我正有这样的感觉时，灯光暗了，房子里一团漆黑。我看到萤火虫在飞，发出光亮，四周的田野里散发出马利筋属植物的花的味道。夏季夜晚又暖又湿的空气擦着我的面颊，温和而又柔软。有人把一只手塞到我手里。

正在这时有人敲门了。

XI

倒塌的房梁

那姑娘没表现出任何情绪不安或良心受责备的痕迹；看上去却很冷静，眼睛又大又明亮。像是晚上睡得很好，丝毫没受干扰——她唯一担心的好像是让人把她的衣服送给她，还有她的箱子。她可是没几件衣服——她现在穿的是被谋杀的女人的裙子，她所急着要的箱子也属于同一个可怜的苦命人。

——《编年史与公报》，金斯顿，1843 年 8 月 12 日

“尽管我已用痛苦的眼泪忏悔了自己的邪恶，可是上帝还是不愿让我有一刻的平静。自从我帮麦克德莫特勒死蒙哥马利以后，她的可怕的面孔和那双充血的眼睛从来没有一刻离开过我。那双眼睛从早到晚都盯着我，当我在绝望之中闭上眼睛时，就看到那双眼睛在洞察我的灵魂——夜晚都不可能让它们闭上——在我那寂静孤独的牢房里，那双着火的眼睛使我的牢房亮如白昼——它们发出异常热的光亮，世界上的任何东西都无法和它们相比……”

——格蕾丝·马克斯，与肯尼思·麦肯齐的谈话，转引自苏珊娜·穆迪，《森林开发地的生活》，1853

不是爱，尽管她的浓艳的美令他发疯；也不是恐怖，即便当他认为她的精神也充满了似乎弥漫于她肉体的有毒物质时也没怕过。而是爱和恐怖各为父母所产生的野后代，它像父母中的一方那样炽热燃烧，但又像另一方那样瑟瑟发

抖……祝福所有单纯的情感，无论它们是黑还是白！是爱和恐怖两者可怕的结合才引起地狱里的熊熊大火。

——纳撒尼尔·霍桑，《莱帕奇尼的女儿》，1844

41

致西部加拿大金斯顿低联合街C·D·汉弗莱少校转西蒙·乔丹医生；寄自美国马萨诸塞州路密斯维尔镇拉布尔纳姆住宅威廉·P·乔丹夫人。

1859年8月3日

我最亲爱的儿子：

这么长时间没收到你一封信，我非常担心。请务必至少给我写一个字，让我知道你没遇上灾难。这些可怕的日子里，灾难性的战争从远处越来越迫近，一个母亲的主要希望是她最亲爱的孩子们（而我只有你一个）安全健康。也许你最好能留在那个国家，避免不可避免的事，但这只是一个虚弱的母亲的心才叫我这样。当许多其他的母亲准备面对命运的安排时，我的良心不会叫我鼓励胆小鬼。

我是多么想再一次见到你那讨人喜欢的脸啊！我从生你时就落下的轻微咳嗽近来更严重了，而且到了晚上咳得相当厉害。你每天不与我们在一起，我都感到精神高度紧张，生怕你也许会在半夜被突然夺走。我连向你说声再见，给你一个母亲的最后祝福的机会都没有。如果能避免战争（我们都这样希望），我祈祷我能在那不可避免的一天到来之前见到你好好地在自己的房子里安顿下来。但是，不要让我这种无疑是无谓的担心和胡思乱想打扰你的学习和研究，以及对那些疯子的研究。我相信这些都是非常重要的。

我希望你的饮食富有营养，保证自己精力充沛。什么样的祝福也比不上体质强壮。如果一个人天生体质不好，就应该更加注意。卡特赖特夫人说她很幸运，她的女儿生下之后一天也没病过，壮得像匹马。健康的身体外加健全的头脑是能留给孩子的最好的遗产。但是，天啊，你可怜的母亲没能给自己亲爱的儿子提供这些，不过不是因为她不想提供。但是，我们必须对上帝为我们安排的命运感到知足。

我忠实的莫林和萨曼莎让我转达她们的敬意和爱，请求你能记住她们。萨曼莎说她做的蜜饯草莓你从小就非常爱吃，现在还是非常好吃，所以（用她自己的话说）在她“死之前”你应该赶快回来吃上一口。我可怜的莫林可能很快就会像你母亲一样腿脚不便。她说，她每吃一口饭都会想起你，记起那些幸福的日子。她们俩都急切地希望能再次看见你那可爱的脸，

永远爱你并惦念你的，

母亲

42

西蒙又来到楼上的走廊里，在顶楼上，女仆们住的地方。他感到她们在关着的门后等着，听着，她们的眼睛在一片昏暗中闪光，但她们一声不响。他穿着很重的男学生的靴子，踩在木板上，脚步显得很空洞。实在应该铺上地毯或是垫子；这样全屋子的人一定都能听见他。

他随便打开一个门，希望能见到艾丽丝，要么她的名字叫埃菲？但他又回到了盖伊氏医院。他可以闻到，几乎可以尝到那强烈的湿石头、湿羊毛、口臭，以及腐烂的人体的味道。他就要考试了——这味道意味着考验和考官的不赞成。他面前是张盖着床

单的桌子：他必须做解剖手术，不过他在这儿只是个学生，没人教过他，他并不知怎么做。房间里空无一人，但他知道那些给他评分的人正在监视他。

床单下是个女人；他可从身体的轮廓看出来。他希望她不要太老，要不手术会更难做。一个可怜的女人死于某种不知名的疾病。谁也不知道他们是从哪儿弄来的尸体；至少可以说谁都不能确切地知道。学生们开玩笑说这些是在月光下从坟墓里挖出的尸体。

他一步步地靠近桌子。他的工具是否准备好了？是的，这儿是烛台。但是，他没穿鞋，脚湿了。他必须先掀开单子，再一层层把皮肤掀开（不管她是谁，或曾经是谁）。扒开她橡胶质的肉，开膛之后像处理黑线鳕一样把内脏拉出。他不寒而栗。她已经冰冷僵硬，因为他们把尸体放在冰上。

但是，床单下面还有一层单子。看上去像是白纱窗帘。然后有条黑面纱，下面是条衬裙（怎么会是这样?）。那女人一定在下面什么地方，他疯狂地搜寻，可是什么也没有。最下面的是个床单，床单下面只是个床。床上有人躺过的印子，还有余热。

他一定考不及格了，而且在这样公开的场合考了个不及格，但他现在已不在乎及格不及格了，好像已暂缓对他的处理了。一切会好的，会有人关照他的。门外（就是他进来的那扇门）有个绿草坪，草坪那边有条小溪。流水的声音很给人以安慰。这时，他只听见有人很快地吸进一口气，闻见草莓的味道，感到一只手搭在他的肩上。

他醒来，或是梦见自己醒来。他知道自己一定还在睡觉，因为格蕾丝·马克斯正在黑暗中俯身看着他，她散松的头发擦着他的脸。他并不感到惊奇，也没问她怎么能从牢房里到这儿来。他把她拉倒（她只穿着睡裙），趴在她身上，毫无礼貌地强行插入她的身体，发出一声发泄性欲的呻吟。在梦中什么都是允许的。他的脊梁骨像被钩住的鱼一样猛抽了一下，然后放松下来。他急促地呼吸着新鲜空气。

直到这时，他才意识到自己不在做梦，至少那女人不是梦里的事。她的确在那儿，一动不动地躺在他身旁，双臂放在两边，像座雕像。但这不是格蕾丝·马克斯。这会儿，他已能清楚地感到她浑身尽是骨头，身上弥漫着烧焦的亚麻布和樟脑，以及紫罗兰的味道，她嘴里有着鸦片味儿。原来是他瘦骨嶙峋的房东太太，他连她的名字叫什么都不知道。当他进入她身体时，她没出任何声音，既没抗议，也没表示高兴。她是否还在呼吸？

他试着吻了她一下，又吻了一下：都是些小吻，以此代替号脉。他慢慢地找到了她脖子上的一根血管，还在跳动。她的皮肤有温热，有点黏，像糖浆；她耳后的头发有蜂蜡的味儿。

那么还没死。

哎呀，糟了，他想。下面怎么办呢？我这都是干了什么事？

43

乔丹医生去多伦多了。我不知道他要走多久。我希望不会太长，因为我现在已有点习惯与他谈话了，生怕他会走掉。但他迟早会走的，到时候我的心里就会留下痛苦的空白。

他回来时我告诉他什么呢？他会想知道被捕、受审，以及当时具体说了些什么。有些情况已在我脑子里乱成一团，但我可以自己挑选这样或那样告诉他，你可以把这个叫做一块整布的一些碎片，就像你为了增加颜色在碎布包里寻找一些可用的布。

我可以这样说：

哦，先生，他们先逮捕我，后逮捕詹姆斯。他还在床上睡觉，他们把他叫醒后，他就一个劲地怪南希。如果你们找到南希，就会知道一切了，他说，都是她的错。我认为他这样很傻，因为即便他们还没找到南希，迟早也一定会顺着味道找到她的。果然他们第二天就找到她了。詹姆斯想假装他不知道她在哪儿，甚至是不是死了。但是，他当时就不该提她。

他们逮捕我们时，还是清早。他们很快就把我们弄出了刘易斯顿客栈。我认为他们是害怕那里的人会阻止他们，引来一堆人解救我们。因为如果麦克德莫特能想到大喊他是革命党，或是共和党之类的，并说他有他的权利，打倒英国人，他们是真会救我们的。当时，还有倾向于威廉·莱昂·麦肯齐先生和大造反的情绪，并且有些美国人想入侵加拿大。逮捕我们的人实际上没有权力逮捕我们。但是，麦克德莫特被吓坏了，不敢叫；要么，他当时太不沉着了。他们把我们带到海关时，说我们有谋杀犯的嫌疑，我们就被放行了，没再碰到更多的麻烦就启程了。

在再次渡过安大略湖的途中，尽管天气不错，波浪也不大，我一直闷闷不乐。但是，我还是尽力提高自己的情绪，自我安慰地说法院不会因为我没干的事把我绞死的。我只需描述发生的情况，或者是记得多少就说多少。至于麦克德莫特的生存机会，我不认为会很大。不过，他也在否认一切，说我们有金尼尔先生的东西是因为南希不付我们的工钱，所以我们就这样付了自己的工钱。他说很可能是个流浪汉杀了金尼尔先生。曾经有个可疑的人在附近转，自称是个小贩，卖给他几件衬衣。他们应该去找那个人，而不该抓像他这样的老实人，他犯的唯一的罪就是想通过移民和努力工作来改善自己的生活。他很喜欢说谎，但总说不圆。没人信他的话，所以还不如闭着嘴不说话。我认为他想把谋杀的责任推卸到我的老朋友杰里迈亚身上是很不对的。据我所知，杰里迈亚这辈子绝不会干这样的事。

他们把我们关在多伦多的监狱里，像把动物锁在笼子里一样把我们锁在牢房里。但又不让我们的牢房靠在一起，所以我们不能交谈，然后他们再分别询问我们。他们问了我很多问题，我很害怕，不知道说什么。这时我还没有律师，因为麦肯齐先生很晚才介入这个案子。我要拿到自己的箱子，对此报纸上大惊小怪。嘲笑我把箱子说成是我的，因为我根本没有自己的衣服。不过，即便那箱子以及里面的衣服曾经是南希的，现在已经不属于她了，死人是不需要这些的。

他们还认为我不该在开始时那么镇静，那么高兴，眼睛又大又明亮，他们认为这是没有同情心的表现。但是，如果我又哭又嚎，他们又要说那是我有罪的表现，因为他们已确认我有罪。人们一旦认定你犯了罪，不管你干什么都会证明你有罪。我想，就连我挠痒或擦鼻子都会上报纸，并加上些夸大其词的恶意评论。就在这时，他们管我叫麦克德莫特的情妇和帮凶。他们还写道，我一定帮着勒死了南希，因为要两个人才能勒死她。报纸记者喜欢朝坏处想，这样他们的报纸才卖得好。有个记者就曾亲口告诉我，即便诚实正直的人也非常喜欢读其他人的丑闻。

接下来就是我们被抓回以后很快就进行的审讯。这是为了确定南希和金尼尔先生是怎么死的，是偶然死亡还是被谋杀。因此，我要在法庭上受审。到这时我已经非常恐惧，因为我能看出人们的情绪与我非常敌对。多伦多监狱的看守给我送饭进来时总是跟我开很残酷的玩笑。他们说，他们希望给我上绞刑时，绞刑架会很高，这样他们就能很好地看到我的踝部了。其中一个想占我的便宜；他说我应该赶快好好快活一下。要不，到了我要去的地方就不会在两膝之间找到他这样的快活情人了。但我要他自重点。要不情况还要糟，幸好另一个看守过来说我还没受过审，更没被定罪。他还说如果那个看守想守住他的职位，就该离我远点。后来，那个看守基本上没再多骚扰我。

我要告诉乔丹医生这些；他总是喜欢听这些事，并且总是用笔记下来。

好吧，先生，我继续说。审讯的日子到了。我尽量让自己看上去干净整齐。我知道仪表是很重要的，就像是你在申请一份新职位时，他们总是要看你的手腕和袖口，好决定你是否有卫生习惯。他们确实在报上说我穿着整洁。

审讯是在市政厅举行的，有些法官在场，他们都瞪着眼，皱着眉。还有一大批观众和新闻记者，他们推推攘攘，希望能看得听得更清楚。他们因扰乱审讯多次受到训斥。审讯室里已挤得快爆炸了，但还是有很多人想挤进来，我不知道他们怎么还能让人进来。

我尽可能控制住自己不发抖，并争取勇敢地面对审讯。不过，到了这个时候，先生，我已没多少勇气了。麦克德莫特也在那儿，看上去依旧很阴郁。这是我们被捕后我第一次见到他。报纸上说他显示出闷闷不乐的顽固和不顾后果的轻蔑，我猜这是他们对他当时的表情的描述。

不过，他当时的表情和他每天吃早饭时的表情没什么两样。

然后，他们便开始问我有关谋杀的问题，我不知怎么说。你知道，先生，我对那天发生的可怕的事记不清楚了。我并不觉得自己当时在场，并感到其中好几段我都神志不清。但我知道，如果我说这话会遭到嘲笑，因为肉店老板杰斐逊作证说他见过我，并跟我说过话，并说我告诉他我们不需要新鲜肉了。后来，他们在麦克德莫特被绞死期间卖的一份小报上拿这个开玩笑，说那是因为地窖里有尸体。我认为这样的玩笑很低下，不尊重别人的生命。

我说我最后一次见到南希大约是在吃晚饭时。当时我朝厨房窗外看，看见她正把小鸭子往里放。在这之后，麦克德莫特说她进房子去了，我说她不在，他叫我少管闲事。然后他说她去赖特家了。我告诉他们我感到可疑。我在我们去美国的路上多次向麦克德莫特问起南希，他说她很好。在星期一早晨她的尸体被发现之前，我还不能肯定她死了。

然后，我告诉他们我听见一声枪响，看见金尼尔先生躺在地上，就尖叫一声，到处乱跑。麦克德莫特打了我一枪，我就晕倒在地。我仍记得这一段。他们也在夏天厨房门框的木头里找到了那颗子弹，说明我没说谎。

审判要到十一月才举行；所以我在多伦多的监狱里被关了三个月。那儿比教养所差多了，我自己被关在一间牢房里，人们借种种借口过来，其实是想看稀奇。我感到很痛苦。

外面换季了，但我只能通过小铁栏杆窗射进来的不同的光来判断不同的季节。那窗户太高，我不能向外看，但从窗口吹进来的空气给我送来我所想念的各种气味。八月是刚割的干草的气味，然后是葡萄和桃子成熟的味道。九月份是苹果的味，十月份是落叶的味和下雪前的冷空气的味道。除去在牢房里坐着，我无事可干，只是担心下面会怎么样。我是不是会像监狱看守每天所说的那样被绞死。我必须说，他们对自己嘴里说出的每个关于死和灾难的字都很喜欢。我不知道你是否注意到，先生，总有些人喜欢看到别人受苦，特别当他们认为这人犯了罪时，尤其感到快活。但是像《圣经》里告诉我们的，我们中间谁没有犯过罪？要是我也把愉快建筑在他人的痛苦上，会感到很惭愧的。

十月份他们给我找了个律师，就是麦肯齐先生。他并不好看，鼻子长得像瓶子。我认为他很年轻，没经验，因为这是他的第一个案子。有时他的方法对我来说太亲昵了；他似乎喜欢把门锁上，一个人与我在牢房里。并主动提出要安慰我，时常拍我的手。但我很高兴有人能为我的案子辩护，尽可能把事情说得对我有利。所以，我对这些没说什么，只是微笑，并表示非常感激。他要我用他所称的连贯的方式重述发生过的事，但会常常说我扯远了，生我的气。最后他说正确的方式是不要把我所真正记得的事情说出来，因为那样谁也听不懂。而是要把故事说圆，要能让别人相信。我应该不提记不得的事，特别不能提我有什么记不得了。我要根据可能性说一定已发生过的事，而不是我实际能回想起的情况。所以，我想做的也就是这些。

我单独一人的时候很多，花很多时间去考虑我今后要过的大关，我很可能被迫走的死亡之路会漫长而寂寞，我还思忖着在路那头什么在等着我。我向上帝祈祷，但没得到答复；我只能安慰自己说上帝的沉默是他用的另一种神秘方式。所以，我就仔细去想自己做过的所有的错事，这样我就可以为这些事而忏悔。这些事包括：不给母亲用最好的床单下葬，玛丽·惠特尼临死时我该醒着。我自己下葬时，可能连张床单都没有，而可能被分割成一块一块的，因为他们说医生对被绞死的人都这样处置。这是最让我害怕的。

然后，我想通过回忆往事的方式来提高自己的情绪。我想起玛丽·惠特尼，想起她如何计划自己的婚姻和农场住房，连窗帘都选好了，却是一场空，最后痛苦地死去。我又记起在十月的最后一天，我们在削苹果。她说我会三次渡水，然后和一个名字首字母是J的男人结婚。现在看来，那些都是孩子的游戏，我已不再信那些了。啊，玛丽，我会说，我多么希望我们能再回到帕金森夫人家的那间又小又冷的房间里去（那里有一个有裂痕的面盆和一张椅子），而不像现在这样，在这个让生命处于危险之中的黑牢房里度日。似乎有时回忆确实使我感到愉快，有一次我还听见玛丽的笑声。自己一人待着时，常会想象各种事情。

就是在这个时候，红牡丹第一次开始长了。

上次我见到乔丹医生时，他问我是否记得苏珊娜·穆迪夫人，她曾来过教养所。那一定是七年以前了，在他们把我送到精神病院前不久。我说我记得她。他问我对她有什么印象，我说她像个甲虫。

甲虫？乔丹医生问道。我看出这使他感到吃惊。

是的，甲虫，先生，我答道。圆胖的身体穿着黑衣服，走起路来很匆忙，而且眼睛也黑得发亮。我并不是想侮辱她，先生，我解释说，因为他又短促地笑了一声。我这样说只是在形容她在我心目中的印象。

你是否还记得她在不久之后到省精神病院去看你？

不太记得了，先生，我说。但当时有很多人到精神病院来。

她说你尖叫着到处跑。你当时被关在狂暴性病人病房。

也许是这样的，先生，我说。但我回忆不起我曾对其他人狂暴了，除非他们先对我狂暴。

我想你当时还唱歌，他说。

我很喜欢唱歌我匆忙答道；我不喜欢他问我这些问题，好的圣歌或民歌都可提高人的情绪。

你是否告诉肯尼思·麦肯齐你看到南希·蒙哥马利的眼睛到处跟着你？他问。

我读过穆迪夫人写的这段，先生，我说。我不喜欢管别人叫骗子。但是，麦肯齐先生误解了我说话的意思。

你的意思是什么呢？

起先，我说的是红点，先生。那是真的。它们看起来像红点。

然后呢？

然后，他硬要我解释，我告诉他我认为是什么。但我没说是眼睛。

是吗？继续说！乔丹医生说，他在极力保持表面的平静。他身子朝前靠，像是在等着什么重大机密。但这并不是大机密。如果他早问我，我早就会告诉他了。

我没说眼睛，先生；我说的是牡丹。但是麦肯齐先生总是喜欢听自己的声音，而不是别人的。先生，希望你能明白我的意思：我猜让眼睛到处跟着你更合乎情理，也是这类情况下更能让人信服的说法。因此，我猜这就是麦肯齐先生听错的原因，也是穆迪夫人把听错的话写下来的原因。他们希望事情能以合适的方式发生。但是，我见到的一直是牡丹。是红牡丹。绝对不会错的。

噢，我明白了，乔丹医生说。但他看起来还和先前一样迷惑。

接着，他就会想要知道审判的情况。审判是十一月三日开始的。很多人拥进法庭，地板都坍了。我刚上被告席时是站着，后来他们搬来一把椅子。法庭里不透气，总是有像蜜蜂叫似的嗡嗡声。不同的人站起来作证，有些是为我说好话的，说我过去从来没有惹过麻烦，干活努力，人品好。另一些人说我不好，这样的人更多。我到处找小贩杰里迈亚，但他不在。他至少会理解我所处的困境，会想办法把我解救出来，因为他说过我们之间有种亲属关系。至少我是这么想的。

然后，他们把吉米·沃尔什带进来。我希望能从他那儿得到一点同情，但他瞪了我一眼，那眼神里充满了谴责和痛苦的气愤，我马上看清了他的态度。因为我跟麦克德莫特跑了，他感到爱情遭到背叛。我已从他眼中那个值得崇拜的天使变成了魔鬼。他会尽最大努力搞垮我。想到这点，我心就沉了下来，因为在我在里奇蒙山认识的人中间，我一直指望他能为我说句好话。他看上去那么年轻，有朝气，纯洁，天真，我心灵上一阵剧痛，我很看中他对我的好感，失去他的好感是件让人痛苦的事。

他站起来作证，并发了誓。他对《圣经》郑重发誓的样子和他嗓音中的愤怒使我感到凶多吉少。他谈到我们前一天晚上的聚会，他吹长笛，麦克德莫特拒绝跳舞，但送他回家走了半程。他走时南希还活着，正要上楼睡觉。然后，他说第二天下午他来时看见麦克德莫特手里拿着一支双管猎枪，他说他在打鸟。他还说我抱着双臂站在水泵旁，穿着白色的棉长袜。他问我南希在哪儿，我取笑地说他总是喜欢打听，南希到赖特家去了。那儿有人病了，有个男的来找她的。

我记不得这些了，先生，但是吉米·沃尔什的证词说得很清楚，很难让人置疑。

但是，过了一会，他的情感战胜了一切。他指着我说："她身上穿的是南希的裙子，帽子下面的丝带也是南希的，还有她的披肩和手里的阳伞都是南希的。"

听了这话，法庭里一片喊声，像是最后审判日的喊声，我知道我彻底完了。

轮到我时，我照麦肯齐先生教我说的说了。我头脑里一团糟，想记住正确的答案。老是要我解释为什么我知道了麦克德莫特的打算之后没能告诉南希和金尼尔。麦肯齐先生说，是因为我怕因此丧命。不管他的鼻子长得如何，他很能雄辩。他说我还算是个孩子，一个没娘的孩子，其实是个孤儿，被遗弃在世界上没人教我学好。小小的年纪就必须自食其力，所以非常勤劳。我很无知，没受过教育，不会读书，智力近似白痴，人很软弱顺从，容易被人左右。

但是，不管他怎么为我辩解，先生，情况还是于我不利。陪审团认定我犯了谋杀罪，在谋杀前后都是帮凶。法官判了我死刑。我是站着听宣判的。可是他“死刑”一字刚说完，我就晕倒了，趴在被告席周围有尖桩的栅栏上，一个尖桩刺进了我的乳房，就在心脏旁边。

我可以让乔丹医生看伤痕。

44

西蒙乘早上的火车去多伦多了。他坐的是二等车厢；他感到自己最近花钱太多，需要节省一点。

他期待着与肯尼思·麦肯齐的谈话：通过这次谈话，他可以发现一些细节，一些格蕾丝因为怕给自己脸上抹灰，或是真的忘记了而没能提到的东西。人的头脑，他想，就像是个房子：房主把不想让人知道的或是那些会引起痛苦记忆的想法都藏起来，放进顶楼或地下室。忘记某些事，就像收藏破家具一样，一定有人的意志在起作用。

格蕾丝的意志是属于消极的女性类型的：她可以更容易地否认和拒绝，而肯定或接受却不那么容易。即便只是短暂的一刻，他也可以从她眼角里那种有意识的，甚至是狡猾的目光中看出，她内心某个地方知道自己在对他隐瞒什么。当她忙着做针线时，外表上镇静得像座大理石的圣母，其实她一直在使用自己以守为攻的顽固劲来对付他。监狱不仅把囚犯关在里面，而且把其他人也都关在了门外。她的最牢固的监狱是她自己筑造的。

有些时候他很想扇她两巴掌，有时差点忍不住。但是，如真是那样，她就会让他上了圈套；她就会有理由反抗他。她就会向他投去受伤的母鹿所特有的目光，这是所有女人都留着到这种时候才用的。她会哭起来。

但他感到她并不讨厌同自己谈话。相反，她似乎很欢迎这种谈话的机会，甚至很喜欢这些谈话：很像一个人因为要赢了而喜欢玩某种游戏，他冷静地对自己说。她常向他表达的感情是一种有所压抑的感激。

他开始讨厌女人的感激。就像是受到兔子的讨好，或是被糖浆盖得满头满脸：叫你弄也弄不掉。这使你不得不慢下来，使你处于不利地位。每当一个女人对他有感激之情时，他都感到像是洗了个冷水澡。她们的感激不是真的；她们真正的意思是他应该感激她们。她们暗自蔑视他。他颇为惭愧地，甚至有点自我悔恨地回想起他在付钱给一些可怜的不甚时髦的妓女时所显示出的自负的、居高临下的态度。她眼中那乞求的目光使他感到自己很高大、富有、有同情心，似乎即将发生的事是他对她的施舍，而不是她对他的施舍。可是，在她们的感激和微笑下面一定隐藏着极度的蔑视！

汽笛响了；灰烟从窗口刮过。左边平坦的土地的尽头是平静的湖，湖面上的波纹像是被锤子敲过的白锡。时而有个圆木棚子，挂在绳子上的衣物在风中飘舞，一个肥胖的母亲一定在咒骂火车冒的烟，一窝瞪着眼睛看的小孩儿。刚砍的树，老树桩；烧着闷火的篝火。偶尔有座大些的房子，红砖的，或是白色披迭板的。发动机像是铁做的心在跳动，火车在无情地向西驶去。

离开金斯顿；离开汉弗莱夫人。雷切尔，她恳求他这样称呼她。他与雷切尔·汉弗莱之间的距离越大，他精神上就越轻松，烦恼就越少。他与她陷得太深了。他在挣扎——流沙的形象马上浮现在他脑海中——但他还没找到解救自己的路，眼下还没出路。有个情妇——他想她就是他的情妇了，那可是很短时间就铸成的事实——比有个妻子还糟。责任更重，更混乱。

第一次是偶然的：他在睡眠中遭到了伏击。在他卸除白天的盔甲之后，趁他迷惑地躺在床上时，人的本性乘虚而入，偷偷地爬上身来；他自己做的梦也帮忙把他拉下了水。雷切尔自称她在梦游。她感到自己在户外阳光下摘花，但不知怎么回事发现自己到了他的房间里，到了黑暗中，到了他双臂中，这时已太晚了，她不知怎么办了。她多次用“不知怎么办”这个词。她一直是个很敏感的人，她告诉他，从小就有梦游症。晚上他们曾经不得不把她锁在她房间里，以防她在月光下乱走。他一点也不相信她说的话，但他想对于一个处于她这个社会阶层的有教养的女士来说，这是在找台阶下。她脑子里当时在想什么，以及她现在在想什么，他根本不敢猜想。

打那以后，几乎每天夜里她都穿着睡裙，外面披着一件宽大的白色带花边的睡袍，到他房间里来。靠喉部的丝带留着不系，纽扣开着。她手拿一根蜡烛，在昏暗的光线下她显得很年轻。她那碧绿的眼睛发着光，淡色的长发披到肩膀，像是闪光的面纱。

如果他在凉快的晚风中沿着河散步（他近来越来越喜欢这样）回来晚的话，她就会等着他回来。刚开始时他的反应是厌倦：总要来一套礼节性的程序，这使他感到乏味。碰在一起总是先流眼泪，浑身发抖，不情愿。她会抽泣，责怪自己，把自己描绘成堕落的、羞耻得无地自容的、注定下地狱的人。她过去从未做过任何人的情妇，从来没这么低下，这么堕落。如果她丈夫发现他俩，她该怎么办？这种事从来就是怪女人的。

西蒙让她这样说一阵，然后安慰她，含糊其词地告诉她一切会好的，并说他并没因她无意中做的事而改变对她的看法。然后他补充说，只要他们俩不随便说出去，别人是不会知道的。他们一定要注意今后不要在旁人面前，特别是多拉面前（雷切尔一定知道仆人是很会说三道四的），从言语或眼神里让人觉察他们之间的关系。这样做不仅是为了保护她，也是为了保护他。且不谈别的，他可以想象维林格牧师会说什么。

一想到被别人发现，她哭得更厉害了；满面羞耻地扭动着身体。他想她一定没有服用鸦片酊，至少不那么多了；要不她是不会这么激动的。她接着说，如果她是个寡妇，她的行为不会像这样令人指责。如果少校已去世，她就没有违反婚约；但是因为……他告诉她少校待她很坏，他是个无赖、流氓，是条狗，她对他做什么都不过分。他还是很小心的：即便少校突然意外地从悬崖上摔下来，跌断了脖子，他还不会立即向她求婚。但内心里他希望少校长命百岁。

他用她自己的手绢给她擦眼泪——用的总是条干净的手绢，刚熨过的，满是紫罗兰的香味，总是方便地塞在她袖筒里。她用双臂抱着他，紧紧地抱着，他可以感到她的乳房用力顶着他，还有她的嘴唇和她的整个身体。她的腰细得惊人。她用嘴舔吻着他的脖子。然后她畏缩回去，对自己表示吃惊，做出一副仙女的忸怩状，急着要从他怀抱中挣脱。但到了这一刻，他已不再感到厌烦了。

雷切尔与他过去有过的女人不一样。首先，她是个体面的女人，他的第一个体面的女人。他现在发觉体面的女人使得事情复杂得多。体面的女人生来性冷淡，没有那种使她们的堕落的姐妹们走上卖淫的道路的反常的肉欲和神经衰弱似的性渴望；至少科学理论是这样说的。但是，他本人的经历告诉他，卖淫的动机更多的是贫穷，而不是堕落，但是娼妓必须表面上做出顾客想象中的样子。她必须先装出性欲十足的样子，然后不管她们是否感到满足了都要装出很快活的样子；她们是靠佯装的本事取酬的。廉价的娼妓不是因为她人丑或老，而是因为她不会做戏。

然而，与雷切尔在一起情况恰恰相反。她所佯装出的是厌恶——她所表演的角色是反抗，而他的角色却是要征服。她希望被勾引、被征服、不情愿地顺从。达到高潮时（她假装疼痛），她总是说“不”。

除此之外，她还会畏缩成一团，紧紧挨着你，可怜地哀求你，以此来暗示她以身相许是为了回报，偿还他在她身上花费的钱，就像是一些表演过火的情节剧里所见到的那样，那里的主角通常是邪恶的银行家和贞洁而又一文不名的少女。另一个她喜欢扮演的角色是她被困住了，只能听他摆布，就像巴黎街头一些下流书摊上买到的淫秽小说里描写的长着朝上翘的小胡子的苏丹和瑟瑟发抖的女奴隶一样。银白色的帷幕，上了铁镣的踝部。像瓜一样大的乳房。瞪羚似的眼睛。这些图像虽然陈腐，但仍颇有魅力。

他在夜间这些狂欢行为中说过些什么傻话？他几乎记不得了。充满激情的言语，燃烧的爱情，他是如何无法抗拒她的魅力，等等。很奇怪，他当时确实是相信这些的。白天雷切尔是负担，是累赘，他希望能摆脱她；但到了晚上，她就变成了另一个人，他也随之而变了。他明明想说“是”，也会说“不”。他实际的意思是更多，更进一步，更深。他想在她身上开个口子（只是个小口子），这样他就可以尝尝她的血，这在卧室那一片黑暗中似乎是正常的愿望。这些时候，当床单像波浪一样起伏，他来回滚动颠簸、喘粗气时，他完全被无法控制的性欲所驱使。但是除去这一部分，他的另一部分衣冠齐整地抱臂站在一旁好奇地观看。他到底要走多远，陷多深？

火车开进了多伦多车站，西蒙试着把这些想法放在脑后。在车站他叫了一辆双轮轻便马车，叫车夫把他拉到他选定的旅馆；不是最好的（他不想随便地浪费钱），但也不是最糟的，因为他不想被跳蚤咬或遭人抢。马车从街上驶过时，他很有兴趣地四处观看。天气热，灰尘大，街上满是各类车辆：有形状笨重的货车，公共马车，私人马车。周围的一切都是新的，生机勃勃，熙熙攘攘，光彩照人，粗俗，沾沾自喜，可以闻见新钱和新漆的味道。很多人在很短的时间里发了财，更多的人还在发。有平常的那些店铺，商业性建筑，还有数量惊人的银行。饭馆却一个也不像样。大多数走在人行道上的人看上去很有钱，见不到有损许多欧洲城市形象的大批乞丐、成群的畸形的脏孩子，以及一大帮邋遢的或是时髦的娼妓。但是，他的邪恶使他更想在伦敦或巴黎。在那儿他可以隐姓埋名，不负任何责任。没有任何联系，没有认识的人。他可以彻底消失。

XII

所罗门的庙宇①

① 所罗门是大卫王与巴斯希巴王后的二儿子，以色列国的第三任国王，在位四十年（公元前970—前930）。他最大的政绩之一是在登基第十一年建成一座价值连城、金碧辉煌的庙。此处系用其反讽意味。

“我吃惊地看着她。‘我的天哪，’我心想，‘这也能是个女人？这样一个又漂亮又文弱的女人，而且她还只是个女孩子！她的心竟然这样狠！’同时我也想告诉她，她是个魔鬼，我不愿再与这件可怕的事情有任何关系。可她又是那么漂亮，所以，想来想去我还是经不起诱惑……”

——詹姆斯·麦克德莫特与肯尼思·麦肯齐的谈话，引自苏珊娜·穆迪，《森林开发地的生活》，1853

……因为这就是女人的命运
长时间的耐心与沉默，像无言的鬼似的等待，
直到一个询问的声音打破沉寂的符咒。
这便是许多受苦的女人的内在心境
像地下河一样不见阳光，静静地在深处流
穿过黑暗的洞穴山川……

——亨利·沃兹沃思·朗费罗，《迈尔斯·斯坦迪什的求婚》，1858

45

布雷德利、波特和麦肯齐律师事务所设在皇帝西街的一幢新建的、但略显矫饰的红砖建筑里。在办公室外间一张高书桌后面坐着一个瘦长的青年，正在用一支钢尖的笔在纸上乱涂。西蒙走进去时他惊跳起来，像狗抖动身子一样把墨点洒得到处都是。

"麦肯齐先生在等候你，先生。"他说。他在说"麦肯齐"一字时非常尊重。他真年轻，西蒙想；这一定是他的第一份工作。他带着西蒙走过一段铺地毯的走廊，敲了敲一扇很厚的橡木门。

肯尼思·麦肯齐在他自己的中心圣殿里。他置身于精致的书架、装订考究的专业书卷和三张赛马图之中。他的书桌上有个墨水台，具有拜占庭的曲线和光彩。他本人并不像西蒙所预料的：不是个具有英雄行为的珀修斯①，也不是红十字骑士。他是个矮矮的、梨子形状的人——窄窄的肩膀，适意的小肚子在他的格子花呢马甲下鼓出——他长着一个有麻点、块茎状的鼻子，银色的眼镜后面有一双小而善于观察的眼睛。他从椅子里站起来，微笑着，向他伸出手来。他有两颗长长的前门牙，像河狸似的。西蒙在想象他十六年前还是个年轻人时（比西蒙现在年龄还小）会是什么样子，但是想象不出来。肯尼思·麦肯齐一定在五岁时看上去也像个中年人。

那么，这就是那个曾经冲破很大阻力、救了格蕾丝一命的人。当时的阻力包括：冷酷的证据，公众的义愤，以及她自己前

① 希腊神话中的人物，杀死蛇发女怪美杜莎，把安德洛墨达从海怪手中救出。

后矛盾的供词。西蒙很想发现他到底是怎么成功的。

“乔丹医生，很高兴见到你。”

“谢谢你为我抽出时间。”西蒙说。

“不用谢。我收到维林格牧师的信；他对你评价很高，并谈到你取得的一些进展。我很高兴能为科学的利益尽点力。我相信就像你所听说的，我们做律师的总希望有机会显示自己。但是在我们没开始谈之前——”他拿出一个细玻璃瓶，装着雪茄。那雪利酒美极了：麦肯齐先生的日子过得很好。

“你和那有名的造反首领有没有亲戚关系?”西蒙问，借此打开话题。

“一点也没有，不过我倒几乎希望能有些亲属关系，现在已不像过去那样是个污点了。那老家伙早已被赦罪，被视作改革的先父。但当时反对他的情绪很高；仅此一事就足以让格蕾丝·马克斯受绞刑。”

“怎么会这样呢?”西蒙问。

“如果你读过当时的报纸，就会发现只有那些支持麦肯齐先生和他的事业的人才会为格蕾丝说好话。其他人都赞成绞死她和威廉·莱昂·麦肯齐，以及任何有共和党思想的人。”

“但是，你肯定跟他没有任何关系!”

“一点也没有。在这些事情上从来没有任何必要去互相联系。金尼尔先生是个保守党的绅士，而威廉·莱昂·麦肯齐则站在穷苦的苏格兰人和爱尔兰人一边，总的说来站在移民来的人的一边。一丘之貉，他们都这样认为。我可以告诉你我在审判的时候真是拼了命地干。那是我接的第一个案子，你知道，我的真正的第一个案子。我当时刚开始当律师，我知道这个案子对我的前途举足轻重，结果事实证明，这案子的确帮了我一大把。”

“你是怎么弄到这个案子的?”西蒙问。

“我亲爱的朋友，是交给我的。当时这是个棘手的案子，谁也不想接。我们的事务所为了公益接了这个案子——当然两个被告一分钱也没有。因为我是最年轻的，就轮到了我。而且当时已快没时间了；我只有不到一个月的准备时间。‘好，年轻人，’老布雷德利说，‘案子在这儿呢。大家都知道你会输掉这场官司，因为毫无疑问他们是有罪的。但是，你以怎样的风格去输这场官司才是重要的。有的灰溜溜地输，也有的风度高雅地输。让我们看着你尽可能高雅地输。我们都会为你打气。’那老家伙认为他这样说是帮我的忙，或许他真的在帮我的忙。”

“我想他们两人都是你辩护的。”西蒙说。

“是的。回想起来，那样做是错的，因为他们俩的利益是互相冲突的。那次审判中的很多事都是错的，但是，当时法院的审判规程松得多。”麦肯齐对着自己已熄灭的雪茄烟皱了下眉头。西蒙突然觉察到这可怜的人并不喜欢抽烟，但是，为了与墙上的赛马图保持一致的风格，又觉得不抽不行。

“这么说你是见过我们的沉默圣母了?”麦肯齐问。

“你是这样称呼她的吗?是的，我已与她在一起很长时间，想弄清……”

“她是否无罪?”

“她是否精神不正常。至少是在谋杀发生的时候。我猜这也是某种形式的无罪。”

“祝你走运，”麦肯齐说，“这事我本人从来没弄清过。”

“她说她记不得谋杀的事了；至少记不得蒙哥马利那女人的谋杀了。”

“我亲爱的先生，”麦肯齐说，“你会很惊讶地发现在罪犯中间这类的记忆缺失是很普遍的。很少有人能记得做过什么错事。他们会把一个人打得半死，然后把他切成碎片，可他们会说他们只是用瓶底敲了他一下。在这样的情况下遗忘比记忆要方便得多。”

“格蕾丝的记忆缺失似乎是真的，”西蒙说，“至少根据以往的临床经验，我是这样认为的。另一方面，尽管她似乎记不得谋杀一事，但对其他小事记得非常清楚；比如，她洗过的每件衣物，以及她过湖逃往美国之前举行的赛船之类的事，她居然记得那些船的名字。”

“你是怎么查对她说的事实的？我猜是用报纸，”麦肯齐说。“你是否想过她可能是从同一个来源找到确证的细节的？只要有机会，罪犯会没完没了地看有关写他们的材料。在这个意义上说，他们与作者一样有虚荣心。麦克德莫特硬说格蕾丝帮他一道勒死人时，他很可能是从金斯顿的《编年史与公报》上看来的。恐怕是在审讯之前，那家报纸认为事实可能如此。从死女人脖子上打的结看来，他们说，显然需要两个人才打得出。这都是胡说；是无法从一个结上看出是一个人或两个或是二十个人打的。当然我在审判时狠狠驳斥了这一说法。”

“现在你转过来了，你在为另一方辩护。”西蒙说。

“一个人脑子里一定要把两边的辩词都想到；只有这样才能针对对手的步骤先发制人。不过，这倒不是说在这个案子里我的对手有什么难办的。但我尽了力；就像沃尔特·司各脱爵士曾经在什么地方所说，一个人只能尽其所能。法院当时挤得像地狱，尽管已十一月了，还是很热，空气很糟。就这样，我还是对一些证人盘问了三个多小时。我得说这需要耐力，但我当时比现在年轻得多。”

“据我回忆，你一开始就否决了逮捕的合法性。”

“是的。马克斯和麦克德莫特是在美国抓到的，当时连逮捕证都没有。我慷慨激昂地谈到违反国际边境及人身保护法的问题；但是首席法官鲁宾孙不同意这样说。

“然后我试图说明金尼尔先生是个败家子，道德观念松散；这无疑是事实。他还是个疑病症患者。这些事实与他被谋杀没太大关系，但我尽最大努力在道德观上做文章。事实是这四个人就像是在法国闹剧里一样互相在各自的床上跳进跳出，这样就很难弄清谁在哪儿睡觉。

“然后我开始损坏那个不幸的女人蒙哥马利的名声。我这样做并不感到内疚，因为这个可怜的女人早已不在乎了。你知道，她过去有个孩子死了。我猜是接生婆干的。尸体解剖之后发现她已有孕。毫无疑问孩子的父亲是金尼尔，但我尽自己最大努力制造出一个模糊的罗密欧，出于嫉妒把那可怜的女人勒死了。但是，不管我怎么使劲，那兔子就是不愿意从帽子里出来①。”

“可能因为根本就没兔子。”西蒙说。

“正是这样。我下面一招就是试着在衬衣上变戏法。谁在什么时候穿哪件衬衣，为什么？麦克德莫特被捕时穿着金尼尔的衬衣，这说明了什么？我假定南希习惯把雇主扔掉的衣服在主人允许或不允许的情况下卖给仆人；因此麦克德莫特身穿的衬衣会来路正当。不幸的是，金尼尔的尸体被很粗暴地穿上麦克德莫特的一件衬衣，这确实很难解释。我尽力避开那一点，但起诉律师死死抓住这点不放。

“接着我就把怀疑的目标转向卖衬衣的小贩（门后找到的那件带血衬衣的过去的主人），因为他也曾想把类似的货物在别处卖给其他人。可是那也行不通；有人证明就是那小贩把那件衬衣（其实是好几件衬衣）卖给了麦克德莫特，然后就只顾自己地远走高飞了。由于某种原因，他不愿在审判时出面，去冒把自己的脖子拉长的风险。”

“胆小鬼。”西蒙说。

“就是，”麦肯齐笑着说，“轮到格蕾丝，我必须说我没得到太多的帮助。那傻姑娘总是要穿被谋杀的女人的漂亮衣服，这使

---

① 指的是魔术师变戏法时常安排的一个节目。

报界和公众都感到震惊。不过，如果我当时聪明的话，我完全应该争辩这一事实恰恰证明她的良心清白，不受责备，或者，更妙的是，说明她精神不正常。但当时我没想到这样做。

“除此之外，格蕾丝把水搅浑了。被捕时她说她不知道南希在哪儿。然后，审讯时她说她怀疑南希死了，在地窖里，不过她没看见谁把她扔在那儿了。但是，到审判时，在所谓的供词里（这后来登在《明星》报上，他们因此赚了很多钱），她声称看见麦克德莫特拉着南希的头发，把她扔下楼梯。不过，她从来没承认过她参与了勒死南希的事。”

“但她后来向你承认了。”西蒙说。

“是吗？我记不起来了……”

“是在教养所，”西蒙说，“她告诉你她常看见南希充满血丝的眼睛；至少穆迪夫人说你说过这事。”

麦肯齐不舒服地扭动了一下，目光朝下说：“格蕾丝确实处于不安定的精神状态，”他说，“迷惑加忧郁。”

“但那眼睛？”

“穆迪夫人（虽然我非常尊敬她），”麦肯齐说，“想象力有点程式化，而且有夸大的趋势。她把动人的词句放在书中人物的口中，而这些人物根本不可能说这些话。麦克德莫特是个十足的无赖（就连我替他辩护都很难搜刮出几个好词来形容他），格蕾丝几乎是个孩子，没受过教育。谈到眼睛，脑子先想到的事常常由眼睛来提供。你每天在证人席上都看见这样的情况。”

“所以根本没提到眼睛？”

麦肯齐又扭动了一下。“我不能肯定眼睛这事，”他说，“确切地说，格蕾丝没说过任何话可在法庭用作供词，不过她确实说南希死了她很伤心。但是任何人都会说这话的。”

“这倒是。”西蒙说。他现在开始怀疑眼睛不是穆迪夫人创造的，但又不知道她书中还有哪些部分应归咎于麦肯齐本人讲故事所用的浮夸风格。"但是我们还见到麦克德莫特临上绞刑架前的供词。"

"是的，是的；绞刑架上的声明总是要登报纸的。"

"为什么他等了这么久才说话呢?"

"直到最后一分钟之前，他一直在等减刑，因为格蕾丝得到了减刑。他认为他们的罪行相同，所以惩罚也该是一样。他不能指控格蕾丝，而不把自己脖子上的绞索拉得更紧，因为他必须承认用斧头敲死人等一系列罪行。"

"相反，格蕾丝却能相对不受惩罚地指控他。"西蒙说。

"正是这样，"麦肯齐说，"而且一有机会她就指控他。保自己性命最为重要！那女人的神经与燧石一样硬。如果是个男人，她会是个很好的律师。"

"但是麦克德莫特并没能得到缓刑。"西蒙说。

"当然没有！他要真期望得到缓刑就太傻了。但没得到仍然很气愤。他认为这也是格蕾丝的错——在他看来，她垄断了仁慈的市场——因而在我看来，他想报复。"

"这也是多少能让人理解的，"西蒙说，"我记得，他说格蕾丝与他一道走下地窖，用她自己的手绢勒死南希。"

"确实找到了那条手绢。但除此之外，其他都很难证实。那男的已经说了好几套故事，何况他是个臭名昭著的骗子。"

"不过，"西蒙说，"可以这样争辩——不能因为一个人说过谎，就说他总是说谎。"

"正是如此，"麦肯齐说，"好了，我看迷人的格蕾丝在领你做愉快的逮人游戏。"

"没那么愉快，"西蒙说，"我必须承认我受到了挫折。她说的听起来像真的；她说话的态度既直率又诚恳；但我还是摆脱不了疑虑，模糊地感到她在对我说谎。"

"说谎?"麦肯齐说，"这词肯定用得太重了。你问，她是否跟你说谎了？让我这样跟你说吧：谢赫拉莎德①是不是在说谎？肯定她自己不这样认为。她所讲的故事永远不该归纳为真理与谎言这两大类。它们完全属于另一类故事。也许格蕾丝·马克斯只是在为了达到预想的目的而告诉你她该告诉的东西。”

“这预想的目的是？”西蒙问。

“让苏丹高兴，”麦肯齐说，“让刀子不要落下来。阻止你离开，让你与她一起在房间里待尽可能长的时间。”

“这样做的目的是什么呢？”西蒙说，“让我高兴并不能叫她出狱。”

“我不认为她确实指望能出狱，”麦肯齐说，“但这还不明显吗？那个可怜的人爱上你了。单身汉，还算年轻，长得不错，出现在一个长期隐居、被剥夺男性伙伴的女人的面前。毫无疑问，你是她白日梦里的对象。”

“绝不可能。”西蒙不由自主地红着脸说。如果格蕾丝爱上了他，她保密保得非常好。

“但我要说，这绝对可能！我本人就有过这个经历，至少是极为相似的经历；因为我也不得不在她在多伦多的牢房里与她一道度过很多个小时，当时她在详细地向我讲述她的故事。她对我很迷恋，不愿让我离开。她那使人熔化、柔情脉脉的目光！只要把我的手放在她的手上，她就会扑到我的怀抱里来。”

西蒙感到厌恶。好一个自我感觉良好的小怪物，穿着时髦的小马甲，长着块茎状的鼻子！“是吗？”他说，尽可能不表露出自己的气愤。

“噢，是的，”麦肯齐说，“你知道，她认为她是要被绞死的。

---

①《天方夜谭》中的人物，苏丹的妻子，每晚给苏丹讲动人的故事，借此延长自己的生命。

恐惧是很了不起的春药；我劝你不妨也可试试。我们律师常常扮演圣乔治①的角色，至少是临时的。发现一个被用铁链拴在岩石上的少女，就要被魔鬼吞掉，把她救下，然后占有她。对少女通常是这样，你同意吗？我不能说我没感到她的诱惑。她当时很年轻幼弱；不过监狱的生活无疑使她变得世故了。”

西蒙咳嗽了一声，好掩盖他的愤怒。他这才发现这人一张嘴就像是堕落的老色鬼？好一个没见过世面的妓院常客，善用心计的色狼！“我这次还没觉察到这样的倾向，”他说。他认为想入非非的是他自己，不过他已开始感到不是这么回事。格蕾丝在边做针线边回忆的时候到底是怎么想他的？

“我很幸运，”麦肯齐说，“当然格蕾丝也很幸运。金尼尔先生的谋杀是在另一件谋杀案之前审判的。大家都很清楚她是不可能帮着开枪打金尼尔的。但是，在南希的谋杀案中，对他们俩的犯罪证据都是有关而非主要的。在金尼尔先生的谋杀案中，她被定罪为帮凶而不是主犯，因为唯一对她不利的证据是她事先知道麦克德莫特的谋杀企图，但没能告诉他，并且事发之后也没报告他的谋杀行为。就连首席法官都提议仁慈，外加几份强烈地为她说情的请愿书，我才得以解救了她的生命。到这时对他俩的死刑判决已宣布，审判已结束。因为都认为没必要再查问第二个谋杀案的细节，所以格蕾丝从来没因南希·蒙哥马利的谋杀受过审判。”

“如果她受审了呢?”西蒙问。

“我是没法救她的。公众的舆论会强得让我无能为力。她也就要受绞刑了。”

“但是，在你看来她是无罪的，”西蒙说。

---

① 神话人物，自中世纪后期起就是英国的守护圣人。相传他本是罗马士兵，曾英勇地杀死一条龙，救出危难中的少女。

“恰恰相反。”麦肯齐说。他呷了一口咖啡，讲究地擦擦嘴唇，略有回忆似的微笑着说：“不，在我看来，她像罪恶一样有罪。”

46

乔丹医生在干什么？他什么时候回来？不过我能猜到他在干什么。他在与多伦多的人谈话，试图发现我是否有罪，但他这样是发现不了的。他不明白罪恶不来自于你所干过的事，而是来自于其他人对你做过的事。

他的名字叫西蒙。我不知道为什么他母亲给他起这个名字，也许是他父亲给他起的名字。我父亲从来不管给我们起名字的事，全是母亲和波琳姨妈起的。当然，有使徒西蒙·彼得，上帝让他做了传道士（捕人的渔夫）。但是，还有头脑简单的西蒙①。他碰见一个卖馅饼的小贩上集里去，就说让我尝尝你的馅饼，可又没有钱。麦克德莫特就是这样的，他认为他可以不付钱就拿东西，乔丹医生也是这样的。并不是我不同情他。他向来瘦，但我感到他越来越瘦了，我认为他在受某种缠人的痛苦的折磨。

我的名字很可能来源于那首圣歌。我母亲从来没说过，但是，她有很多事都从来没说过。

> 奇迹般的主的恩惠②！声如蜜甜
> 拯救了不幸的我！

---

①《鹅妈妈的儿歌》里的人物，常喻为头脑简单的人。

② 英文“Grace”一词意为上帝的恩爱，恩惠，作为人名，音译为“格蕾丝”。

我曾丢失，现又复现，
我曾双目失明，现又复视。

我希望我的名字来源于这首圣歌，因为我希望能复现。我也希望能重新看见，或者被别人看见。我不知道在上帝的眼里这是不是一回事。因为《圣经》里写着："现在我们隔着层玻璃看，光线很暗；但到那时就面对面了。"

如果是面对面，一定要有两个人对看。

今天是洗澡日。有人说，我们要光着身子一组一组地洗，而不是两人一道穿着衬衣洗。他们说这样能节约时间，节约水，但我感到这是很不雅观的做法。如果他们真这样做，我要向当局抱怨。现在的洗澡状况已很糟糕，地上的石头已被脏脏的旧肥皂弄得很滑，像果冻似的，而且总是有个女看守在监视。这倒也好，要不，会有相互往身上泼水的现象发生。冬天冻得要死，可现在正是盛夏，出的汗加上在厨房里干活的油腻，我并不在乎冷水，因为它很让人感到清新。

洗完澡后，我就做普通的针线活。他们监狱的男制服已供不应求，因为他们在不断地收进新罪犯，特别是在大热天里人的脾气不好，寻求报复，所以他们必须要叫我也帮一把。他们就像在工厂里一样有订货单和配额要完成。

安妮·利特尔就坐在我旁边，她凑过来轻声问我，格蕾丝，格蕾丝，你那个年轻的医生英俊吗？他能让你出狱吗？你爱上他了吗？我猜你是爱上了他。

别发傻，我轻声回答，胡说什么，我从来也没爱上过男人，也不计划现在开始爱。我是要一辈子受罚的。在这儿既没时间也没地方干那样的事。

安妮三十五了，她比我大，但除去有时头脑不正常，她从来没长大成人。这样的事发生在教养所里，有些人总是停留在一个年龄上，也就是入狱的那个年龄。

别太自傲了，她说着用胳膊肘捅了我一下。你就这么害羞，她轻声说，只要你想干总是会有时间和地方的。伯莎·弗勒德就在工具棚跟一个看守干那事的，不过她被抓住了，而你永远不会被捉住的，因为你脑子总是很清醒。你可以在床上把自己的奶奶杀了，脸都不会变色。说完她发出哼的一声，笑起来。

我想她过去的生活一定很不体面。

那边不要说话，值班的女看守说，要不我就记下你们的名字。因为新来了个看守长，他们管得更严了。如果你被扣分太多，他们就把你的头发剪掉。

吃完午饭，我被送到狱长家。多拉又在那儿，因为她与乔丹医生的房东太太说好了我们这里大洗的时候她就来帮忙。像往常一样，她一肚子闲话。她说，如果她把知道的说出一半，就会让有些人丢面子。有很多伪君子身穿黑丝绸衣服，手拿花边手绢，下午总要冠冕堂皇地闹头痛。其他人她管不着，但她可是明眼人。她说自从乔丹医生走了以后，她的女东家成天踱地板，朝窗外看，或是麻木地坐在那儿。这也难怪，她一定是害怕他像另一个一样也跑了。那谁来付钱让她胡思乱想，忙着为她跑腿呢？

克拉利大多数情况下不听多拉说什么。她对有关上层人的闲话不感兴趣；她只是一边抽着烟斗，一边附和着说“嗯”。但今天她说她对那些人成天干什么一点也不感兴趣，有工夫不如看鸡场里的公鸡和母鸡打架。据她认为，上帝把这些上等人放在世上是要他们把衣物弄脏。除此之外，她想不出他们还会有什么其他用处。多拉说，是啊，我必须说，他们很有本事。我跟在后面清洗，也跟不上他们把东西弄脏。如果要说事实的话，这两个人是在一起把东西弄脏的。

听了这话，我浑身一阵发凉，但我没让她继续解释。我不想让她说乔丹医生任何坏话，因为总的说来他对我很好，而且他大大减轻了我生活中的单调和劳累。

乔丹医生一回来，我就要受催眠术治疗了。这已决定了；杰里迈亚（我应该把他想做杜邦医生，而且应该记住这样称呼他）要对我施催眠术，其他人在一旁观看。狱长太太都向我解释了，她说我不必害怕，因为周围都是好心的朋友，我只需要坐在一张椅子里，在杜邦医生要我睡觉时就睡觉。等我睡着了，他们会问我问题。他们希望这样能让我恢复记忆。

我告诉她我不能肯定我想恢复记忆，不过当然他们要我做什么都可以。她说她很高兴我很合作，并且说她信任我，结果肯定会是我是无罪的。

吃过晚饭，女看守给我们一些针织活，要我们拿到牢房里去，晚上织完，因为他们袜子跟不上了。夏天到很晚天才黑，所以不需多费烛油。

所以，我正在织袜子。我织得很快。如果只是袜子，而不是什么复杂的东西，我织起来看都不要看。我织袜子时，心想，如果我有个纪念册，在里面放什么呢？母亲披肩上的一点流苏。从玛丽·惠特尼给我织的带花的手套上拆下的一点红线头。从南希的高级披肩上裁下的一小块丝绸。杰里迈亚给的一个骨头扣子。从吉米·沃尔什给我做的花环上取下的一朵雏菊。

不要放任何麦克德莫特留下的东西；我不想记着他。

但是，什么才是纪念册呢？只收藏一生中好的东西，还是所有的东西都要？很多人搜集从来没亲眼见过或经历过的景色和事件的图片，诸如公爵和尼亚加拉大瀑布，我认为这不真实。我会不会这么做？我会不会保持自己生活的真实性？

还要放进从我在教养所穿的睡衣上剪下的一块粗棉布。一块沾满了血的衬裙。从手绢上撕下的一条布，白底上面印有黑种草的蓝花。

47

第二天早晨，太阳刚刚升起，西蒙就骑着从所住的旅馆后面的马行租来的一匹马出发去里奇蒙山镇。像所有习惯于很多陌生的骑手的马一样，这牲口很犟，很有口劲，两次想把他从栅栏旁擦过。可在这之后就平静下来，一路上不停地小跑，时而换作快步走。尽管灰尘很大，而且有时路上车辙过多，路比西蒙想象的好。他在路边的客栈里停下好几次，或是为了歇脚，或是为了喝水，他中午刚过不久就到了里奇蒙山镇。

这还是算不上什么镇子。有一个综合性商店，一个铁匠铺，有些散乱的房子。这客栈一定是格蕾丝所记得的那个。他走进去，要了烤牛肉和啤酒，问起金尼尔先生过去的房子。店主并不感到惊奇：西蒙绝不是第一个问这个问题的人。其实，他说，在谋杀案刚发生时，到这儿来的人很多，但打那以后也常有人来看看。这个镇子已不想再为那件事而闻名；他认为还是让死人去埋死人吧。但是，人们喜欢瞪着眼看悲剧；这是不恰当的。你可能会认为他们会离麻烦远一点，但是，不，他们就想掺和到麻烦里去。有些人竟然还把东西带走，比如车道上的鹅卵石和花坛里的花。那个房子的现在的主人并不感到很受打扰，因为来的人少多了。但是，他还是不喜欢别人仅为好奇而来。

西蒙向他保证，他的好奇心不是毫无目的的：他是个医生，正在研究格蕾丝。店主说，这都是浪费时间，因为格蕾丝是有罪的。“她是个好看的女人，”他补充说，为自己能认识格蕾丝而多少感到点自豪，“她表面上装得老老实实，但你总也猜不出那平静的脸的后面藏着什么心眼。”

“当时她只有十五岁，我认为。”西蒙说。

“但看上去像十八岁。太可惜了，这么小小年纪就这么邪恶。”他说金尼尔先生是个好人，不过有点放荡。大多数人都喜欢南希·蒙哥马利，尽管她生活在罪恶中。他过去也认识麦克德莫特。他是一流的体育运动员，要不是格蕾丝，他的结局也不至于这么糟。“是她纵容他的，也是她把绞索放在他脖子上的。”他说女人总是容易逃脱。

西蒙问起吉米·沃尔什，但他已远走高飞了。有人说他去城里了；也有人说他去美国了。金尼尔家的房子被卖了后，沃尔什一家就一定要迁移。其实，现在附近已没几个当年留下的老住户了，因为在那以后有很多人买房卖房；草总是篱笆那边的更绿。

西蒙继续朝北骑，很容易就找到了金尼尔的房子。他本不想到房子近处去，只想在远处看看。但是，格蕾丝在时还很小的果树现在已经长大，把视野挡住了一半。他发现自己已骑马到了车道的一半，想都没想就把马拴在两个厨房之间的栅栏上，站在前门口。

那房子比他想象的小些，似乎也暗些。有大柱子的阳台需要油漆，玫瑰丛好久没剪枝了，只长了几朵不景气的花。西蒙问自己，除去能有低下的心理快感，满足病态的兴趣，这样看能获得什么呢？这就像参观一个旧战场：除了脑子里可以想象的，什么也看不到。脑子里的形象和实际之间的冲突总是让人感到失望。

但是，他还是敲了前门，又敲了一下。没人开门。他正要转身离去，门开了。一个女人站在那儿，瘦瘦的，一脸伤心样，并不老，但正在变老，身穿暗色的印花裙子和围裙。西蒙猛然感到如果南希·蒙哥马利还活着的话，就会是这个样子。

“你是来看房子的。”她说。这并不是句问话。“东家不在家，但他要我带你看房子。”

西蒙很吃惊：他们是怎么知道他要来的？也许尽管客店店主说情况不一样了，看来还是有很多人来看房子？这地方是不是已变成了恐怖博物馆？

那女管家（她一定是的）闪到一旁让西蒙走进前厅。“我想你想看看我们的井，”她说，“他们都是要看井。”

“井？”西蒙问。他从来也没听说过什么井。也许他这一趟毕竟不会白跑，会发现一些过去从未听说过的细节。“井是怎么回事？”

那女人很怪地看了他一眼。“这是一口加盖的井，先生，安了个新水泵。买房子时你一定是想看看井的。”

“但我并不是想买房子，”西蒙慌张地说，“这房子要卖？”

“要不，我干吗要带你看呢？当然是因为要卖，也不是第一次卖了。住在这里的人从来没法感到十分舒服。倒不是有什么东西；没有鬼什么的，不过你会想可能有鬼。我就从来没去过地窖。而且，老是有闲人来看这房子。”

她狠盯着他看：如果他不是来买房子的，他来干吗？西蒙不想被看作另一个闲人。“我是个医生。”他说。

“噢，”她说，很精明地朝他点点头，好像这就足以解释了，“那你想看看房子。是有很多医生想看这房子。他们的人数比其他行业的多，甚至比律师还多。既然你到了这儿，不如也好好看看。这里是客厅，他们把钢琴放在这儿。我听说，金尼尔住在这儿时，南希·蒙哥马利小姐常弹钢琴。他们说，她唱歌像金丝雀。她很有音乐才能。”她对西蒙微笑着说，这是她的第一个微笑。

西蒙的参观很彻底。他看了餐厅、图书室、冬天厨房、夏天厨房、马厩和顶楼，“也就是那个无赖麦克德莫特晚上睡觉的地方”。楼上的卧室——“只有上帝知道在那儿发生过些什么事情”——以及格蕾丝的小卧室。当然家具都已变了，更破、更旧了。西蒙试图想象当时这房间的样子，但是想不出。

女管家很会安排，她把地窖留在最后。她点着一根蜡烛，先下去了，要他小心不要滑倒。光线很昏暗，墙角都是蜘蛛网。有种土地和储藏的蔬菜的阴湿的味道。“就是在那儿发现他的，”管家津津有味地说，“但她被藏在墙那边。不过，我想不通他们为什么要花那个劲去藏她。犯了罪总是要露馅的，最后还是败露了。很遗憾，他们没把那个格蕾丝绞死，并不是我一个人这样说。”

“肯定不止你一个人这样说。”西蒙说。他已看够，想走了。在前门口他给她一个硬币——他似乎理应这样——她点点头，就把钱装起来。“你还可以在镇上的教堂墓地里看到两人的坟墓，”她告诉他，“没有名字，但你绝对不会错过它们。只有他们的坟墓是用尖桩栅栏围上的。”

西蒙谢了她。他感到自己像是看了不名誉的下流表演在偷偷溜走。他变成什么样的观淫癖患者了？显然是一点细节也不放过的那种；他这就去那个长老会教堂。因为眼睛能看见的只有一个教堂尖顶，他很容易就找到目的地了。

教堂后面就是墓地，干干净净，绿油油的，死人被控制得井然有序。这里没有杂草丛生，没有撕毁的花圈，没有乱七八糟的东西；没有任何东西具有欧洲巴洛克式的华丽装饰。没有天使，没有十字架，没有没用的东西。对长老会的信徒来说，天堂一定像个银行大楼，每个灵魂都挂着标签，记录在案，放在适当的分格文件架里。

他所找的坟墓很显眼，每个周围都有木头的尖桩栅栏。整个墓地只有这两个栅栏，显然是为了把坟墓里的尸体圈住，因为被谋杀的人有到处走的名声。看来，长老会信徒们也免不了信迷信。

托马斯·金尼尔的栅栏涂着白漆，南希·蒙哥马利的涂有黑漆。这可能表明了镇上人对她的评价：不管是不是谋杀受害者，她都没好名声。没把他们合墓葬在一起——没必要对丑闻加以认可。很怪，南希的坟在金尼尔的脚下，并与他的成九十度；结果像是一条床上的毯子。南希的坟地里有一棵很大的玫瑰丛，几乎占去了所有空间（看来报纸上的打油诗很有预见性）。但在托马斯·金尼尔的坟上却没有藤蔓。西蒙从南希的坟上摘了一朵玫瑰，有点想带回去给格蕾丝，但想了一下，又改变了主意。

他在通往多伦多路上的一个不令人满意的小客店过的夜。那窗户脏得让人看不见外面，毯子闻上去有霉味。就在他的房间下面，一群吵闹的人喝酒，闹到下半夜。这些都是在小地方旅行的危险。他用一把椅子抵住门，以防不受欢迎的人闯进来。

早上他起得很早，查看着一夜被各种虫子咬的疙瘩。他把头浸在女仆端来的一小盆温水里，这女仆同时兼做楼下的洗碗女工，所以那水一股洋葱味儿。

他早饭吃的是远古时期的火腿，以及不知是哪个年代的鸡蛋。吃完他就又上路了。路上还没多少人；他超过了一辆马车，一个人在用斧头砍自己地里的一棵死树，还有个干活的人在朝沟里小便。晨霭一缕缕地飘浮在田野上。随着日光渐强，像梦似的散去。空气有些朦胧，路边的野草上挂着露珠；马在走过时，时常吃上一大口路边的草。西蒙漫不经心地拉着缰绳，索性让马溜花蹄儿。他感到无所事事，距离自己所有的目标和努力都非常遥远。

乘下午的火车回去之前，他还有件事要办。他想去看看玛丽·惠特尼的坟墓，想要证实她的确存在。

格蕾丝讲明是阿德莱德街的卫理公会教堂；他与自己的笔记

核对了一下。墓地里磨光的花岗岩代替了大理石，墓碑上的诗句越来越少了。这说明这里摆排场很注重规模和坚固性，而不再是表面的修饰了。卫理公会的教徒喜欢把他们的纪念碑做得有纪念性；方方正正，清清楚楚的，就像是他父亲记账本里的总额下面总是用粗黑线画上，并写明：已付全额。

他顺着一排排墓碑里来回走，读着上面的名字。他终于在一个角落里找到了那坟墓：一块小小的灰石头，看上去比死去的十九岁的少女要老得多。"玛丽·惠特尼"；除了名字其他什么也没有。但是，格蕾丝是说过她只有刻字的钱。

事实被确认了：他心中像燃起了火，但那火焰很快就熄灭了。这些实际的证据有多大价值？魔术师从帽子里变出一枚硬币，因为硬币和帽子都是真的，所以观众就认为变的戏法也是真的。但是，这石板不过是块石板。首先，上面没有日期，埋在地下的玛丽·惠特尼可能与格蕾丝·马克斯没一点关系。她可能只是个名字，一块石板上的名字，格蕾丝看过它，也就用在自己的故事里。她可以是个老太太，是个妻子，一个小孩子，或是其他任何人。

什么也没被证明是真的；但是，什么也没被证明是假的。

西蒙乘了头等车回金斯顿。火车几乎坐满了，为了避免拥挤，花些钱也是值得的。随着他渐渐向东行，多伦多被甩在后面了，然后是里奇蒙山和那里的农庄及草地。他不知不觉地想象起住在那花木茂盛而又平静的乡村里的生活来。比如，就说住在托马斯·金尼尔的房子里，格蕾丝是他的女管家。她不仅是管家，而且是他秘密的情妇。他会用另一个名字把她隐藏起来。

那样的生活会是慢节奏的，养尊处优的，但乐在其中。他想象她坐在客厅里一把椅子上做针线，灯光照在她脸的侧面的情形。但干吗只是情妇呢？他刚发觉，格蕾丝·马克斯是他遇到过的女人中他会想要作妻子的唯一一位。这是个突然的想法，但既然有了它，他就把这想法在脑子里反复思考。他认为，具有讥讽意味的是，可能只她一人能满足他母亲常常暗示的要求，或者说几乎能满足：比如，格蕾丝没钱。但是她美丽而不轻浮，会理家而不俗气，举止朴实，慎重小心。她针线活做得好极了；毫无疑问，她的钩织技巧一定比菲斯·卡特赖特小姐好。他母亲在这方面是不会不满意的。

接下来还有他自己的要求。他能肯定，格蕾丝是有激情的，不过可能要下功夫寻求一阵才行。她会感谢他，但会不甚情愿。单是感激对他并没有吸引力，但是他很喜欢不情愿这一点。

但是，还有麦克德莫特。在这点上她是否说了实话？她是不是像自己声称的那样讨厌并害怕那男人？他肯定是碰过她的；但是到了什么程度？她是否同意了？这类事情事后的回想与当时热火时的感觉相比会大不一样。对于这点，没人能比他更清楚了，为什么女人就会有所不同呢？人会搪塞，为自己找借口，尽可能妥善地为自己开脱。但如果哪天晚上在灯火通明的客厅里她坦白说出他不想知道的细节怎么办呢？

但是，他确实想知道。

当然，他是疯了；荒谬的幻想，竟要娶一个女杀人嫌疑犯为妻。但要是他在谋杀案发生之前就认识她了会是怎么个情况呢？他想到这一点，可又认为没意义。在谋杀发生之前格蕾丝和他认识的这个女人会判若两人。一个年轻的女孩子，还没成形；平平淡淡，缺少教养。一片毫无特点的风景。

“女杀人犯，女杀人犯。”他低声对自己说。这个词有种魅力，几乎有种香味儿。像是温室里的植物，俗艳却又是悄悄生长的。他想象自己在把格蕾丝往怀里拉时，闻到了这味儿。他把自己的嘴唇压在她的嘴唇上，“女杀人犯”——他把这个词像烙印一样刻在她的喉咙上。

XIII

潘多拉的盒子

我丈夫发明了一种非常巧妙的魂灵通联板……可我总是拒绝把手放在那板上。那板会为招魂的人移动，而且会把口信和人名逐个字母地拼出来。但当我一人时，曾把手放在板上，问道："是不是魂灵在把我的手提起来？"那板朝前滚过来，拼出一个"对"字来……

你可能会想（我也常想），这都是我自己的脑子在想象，但我的脑子一定比我聪明得多。作为脑子的主人，我一点也不知道它能一个字母一个字母地拼出整页整页的、连贯的、但又常是深奥的文字，而我却一个字也看不懂。直到穆迪先生在通联结束后读给我听时，我才知道写的是什么。我的妹妹特雷尔夫人就是这类通联的一个很强的中介体；她还可用外语收信号。她的魂灵们经常会骂人，骂她很难听的名字……不要认为我疯了，或是被邪恶的鬼魂缠身了。我想祝愿大家都被这样无上光荣的疯狂缠身。

——苏珊娜·穆迪，致理查德·本特利的信，1858

一个影子在我眼前一闪而过，
不是你，但与你差不多。
啊，上帝，但愿有可能
有短短一小时让我
看见我们曾爱过的人，但愿她们能告诉我们
她们在哪儿，做过什么！

——艾尔弗雷德·丁尼生，《莫德》，1855

我感到头脑被劈裂了——
似乎我的脑子已裂开——
我试图一块块对上——
但无法重新拼摆。

——艾米莉·迪金森，约1860

48

他们在昆内尔夫人家的图书室里等着。每人都坐在有着直靠背的椅子上，都情不自禁地面对着开了条缝的门。紧拉着的窗帘是用酱紫色的长毛绒做的，四周一圈黑边和流苏，使西蒙想起圣公会的葬礼。一盏点燃着的球形台灯放在一张长方形的橡木桌中间。他们围着桌子坐着，像审判前的陪审团一样一声不响，满怀期待的心理，彬彬有礼，小心翼翼。

可昆内尔夫人却很放松，两手平静地放在膝盖上；她期望见到奇迹，但不管是什么样的奇迹，她显然都不会感到吃惊。她那神情就像是个专业导游，好像她对尼亚加拉大瀑布的景色已司空见惯，但仍旧乐于共享初次游客的惊讶和狂喜。狱长夫人脸上露出一种渴望的虔诚，掺和着无可奈何的顺从。而维林格牧师却使自己看上去慈祥而不甚赞成；他眼睛周围有圈微光，像是戴着眼镜，可他没戴。莉迪亚坐在西蒙的左边，身穿一条朦胧、发亮的裙子，淡紫红底上混织着白色的纱。领子开得很低，露出她迷人的锁骨，身上散发出铃兰的湿润的芳香。她在紧张地绞动着手绢；但当她的目光与西蒙的目光相遇时，她微笑了。

西蒙呢，感到自己的脸上露出一丝让人不愉快的嘲笑；但那是假象，内心里他却像个狂欢节的小学生一样急不可待。他对什么都不信，期望着看把戏，并急于知道那把戏是如何耍的。

但同时他也希望感到吃惊。他知道这样的心态很危险：他必须保持客观。

有人敲门，这时门开得更大了。杰罗姆·杜邦医生拉着格蕾丝的手把她带进来。她没戴帽子，盘起来的头发在灯光下闪红光。她的领子是白的，身穿一件他从来没见过的衣服，显得异常年轻。她走起路来步子不稳，像是个瞎子，但她的眼睛却睁得很大，畏怯地盯着杜邦。西蒙这才意识到，格蕾丝此时的畏怯、苍白、无声的乞求正是自己一直想得到但没能得到的。

“我看大家都在这儿了，”杜邦医生说，“我对诸位的兴趣，或许也可说对诸位的信任，很满意。必须把灯从桌上拿走。昆内尔夫人，这样行吗？请把灯拧暗，把门关上。”

昆内尔夫人站起来，悄悄把灯挪到角落里的一张小桌子上去。维林格牧师把门关紧。

“格蕾丝坐这儿。”杜邦医生说。他让她背对窗帘坐下。“你坐得舒服吗？很好。别害怕，这里谁也不想伤害你。我已向她解释过，她只需听我的话，睡着就行了。你明白吗，格蕾丝？”

格蕾丝点点头。她坐得很直，嘴唇紧闭着，瞳孔在很弱的灯光下显得很大。她用两手紧紧抓住椅子的扶手。西蒙在医院的病房里见过这样的情形，这是那些疼痛难忍，等着做手术的病人表现出的动物的恐惧。

“这是完全科学的程序。”杜邦医生说。他这句话是对其他人，而不是对格蕾丝说的。“请抛弃所有关于催眠术的，以及对其他骗人的程序的想法。布雷德理论系统是完全具有逻辑性的，非常可靠的。它经过欧洲专家们的证明，是绝对不容置疑的。这个程序包括人为的放松，重新调整人的神经，从而引起神经催眠条件下的睡眠。这一现象可在鱼身上观察到（当你轻轻抚摸鱼的脊鳍时），甚至也可在猫身上发生。不过，用在高等动物身上，结果当然会更复杂。我请求诸位不要突然走动或高声喧哗，否则会对治疗对象产生震惊性的，甚至是非常有害的结果。我请求你们在格蕾丝入睡之前保持绝对安静，等她入睡之后才可以低声交谈。”

格蕾丝的眼睛盯着紧关着的门，似乎在考虑逃跑。她高度紧张；西蒙几乎能感到她像拉紧的绳子一样在发抖。他从来没见过她这么害怕。杜邦在把她带进来之前对她说了或做了什么？似乎他威胁过她；但是当他跟她说话时，她总是用信任的眼光看着他。不管怎么说，她不是害怕杜邦。

杜邦把灯又拧暗一点。室内的空气似乎因为一层几乎看不见的烟雾变得浑浊了。除去她眼睛里那玻璃似的光彩，格蕾丝的脸处于阴影之中。

杜邦开始他的疗程。他先谈到头发晕，想瞌睡；然后他告诉格蕾丝她的四肢浮起来，飘起来，好像在水里往下沉，沉，沉。他的嗓音单调，但使人感到安慰。格蕾丝的眼皮耷拉下来，呼吸变得深沉而均匀。

“你睡着了吗，格蕾丝?”杜邦问她。

“是的。”她说。她的声音很慢，充满倦意，但非常清楚。

“你听得见我。”

“是的。”

“你只能听见我?很好。你醒来时，会对这里的事一点也记不得。现在再往深处走走。”他停顿了一下，“请抬起你的右胳膊。”

那胳膊像被一根线拉着慢慢抬起来，直到伸直为止。杜邦说：“你的胳膊是根铁棍。没人能把它弄弯。”他朝其他人看了一圈说，“有没有人想试试?”西蒙有点动心，但决定还是不要冒那个险；这会儿他既不想信服，又不想彻底不相信。“没人想试试?”杜邦说，“那让我来吧。”他把两只手放在格蕾丝伸出的胳膊上，然后向前压。“我在用我全身的力气。”他说。那胳膊没打弯。“好了，你可以把胳膊放下了。”

“她的眼睛是睁开的。”莉迪亚惊慌地说；格蕾丝的上下眼皮之间确实有两道半月形的眼白。

“这很正常，”杜邦说，“但不重要。在现在的情况下治疗对象即便眼睛闭着，似乎也能辨明一些东西。这是神经组织的一种特殊现象，这里一定牵扯一些不能用已知的手段衡量的感觉器官。还是让我继续做下去。”

他俯下身来，好像在听格蕾丝的心跳。然后，他从身上的一个暗袋里拿出一块方布——女人用的浅灰色的面纱——把它轻轻地盖在她的头上，那布便一起一伏地动起来。现在只剩一个头了，面纱下面才有个脸的轮廓。这毫无疑问地让人想起裹尸布。

这太戏剧化，太庸俗了，西蒙心想；这很像十五年前小镇子的会堂里的情况。听众都是些容易上当的店员，闷声不响的农夫和他们乏味的妻子。口若悬河的江湖医生时常给人一些超然的谬论和庸医的医学忠告，为自己掏他们的腰包寻找借口。他想对这事付之一笑，但脖子后面已在起鸡皮疙瘩了。

“她看上去这么——这么怪。”莉迪亚低声说。

“回答或补救的希望是什么？在面纱后面，在面纱后面。”维林格牧师引经据典地说。西蒙弄不清他是不是想引人发笑。

“你说什么？”狱长夫人问。“噢，对了，是亲爱的丁尼生先生的诗句。”

“这面纱有助于集中精力，”杜邦医生低声说，“把外部的视觉挡上之后，内部的视觉会更加敏锐。现在，乔丹医生，我们可以安全地到过去一游了。你想让我问她什么？”

西蒙不知从哪儿开始。“问她金尼尔家的房子。”他说。

“哪一部分？”杜邦说，“一定要具体。”

“阳台。”西蒙说，他认为开始不能快。

“格蕾丝，”杜邦说，“你在金尼尔先生家的阳台上。你在那儿看见什么了？”

“我看见花了。”格蕾丝说。她的嗓音很深沉，而且有些沮丧。“日落了，我真高兴。我真想留在这儿。”

“要她站起来，”西蒙说，“走进房子。要她走到前厅里的地板门，也就是通往地窖的那个门那儿去。”

“格蕾丝，”杜邦说，“你必须……”

突然有声很响的敲门声，几乎像声小爆炸。是从桌子那儿传来的，要么是门那儿？莉迪亚尖叫一声，一把抓住西蒙的手。如果他挣脱开，会显得很粗暴；所以他没动，这时他感到她浑身像树叶一样发抖。

“嘘！”昆内尔夫人压低嗓音尖声说，“我们有个客人来了！”

“威廉！”狱长夫人轻声哭叫着，“我知道这是我的宝贝！我的小乖乖！”

“我请求你们，”杜邦不耐烦地说，“这可不是招魂会！”

格蕾丝在面纱下面焦躁不安地动着。狱长夫人往手绢里擤着鼻子。西蒙瞥眼朝维林格牧师看去。光线很暗，难以看清他的面部表情。他脸上像是带有婴儿肚子胀气时所有的那种痛苦的微笑。

“我很害怕，”莉迪亚说，“把灯拧亮！”

“还不行。”西蒙拍着她的手低声说。

又有三声很响的敲打声，像是有人在敲门，非要进来不可。“这太过分了，”杜邦说，“请叫他们走开。”

“我试试看，”昆内尔夫人说，“但是今天是星期四。他们已习惯星期四来了。”她低下头，拍起手来。过了一会，听见一阵断断续续的噼啪声，像是一把小石子从下水管道噼里啪啦滚下去。“好了，”她说，“我想这样就没事了。”

一定有个同谋，西蒙心想——门外或桌子下可能安了什么装置或机关——这到底是昆内尔夫人的房子。但谁知道她是怎么装上的呢？桌下除去他们的脚什么也没有。这是怎么操纵的呢？坐在这儿他感到一切很荒诞，像个无知的呆子，一个傻瓜。但他现在已不能离开了。

“谢谢你，”杜邦说，“医生，请原谅这个插曲。我们再向下问。”

西蒙越来越意识到握在手中的莉迪亚的手又小又热。其实整个房间挤得很让人不舒服。他很想把手松开，但是莉迪亚像铁钳一样夹着他。他希望没人看见。他的胳膊颤抖起来；他把两腿交叉起来。他忽然看见雷切尔·汉弗莱的腿，除去还穿着的长袜，腿是光的。他的手放在那两条腿上，她挣扎着，他把她按倒。她故意一面挣扎，一面透过她那几乎闭上的眼睛的睫毛观察她对他产生的效力。她像狡猾的黄鳝一样扭动着，像囚犯一样求饶。身上滑滑的，有层汗，是他的还是她的？每晚她的湿头发都盖着自己的脸，盖着他的嘴。被囚禁了。他舔过的地方的皮肤像缎子一样闪闪发亮。不能再继续下去了。

他说："问她是否与詹姆斯·麦克德莫特有过关系。"他没打算问这个问题；至少开始时没打算，也没想问得如此直接。现在他明白了：难道这不是他最想知道的一件事吗？

杜邦用平稳的声调向格蕾丝提了这个问题。格蕾丝沉默了一会儿，然后笑起来。要么是别的什么人笑了，因为那笑声不像格蕾丝。"关系，医生？你这是什么意思？"那声音有气无力，有些颤抖，像是水的声音，但很清楚，很清醒，"说真的，医生，你真是个伪君子！你想知道我是不是吻过他，跟他睡过觉，是不是他的情妇！是不是？"

"是的。"西蒙说。他感到震惊，但绝不能让别人看出来。他原来期望能从懒洋洋的、发愣的格蕾丝嘴里问出"是"或"不是"等一些单音节的回答；一些在自己的坚决要求下被迫的、在催眠状态下的回答。而不是这样粗野的嘲弄。这声音不可能是格蕾丝的；但到底是谁的声音呢？

"你想知道我是不是做了你想和抓住你的手的那个小贱货一起要干的事？"听见一声干笑。

莉迪亚噎了口气，手像被烧着了似的缩了回去。格蕾丝又笑了。"你想要知道，我就告诉你。是的，有关系。我常穿着睡裙在月光下，在外面（在院子里）与他幽会。我会紧紧抱着他，让他吻我，摸我，全身上下什么都摸，医生，就是那些你想摸我的地方。我总是能猜到你和我一起坐在那个闷气的缝纫室里时想些什么。不过就这些关系，医生。我只让他做这些。我这样可以操纵他；我对金尼尔先生也一样。我让他们俩都听我的话！"

"问她为什么。"西蒙说。他不能理解眼前发生的一切，但这可能是让他理解这一切的最后机会。他必须保持镇定，注意用直截了当的方式询问。他的声音在自己的耳朵听起来像是沙哑的乌鸦叫。

"我会这样呼吸，"格蕾丝说着发出一声很响的做爱时的呻吟，"我会身子扭来扭去。然后，他就说他什么都愿干。"她说完偷偷笑起来。"为什么呢？医生，你总是问为什么。总是喜欢探听别人的事。你这么好奇！俗话说好奇心会让猫丧命，这你应该是知道的，医生。你应该当心你身边的那只小老鼠，当心她那毛茸茸的小老鼠洞！"

使西蒙感到吃惊的是，维林格牧师咯咯笑起来；也许他在咳嗽。

"这太不像话了，"狱长夫人说，"我不能坐在这儿，听这样的脏话！莉迪亚，跟我一起走！"她已想站起来；裙子发出沙沙的声音。

"请等一下，"杜邦说，"道德上的稳重应该让位于科学的利益。"

在西蒙看来，这事整个乱了套。他必须抓住主动权，至少要争取抓住，不能让格蕾丝猜出他在想什么。他听说过处于催眠状态中的人有洞察力，但他过去不相信。"问她，"他严厉地说，"一八四三年七月二十三日，星期六那天她去没去过金尼尔先生家的地窖。"

"地窖，"杜邦说，"你必须想象地窖的情况，格蕾丝。回到过去，走下阶梯……"

“好的，”格蕾丝用新的、有气无力的声音说，“沿着走廊，打开地板门；走下地窖楼梯。大酒桶，威士忌，还有蔬菜储藏在满是沙子的盒子里。就在地上。是的，我去过地窖。”

“问她是否在那儿看见南希了。”

“噢，是的，我看见她了。”沉默了一会儿，“就像透过面纱我能看见你一样，医生，我也能听见你说话。”

杜邦看上去很吃惊。“反常，”他咕哝着，“不过这不是没有先例的。”

“她还活着吗?”西蒙问道，“你看见她时，她是不是还活着?”

那声音偷偷地笑着说。“她一半活着，一半死了。她需要”——一声鸟似的颤抖的尖叫——“有人帮她解除痛苦。”

维林格牧师猛然倒吸了一口气。西蒙可以感到自己的心在咚咚直跳。“你帮着把她勒死的?”他问。

“是我的手绢把她勒死的，”又是一阵鸟似的尖叫，一阵咯咯笑声，“上面有那么漂亮的图案!”

“无耻，”维林格轻声地说。他一定在想他为她做的那么多祈祷，花费的那么多笔墨。那么多信件，那么多请愿，以及对她的信念。

“很可惜我把那手绢丢了。那是我母亲的，我已保存了很久。我本该把它从南希的脖子上解下来。但詹姆斯不让我解，还有南希的金耳环他也不让拿。上面有血，可那血是洗得干净的。”

“是你把她弄死的，”莉迪亚轻声说，“我一直是这样认为的，”她话语中不禁流露出钦佩之情。

“是手绢把她弄死的。手拿着手绢，”那声音说，“她非死不可。罪恶的工钱是死亡。这次那位绅士也死了，至少也死了一次。公平合理!”

“噢，格蕾丝，”狱长夫人呻吟着说，“我可没想到你会做这样的事！这些年来你欺骗了我们！"

那声音很高兴。"别瞎扯了，"她说，"你们自己欺骗了自己！我可不是格蕾丝！格蕾丝一点也不知道这些！"

房间里没一个人作声。那声音开始哼起歌来，像蜜蜂一样尖细着声音哼着："'多年的岩石，为我开裂，让我藏身于你！让水与鲜血……'"

"你不是格蕾丝。"西蒙说。尽管房间里很热，他却感到浑身发冷。"如果你不是格蕾丝，你是谁？"

"'为我开裂……让我藏身于你……'"

"你必须回答，"杜邦说，"我命令你！"

又听到一阵敲击声，响而有节奏，像是有人穿着木鞋子在桌子上跳舞。然后传来一个很低的声音："你不能命令。一定要猜！"

"我知道你是个魂灵，"昆内尔夫人说，"他们能通过昏睡中的人的嘴说话。他们利用我们实际存在的器官。这个魂通过格蕾丝的嘴说话。但你知道他们有时会说谎。"

"我不在说谎！"那声音说，"我不再说谎了！我已不需要说谎了！"

"你不能总相信他们，"昆内尔夫人说，似乎在谈论一个孩子或仆人，"很可能是詹姆斯·麦克德莫特到这儿来玷污格蕾丝的名声，来指控她。那是他生前做的最后一件事。那些死前心里怀有复仇念头的人常常困惑于尘世，上不了天堂。"

"请别说了，昆内尔夫人，"杜邦医生说，"这不是魂灵。我们这里所亲眼见到的一定是自然现象。"他听上去有些不顾一切了。

"不是詹姆斯，"那声音说，"你这个老骗子！"

"那么是南希。"昆内尔夫人说，她似乎丝毫不受辱骂的影响。"他们常常很粗鲁，"她说，"他们骂我们。有些魂灵很生气——那些留在尘世的魂灵不能接受死亡这一事实。"

"不是南希，你这个愚蠢的笨蛋！南希什么也不能说，脖子被勒成那个样子，她一句话也说不出来。她曾经有过那么漂亮的脖子！但南希已不再生气了，她不介意，南希是我的朋友。她现在明白了，要和别人分享东西。好了，医生，"那声音带有哄骗性地说，"你喜欢猜谜语。你知道答案。我告诉你那是我的手绢，我把那条手绢留给格蕾丝，当我，当我……"她又开始唱起了："'噢不，她的眼睛里正显露出真情，这使我热爱玛丽……'"

"不会是玛丽，"西蒙说，"不会是玛丽·惠特尼。"

又有一声拍手的声音，好像是从天花板上传来的。"我叫詹姆斯去干的。我催着他干。我一直在那儿！"

"哪儿?"杜邦问。

"这里！和格蕾丝在一起，就像现在一样。躺在地板上很冷，只有我一个人，我需要保暖。但是格蕾丝不知道，她从来不知道！"那声音不再取笑人了，"他们差点绞死她，那会冤枉她的。她什么也不知道！我只是借用了一会儿她的衣服。"

"她的衣服?"西蒙问。

"她在尘世的外壳，她的肉体服装。她忘了打开窗户，所以我出不去！但我并不想伤害她。你千万不要告诉她！"那小声音现在在求情。

"干吗不能告诉她呢?"西蒙问。

"你知道为什么，乔丹医生。你是不是想让她回到精神病院去？起初我很喜欢那儿，我能大声说话，能笑；我还可以知道发生了什么事。但没人听我的。"可听见一个弱小而无力的声音在抽泣。"没人听我的。"

"格蕾丝，"西蒙说，"不要再玩把戏了！"

"我不是格蕾丝。"那声音更有些踌躇地说。

"是不是真的是你?"西蒙问道，"你是不是在说实话？不要害怕。"

“你看，”那声音呜咽着说，“你还是老样子，你不愿听我说，你不相信我，你想让事情像你想象的一样，你什么也听不见……”声音渐渐地越来越轻，接着是一片沉默。

“她走了，”昆内尔夫人说，“你总是能知道他们什么时候回到自己的地方去了。你可在空气里感到；是种电流。”

很长一段时间没人说一句话。然后，杜邦医生先有了动静。“格蕾丝，”他俯下身去说，“格蕾丝·马克斯，你能听见我吗？”他把手放在她肩膀上。

又沉默了很长时间。在此期间他们可以听见格蕾丝喘气，现在已不那么均匀了，像是睡眠不安了。“能。”她终于说话了，这次用的是她平常的嗓子。

“我现在要把你带上来了。”杜邦说。他轻轻地把面纱从她头上拿去，放在一边。她的脸很平静，光滑。“你正在向上浮，向上浮。从底层浮上来了。你不会记得这里发生的事。我的手指打个响，你就会醒来。”他走到灯跟前，把灯拧亮，然后回来把手放在格蕾丝头旁边。两个手指一捻，打了个响。

格蕾丝动起来，睁开眼睛，迷惑地看看四周，朝他们微笑。这是冷静的微笑，再不紧张、恐惧了。是个温顺的孩子的微笑。“我一定是睡着了。”她说。

“你是不是记得什么事？”杜邦医生急切地问，“刚才发生的事？”

“记不得，”格蕾丝说，“我睡着了。但是我一定在做梦。我梦见我的母亲。她浮在海里，很平静。”

西蒙松了口气；从杜邦的表情看得出他也松了口气。他拉着她的手，把她从椅子上扶起来。“你可能会感到有点头晕，”他轻声对她说，“常有这样的情况。昆内尔夫人，你是否能让她在卧室里躺一下？”

昆内尔夫人和格蕾丝一道离开房间，她扶着她的胳膊，像扶个病人似的。但是，格蕾丝现在走起来轻快多了，似乎还挺高兴。

49

男人们留在图书室里。西蒙很高兴他是坐着；他现在最希望能有一杯好的烈性白兰地，来稳定自己的神经。但是，和这些人在一起是没希望满足这一愿望的。他感到头晕目眩，不知道是不是他原先的热病又复发了。

“先生们，”杜邦开了腔，“我感到很糊涂。过去从来没经历过这样的事。今天所得的结果是最让人预料不到的。通常来说，治疗的对象应该只听主持医生的指令。”他听上去甚感震惊。

“可是两百年前的人就不会感到糊涂了，”维林格牧师说，“这会是一桩很明显的着魔的例案。他们一定会发现玛丽·惠特尼附在格蕾丝·马克斯的身上，所以是她应该对纵容犯罪、帮助勒死南希·蒙哥马利负责。他们一定会驱魔的。”

“但这是十九世纪，”西蒙说，“所以，这或许是桩神经病的病例。”他很想说“一定是”，但又不想过于直率地顶撞维林格。况且，他仍然感到相当震惊，不知自己是否有争辩的脑力。

“过去有过这样的先例，”杜邦说，“早在1816年，纽约有个玛丽·雷诺兹。她的奇怪的双重性格由纽约的S·L·米奇尔医生描述过。你是否熟悉这个病例，乔丹医生？不熟悉？打那以后，韦克利在《柳叶刀》杂志上写了很多文章，讨论这一现象。他称之为‘双重意识’，但是，他绝对拒绝可以通过神经催眠法发现所谓的第二性格，因为治疗对象很可能受医生的影响。他从来就是极力反对催眠术和其他相关的治疗手段，他在这方面一向保守。”

“据我回想，普伊西格尔也描述过这类现象，”西蒙说。“这可能是一例所谓‘双重个性’的病例。也就是说，病人在梦游性的昏睡状态中表现出与醒着时截然不同的个性，而这两种个性之间互无联系。”

“先生们，这事非常难以让人置信，”维林格说，“可是比这还奇怪的事也曾发生过。”

“大自然有时让一个身体有两个脑袋，”杜邦说，“既然这样，为什么不能让一个脑子里有两个人呢？可能会有这样的先例。不仅有普伊西格尔描述过的意识的两种状态互相替代的先例，而且有两个不同的个性共存于一个身体的先例。因为它们各自有自己的记忆系统，所以实际上是两个不同的人共存于一体。如果你们都同意（当然这点我们还可探讨），我们的记忆给自己下定义。”

“也许，”西蒙说，“在很大程度上，我们的遗忘也给自己下定义。”

“如果你们说得对，”维林格牧师说，“灵魂是什么呢？我们不能只是拼凑起来的躯体！这是个让人恐怖的说法；如果真是这样，所有与道德责任及道德本身（根据我们目前的定义）有关的概念都会遭到嘲弄。”

“那另一个声音，不管它是什么，”西蒙说，“表现出凶暴的性格，很值得注意。”

“但那凶暴并非没有一定的逻辑性，”维林格干巴巴地说，“它还具有在黑暗中看东西的能力。”

西蒙记起莉迪亚的暖和的手，不知不觉地脸红了。此时此刻他真希望能把维林格弄到海底去。

“如果是两个人，为什么不能有两个灵魂？”杜邦接着说，“也就是说，如果硬要把灵魂拉进来的话。或者，也可考虑三个人，三个灵魂。不是有三位一体吗？”

“乔丹医生，”维林格牧师没搭这个神学上的挑战的茬，却问西蒙，“你将在报告中如何写这段？从医学的角度来看，今天晚上发生的事一定是非同寻常的。”

“我得好好考虑我该采取的态度，”西蒙说，“要很认真地考虑。不过，你一定清楚这一点：如果我们接受杜邦医生的前提，格蕾丝·马克斯已被免罪。”

“要承认这样一种可能性，需要有信仰上的飞跃，”维林格牧师说，“我本人会祈祷让我们有这样的力量去达到这样的飞跃。我一直认为，或至少是希望，格蕾丝是无罪的，不过我必须承认我刚才有些动摇了。但是，如果我们目睹的是自然的现象，我们有什么资格质疑呢？所有现象的基础都是上帝，上帝让这些现象出现一定是有原因的；不过在肉眼看来有些原因会很不明确。”

西蒙独自一人走回家。晚上的空气清爽而温暖，月亮几乎已是满月，被雾似的雨云围绕着。空气里散发着割下的青草和马粪的味道，并夹带着点狗的气味。

整个晚上他尽可能注意自我控制，但现在他感到脑子像个烤栗子，或像是个着了火的动物。无声的嚎叫在内心回响；体内有种迷惑而又疯狂的行为在发生，一种穷于应付、到处乱撞的动作。图书室里发生了什么？格蕾丝是真的处于昏睡状态，还是在做戏，暗自发笑？他很清楚自己当时的所见所闻，但那很可能是假象，但他又不能证明这一点。

如果他把亲眼见到的写在报告里，再把报告附在任何为格蕾丝·马克斯写的请愿书里，他知道所有成功的机会便会因此一笔勾销。请愿书是由司法部长这样的人阅读；他们都是头脑冷静、讲究实际的人，只认确凿的证据。如果这报告公之于众，收藏入档，并广为流传，他会马上成为笑柄，特别是在现有的医学界圈子里。那将会彻底破坏他建立精神病院的计划；如果让人知道医院的创办人是个相信神秘声音的傻瓜，谁还愿送病人到这个医院来呢?

他不做假证是无法写出维林格想要的那份报告的。最保险的事是什么也不写,但维林格是不会轻易地放过他的。可是,事实是他不能肯定什么是实情;他感到实情捉摸不定。或者,更确切地说,格蕾丝太捉摸不定了。她一下滑到他的前面去,让他够不着,然后再回过头来看看他是否还在后面跟着。

他猛地一下不想再考虑格蕾丝,把思绪转到雷切尔。至少她是他能对付、用手抓住的。她不会从他指缝里溜走。

房子里一片漆黑;雷切尔一定睡着了。他不想见她;他今晚对她没有欲望。相反,一想到她,想到她那紧张的、骨头颜色的身体和她身上的樟脑、枯萎的紫罗兰的味道就使他充满无端的厌恶。但是,他知道只要一踏上门槛这一切就会改变。他要蹑手蹑脚地走上楼梯,好不与她打照面。然后他要转过去,走到她房间,用力把她摇醒。今晚他要打她,就像她恳求他的那样;他过去从来没这样做过,这是破天荒第一回。他想因为自己对她的迷恋而惩罚她。他想叫她哭,但不要声音太高。要不,多拉会听见,出去大肆宣扬丑闻。很奇怪,多拉过去没听见他们;其实,他们越来越不注意了。

他知道已快接近全套节目的尽头;接近雷切尔所能提供的一切的尽头;接近雷切尔的尽头。但走到尽头之前会是什么呢?尽头本身会以什么形式出现呢?一定要有结局,要有终曲。他想象不出。或许,今晚他应该禁欲。

他用钥匙打开门,尽可能轻地把门推开。她就在那儿;在黑黑的门厅里等着他,她的睡裙在月光下发出惨淡的光。她用胳膊搂着他,把他往怀里拉,身子紧紧贴着他。她的身体在发抖。他有种冲动想用手把她打开,好像她是挡住他脸的蜘蛛网,或是一团绞在一起的果冻。可是他却吻了她。她的脸是湿的;她一直在哭。现在又在哭。

“嘘，”他边抚摸着她的头发，边轻声说，“嘘，雷切尔。”这是他想让格蕾丝做的——浑身发抖地依附着他。他脑子里时常浮现出这个场景。不过现在他已看见了，只是这种场景出现的戏剧性的方式叫人难以置信。他头脑中的那些场景总是很有技巧地用灯光照着，那姿势（包括他自己的）总是倦怠而优美，带有一种高贵的颤抖，就像是芭蕾舞剧里的死人场面。擦母鹿似的眼睛是一回事，可擦母鹿似的鼻子则是另一回事。他在口袋里搜索手绢。

“他要回来了，”雷切尔用刺耳的声音对他耳语道，“我收到他一封信。”有一会儿西蒙不知道她在说什么。当然是少校了。西蒙已在想象中把他寄存在某个无底的狂饮场所，然后把他忘了。

“啊，我们怎么办？”她叹息道。这句让人想起情节剧的话并没减弱真实的情感，至少对她而言。

“什么时候？”西蒙低声问道。

“他给我写了封信，”她抽泣着说，“他说我一定要饶恕他。他说他已改邪归正，想开始新生。他总是这样说。现在我必须失去你，这是让人不能忍受的！”她的肩膀在抖动，搂着他的双臂随着震动越搂越紧。

“他什么时候回来？”西蒙又问。他过去曾想象过的场面又生动地出现在眼前：他正插在雷切尔体内，少校出现在门口，气得拔出剑来。这场面给他一种由害怕而引起的令人愉快的刺痛。

“两天后，”雷切尔哽咽着说，“后天晚上，坐火车来。”

“来吧，”西蒙说。他拉着她走过前厅去她的卧室。既然他已知道他同她的分手不仅是可能的，而且是必需的，他感到一阵对她的强烈欲望。她点着一根蜡烛；她知道他的情趣。留给他们的时间不多了；很快就要被发现。据说惊慌和害怕加快心跳，提高性欲。他在脑子里记录下来，“的确如此”。这可能是最后一次把她推倒在床上，重重地压在她身上，在多层布中搜摸了。

“不要离开我，”她哼着说，“不要把我一人留下给他！你不知道他会对我做什么！”这次她痛苦的扭动是真的。“我恨他！他要死了就好了！”

“嘘，”西蒙低声说，“多拉会听见的。”他几乎希望她能听见；这会儿他感到很需要观众。他想象出床边有一圈旁观者：不仅有少校，还有维林格牧师和杰罗姆·杜邦、莉迪亚。特别还有格蕾丝·马克斯。他想让她感到嫉妒。

雷切尔不再动了。她的绿眼睛睁着，直看着西蒙的眼睛。“他并不一定非得回来。”她说。她眼睛里的虹膜非常大，瞳孔只有针孔大小。她是不是又在服鸦片酊？“他可能会在房子里出个事故，你可以把他埋在院子里。”这不是即兴的念头；她一定一直在策划。“我们不能留在这儿，他的尸体可能会被发现。我们可以去美国，坐火车去！那样我们就可以在一起了。他们永远不会找到我们！”

西蒙把嘴压在她嘴上，想让她不要说了。她却认为这表明他同意这样做。“啊，西蒙，”她叹息道，“我知道你不会离开我！我爱你胜过爱自己的生命！”她在他脸上吻遍了，动作变得像癫痫病人。

这是她诱发激情的另一个办法，尤其是用来诱发自己的激情。完事之后，西蒙躺在她身旁休息时，脑子里在勾画着她想象的图谋。很像是三等惊险小说，充其量不过是安斯沃思或布尔沃-利顿①小说中最嗜血、最平庸的场面：黄昏时光，少校醉醺醺地一个人摇摇晃晃走上前台阶，走进门厅。雷切尔就在那儿：他

---

① 哈里森·安斯沃思（1805—1882），爱德华·布尔沃-利顿（1803—1873），两位英国维多利亚时期的二流小说家，擅长写迎合读者口味的惊险小说。

打了她，然后带着酒鬼的色欲一把抓住她畏缩的身子。她尖叫起来，向他求饶，他像恶魔一样大笑起来。但是救星就在眼前：有人从后面在他的头上用铁锹重重地击了一下。他像木头一样咚的一声倒下来，被拽着脚跟顺着走廊拖到厨房，那里西蒙的皮包正等着。他用手术刀刺进颈静脉；涌出的血一下流在污物桶里；一切就完毕了。月光下挖土挖了好一阵，把他埋进白菜地。雷切尔身披一件与场景相配的披肩，手拿一盏发出昏暗的光的灯笼，发誓她将永远是他的。

但是多拉在厨房窗户里看见了。不能让她逃走。西蒙围着房子追她，把她逼到洗碗室，像宰猪一样把刀插入她的喉咙。雷切尔在旁边发抖，吓晕了过去，但很快就像个真正的英雄一样振作起来，上来相助。埋多拉要挖很多土，挖更深一个坑。然后他俩就在厨房地上纵起欲来。

半夜的拙劣表演到此结束了。接下来怎么办呢？他成了谋杀犯，雷切尔是唯一的目击者。他要与她结婚，被用锁链拴在她身上，像她期望的那样与她化为一体。他永远不能自由。但有一点她肯定没想过：一旦到了美国，她就必须隐姓埋名。她将没有名字，成为一个无名的女人，成为那种常在运河或其他水道上漂浮的女尸："不知名的女尸在运河上漂浮"。谁会怀疑是他呢？

他使用什么方法呢？在床上当她极度兴奋时，她自己的头发会绕住脖子，只需稍加一点压力。这样做可产生恐怖引起的快感，与恐怖小说的风格很合适。

到了早晨她会忘掉这一切。他又转向她，抚摸她的脖子。

太阳光把他照醒；他还躺在她身边，在她床上。昨天夜里他忘了回自己的房间；他实在太累了。他可听见多拉在厨房里叮叮当当的声音。雷切尔侧身躺着，一只胳膊支撑着，看着他；她光着身子，但用床单裹着。她的上臂有块青，他不记得是自己弄的。

他坐起来。"我必须走了，"他低声说，"多拉会听见的。"

"我不在乎。"她说。

"但你的名声……"

"没关系，"她说，"我们只要在这儿再住两天。"她的口气很实际；认为这已是决定了的事，就像是一笔定下的买卖。他突然意识到——怎么他才意识到呢？——她可能精神不正常，或是快不正常了；要么，至少是个道德败坏的女人。

西蒙拿着鞋子和上衣，像个淘气的大学生在外面狂欢回来，悄悄地爬上楼去。他感到浑身发冷。他只是在做戏，可她却误认为是事实。她真的认为他，西蒙，会出于对她的爱谋杀她的丈夫。可如果他要拒绝她，会怎么样呢？他脑子里一阵混乱；脚下的地板好像不是真的，似乎马上就要崩溃。

早饭前他找到她。她坐在客厅里的沙发上；她站起来用很热烈的吻来向他问好。西蒙抽出身来说他病了；是他在巴黎染上的疟疾热复发了。如果他们要完成想做的事——他这样说是为了解除她的武装——他必须马上服药治疗，否则后果就不堪设想。

她摸摸他的前额（他事先在楼上已用海绵弄湿），恰如其分地感到惊慌，同时也流露出一些欢欣：她打算护理他，尽到女人的另一个职责。他可以看到她脑子里所想的：她会做牛肉茶和果冻，会用毯子和塞满芥末的带子把他裹起来，会把他身上露出或可能露出的地方都用绑带绑上。他的体质会变弱，变得弱不禁风，无能为力，也就会被她紧紧地控制：这就是她的目的。他必须趁还来得及，从她手中逃出去。

他吻了一下她的指尖，温情地说，她必须帮助他。他的生命都握在她手中。他往她手中塞了张写给狱长夫人的纸条：因为他不认识当地任何医生，他需要有个医生的名字。一旦她拿到那医生的名字，就必须赶快到医生那儿去取药。他用难以辨认的字迹写了个处方，并给了她买药的钱。多拉不能去，他说，因为他很难信任她会尽快去办。时间是至关重要的：他的病必须立刻得到治疗。她点点头，她明白：她会尽力去做任何事，她热烈地答道。

她脸色发白，浑身发抖，但嘴唇紧闭着。她戴上帽子，匆忙地走了。她一走远，西蒙就擦干脸，开始打包。他叫多拉去租辆车，很慷慨地给了她小费。在等多拉回来的同时，他给雷切尔写了封信，礼貌地与她道别，为自己母亲的健康祈祷。他在信里没称她为“雷切尔”。他放进去好几张银行支票，但没写任何亲热的话。他是个老练的人，不会就这样被拴住或被讹诈：即便她的丈夫去世，她也不能因为他违约而提出控诉。也许她会自己把少校杀了；她完全有能力这样做。

他也想到给莉迪亚留张便条，但又改变了主意。幸运的是，他还没做过任何正式的表白。

马车来了——倒更像是个运货马车——他把两个旅行袋扔上去。“去火车站，”他说。一旦他安全离开就会给维林格写信，答应会写报告，借以拖延时间。他毕竟可以写些东西，写些不让他完全丧失信誉的东西。但是，最为重要的是，他必须把这段灾难性的插曲坚决地留在身后。他会很快去看望母亲，重新料理财务之后，就要去欧洲。如果他母亲用钱能更少些——她是能做到的——他还勉强有钱去欧洲。

他走进火车车厢，眼见那门紧紧地关上，这才感到安全。车里有个穿制服的乘务员对他也是种安慰——到底又恢复了正常的秩序。

一旦到了欧洲，他会继续自己的研究。他会研究各种主要的思潮，但他暂时还不能增加一个新学派。他已走到了无意识的门槛，往门里看过；更确切地说，他向下看过。他完全可能摔倒，掉进去，淹死。

或许，最好能抛弃理论，而把注意力放在筹款的方法上。他回到美国就要发奋努力。要用讲课的方法获得赞助者。他要建立一个模范的精神病院，院内会有精心管理的环境和最好的卫生和排水系统。不管是什么样的设施，美国人最喜欢的是表面上的舒适。一个精神病院如果有宽敞而舒适的病房、做水疗的设施和很多机械治疗设备，就很可能会成功。一定要有旋转起来发出呼呼声的小轮子，一定要有橡胶的吸杯和连在头盖骨上的电线，以及测量用的仪器。他要在自己的开创书里写进“电疗”一词。关键是要让病人清洁、顺从（可用药物达到这个目的），并要让他们的亲戚敬佩、满意。就像孩子上的学校，一定要满足的不是校内的学生，而是付钱的那些人。

这一切将会是种折中方案，但他已经（似乎很突然地）到了需要折中的年龄。

火车开出了车站。先是一股黑烟，接着是一声长长的哀鸣，那哀鸣像个遭到挫折的幽灵沿着铁轨尾随着他。

直到火车快开到康沃尔时，他才让自己想起格蕾丝。她会不会认为他抛弃了她？也许是因为对她失去了信任？如果她对昨晚发生的事真是一无所知，她这样想是可以理解的。她会被他弄得很迷惑，就像是他对她感到迷惑一样。

她现在还不会知道他已离开金斯顿。他脑子里浮现出她习惯地坐在椅子里缝被子的情形，她也许正唱着歌；等着他的脚步出现在门口。

车外开始下起毛毛雨。过了一会儿，火车一摇一晃地把他摇睡着了；他身子靠在墙上。现在格蕾丝正在阳光下从一个大草坪的那边向他走来。穿的一身白，抱着一把红花；一切是这么清楚，他可以看见花上的露珠。她的头发松散着，赤着脚；她在微笑。然后他看见她脚下踏的不是草，而是水。但当他要上前拥抱她时，她就像雾似的消散而去。

他醒来。他还在火车上，窗口飘过一股灰烟。他把嘴按在玻璃上。

XIV

字母『X』

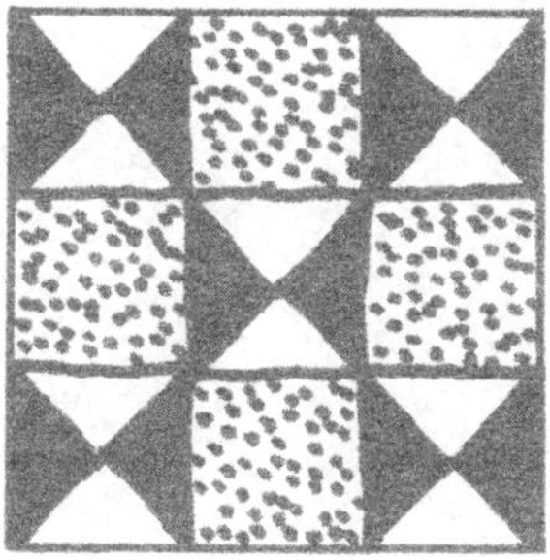

1863年4月1日——罪犯格蕾丝·马克斯犯的是双重杀人罪。她的胆大妄为没能表明她的敏感，可她缺少感恩之情这一事实却令人信服地证明了她不幸的个性。

1863年8月1日——这个不幸的女人已变成很危险的人物，我非常害怕她会向我们显示她究竟还能干什么。不幸的是，有人支持她。如果没有她身边那些人的支持，她是不敢像现在这样说谎的。

——所长日记，省教养所，金斯顿，加拿大西部，1863

……她在教养所被监禁的三十年中表现优秀。后一段她是以一个受信任的犯人身份在狱长家里度过的。金斯顿有一大批有影响的绅士都认为根据她的品行，应给她赦免。虽然麦克德莫特公开地把她描述成可怕的女魔鬼的化身，他们都对此抱有极大的怀疑。

——威廉·哈里森，《金尼尔惨案回忆录》，为《纽马克特时代报》而作，1908

我的信！全是无生命的纸，哑不作声的白纸！
可它们似乎都栩栩如生，微微颤抖
随着我发抖的双手，细线正从手中慢慢放走……

——伊丽莎白·巴雷特·勃朗宁，《来自葡萄牙人的十四行诗》，1850

50

致 C·D·汉弗莱夫人；发自加拿大西部金斯顿，西蒙·乔丹医生。

1859 年 8 月 15 日

亲爱的汉弗莱夫人：

因家中有急事，我必须马上回去安排。我在匆忙地写这纸条。我亲爱的母亲一直身体不好，但由于健康突然恶化，现在已到死亡门口。我只能祈祷，希望我能在她弥留之际见到她。

很抱歉，我不能等到当面向你道别，并当面感谢你在我做房客期间对我的好心关照。但是，我可以肯定，凭着做女人的心和敏感，你会很快地理解我必须立刻离开的必要性。我不知道我要走多久，或今后是否还会再回到金斯顿。如果我母亲去世，就需要我来照看家里的事务；但如果她还能在我们身边待一阵，我就会守在她的身旁。一个为自己的儿子做出如此大牺牲的母亲应该得到自己儿子做出的更大牺牲。

我再回到你们的城市的可能性很小；但我会永远记住在金斯顿度过的时光。在我的记忆中，你很可敬。你知道我非常敬佩你在逆境中的勇气，很尊重你；我希望你心里对我也有同感。

你最诚挚的，

西蒙·乔丹

附言：在所附的信封里我留给你一些钱，我希望这钱能足以付清我拖欠的各种小账。

又附言：我相信你丈夫很快能回来与你幸福团聚。

——西蒙

*　*　*

寄自美国马萨诸塞州路密斯维尔镇拉布尔纳姆住宅威廉·P·乔丹夫人；致加拿大西部金斯顿低联合街C·D·汉弗莱夫人。

1859年9月29日

亲爱的汉弗莱夫人：

我冒昧地把你寄给我儿子的七封信退还给你。这些信在我儿子不在期间已累积在这儿；仆人不慎把它们拆开，所以在你的封印处出现了我的封印。

我儿子现在欧洲的私立精神病院和诊所巡回参观，这对他做的工作是非常必要的。他的工作至关重要，将会减轻人类的痛苦。这项工作绝对不能因不很重要的琐事所干扰，尽管在不理解这任务的重要性的人看来那些琐事很紧迫。因为他行踪不定，我无法把你的信转给他，所以我现在把它们退还给你。我猜想，你很想知道久无回音的原因。不过我请求能加一句，没回音本身就是回音。

我儿子提到过你可能会试图重建你与他的关系。尽管他很谨慎，没细谈，但我并不是个与世隔绝的病人，我会听话听音。如果你愿意接受一位老妇人的苦口良言，请允许我谈谈我的看法。

两性之间长久的结合中，年龄和财产上的差异很大总是不利的。但如果道德观不一致，就会有更大的不利。处在你的境况里的女人如有草率、鲁莽的行为是可以理解的。我完全可以体会到不明自己的丈夫下落的烦恼。但你必须了解，如果这样的丈夫死了，有道德观念的男人一定不会娶一个过早地尽其妻子职责的女人。由于天性和上帝的教义，男人有一定的自由；但是对婚约的忠贞却是对女人的基本要求。

我刚开始过寡妇生活时，发现每天读《圣经》很能使头脑镇定；并且，少量的针线活也能帮助分散精力。除了这些，可能你有个体面的女朋友，会在你痛苦时安慰你，但同时又不过于爱打听。社会所相信的并不总等于是事实；但涉及到一个女人的名声，社会相信的就是事实。因此，必须采取一切措施保护自己的名声。不能把自己的痛苦外扬，它会变成恶意中伤的话题。因为这个缘故，不要把自己的感情写在信里才是明智的。信一定要通过公共邮政传递，很可能被人在不被写信人知道的情况下偷看。

汉弗莱夫人，请接受我所表达的情感。我都是为了你今后的幸福才写了这些。

你最诚挚的

康斯坦斯·乔丹（夫人）

* * *

寄自加拿大西部金斯顿，省教养所格蕾丝·马克斯；

致西蒙·乔丹医生。

1859年12月19日

亲爱的乔丹医生：

我在克拉利的帮助下给你写信。克拉利一直是我的朋友，是她帮我弄到这张纸的，并答应在我写好之后帮我寄出去。她帮我做这些事的条件是要我在洗花边和衣物上的污渍时额外地帮她的忙。可是，问题是，因为不知道你上哪儿去了，我不知这信往哪儿寄。但如果我得知了你的地址，就会把这信寄给你。我希望你能看懂我的字；我还不习惯写信，而且每天只能用很短的时间写信。

当我听说你没跟我打招呼就这么快离开时，感到很痛苦。我想你一定是病了。我不能理解为什么我们在一起谈了那么多，你走时也不跟我说声再见。我当时就在楼上的过道里晕死过去，卧室女仆惊慌起来，把一花瓶花，带着水，一股脑浇在我身上。这很快叫我苏醒过来，不过花瓶破了。她以为我又要发病，再次发疯；但并不是这么回事。我在很好地控制自己，主要是因为这么突然地听到这个消息，外加我常犯的心悸才晕倒的。那花瓶在我前额砸了个口子。让人惊奇的是，头上很浅的一块伤会流出那么多血。

你走了我很不高兴；我很喜欢我们在一起谈话。并且，他们说你应该代表我给政府写封信，给我免罪，但恐怕你永远也不会写这封信了。一开始有希望，然后希望又破灭了，什么也不能比这更让人丧气的了。这几乎比开始时就没希望还糟糕。

我非常希望你能写封对我有利的信，我会非常感谢你这样做，并希望你注意身体。

格蕾丝·马克斯

*　　*　　*

寄自西蒙·P·乔丹医生，瑞士克鲁茨林格贝尔维尤宾斯旺格医生转；

致美国马萨诸塞州多尔切斯特爱德华·默基医生。

1860年1月12日

我亲爱的爱德：

请原谅我这么久才给你写信，告诉你我的地址变了。事实是情况弄得有些糟，我花了一些时间才恢复过来。正如彭斯①所说，“对老鼠亦如对人一样，最精心安排的计划也会出错。”因为我不知不觉地陷入了很可能就要对我本人和我的前程造成很大损害的复杂局面，我被迫极为仓促地逃离金斯顿。等到哪天我们一人手里拿着一杯雪利酒时，我会把整个故事告诉你。不过现在对我来说这还不像个故事，倒像是个噩梦。

尤其是我对格蕾丝·马克斯的研究到最后出现了令人不安的发展；我甚至不知道自己当时是醒着还是睡着了。想到我在开始这项研究时所抱的极高的期望，——你知道，我当时肯定我的伟大发现将使世界感到震惊，充满敬意——我现在几乎有理由感到绝望。可是，那些到底是极高的期望，还仅仅是追求个人名利的野心？从这个角度来说，我还不完全清楚。但如果只是为了后者，也许我已得到很好的报复。这整个事情都是我在做徒劳的探索，无效的捕风捉影。我在想方设法地要分析另一个人的理智，而差点弄得自己理智混乱。就像与我同名的使徒一样②，我把网撒到很深的海里；不过与他不同的是，我很可能拉上来一个美人鱼，非鱼非人，但既是鱼又是人，唱着甜蜜而危险的歌。

我不知道是否要把自己看作不知不觉受人愚弄的人，或者更

---

① Burns（1759—1796），苏格兰诗人。

② 指的是西蒙·彼得，后成为基督使徒之一。

糟糕，是个自欺欺人的傻瓜。但是，这些猜测本身就可能是个错觉，也许我一直在跟一个清白无罪的女人打交道，可我自己把事情看得过于复杂，看不清这个显而易见的事实。我必须承认（只能对你），这事弄得我差点神经衰竭。*对事实一无所知*——只能靠暗示，警告，提示，逗弄人的耳语——跟鬼怪缠身一样糟糕。有时夜里她的脸在黑暗中浮现在我的面前，像是什么可爱而又不可思议的海市蜃楼——

请原谅我这些疯狂的瞎扯。只要我能看清道路，仍旧感到会有很大的发现；不过到目前为止我仍是只靠着沼泽地的光在黑暗里徘徊。

谈谈好的一面：这里的诊所很干净，效率很高，正在探索不同的治疗方法，其中包括水疗法。我实施自己的项目时会把它作为模式。宾斯旺格医生非常好客，让我查看了这里一些很有趣的病例。使我感到宽慰的是，这些病人中没有著名的女谋杀犯，只有尊敬的沃克曼医生称之为“清白的疯子”的病人，还有些常见的神经有毛病的人、酒鬼和梅毒病患者。当然，富人和穷人患的病是不一样的。

我很高兴地得知你很快就能通过你尊敬的夫人的努力给世界带来一个你的小复制品。请代向你夫人转达我的敬意。能有个安定的家庭，有个可信而又可靠的女人支撑这样一个家一定很给人以平静！的确，很多男人低估了生活平静的价值，只有缺少它的人才知道其重要。我真羡慕你！

至于我本人，恐怕命中注定要在地球上到处游荡，就像拜伦诗中的忧郁悲伤的流浪者一样。不过，我亲爱的朋友，我会非常高兴地再次握住真正的朋友的手。这个机会可能很快就要到了，因为据我所知，和平解决南北方目前的争端已无望，南部各州正在认真谈论脱离联邦。如果发生敌对性的爆发事件，我很明了自己对祖国的职责。用丁尼生的充满植物学词汇的话说，到了采

“血红的战争之花” 的时候了。鉴于我目前不稳定的、病态的精神状态，不管是为了多么让人悲叹的目的，为自己制定某种职责对我将是个解脱。

你的头脑有病的、疲倦的、但是亲爱的朋友，

西蒙

* * *

寄自金斯顿，省教养所，格蕾丝·马克斯；

致神经催眠术大师、口技表演家、非凡的人脑分析家杰拉尔多·彭帝先生，加拿大西部多伦多皇后街威尔斯亲王剧院转。

1861 年 9 月 25 日

亲爱的杰里迈亚：

你的表演印成广告画，多拉拿到一张，把它钉在洗衣房墙上，好让这里的气氛轻松点。尽管你换了个名字，把胡须留得很长，我一眼就看出是你。追求玛丽安小姐的一个绅士在金斯顿看了这个表演，他说用火做的字母预告未来是一流的节目，仅凭那一项就值门票的钱。两个女士当场就晕过去。他说你的胡子是火红的。我想你是染了你的胡子，要不就是用了假胡子。

你在金斯顿时我不敢与你联系，因为一旦被发现就会惹麻烦。但我已看到你下一站表演的场地，所以就把这信寄到多伦多的剧院去，希望你能收到。这一定是个新剧院，因为我上次在那儿时还没有这个剧院。但那是二十年前的事了，不过像是已过了

一百年。

我多么想再见到你，一起谈谈往事：在玛丽·惠特尼死前，我还没这么倒霉时，我们在帕金森夫人家的厨房里笑得多开心！但是为了遮人耳目，你还要加强化装，因为离得近了，光是靠红胡子是不够的。如果他们发觉了，就会认为你骗了他们，因为舞台上的表演放在图书室里去做是不能接受的。他们会想要知道你为什么不再是杰罗姆·杜邦医生了。但我猜这样挣的钱更多。

打做过催眠术之后，这里的人似乎待我好了，更多了些尊敬，不过也许是他们更害怕我了；有时很难区分到底是因为什么。他们不愿说当时我说了些什么，因为他们认为那会搅乱我的神经；这点我倒很怀疑。但尽管我现在又可在这房子里随便走动，整理房间，像过去一样送茶，还是没人提到要放我走。

我常想知道乔丹医生为什么在那之后这么突然地就离开了。但因为你也很快就走了，我猜想你也不知道答案。莉迪亚小姐对乔丹医生的离开感到很吃惊，一个星期不愿下来吃饭，而是我们用端盘送上去。她躺在床上，像病了似的，我们很难整理她的房间。她的脸色苍白，眼睛下面有黑圈，像个悲剧演员。但是，年轻的女士是允许这样做的。

在这以后，她喜欢和年轻的男人出去参加晚会，特别是和一个上尉，但没任何结果。因此她在军人中间是个有名的疯女孩儿。然后，我就听见她与她母亲的争吵。又过了一个月，就宣布了她与维林格牧师订婚的消息。这很让人吃惊，因为她过去总是在背后取笑他，说他看上去像青蛙。

婚礼的日子比通常所定早得多，所以我必须从早到晚忙着做针线活。莉迪亚小姐的旅行服是蓝丝绸的，上身用暗扣，裙子有两层。我以为光锁边就会叫我眼睛掉。他们在尼亚加拉大瀑布度的蜜月。大家都说那是非去不可的地方，可我只看过照片。他们回来时，她变成了另一个人，精神压抑，脸色苍白，不再像过去那么欢快了。与自己不爱的人结婚实在不是个好主意，但很多人最后还是习惯了。但像他们说的，也有些人为了爱而结婚，可冷静下来后直后悔。

我想有一阵子她喜欢乔丹医生；但是她与他不会幸福，他与她也不会幸福，因为她不会理解他对疯子的兴趣，他的好奇心和他过去问的关于蔬菜的问题。所以他们没成也好。

至于乔丹医生许下的要帮助我的诺言，我没再听说，也再没有他的消息了。只是听维林格牧师说他参加了南北战争，但不知他是否还活着。除此之外，有许多关于他和他的房东太太的谣言；她可算是个寡妇。他离开以后，人们可看见她穿着黑裙子和黑斗篷精神恍惚地在湖边走来走去，黑色的面纱随风飘扬。有人说她想投湖自尽。特别是在厨房和洗衣房老有人谈这事；我们从她过去的女仆多拉那儿听得满耳朵都是。她讲得你几乎难以相信，这样两个表面上很体面的人夜里又是尖叫又是哼哼，闹得吓人，像是房子里出了鬼。每天早晨床单都揉得不像样，她看了都感到脸红。多拉说很奇怪，他没把那女人杀了，把尸体埋在外面院子里，因为她看到坟墓已挖好，铁锹也已准备好放在一边，她看了之后感到毛骨悚然。他看上去就像那种一个女人玩厌了之后，杀了再找一个的男人。他每次看见那寡妇，两眼就像老虎的眼睛似的放出吓人的光，像是要跳到她身上咬她似的。他对多拉也是这样，谁知道下一个受害者是不是她？因为很多人都喜欢听恐怖的故事，她在厨房里能有很多专心的听众。我不得不承认她把这事说得有声有色，但我认为她吹得太过分了。

就在这时狱长夫人把我叫到客厅，认真地问我乔丹医生是否对我有不规矩行为。我说没有，无论什么时候缝纫室的门都是开着的。然后，她说她一直对他的真面目不了解，在自己家里养了条毒蛇。她说那个穿黑衣服的女人在女仆离开后独自一人住在那房子里，曾和他有过关系（但她要我不要往外讲，因为那样没好处）。不过这女士是个有夫之妇，她的丈夫对她很不好，所以这比如果她是个年轻的女子要好。但是，乔丹医生的行为是很不恰当的。谢天谢地，莉迪亚小姐还没走到与他订婚的地步。

我并不认为乔丹医生的脑子里想过订婚的事。我也不相信所有关于他的坏话，因为我知道听别人说有关一个人的谎话，而那个人却无法为自己辩护是什么滋味。寡妇在没老之前，总是会惹是非的。

但这些都是闲谈。我特别想问你的是：当你给我看手相说我有好运气的时候，你是否真能预见未来？我想好运气就是到头来一切都会好的。或者你说我会有好运气时只是为了安慰我？我非常想知道，因为有时时间拖得太长，简直让我受不了。我害怕自己会因荒废的生命而陷入绝望，其实我还不清楚这一切都是怎么发生的。维林格牧师常与我一道祈祷，或者我应该说他祈祷，我听着。但没起什么作用，只是让我感到疲劳。他说，他还要上书一份请愿，但恐怕这份不会比以前的请愿更起作用，他很可能只是浪费纸张。

另一件我想知道的事是，你为什么想帮助我？是因为这是个挑战，像你过去做私运时一样靠聪明战胜别人，还是出于好心和朋友间的感情？你曾经说过我们是同病相怜，我常常想这句话。

我希望你能收到这封信。但如果你收到了，我不知道你怎么能给我回信，因为给我的任何信件他们都是一定要拆开的。但是，你是给我寄过口信的，因为几个月前我收到过一个骨头纽扣，是寄给我的，但没有签名。女看守问我，格蕾丝，干吗有人要给你寄个扣子？我说我不知道。但是，因为那扣子的花纹和你在帕金森夫人家的厨房里给我的那个纽扣一样，我知道一定是你。你是想让我知道我还没被完全忘记。也许还有个意思：因为扣子是用来把东西合在一起或打开，你也许是告诉我要对某些我们俩都知道的事保持沉默。乔丹医生相信，即便是普通的、不起眼的物体也可能有自己的意思，或者能使人记起已忘却的事情。你可能只是想让我回想起你，但这是不必要的，因为我从来没忘过你和你对我的好心，也永远不会忘记。

我希望你身体健康，亲爱的杰里迈亚，你的魔术表演是个巨大的成功，

寄自你的老朋友，

格蕾丝·马克斯

*　*　*

寄自美国马萨诸塞州路密斯维尔镇拉布尔纳姆住宅威廉·P·乔丹夫人；致加拿大西部金斯顿低联合街C·D·汉弗莱夫人。

1862年5月15日

亲爱的汉弗莱夫人：

你写给我亲爱的儿子的信今天早上我已收到。由于我马上就要解释的原因，我现在拆开寄给他的所有邮件。但首先允许我说一句，我希望你不要用过分的方式表达自己的感情，威胁要用从桥上或其他高处跳下去的方式伤害自己。这样的做法可能会对一个敏感的、心肠软的年轻人有很大的影响，但对他的经历丰富的母亲就不起任何作用了。

不管怎么说，你希望与他面谈是绝对不可能的。自从我们眼

下的不幸的战争①打起来之后，我儿子就以军医的身份加入了联邦军为国作战。他立刻就被派到离前线很近的一个野战医院去。很不幸，邮政服务受到阻挠，而且由于有了铁路，部队转移得很快，我已有好几个月没听到他的消息了。这很反常，因为他一向是定期并忠实地给我写信的；所以我作好了最坏的打算。

同时，我也做了在我的小范围里力所能及的事。这场不幸的战争已造成这么大的伤亡，我们每天都看到这样的后果。越来越多的成年男子和男孩子被送进我们临时改装的医院，有的被截了肢，有的双目失明，或是因发高烧而精神失常。他们每人都是一位母亲的亲爱的儿子。我们这个镇子上的女士们都忙着到医院去看望他们，尽我们的能力，给他们提供像在家里似的温暖。我本人也不顾自己的健康状况，尽力帮助他们；我只能希望如果我儿子在别的地方受了伤痛苦地躺着，那里也会有个母亲这样关心他。

终于，这个镇子出去的一个士兵回来养伤，他说有谣言说我亲爱的儿子头部被飞来的弹片击中，听说生死不明。当然我担心得差点死去，竭尽全力打听他的下落。最后非常让人高兴的是，他被送回来了。人还活着，但身心却受了很大的损伤。由于他头部受伤的缘故，他很可能丧失了一部分记忆。尽管他还记得自己亲爱的母亲，以及幼时的一些事，但已完全记不得最近的事情，包括他对精神病院的兴趣和他在金斯顿所做的一切，这也包括他可能与你本人有过或没有的关系。

我告诉你这些是想让你从更宽的、更不自私（我想加上）的角度去看事物。个人的事和历史上重大的事件相比，实在显得渺小。我们只能认为历史上的大事是为了更多人的利益。

同时，我必须祝贺你终于找到了你的丈夫，不过我也必须因

---

① 指1861—1865年的美国南北战争。

当时不幸的处境向你表示同情。发现自己的配偶由于长期酗酒及酒精中毒所引起的谵妄而死不可能是件愉快的事。我很高兴地知道他还没用完他的全部资金。我还想现实地向你建议，设立一个可靠的年金，或者像我一样买些铁路股票，或是向一个有实力的公司投资，如缝纫机公司，这些公司在今后是一定会有所发展的。

但是，你向我儿子提出的打算是既不理智又不可行的，他是绝对不可能考虑的。我的儿子没和你订过婚，他对你没一点义务。你自己所理解的并没形成双方的理解。我还有义务告诉你，我儿子参军之前已基本与菲斯·卡特赖特小姐订婚。菲斯·卡特赖特小姐出身于良好的家庭，人品道德方面无懈可击。剩下的唯一的障碍是，他的人格使他不能让卡特赖特小姐把自己的终身定给一个生命处于危险之中的男人。现在尽管他头脑受伤，有时还说胡话，她决心尊重两家父母的意愿，并听从自己心中的愿望。眼下她正在帮着我一起忠实地照料着他。

他还记不清她，坚持叫她“格蕾丝”。容易搞混也情有可原，因为“菲斯”在意思上与“格蕾丝”相近①。但我们仍然坚持不懈，每天让他看各种他过去曾经很喜欢的小东西，带他在附近的自然风景点散步。我们越来越感到他有希望很快全面恢复记忆，或者至少尽可能多地恢复，并希望他能很快恢复健康，以便完婚。卡特赖特小姐（以及所有无私地爱我儿子的人）的最大愿望是祈祷他能恢复健康，并能全面使用他的大脑功能。

让我在搁笔之前加上一句，我相信你今后的生活将会比不远的过去更充满幸福。我还相信你的晚年会给你带来平静，但这种平静常常不幸地，如果不是灾难性地，被年轻时的虚荣和激烈的

---

①“菲斯”的英文为 Faith，意为“信任，信仰”，与“希望”（Hope）和“博爱”（Charity）一道构成基督教意义上的“恩惠”（Grace），即本书女主人公的名字（音译为“格蕾丝”）。

感情所剥夺。

你最诚挚的，

康斯坦斯·P·乔丹（夫人）

附言：你今后的任何来信都会不经阅读就毁掉。

* * *

寄自加拿大安大略省金斯顿锡德纳姆街卫理公会教堂赦免格蕾丝·马克斯委员会主席伊诺克·维林格牧师；

致加拿大安大略省多伦多市湖滨街枫叶住宅塞缪尔·巴纳林医生。

1867年10月15日于金斯顿

亲爱的巴纳林医生：

我擅自给你写信，先生，是关于我做主席的委员会所担负的一个重要的使命，这对你来说一定不会感到陌生。我知道你作为近十五年前曾在多伦多精神病院治疗格蕾丝·马克斯的医生，一定接待过以往几任委员会的代表。他们都代表那个不幸的、痛苦的、（在有些人看来）被错误定罪的女人向政府请愿。他们希望你能在请愿书上签名，因为，你也知道，你的签名在政府官员看来会有很大的分量。他们倾向于尊重像你这样的医学权威的意见。

我们的委员会由几位女士（我亲爱的妻子也是其中一位）、好几位有地位的绅士和三个不同教派的教士（包括监狱牧师，他的名字你可在请愿书上找到）组成。这样的请愿过去一直没能成功，但我们委员会期望，也希望，由于最近政治上的变动，特别是约翰·A·麦克唐纳①领导下的代表全民的国会制度的建立，这次请愿能够得以获准。

此外，我们可以利用现代科学，以及对大脑疾病和精神错乱的研究上取得的进展——这些进展一定对格蕾丝·马克斯有利。几年前，我们委员会请了位神经病专家，西蒙·乔丹医生，他是受到该领域的专家大力推荐才来这儿的。他在这个城市住了几个月，详细调查格蕾丝·马克斯，特别关注她对谋杀一事的记忆缺失。为了恢复她的记忆，他让她接受了由一位神经催眠专家主持的神经催眠术疗程。神经催眠术在长期停用之后作为诊断和治疗的方法似乎又很受人欢迎，不过它在法国比在这个半球用得更多。

这个疗程做完以后，有了令人吃惊的新发现，乔丹医生下结论说格蕾丝·马克斯的记忆缺失是真的，不是装的。也就是说，在谋杀的那一天她患有一种“自我催眠梦游症”，这是由恐惧引起的歇斯底里发作所产生的结果。这种病症二十五年前没什么人研究，但在那以后就有了不少文献记载。因为她当时患有这种病症，就使她后来有了记忆缺失。在她处于神经催眠术引起的昏睡状态之中时（当时我们委员会的许多委员在场），格蕾丝·马克斯不仅完全恢复了对过去的事件的记忆，而且清楚地表现出梦游性“双重意识”的症状。有个明显不同的第二性格可以做出第一性格完全不知道的事。鉴于这些症状，乔丹医生的结论是：那个叫做“格蕾丝·马克斯”的女人在谋杀南希·蒙哥马利的时候没有意识，所以不该对自己的行为负责——对于这些行为只是她的

---

① John A. Macdonald（1815—1891），加拿大政治家，曾于1867年任加拿大第一任总理。

第二或是隐藏的性格记住了。乔丹医生还认为，有很强的证据证明这个第二性格后来到了1852年仍然存在；所以穆迪夫人及其他人写的纪实报道就可作为证据。

我本希望能有份书面报告交给你；我们委员会一年年推迟呈送这份请愿书，也是期望能有那份报告。乔丹医生本来也确实打算写份报告；但因家中突然有人生病他匆忙离开了；接着就是到欧洲大陆有急事要办，然后就爆发了南北战争。他作为一名军医参了战，这一系列事件使他迟迟不能完成他的报告。据我所知，他在战争中负伤了。尽管上帝保佑他正在恢复，但还没有恢复足够的力量来完成这项任务。否则，我坚信他一定会在我们的请愿书上加上他的认真而真诚的请求。

我本人目睹了前面提到的那次神经催眠疗程，后来同意做我亲爱的妻子的那位女士也在场。我们俩都深深地受到我们当时的所见所闻的影响。想到这个可怜的女人由于我们缺乏科学知识而受冤屈，我感动地流了泪。人的灵魂是个深奥而又让人生畏的谜，其深处我们现在才开始探索。正像圣保罗所说："现在我们透过层玻璃看，光线很暗；然后就面对面。"我们只能猜测我们的造物主为什么要把人造成这样一个复杂难解的谜的意图。

我很清楚，对一个不熟悉神经催眠术的原理，又没亲眼目睹我所提到的那个疗程的人来说，乔丹医生的结论可能难以让人置信。但是，不管你对乔丹医生的专业意见会怎样想，格蕾丝·马克斯已被关了很多年，足以忏悔所犯的罪行。她已经历了难以述说的精神上和肉体上的痛苦。她已痛苦地反悔她在这个重罪里所扮演的角色（无论当时有没有意识）。她已不再是个年轻女人，而且身体也很差。如果她获得自由，可能会对她的现实生活和精神幸福有所改善。她可能会有机会反思过去，并为未来的生活做准备。

你会不会——或看在慈善的分上，能不能——仍旧坚持不在释放她的请愿书上签名，从而就此关上一个悔悟的罪人上天堂的门？当然不会！

我邀请你——并再次恳求你——帮助我们完成这项值得赞美的工作。

你真诚的，

伊诺克·维林格牧师，硕士，神学博士

*　　*　　*

寄自多伦多市湖滨街枫叶住宅塞缪尔·巴纳林医生；

致安大略省金斯顿锡德纳姆街卫理公会教堂伊诺克·维林格牧师。

1867 年 11 月 1 日

亲爱的先生：

我已收到你 10 月 10 日的来信，并读过信中描述的你们对格蕾丝·马克斯所采取的幼稚、可笑的措施。我对乔丹医生很失望；我曾经给他写过信，明确地告诫他要警惕这个狡猾的女人。他们说老傻瓜最傻，但我倒要说年轻的傻瓜最傻。我很吃惊，一个有医学学位的人会让人把“神经催眠引起的昏睡状态”这样公开的庸医把戏和极为荒谬的蠢事强加于他。作为愚蠢的行为，它仅次于招魂术、全民投票和类似的胡说八道。这种毫无道理的“神经催眠术”尽管用了新术语，不过是催眠术或动物磁性说的新翻版。这些使人厌恶的谬论很早就被看穿了，不过是个貌似严肃的障眼物，背后藏着些出身可疑、淫荡成性的人。他们可以问年轻女子不适当的、令人厌恶的问题，并在没得到她们同意的情况下命令她们去做不适当的举动，从而获得控制她们的权力。

所以，我恐怕你们的乔丹医生轻信得像个孩子，要么，他本人就是个大混蛋。所以，如果他真的写出他自称的“报告”，只会糟蹋所用的纸张。我猜想你提到的伤不是他在战争中受的，而是战前就有的。就是说，他头部曾遭过重击，只有这样，才能解释他所做的傻事。如果乔丹医生还继续这样思路混乱，他本人很快就会进私立精神病院。假如我没记错的话，他曾经一度想建立这样的医院。

我读过穆迪夫人的所谓“证词”，以及其他一些她涂写的东西。我把它们投入火中，因为那儿才是它们应去的地方。它们只有在火里才发了点亮光，而在其他地方是不会发光的。穆迪夫人就像她的同类一样，喜欢添枝加叶，编造童话故事。为了使故事逼真，满可以依赖一个傻瓜的“目击者的报告”。

至于你提到的天堂的大门，我没有任何控制权。如果格雷丝·马克斯有资格走进那大门，毫无疑问她不需要我的介入就能进去。可是，教养所的大门绝对不会因为我所采取的行动为她敞开。我很认真地对她进行过研究，对她的人品和性格比你们了解得深。她这人缺少道德功能，有很强的谋杀倾向，不宜给她社会上的常人所有的自由。如果把她放出去，她很可能迟早还要杀人。

最后，请允许我说一句，先生，你身为一个教士在冗长的信中侈谈“现代科学”是不合适的。我认为正像蒲柏①所说，一知半解是件危险的事。你还是尽职照料人的良心，用给人教诲意义的布道改善社会和个人的道德观吧。上帝知道这个国家正需要这

① Pope（1688—1744），英国诗人。

些。把堕落的人脑留给专家们去处理吧！尤其敬请今后不要再用这些缠扰不休的、可笑的上诉来打搅别人。

你最谦恭、恭顺的仆人，

塞缪尔·巴纳林（医生）

XV

天堂之树

但是，锲而不舍终于有了回报。一份又一份请愿书呈送到政府，当然，其他方面也施加了影响，这个独特的罪犯获得了赦免。她被送到纽约州，在那儿她改了名，很快就结婚了。至于她是否还活着，笔者无从考证。她很可能用不止一个化名来隐瞒自己的身份，所以在此期间她的谋杀欲望是否有所发泄是不得而知的。

——无名作者，《多伦多及安大略省约克县志》，1885

1872年8月2日，星期五——我从十二点到两点到市政府来见司法部长，商讨我今天早上收到的格蕾丝·马克斯的赦免令。是约翰（·麦克唐纳）爵士要求我与我的一个女儿陪送这女人到在纽约州为她提供的家里去的。

1872年8月7日，星期二——检查并释放了格蕾丝·马克斯，她在这个教养所被监禁了二十八年零十个月。根据司法部长的命令，我下午一点与我女儿一道把她送到纽约州去。

——加拿大安大略省金斯顿，省教养所，“所长日记”摘录

尘世天堂亦行此理，
愿君领会本文，恕我直言，
若将虚幻的极乐岛屿
建在恶浪抨击的铁青色大海中间，

人心势必都在波涛中上下颠簸……

——威廉·莫里斯，《尘世的天堂》，1868

不十全十美便是我们的天堂。

——华莱士·史蒂文斯，《我们的气候的诗》，1938

51

我常想给你写信，告诉你我的好运气；其实我已在脑子里给你写过很多信了。只要我找到了合适的词语表达自己的想法，我就拿笔写在纸上。这样，如果你还活着的话，就可以得知我的消息。如果你已不在世上了，反正也一定会知道的。

也许你已听说过对我的赦免，也许你没听说。我没在任何报纸上见到这消息，这也不奇怪，因为到我最后被放出来，这已是个过时的故事，没人再想读它。当然这样正好。我听说赦免令时就知道你一定给政府写信了；终于你的信和其他请愿书一起有了结果。不过，我必须说他们花了很长时间才决定，并且根本没提你写的信，只告诉我这是一次大赦。

我最先听说赦免令是教养所所长的大女儿珍妮特告诉我的。这个所长你并不认识，先生，你走了之后起了很多变化。来了个新所长就是变化之一，同时已换过两三任新狱长，并且换了很多新卫兵、看守和女看守，我已弄不清了。我正坐在缝纫室里补袜子，我们当时下午就是坐在这里谈话的。新狱长来了之后，我仍像过去一样继续在狱长家做女仆。这时珍妮特走进来。她人很善良，总是对我微笑。她人虽不漂亮，但总算与一个正派的年轻农民订婚了，我衷心地祝愿她幸福。有些男人，特别是较为朴实的男人，喜欢自己的妻子相貌平平而不要太漂亮，因为长相平平的妻子肯干，不喜欢叫苦。而且她们也不太可能会跟其他男人跑掉，因为哪个男人要偷她们呢？

这一天珍妮特很快地走进房间，看上去很激动。格蕾丝，她说，我给你带来了令人吃惊的消息。

我还在继续缝补袜子，因为当别人告诉我他们有惊人的消息时，总是与其他人有关，先生。我当然愿意听，但却不愿因此少缝一针。哦？我说。

你的赦免令下来了，她说。从渥太华的约翰·麦克唐纳和司法部长那儿发下来的。这是不是太妙了？她拍着手，看上去真像个孩子。她心肠软，富有感情，从来不认为我有罪。

听到这个消息，我放下手里的针线活。我突然感到非常冷，好像就要晕过去。自从你走了之后，先生，我好久没有这样的感觉了。这是真的吗？我说。如果换成别人，我一定会想她在跟我开残酷的玩笑，但是珍妮特是不会开任何玩笑的。

是的，她说，确实是真的。你被赦免了！我真为你高兴！

我看出她认为流泪是合适的，我也流了些眼泪。

那天晚上，尽管所长（她父亲）手中实际上还没有正式文件，只有一封信谈到这事，他们就一定要让我搬出牢房，住进狱长家里的空房子。这都是珍妮特那个好心人的主意，还有她母亲的帮助。因为我的赦免令在无聊的监狱生活中是件非同寻常的事件，人们都喜欢与这样的事件有些联系，这样他们今后就可以和朋友谈起这事，所以大家都为我忙前忙后。

我吹灭了蜡烛，躺在最好的床上，身穿珍妮特的棉质睡裙，而不是监狱里那种发黄的粗睡衣，眼睛朝上看着黑黑的天花板。我翻来覆去，不知怎样才舒服。我猜想舒服就是习惯。到这时我已习惯监狱的窄床，而不喜欢铺了干净床单的床了。这房间大得让人害怕，我把床单拉上来盖着头好遮住些光线。然后，我就觉得自己的脸在溶解，变成了别人的脸。我回想起当我可怜的母亲在裹尸布里被他们推下海时，我当时就认为她已在床单里变成了另一个女人。现在，同样的事发生在我身上。当然，我不是在死，但是，这在某种程度上是类似的。

第二天吃早饭时，所长全家人坐在那儿对着我笑，眼睛都湿润了，好像我是什么稀有的宝贝，像是从河里救起的婴儿。所长说我们应该感谢失去的羊羔被救回，然后他们都热烈地说了声“阿门”。

我想，正是这么回事，我被救回来了。现在我做事必须像个被救回来的人，所以，我就开始这样做。想到自己不再是个著名的女杀人犯，而是个无辜的女人受了冤枉，不公平地在监狱服刑，至少服刑时间过长，有种很奇怪的感觉。我现在让人感到可怜，而不再让人感到恐怖害怕了。过了好几天我才习惯这个变化；实在说，我还是不完全习惯。这需要脸上作出完全不同的表情，但我想时间长了就好了。

当然对那些不了解我的身世的人，我就只是个普通的人。

那天吃完早饭以后，很奇怪我感到很沮丧。珍妮特看出来了，她问我怎么了。我说，我在这个监狱里已关了将近二十九年，外面既没朋友又没家庭，我上哪儿去？做什么呢？我没钱，也没挣钱的本事，没有合适的衣服。我不可能在附近找到工作，因为人人知道我的情况。尽管我被赦免了，没有哪个头脑正常的女主人会雇用我，因为她们要考虑到孩子的安全；换了我，我也会和她们一样。

我没告诉她，我上街卖身也太老了。她是很有教养的卫理公会教徒，我不想让她吓一跳。不过，我必须告诉你，先生，这个念头确实在我脑子里闪过。但是，在我这个年纪，竞争又这么激烈的情况下，我恐怕只能吸引在小巷子里乱逛的醉醺醺的水手，一次只挣一分钱，不到一年我就会得病死去。想到这些，我的心脏几乎停止了跳动。

这样看来，赦免令不是我的自由通行证，倒像是死刑。我就要被赶到大街上，无亲无友，孤苦伶仃，冻死饿死在寒冷的角落里。除去当年我带进监狱的衣服，我什么衣服也没有。也许那些衣服也没了，因为我不知道它们都到哪儿去了；我听说它们早被卖掉或送人了。

噢，不，格蕾丝，珍妮特说。这一切都考虑到了。我不想一下把什么都告诉你，因为我们害怕在受了这么多苦之后，一下告诉你太多让人高兴的事会叫你受不了。常有这种情况发生。我们已经为你在美国安排了一个很好的家。你到了那儿，也许就会忘记痛苦的过去；没人知道你的过去，你将开始新的生活。

她原话不是这样说的，但大体是这个意思。

但我穿什么呢？我绝望地说。也许我头脑确实不正常；要不我该先问清有关那个“很好的家”的情况：它在哪儿？我上那儿干什么？后来，我在想她当时说的话，“已经为你安排了一个很好的家”；这像是在谈论一只因太老而不能再干活的狗或马，主人不想再留着，但又不想弄死。

我也想到这一点，珍妮特说。她确实是个很会帮助人的人。我到仓库去看过，奇迹般地发现你带来的箱子还在那儿，上面有你的名字标签。我猜想这是因为在审判后有很多为你说情的请愿，他们就把你的东西留着，认为你很快就会被释放，但后来就把这事忘了。我来叫他们把箱子送到你屋里，然后我们打开看看，好不好？

尽管我还有些疑虑，但当时感到得到了安慰。我的疑虑被证实了：我们打开箱子，发现蛾子已把羊毛的东西都啃坏了，其中包括我母亲那条冬天用的厚披肩。其他的东西都由于存放在潮湿的地方过久而褪了色，一股霉味。有的地方线已霉烂到你手一碰就烂的程度。衣物过一段时间总需要晒晒，可这些一次也没晒过。

我们把东西都拿出来，铺在地上，看看哪些还可用。南希的那些裙子新的时候那么漂亮，可现在大都烂了。玛丽·惠特尼给我的那些东西也一样，我当时那么珍惜它们，可现在都变得又旧又破。还有我在奥尔德曼·帕金森夫人家做的那条裙子，上面有杰里迈亚给的骨头纽扣，但除去扣子，那裙子已没有一点用。我找到了玛丽的那撮头发，还是像我当时放的时候那样用线捆着，包在一块手绢里。可是，蛾子也把它啃了，没别的东西吃，蛾子连头发都吃。

我当时的感情很强烈，很痛苦。那房间好像暗了下来，我几乎可看见南希和玛丽穿着她们自己的衣服出现了。但这又是个很令人伤心的场景，因为到今天她们本人也会像这些衣服一样地腐朽了。我感到头晕，只好坐下来，要杯水，并请求把窗户打开。

珍妮特本人感到很吃惊；她年纪太轻，还意识不到二十九年东西放在一个箱子里所可能起的变化，不过她这个好心肠的人已尽了自己的最大努力了。她说不管怎么样，这些裙子的样子现在已过时了，我们不能让你穿得像吓鸟的稻草人一样。但有些东西还可以用，比如那条红法兰绒的衬裙，还有那几条白的，可以在醋里洗洗，去掉霉味儿，在太阳下晒晒，然后会变得很白。但实际情况却不是如此；洗好之后颜色确实淡了些，但绝不是白色。

她说，至于其他东西，我们还要自己去解决；你需要四季用的一整套衣服。但我不知道怎样才能置办那么多衣服。我猜想她向她母亲讨了条裙子，又到熟人中去找来一些其他东西。我认为所长一定出钱给我买了袜子和鞋子。总之，到最后她找来了一大堆衣服。我感到那些颜色太鲜艳了，比如有绿色的花布，还有天蓝底色的细平布上有洋红的条杠；这都是当时时兴的新化学染料。那些颜色对我不合适；但我很清楚贫不择衣。

我们俩坐在那儿，把一条条裙子改合身。我们就像母女在做嫁妆似的，很友好，亲密无间。没一会儿，我就高兴起来。我唯一感到伤心的是硬裙架已过时了；现在都用铁丝做的裙垫，或把带有饰边和流苏的一大堆布拉到身后，在我看来很像个沙发。我再也没机会用硬裙架了。不过，人一辈子不可能什么都有。

另外，有带无边的女帽也已过时。现在都戴帽子，平平的，向前扣，在下巴下面系带的那种，像艘船戴在头顶上；面纱在后面飘着，像是船的尾波。珍妮特帮我弄到一顶这样的帽子，我刚戴上时感到很怪。往镜子里一看，它盖不住我的灰白头发，不过珍妮特说我看上去比实际年龄小十岁，几乎像个年轻姑娘。说实在的，我保持了过去的身材，大多数牙齿都在。她说我看上去真像个有教养的女士。这倒可能是真的，因为现在女东家与女仆在穿着上已不如过去区别那么清楚了。我们很开心地用丝花和蝴蝶结把帽子装饰起来，但我好几次因过度兴奋流下了眼泪。人的命运有所变化时，无论是从好运转为厄运，还是相反，常有这样的情况。我想你一定注意过，先生。

我们在把衣服叠好打包时，我从过去穿过的衣服上撕下几块布，我还问能否留一件我已习惯穿着睡觉的监狱睡衣作纪念。珍妮特说她认为这是很奇怪的纪念品，但她还是帮我问了，他们同意了。你知道，我需要带走一些自己的东西。

等一切准备停当，我深深地谢了珍妮特。我还是对前途很害怕，但至少我看上去将是个普通的人，不会有人再盯着我看了，这一点就非常重要。珍妮特给了我一双几乎是新的夏天用的手套①，我不知她是从哪儿弄来的。然后她哭起来，我问她为什么哭，她说因为我就像是本书似的，有个幸福的结局。我不知道她在看些什么书。

52

1872 年 8 月 7 日是我出狱的日子，我这辈子也忘不了这

① 此处及书中多次提到格蕾丝对手套的评论，原因在于根据维多利亚时期的风尚，戴手套是有身份、有地位、有教养的女士的标记，所以在当时是很重要的着装习俗。

一天。

与所长家的人吃完早饭（其实我因为太紧张，什么也没吃），我就穿上一身上路的衣服，一身绿色的，戴上那顶装饰相配的草帽，还有珍妮特送的手套。我的箱子已打装好；不是南希那个，因为那个霉味太重，而是教养所给我的，是个皮的，不很旧。它本来可能是哪个死了的倒霉鬼的，但我早就不会对礼物挑三拣四了。

我被带进去见所长，这只是例行公事。他祝贺我被释放了；不管怎么样，根据约翰·麦克唐纳爵士的特别要求，他和珍妮特要陪我到向我提供的家里去。目的是要保证我能安全到达。他们很清楚，我被关了这么久，已不习惯现代交通方式；再者，路上有很多坏人，有些是南北战争下来的士兵，有些伤残了，有些没有生计养活自己，他们可能会伤害我。因此，我很喜欢有人陪着。

我最后一次走出教养所的大门时，钟正在敲中午十二点，可那钟声传到我脑子里就像是一千个铃铛在响。在那一刻之前，我不能相信自己的感观；在为上路而穿衣服时，我比任何时候都麻木，周围的一切毫无生气，缺乏色彩。可现在一切都活起来了。太阳照射着，墙上的每块石头都像玻璃那样清晰，像一盏盏灯似的亮着，就像是走出了地狱的门，走进了天堂。与大多数人相比，我更相信地狱和天堂之间相距并不很远。

门外是棵栗子树，上面的每片叶子都像是被镶上一圈火，树上有三只白鸽，像圣灵降临节的天使一样闪光。直到这时，我才知道我真正地被释放了。要在以往，当我看到比平常强的光亮或黑暗时，会晕过去，可在这一天我向珍妮特要了她的嗅盐，所以没晕倒，不过我得靠着她的胳膊。她说，像我这样性格的人是不会在这样一个重要的时刻无动于衷的。

我想回头看一眼，可我想起罗得的妻子和盐柱子，就忍住没看。往回看还会意味着我不想离开，想要回去，可是，先生，你知道绝对不是这么回事。不过，你如果听我说我确实有点后悔，可能会感到吃惊的。这是因为尽管教养所不能算个家，可将近三十年来，这是我所知道的唯一的家。这是很长的一段时间，比很多人在这世上活的时间都长。虽然这是个令人生畏的地方，是让人受苦受惩罚的地方，至少我了解这个地方。从一个熟悉的地方（不管这里多不好）到不认识的地方去总是让人感到忧虑重重。我猜就是因为这点，很多人才怕死。

过了那一阵子，我便回到了普通的日光里，有点头晕目眩。这天又热又潮湿，就像湖边八月的天气。但是因为湖里吹来一些微风，天气不是热得让人受不了。天上有些云，但只是那种预示着要下雨或打雷的白云。珍妮特有把阳伞，我们在路上走时她替我一道打着伞。我还缺把阳伞；南希的那把上的丝绸面都烂光了。

我们乘坐所长的仆人赶的轻型马车来到火车站。火车要到一点半才开，可我总是恐怕要晚了。一到了车站，就不能静静地坐在女候车室里等，而要到外面的站台上去来回走。我非常焦虑不安。终于火车进站了，一个闪亮的大铁怪物吐着烟。我从来没这么近看过火车。虽然珍妮特对我说没危险，我还是要人扶着走上阶梯。

我们坐火车到康沃尔，虽然只是很短的一段，我当时感到自己不会活着下车。声音很响，速度很快，我感到耳朵要聋了。而且有很多黑烟，火车汽笛的吼叫差点把我吓蒙，不过我控制住自己，没有尖叫。

我们在康沃尔车站下车时，我感觉好些了。从车站我们坐小马拉的车到了码头，而后乘渡船到湖对岸，因为这种交通方式我更熟悉，而且能呼吸到新鲜空气。起初，波浪上动来动去的阳光使我感到很迷惑，可是，只要不看它就没问题了。食品拿来了

（这是所长用篮子带来的），我吃了点冷鸡，喝了点温茶。我就把精力集中到看船上女士们穿的服装上，式样很多，颜色也很鲜艳。起来坐下我都要整裙撑，因为这样的事总是需要练习。我恐怕动作不很优美，就像是在你的真屁股上又长了个假屁股，而这两个屁股跟着你就像是猪屁股上绑了个铁桶。不过，我没对珍妮特说这样的粗话。

到了湖对岸，我们过了美国的海关。所长说我们没东西可申报。然后，我们又上了另一辆火车。我很高兴所长来了；要不，我会不知道如何叫搬运工来搬行李。我们坐在这辆新火车上（这车没前面一辆晃得厉害），我向珍妮特问起我的最终目的地。我们去纽约州的伊萨卡（她只告诉我这么多），但在这之后怎么办呢？给我提供的家是什么样子？我是不是去做仆人？如是这样，那家人知道一些关于我的什么情况？你看，先生，我不想以假身份出现，或是隐瞒我的过去。

珍妮特说有件让我惊奇的事在等着我。因为这是个秘密，她不能告诉我，但这是个让人惊奇的好事，至少她希望是。她只愿告诉我这与一个男人，她说一个绅士，有关。但是，因为她习惯于把除了饭馆里跑堂的以外的穿裤子的人都称为绅士，我感到自己没了解到什么新情况。

我问她是哪位绅士时，她说她不能说；但他是我的一个老朋友，至少她是这样听说的。她变得很忸怩，我一个字也套不出来。

我把所有可能的男人都想了一遍。我不认识很多男人，你可能会说是没有机会。我最熟悉的（倒不是认识时间最长的）两个都死了，我指的是金尼尔先生和詹姆斯·麦克德莫特。还有小贩杰里迈亚，但我不知道他在做为人提供好家庭的生意；他从来就不是家庭型的人。再就是我过去的东家，科茨先生和哈拉基先生，但到现在他们要么已去世，要么已年迈。我所能想到的再就是你了，先生。我必须承认我当时是想到过你。

所以，我在伊萨卡车站走下火车时满怀着焦虑和期望。有很多人在车站接人，大家都在谈话。还有来来往往的搬运工，以及在小车上搬来运去的箱子和盒子，所以人站在那儿很危险。所长去招呼行李时，我紧紧抓住珍妮特，然后他领着我们到车站大楼的另一边（离火车较远的一面），便开始东张西望起来。因没找到他期望找到的人，他皱了下眉头，看了眼自己的表，又看看车站的钟。然后，他从口袋里拿出一封信看了看；我的心开始沉下来。但他抬起头来，微笑着说，我们的人来了，确实有个人快步向我们走来。

他比一般人高，挺壮，但同时又是瘦长型。我是说他长胳膊长腿，但身体的中间部分较壮。他长着红头发，很长的红胡须，身穿一套星期天做礼拜穿的最好的西装，里面穿着白衬衣，打着黑领带。他手里拿着一顶高帽子，放在身前，像个盾牌似的。从这点看来，他也很担心。他不是我过去所见过的男人中的一个，但他一来到我们面前，向我扫了一眼，就扑通一声跪在我面前。他抓住我的手（我手还戴着手套），说："格蕾丝，格蕾丝，你能饶恕我吗？"他这话几乎是喊着说的，好像他已练了好久。

我挣扎着要抽出自己的手，心想这是个疯子，但当我转向珍妮特求援时，她已涌出感伤的眼泪。但所长却笑得合不拢嘴，好像这正是他所希望的。我发现只有我一个人不知所措。

那人放开我的手，站起来。她不认识我了，他伤心地说。格蕾丝，你不认识我了？无论在哪儿我都能认出你来。

我看着他，确实感到有点面熟，但我还是记不起来在哪儿见过他。然后他说，我是吉米·沃尔什。我再一看，确实是他。

我们然后来到火车站旁边的一家新旅馆，所长安排好住宿，又一起吃了些饭。你可以想见，先生，因为我上次见到吉米·沃尔什是在审判我的时候，我们之间要做大量的解释。当时是他的证词使得法官和陪审团因我穿死人的衣服而对我反感。

沃尔什先生——我现在要这样称呼他——接着告诉我，他当时认为我有罪，不过他不想这样去想，因为他一向喜欢我，这倒是真的。但是，他年纪大些之后，对这事又加以思考，开始持相反的意见，因而对自己在给我定罪的问题上所扮演的角色感到万分内疚。不过，当时他只是个年轻小伙子，不是律师的对手，他被律师牵着鼻子走，说了些话，到后来才看到这些话的后果。但我一个劲地安慰他，我说这类事谁都会做的。

金尼尔先生死后，他和他父亲被迫离开，因为新房主不喜欢他们。由于他在审判时给人印象很好（报纸上称他为聪明而有前途的年轻人），他在多伦多谋了份职。所以，你可以说他是因为我才时来运转的。他积蓄了好几年的工资，然后就到了美国；他认为在这儿更有机会成为一个靠自己成功的人。在这里你有多少财产就有什么地位，而不看你的出身是什么，并且很少有人问问题。他在铁路上做过工，也到西部去过，一直有钱积蓄。现在，他已有自己的农场和两匹马及整套马具。因为他知道我很喜欢查利，所以他这么早就特意提到马。

他结过婚，但现在是鳏夫，没有孩子。他一直在因自己所做的事而让我受苦一事深受折磨，给教养所写了好些信，询问我情况如何。但他没有直接给我写信，因为他不想让我生气。就是通过这个方法，他得知了我的赦免令，然后与所长一道做了这些安排。

结果是他要我饶恕他，我立刻饶恕了他。我不会因此记仇，所以我告诉他，即便他不提南希的裙子，我也是一定要进监狱的。我们在谈这些的时候，他一直拉着我的手，他要我嫁给他。他说，虽然他不是百万富翁，但能给我提供一个很好的家。因为他银行里还有些钱，可以根据需要再买些东西。

我做出一副不情愿的样子，不过事实是我没什么选择。因为他们已费了这么多心，如果我说“不”就会显得很不领情。我说我不希望他只是出于责任感和负疚心而娶我。他否定那是他的动机，并且告诉我他一直对我很有好感。他说，我与年轻时相比几乎没有变化，我还是个漂亮的女人，这是他的原话。我想起金尼尔先生的果园里的雏菊和树墩子，我知道他也一定想到了那些事。

对我来说，最难的事是把他看作一个成年男人；我脑子里的他还是个腼腆的男孩子，他在南希死前的那个晚上吹长笛，在我到金尼尔先生家的第一天坐在栅栏上。

最后我说“好”。他已把戒指准备好，装在一个盒子里，放在他的马甲口袋里。他太激动了，在把戒指戴在我手指上之前，两次把它掉在桌子上。为了戴戒指，我不得不把手套取下。

婚礼的准备工作安排得很快。与此同时，我们仍住在旅馆里，每天早上有人把水送到房间里来。为谨慎起见，珍妮特与我住在一起。所有费用都由沃尔什先生支付。我们在地方司法官的主持下举行了个小型仪式。我回想起很多年前波琳姨妈说过我一定会嫁给地位低于我的人，但我不知道她现在会怎么看。珍妮特是女傧相，她哭了。

沃尔什先生的红胡须又长又红，但我暗自心想，这胡子到了合适的时候会变的。

53

从我第一天沿着长长的车道到金尼尔先生家（当时我还不满

十六岁）到今天，几乎整整三十年了。当时也是六月。这会儿我在自己家的阳台上，坐在自己的摇椅里。正是下午靠近傍晚时分，眼前的景色一片平静，简直可以说是幅画。屋前的玫瑰花盛开着——这些玫瑰叫汉密尔顿斯女士，长得很好，不过容易长蚜虫。他们说最好在上面撒砒霜，但我不想在家里有这样的东西。

最后一批牡丹在开花，这是种粉白的花，有很多花瓣。我不知道这花的名字，因为不是我种的。那花的香味使我回想起金尼尔先生剃须时用的肥皂。我们的房子面朝西南，阳光很暖和，发金光，不过我没正坐在阳光下，因为那样对肤色不好。每当天气这样时，我都想这很像天堂，不过，我过去倒没想到自己会去天堂。

我嫁给沃尔什先生已近一年了。虽然不像很多姑娘年轻时想象的那样，但因为至少我们俩都明白我们之间的关系，这样可能更好些。年轻时结婚常常会有变故，但我俩已不那么年轻了，也就不会有什么让人失望的变化了。成年男人的性格已成型，不太可能再开始喝酒或做其他坏事。如果他想做那些事，早该做了。至少这是我的看法，我希望时间会证明我是正确的。我已说服沃尔什先生把胡须修剪了一些，并且只在门外抽烟斗。到一定时候，这两样嗜好都会彻底放弃的。但是，不能对男人说得太多，逼得太紧，那样只能让他变得更固执。沃尔什先生不像有些人那样嚼了烟草再吐，我对生活中有这些让人顺心的小事总是很感激。

我们的房子是幢普通的农场房，白色的房子，绿色的百叶窗，我们俩住已很宽敞。前门厅里有排钩子，好在冬天挂外衣，但我们通常从厨房门进出。有个带扶手的楼梯，楼梯一上去有个杉木箱，用来盛放被子和毯子。楼上有四个睡房：一个小一些的可做婴儿室，一间主卧室，一间客房（不过我们不期望，也不希望有任何客人），还有一间现在空着。那两间有家具的卧室里每间都有个脸盆架和一块编辫式的地毯。我不喜欢太重的地毯，因为到春天很难把它拖下楼在外面拍打，等我年纪再大点就更拖不动了。

每张床上方的墙上都有幅我自己用十字花针脚绣出的图画。最好的房间里挂的是张花瓶和花；我们房间里的那幅碗里有水果。最好的房间里的被子图案是“神秘之轮”；我们房间的是“圆木小屋”。我是在别人贱卖时买的这些被子，是从一些在这儿没成功，决定到西部去闯荡的人手中买来的。当时我很同情那女人，所以多付了些钱。可要把房子弄得舒适有很多事要做。自从沃尔什先生的第一任夫人死了以后，他过了一段光棍生活，所以房里很多东西已变得很不干净。床下扫出很多灰绒团，同时还有很多蜘蛛网要清理，地板也要好好刷刷。

两个卧室里的窗帘都是白的；我很喜欢白窗帘。

楼下我们有个前客厅，里面装有炉子。还有个厨房，配有一整套食品储藏室和洗碗间。房子里就有水泵，这在冬天是很大的便利条件。还有个餐厅，但我们不常有客人来吃饭。一般情况下我们就在厨房桌子上吃饭；那儿有两盏煤油灯，很舒适。我在餐厅的桌子上做针线，在那儿裁剪特别方便。我现在有个缝纫机，是用手轮操纵的，用起来神奇极了。当然，我很高兴能有个缝纫机，因为可以省很多人力，特别是在做简单的缝纫活时，比如做窗帘或给床单扎边。我还是喜欢用手来做精细的活儿，只是我的眼睛不如过去好使了。

除去我刚才提到的，我们还有些居家通常有的东西，比如：厨房菜园里种着草本调料，圆白菜和块根蔬菜，春天种有豌豆；有母鸡和鸭子，母牛和粮仓，还有一辆轻便马车，两匹马（查利和内尔）。我非常喜欢这两匹马，沃尔什先生不在时它们是我的好伙伴。但是，查利是匹耕地的马，干活太累了。他们说很快就要用机器干农活了。到那时，可怜的查利就可放到草场上去了。

我永远不会像有些人那样把马卖了做黏胶和狗食。

我们雇了个人帮着做田里的活，但他不住在我们这儿。沃尔什先生还想雇个女孩子，可我说我宁愿自己做家务活。我不想让个女仆住在家里，因为她们太好打听，耳朵太长；而且我自己第一次就把事做好比别人做错了我再重做要容易得多。

我们的猫的名字叫泰比：她的颜色很普通，是个捉老鼠的能手。我们的狗名叫雷克斯，是条塞特种猎狗，不很机灵，但心肠好，一身毛红棕色，像擦亮的栗子似的，非常漂亮。猫和狗的名字都不很新奇，但我们并不想在邻里中有过于标新立异的名声。我们去附近的卫理公会教堂。我们的牧师很活泼，喜欢在星期日大谈地狱之火。不过，我认为他和坐在下面的教徒一样，不知道地狱是什么样子。他们都是好人，只是有些狭隘。但是，我们想最好不要向他们或向任何人透露太多过去的事。要不，只能引起好奇心和闲话，致使谣言产生。我们告诉别人沃尔什先生和我是青梅竹马，但我和别人结婚了，最近刚刚丧偶。因为沃尔什先生的夫人已死，我们就安排了再次见面，结了婚。这个故事很容易就被接受了，因为它既具有浪漫性，又不给任何人带来痛苦。

我们的小教堂很有地方性和传统性。但伊萨卡镇上的人现代化得多，有很多迷信招魂术的人，有些有名的魂灵通联中介人到这儿来，住在城里最有身份的人家里。我从不参与这些活动，谁也不知道会发生什么事。如果我想和死人说话，我完全会自己做。况且，恐怕有很多都是骗人的。

四月里，我看到一个有名的魂灵通联中介人的广告，是个男人，有张照片。尽管照片印得很暗，我想一定是小贩杰里迈亚。确实是他，因为我和沃尔什先生凑巧驾车到城里去办事并购买东西，我在街上遇上他。他穿得非常考究，头发又变黑了，胡须修剪成军人式的，这样的装扮一定能使他信心十足。他现在的名字叫杰拉尔德·布里奇斯。他在模仿一个地位显要而又深谙世故的人，同时表现出对高深的哲理也颇有兴趣。他也看见我了，认出我来。为了不让别人察觉，他朝我把帽子轻轻地歪了一下表示敬意，还向我挤了下眼睛。我戴着手套的手稍微向他摆了几下（我现在进城总是戴着手套）。幸好沃尔什先生没注意到这些小动作，要不他又要担心了。

我不想让这里的任何人知道我的真名字，但我知道杰里迈亚不会把我说出去，就像我不会把他说出去一样。我记起有一阵我差点跟他一起跑掉去做吉卜赛人或是医学上的先知；我当时真的很想跟他去。那样，我的命运会完全不一样。但只有上帝才知道哪样更好或更坏；我已跑够了，这辈子再不想跑了。

总的说来，我和沃尔什先生都同意，我们的生活过得很好。但有一件事让我感到不安，先生，因为我没个信得过的女朋友，现在我告诉你，我知道你一定会保密的。

是这么回事。每过一段，沃尔什先生就变得很伤心。他会拉住我的手，眼睛里含着眼泪盯着我说，想想我让你受的罪。

我告诉他他没有让我受罪——是其他人让我受罪的，还有就是我运气不好，缺乏好的判断力——但他喜欢认为这一切都是他造成的。我相信，如果他能找到理由，会认为我母亲的死也是他的过错。他还喜欢想象受苦的情形，硬要我对他讲在教养所或是多伦多精神病院的情况。我越是在喝的汤里多放水，把奶酪说得越臭，把监狱看守的话和行为说得越粗鲁，他越喜欢。他听我说这些就像是孩子在听童话，好像这是什么好事似的。然后，他请求我再多告诉他一些。如果我说因为毯子太薄我夜里直发抖，还长冻疮，并且告诉他如果我抱怨，就会遭鞭子抽，他听了会欣喜若狂。如果我谈到巴纳林医生对我的不轨行为，以及光着身子洗冷水澡，然后裹在床单里，并告诉他在黑暗的房间里穿约束衣的事，他听得几乎入了迷。但他最喜欢听的还是可怜的詹姆斯·麦克德莫特在金尼尔先生家里拖着我满房子走，想找个床，好让他对我使坏，可南希和金尼尔先生却在地窖里躺着，我被吓得半死那段。他责怪自己当时不在那儿，不能救我。

我本人想很快把这段生活忘掉，而不愿这样悲哀地重述那些事。是的，我喜欢你在教养所的那些日子，先生，因为那使我千篇一律的日常生活得到了丰富。可现在我回想起来，你当时也和沃尔什先生一样，急于要听我生活中经历过的苦难。不仅如此，你还用笔记下来。我能看出来你什么时候兴趣有所减弱，因为你的眼光会到处乱看。但是，每次我能讲些让你感兴趣的情节，我就感到很高兴。这种时候你的面颊会变红，你会像前客厅里的钟上的太阳那样微笑。如果你有狗一样的耳朵，一定会把耳朵向前竖起，眼睛里闪着亮光，舌头伸在外面，好像你在树丛里发现了一只松鸡。你那样子的确使我想到我在世上还有些用处，不过我从来弄不清你这样做的目的是什么。

至于沃尔什先生，我讲了几个有关我受苦的故事之后，他就用双臂抱住我，抚摸我的头发，开始解我睡裙的扣子（因为我们讲故事常常是在晚上）。他就问我，你会饶恕我吗？

起先，这样的事很让我烦恼，不过我没直说。事实是很少有人能理解饶恕的真正意义是什么。不是罪犯要得到饶恕，而是受害者应该得到别人的饶恕，因为他们是惹起麻烦的人。如果他们不是那么软弱，那么粗心，而是更富有远见，如果他们能避免遇见困难，想想世界上的痛苦会减少多少。

多年来我心里一直在生玛丽·惠特尼，特别是南希·蒙哥马利的气，生她们两人的气。气她们就这样让自己死了，把我留下来承受这么重的负担。很长时间我都无法从内心原谅她们。如果沃尔什先生不像现在这样固执地硬要我饶恕他，而是让他自己饶恕我，就会更好些。也许他最终是会正确看待这事的。

当他刚开始要我饶恕他时，我说我没什么可饶恕他的，他不该为这烦心。但这并不是他想得到的答复。他一定要我饶恕他，要不他心里就不舒服，那我干吗还坚持拒绝这件简单的事呢？

所以现在每当他这样，我都说我饶恕他。就像书里描写的那样，我把手放在他头上，把眼睛向上翻，做出很庄重的样子，然后我吻他，哭一会儿，接着就说我饶恕他了。第二天他就恢复正常，吹起长笛，好像他又是个男孩子，我又十五岁似的，我们在金尼尔先生的果园里做雏菊项链。

但是，我感到这样饶恕他不对，因为我知道自己在说谎话。虽然这不是我第一次说谎，但是正如玛丽·惠特尼所说，说些像天使说的无害的小谎才能得到安宁。

这些天我常想玛丽·惠特尼，想到我们往背后扔苹果皮的事；其实，那天的事都以某种方式被事实证明了。正像她所说的，我嫁了个名字首字母为J的男人。也正像她说的，我先要渡水三次：去刘易斯顿来回是两次（一来一回），然后上这儿来又是一次。

有时我梦见我又回到了金尼尔先生家的小卧室里，那是在可怕的悲剧发生之前。我在那儿感到很安全，对要发生的事一点也不了解。有时我梦见我还在教养所；梦到醒来时发现自己又被锁在牢房里了，冬天的早晨在草垫子上哆嗦，看守在外面院子里笑。

可是，我真的是在自己的房子里，在阳台上，坐在自己的椅子里。我把眼睛睁开，然后闭上，掐掐自己，这一切都是真的。

还有一件事我谁也没告诉过。

我被放出教养所时刚过四十五岁生日，再过不到一个月我就四十六了。我认为我早就过了生孩子的年龄。可是，如果没弄错的话，我已是三个月没来月经了。要么是怀上了，要么是生理上的变化。很难相信是怀孕了，可在我一生中已有过一次奇迹，再有一次奇迹有什么可奇怪的呢？这种事在《圣经》里有记载；也许上帝因为我年轻时受的苦，决定给我些补偿。但是，也可能是个肿瘤，我母亲就是得肿瘤死的。尽管我感到身体有些重，早晨并不感到想呕吐。知道自己肚子里有东西，但不知是生命还是死亡，这是很奇怪的。虽然只要去看看医生就一切都明白了，可我非常不愿意走这一步，所以我让时间来说话。

我下午坐在阳台上时，一个劲地做自己的被子。虽然我已做过很多被子，这是第一次给自己做。这图案叫"天堂之树"，但是我根据自己的想法对图案有所修改。

我常常想到你，想到你在刚见到我时给我的苹果，先生，还有你让我猜的谜语。我当时不明白，但你一定是想教我什么，或许现在我猜到了。据我看来，《圣经》很可能是上帝构思的，但是人写的。就像所有人写的东西一样，比如报纸，他们把主要故事写对了，但把有些细节弄错了。

这个被子的图案叫"天堂之树"；给这个图案取名字的人（不管是谁）把树弄成一棵，其实是无意中弄对了，因为《圣经》中"树"这个词不是复数。《圣经》里提到有两种不同的树：生命之树和知识之树。但我认为只有一棵树；生命之果和善恶之果是一样的。如果你吃了这个果子就会死；如果你不吃也会死。不过，如果你吃了树上的果子，到你死的时候就不至于傻得不开窍。

生活中的安排似乎正是这样。

因为我知道对《圣经》作这样的解释是不允许的，所以我这些谁也没说，只告诉你一个人。

在我的"天堂之树"的图案上，我打算四周做上一圈缠绕着的蛇；我会把眼睛做得很小，所以在别人看来只像藤蔓或是绳缆图案，而我知道它们是蛇。如果没有一两条蛇，就不会有故事的主要部分。有些人在这个图案里做上好几棵树，在方块或圆圈里放四棵或更多的树，但我只想在白色背景上做一棵大树。那树本身是用三角拼块做成的。两种颜色：深色是叶子，浅色是果子。我用紫色做叶子，红色做果子。因为使用了化学染料，他们现在用很多鲜艳的颜色。我想我的被子做好一定很好看。

但是，我的树上有三个三角拼块会很特别。一块是白的，我要用玛丽·惠特尼给我的那件衬裙上的一块布做。一块是褪色发黄的，要用从我留作纪念的监狱睡衣上剪下的一块布做。第三块会是淡色的棉布，上面有粉色和白色的小花，是从我到金尼尔先生家的第一天南希穿的裙子上剪下的一块布做的。那裙子我在逃跑去刘易斯顿的渡船上穿过。

我要在每个三角的周围用红色的羽毛针脚绣一圈，把三个三角绣在一起，形成整个图案的一部分。

这样，我们三人就会在一起了。

作者跋

虽然《别名格蕾丝——一个女谋杀犯的故事》源于现实，但它是本小说。书中的主人公，格蕾丝·马克斯，十六岁就被定罪为谋杀犯，是加拿大十九世纪四十年代最臭名昭著的女人之一。

金尼尔—蒙哥马利谋杀案发生于1843年7月23日。不仅在加拿大报纸上有大量报道，而且在美国和英国的报界也引起广泛反响。事件的细节是耸人听闻的：格蕾丝·马克斯人品出众，而且非常年轻。金尼尔的女管家南希·蒙哥马利过去有过私生子，死前是金尼尔的情妇，验尸时发觉她已有身孕。格蕾丝和另一个仆人詹姆斯·麦克德莫特一起逃往美国，报界认为他们是情人。这一事件里，性、暴力和可叹的下层阶级不从命等成分兼而有之，对当时的新闻记者极有吸引力。

审判是在11月上旬举行的。只对金尼尔的谋杀案作了审判：因为两名罪犯都被定为死刑，没必要对蒙哥马利谋杀案另作审判。麦克德莫特于11月21日在大庭广众面前被绞死。但是，由于律师肯尼思·麦肯齐的有力辩护和一组体面的绅士的请愿，对格蕾丝的意见从一开始就颇有分歧。鉴于她年纪太轻，又是女性，加上假定的弱智，对她的惩治被减为终身徒刑。她于1843年11月19日被关进金斯顿的省教养所。

在此案发生之后的一百年里一直有人写有关她的故事，对她的看法仍是褒贬不一。对她的态度反映了当时对女人的本性的模棱两可的看法：格蕾丝是个女魔，女诱惑者，煽动犯罪的人，谋杀南希·蒙哥马利的真正凶手？还是个不能自主的受害者，迫于麦克德莫特的威胁和对自己的生命的担忧而对谋杀知情不报？更糟的是，她对蒙哥马利谋杀案讲了三套不同的供词，而麦克德莫特说了两套不同的故事。

我在苏珊娜·穆迪夫人的《森林开发地的生活》一书里（1853）第一次读到格蕾丝·马克斯的故事。在此书之前，穆迪已著有《丛林里的开辟者》。那是本有关当时被称为加拿大高地（现在叫安大略）拓荒生活的令人气馁的纪实。作为那本书的续集，《森林开发地的生活》是要反映（此时已改称为）“加拿大西部”的更文明的一面。书中令人钦佩地描述了金斯顿省教养所和多伦多精神病院的状况。这些公共设施当时像动物园一样让人参观。穆迪在参观这两个设施时都要求访见明星人物格蕾丝·马克斯。

穆迪书中对谋杀案的叙述是把流传的故事以讹传讹。在书中她把格蕾丝看作主犯。出于对托马斯·金尼尔的爱和对南希的嫉妒，格蕾丝用性爱上的小恩小惠怂恿麦克德莫特。麦克德莫特则被描写成一个对她极为迷恋、容易被利用的人。穆迪没能够抗拒把这个事件写成情节剧的诱惑：她书中写道南希被分尸四段——这不仅纯属虚构，而且是彻头彻尾的哈里森·安斯沃思。狄更斯的《雾都孤儿》是穆迪喜爱的小说；它的影响在穆迪对南希充满血丝的眼睛如何缠着格蕾丝·马克斯的描写中显而易见地表现出来。

在教养所见到格蕾丝后不久，苏珊娜·穆迪又在多伦多精神病院遇见她，当时她被关在狂暴性病房里。穆迪的当面观察总体上是可信的，所以如果她写道，格蕾丝又是尖叫，又是蹦跳，无疑她亲眼见到了这样的情况。但是，穆迪的书发表后不久，也就在仁慈的约瑟夫·沃克曼被任命为精神病院的医疗监督后不久，格蕾丝便被认为精神正常送回教养所了。根据教养所的记录，有人怀疑她在此期间怀孕了。这是无事生非，可精神病院谁有可能犯这样的罪呢？病房是男女分开的；最容易见到女病人的男人就是医生。

在后来的二十年里，格蕾丝的名字时常在教养所的记录上出现。她肯定能读书写字，因为所长的日记里写到她在写信。她给很多体面的人（其中包括牧师）留下了很好的印象，他们坚持不懈地为她努力，呈送了很多请愿书，要求释放她。他们还寻求医学界的意见来支持自己的要求。有两个人在请愿书中写到她在“狱长”（可能是教养所的所长）家很多年，是个值得信任的仆人。不过，监狱档案里没提到这点；自然那档案之不全是公认的。但是，当时北美确实有雇囚犯白天出来做仆人的做法。

1872年，格蕾丝·马克斯终于获得赦免。根据记录，她在所长和他女儿的陪同下去了纽约州的一个“安排好的家庭”。后来作家们认为她在那儿结婚了，不过没有证据证明这点。她出狱之后就杳无音信了。她是否参与了南希·蒙哥马利的谋杀，并且是不是麦克德莫特的情妇也是不得而知的。同时，也无法判断她是真疯，还是像很多人那样仅仅是为了有更好的生活环境而装疯。历史上的格蕾丝·马克斯究竟是怎样一个人至今仍旧是个谜。

托马斯·金尼尔似乎出身于法夫郡库帕附近金洛克的一个苏格兰低地家庭。他是该庄园主的同父异母弟弟。不过，奇怪的是，一本十九世纪晚期的《伯克贵族名册》记载着他在到达加拿大西部前后就死了。位于里奇蒙山镇的金尼尔住宅直到十九世纪晚些时候才拆掉，曾供游客观览。西蒙·乔丹到该住宅参观的一段是根据其中一个游客的观后感写的。尽管托马斯·金尼尔和南希·蒙哥马利的坟墓没文字注明，但它们确实在里奇蒙山镇的长老会教堂墓地里。威廉·哈里森于1908年写道，坟墓周围的木尖桩栅栏已在取走全部木制记号时被拆除。同样，南希坟上的玫瑰丛也不见了。

此处还得做些备注：有关监狱和精神病院的生活是根据可查找到的历史性材料写成的。沃克曼医生信中的大部分话是他本人的。“巴纳林医生”表达的意见是在沃克曼医生去世后人们强加在沃克曼头上的，而实际上绝不可能是他的话。

帕金森住宅的设计很像安大略省汉密尔顿的邓德恩城堡。多伦多的洛特街曾是皇后街的一部分。路密斯维尔的经济史，以及纺织厂女工的境况大体上反映了马萨诸塞州洛维尔的实际情况。玛丽·惠特尼的命运在里奇蒙山镇的兰斯代夫医生的医疗病例中有类似的记载。本书第十页（原书页码。——译者）上的格蕾丝·马克斯和詹姆斯·麦克德莫特的肖像是从多伦多《明星及抄本报》上发表的他们的供词里转印下来的。

北美对招魂术的狂热开始于十九世纪四十年代末。当时，福克斯姐妹在纽约州北部首次在招魂会上听见敲击声。福克斯姐妹原籍本是加拿大的贝尔维尔，当时苏珊娜·穆迪就住在那儿，她也就是在那儿变成招魂术的信徒的。虽然这种信仰很快吸引了不少骗子，但发展得极快。到十九世纪五十年代晚期达到高潮，特别在纽约州北部和金斯顿-贝尔维尔地区。招魂术在当时是个带有宗教性质的活动。这样的活动允许女人占据有权的地位；不过这权力的性质很不明确，因为女人本身只被看作魂灵意志的中介人。

催眠术在十九世纪初就不再被看作可信的科学手段，但在四十年代仍有些信誉不甚可靠的艺人在广泛实施催眠术。由于詹姆斯·布雷德的“神经催眠术”不再包含“磁液”之说，催眠术又开始登上大雅之堂。到了五十年代，欧洲一些医生对此有所信奉，不过还不像到了十九世纪末的几十年中那样，催眠术作为医治精神病的一种方法被广泛地接受。

由于公立和私立的精神病诊所和医院创建于十九世纪中期，有关精神病的新理论的迅速产生也成为十九世纪中期的一大特征。在科学家和作家中对人的记忆和健忘、梦游症、“歇斯底里症”、昏睡状态、“神经病症”，以及梦的含义等现象表现出很强的好奇心和激动心理。当时医学界普遍对梦很感兴趣，就连詹姆斯·兰斯代夫医生这样一个乡村医生都对自己的病人的梦作记录。“性格分裂症”或称为双重个性在十九世纪早些时候已有描述，十九世纪四十年代开始认真讨论，不过到了该世纪最后三十年才风行一时。我试图把西蒙·乔丹医生的推测基于当时他可能接触到的一些理论。

当然，像声称写历史的许多对这一案子的评论家一样，我把历史事件小说化了。我没改变任何已知事实。不过，现存的材料相互矛盾很大，很少有事实是明确地“已知”的。南希被斧头砍倒时格蕾丝是在挤牛奶，还是在收细香葱？为什么金尼尔的尸体穿着麦克德莫特的衬衣？麦克德莫特从哪儿弄来那衬衣的，从小贩那儿买来的，还是一个军队朋友给的？那本沾满血迹的书或杂志是怎么到南希的床上的？几个可能的肯尼思·麦肯齐中哪一个是当事的律师？如有不确定之处，我尽量作最合乎情理的选择，同时只要可能，就注意兼顾现存的其他几种说法。凡是现存材料中模糊不清、出现空白时，我便自由创作了。

译 者 后 记

有人曾说加拿大文学没有皇帝，但有位女皇，她就是玛格丽特·阿特伍德。可是，因为我只是由于教书的需要才零散接触一些加拿大作家，所以无法判断上述评论是恰如其分，还是言过其实。但平心而论，玛格丽特·阿特伍德的确是在加拿大作家中我较为偏爱的一位。她的作品构思新颖，哲理深邃，语言丰富，逸趣横生。这就是我为什么会在时间永远不够用的情况下，挤出时间在她的第九本小说《别名格蕾丝》问世后不久就先睹为快，一口气将这本不短的小说读完了。很为小说中一些妙不可言的特点而感到激动，因而决定把书译成中文，向广大的中国读者介绍一本好小说，让更多的人一睹加拿大文学女皇的风采（我似乎已接受了刚才那条评论）。从一九九八年我的中文译本《别名格蕾丝》首次由译林出版社在国内出版，至今已近十多个年头。时隔十年，南京大学出版社决定再次向读者介绍这部作品，如今，上海译文出版社又打算重版这部不可多得的当代名著。我作为本书的中文译者，也作为比诸位先行一步的读者，感到有义务奉献我本人对这本小说的一孔之见。可谓抛砖引玉，期望能起到打火石的作用，引出新见解的火花。文学创作带有很大的主观性，文学欣赏与文学批评亦是如此。时常难免智者见智，仁者见仁。我的见解若有肤浅谬误之处，还望今后有机会与诸位进一步探讨。

这本小说的英文标题是 Alias Grace，直接译成中文便是《别名格蕾丝》。正如英国小说家及文学评论家福斯特在《小说面面观》一书中所指出，所有小说共有的主要成分是“故事”，没有故事就没有小说。我们都像《天方夜谭》里谢赫拉莎德的丈夫苏丹大人那样，耐不住悬念的诱惑，急于发现“后来怎么样了呢”，从而使深谙“故事中的悬念”之奥妙的谢赫拉莎德免于一死①。《别名格蕾丝》成功的主要原因之一也就在于玛格丽特·阿特伍德能利用读者的好奇心，巧妙地安排情节，致使读者长时间地处于悬念之中。

这是一个女谋杀犯的故事，因而，阿特伍德在情节安排上大量使用了谋杀故事和侦探小说的手法。故事开始的时间为1859年，即1843年的双重谋杀案发生之后十六年。女主人公格雷丝·马克斯正在因参与了她过去的雇主托马斯·金尼尔和他的管家兼情妇南希·蒙哥马利的谋杀案而在金斯顿的教养所里服无期徒刑。因为被不少人认为精神不正常的格蕾丝坚持说自己丧失了对谋杀案的记忆，当地有一批“改革人士”聘请了一位名叫西蒙·乔丹的美国医生来对她进行精神上的调查和鉴定，以便写出一份专家鉴定报告，附在他们的请愿书里，让格蕾丝获得赦免。在很大程度上读者与西蒙·乔丹一样，急于发现“实际上是怎么回事”，“她是否真有罪”的答案。就是在这样的悬念和期待之中，读者满怀兴致地一页页翻过书页，不断地证实或否认自己的猜测，探索头脑里那些问题的答案。像其他侦探小说一样，重要的线索，如勒死南希的手绢，在书中多次有交代，留有伏笔。第十三部分“潘多拉的盒子”中那场有浓厚的情节剧色彩的神经催眠疗程很让人想起阿加莎·克里斯蒂小说中的“终场”：主要人物都集中在一起，由料事如神的比利时大侦探波罗揭露真凶，在场的和读书的都大吃一惊，但真相大白，皆大欢喜。整个谋杀案的“结局”又很像典型的福尔摩斯侦探案：凶手曾受过被杀者直接或间接的迫害；凶杀是复仇、伸张正义的非法手段。虽然读者对罪犯不无恻隐之心，但难案被高手破了，读者的好奇心得到最

---

① 见E. M. Forster, *Aspects of the Novel*, London: Edward Arnold Ltd., 1974, pp. 17－18。

大的满足。

可是，正如作者本人在加拿大《环球邮报》的记者采访她时说：《别名格蕾丝》的确“非常像侦探小说，只是结局悬而未决。这就是历史和谋杀疑案之间的区别”。很显然，阿特伍德写这本书的目的不单单是要讲个耸人听闻的谋杀故事，而是要纠正苏珊娜·穆迪等在她之前的作家“把流传的故事以讹传讹”① 的做法，从而还女仆格蕾丝以本来面目。杜邦医生（杰里迈亚）主持的神经催眠疗程不过是小说家为情节的需要而虚构的让人难以置信的“结局”，不可当真。原因很简单：因为历史上的格蕾丝之案没能定性，小说中的谋杀案也应依旧是“悬案”。

在写这部反映十九世纪中叶加拿大安大略地区生活的历史小说时，阿特伍德作了极为广泛的调查研究，查阅了大量的历史资料。正如她在“作者跋”中所写明，不仅有关监狱和精神病院的生活“是根据可查找到的历史性材料写成的”，而且对招魂术和催眠术在北美的兴衰的描写也是基于史料的。作者在书中详细描写了爱尔兰移民远渡重洋，历尽千难万险来加拿大的情形，提到1837 年加拿大的民主领袖麦肯齐领导的“大造反”，并且让书中的男主角西蒙·乔丹最后在美国南北战争的战场上头部受伤，丧失记忆。她不仅把小说安置在历史的总框架内，而且对许多细节，诸如当时多伦多的街道、商店、时装、风尚及道德举止，都逐一作过调查。对有关谋杀案的现存史料，小说家更是“尽量作最合乎情理的选择”。的确，她虽然“把历史事件小说化了”，但“没改变任何已知事实”。

英国维多利亚时期的小说家威廉·萨克雷在《英国十八世纪的幽默作家》一书中为历史小说辩护说，历史小说比历史更真，因为前者写的是“真情”（truth），而后者只收集“全真的史料”

① 见本书“作者跋”。

(authentic information)。萨氏还深有体会地说，“我从有虚构情节的小说中亲身体验到当时的生活、风俗、交通、服装、娱乐、欢笑，以及对社会的嘲笑——过去的时代又变得栩栩如生，我便可以在旧时的英国四处漫游了。”① 阿特伍德这本历史小说的独到之处在于：她把“史料”和“真情”一道交给读者，给他们以比较鉴别的机会。本书共分十五个部分、五十三章，每一部分开始前都有几段摘自当时的作家或当时报刊的引言，拟为该部分的阅读提供提纲挈领的指南和提示。从第八部分“狐狸与鹅”开始，每一部分的引言中都包括一些原载于当时报刊的、直接报道谋杀案的摘抄段落。随后，该部分便讲述与引言部分相对应的，经小说家重新创作的“真情”。通过这样的方法，对引言里的“史料”记忆犹新的读者便能更加主动，更加有意识地欣赏小说家笔下的“真情”，用自己选择的方式去体验书中人物当时的生活环境。这实为一部风格独特的历史小说。

作为历史小说，《别名格蕾丝》全面反映了当时加拿大的社会生活。除了历史案卷中提到的与谋杀案有关的几个真人之外，小说家还根据情节和主题的需要创造了许多“假”人物，并且赋予真人物许多可能而可信的“假”特性。通过这些处于不同社会地位的真、“假”人物之间的相互交往，作者成功地使单一层次的历史事件有了社会深度和思想力度。

阿特伍德笔下的女主人公格蕾丝是个有血有肉、有感情、有主见的人物。她在书中的作用是多重的：身为地位卑贱的女仆/囚犯，格蕾丝既是局外人（一个善于观察、头脑清醒的评论家），又是局内人（一个饱尝艰辛而又善于自我保护的弱者）。通过这样一个具有特殊身份的人物之口，作者有力地抨击了当时政治、

①《牛津版萨克雷全集》, ed. George Saintsbury, (Oxford, 1908) 第十三卷，543 页。

思想（包括种种“伪科学”）、宗教以及社会上的种种弊病。但是，其批评的锋芒直指当时阶级差别悬殊、男女不平等的社会现象。与格蕾丝相比，男主人公西蒙·乔丹显得黯然失色。他与广为流传的《鹅妈妈的儿歌》中头脑简单的西蒙同名绝非偶然，因为他的确有着傻瓜西蒙似的、不甚开窍的脑瓜。不仅他对恢复格蕾丝的记忆所做的种种努力是徒劳的，而且对自己的生活也彻底失控，以致堕入无法收拾的境地。但是，他也是个“立体”的人物，具有性格的多重性。一方面，他同情格蕾丝，充满正义感；另一方面，他是当时社会造就出的“我”字当头的大男子主义者。通过对西蒙·乔丹这样一个复杂人物的塑造，以及对他与书中一些女性人物之间关系的描写，作者生动地刻画了一个以男人为中心的社会。女人，诸如雷切尔·汉弗莱、乔丹夫人、莉迪亚小姐以及菲斯·卡特赖特，都在不同程度上受西蒙的支配，做他的附庸，为他而生存。劳动妇女，诸如格蕾丝的母亲、格蕾丝、玛丽·惠特尼和南希·蒙哥马利，深受统治阶级和男人（父权及夫权）的双重压迫，尤其令人同情。

本书塑造的众多女性人物中，除去女主人公格蕾丝，给人印象最深的是玛丽·惠特尼。她性格活泼，思想解放，对格蕾丝产生了极大的影响。可是，就连这样一个有见解、有理想的女孩子也摆脱不了受少东家的欺骗和凌辱，正当妙龄就含恨死去的悲惨命运。玛丽的死整个改变了格蕾丝，正如她后来所说，“没有玛丽，我的故事会完全不同”。作为不平等、不公正的社会的牺牲品，玛丽·惠特尼这个人物不仅对本书的主题至关重要，而且提供了侦破谋杀案的重要线索。阅读本书时，读者应特别注意第二十章中有关格蕾丝在玛丽去世后昏睡十个小时的文字，以及第二十二章里第一次出现的圣歌：“多年的岩石，为我开裂，让我藏身于你……”只有记住了这些重要的线索，才能在第四十八章里听见神经催眠术下熟睡的格蕾丝大叫：“我可不是格蕾丝！格蕾丝一点也不知道这些!”并再次吟唱那段圣歌时初步悟出书名之奥秘。《别名格蕾丝》——如果就事论事，我们势必会得出与维林格牧师相同的结论：这是一桩很明显的着魔案例，即玛丽·惠特尼的魂附在格蕾丝·马克斯的身上，谋害了托马斯·金尼尔和南希·蒙哥马利。但是，如果我们牢记小说的主题，《别名格蕾丝》又可在广义上理解为：一个有代表性的、富有正义感的、备受伤害的女人（无论她的名字叫什么）借用格蕾丝的名义向压迫她的社会复了仇，行了正义之举。那声音说得很清楚：“这次那位绅士也死了，至少也死了一次。公平合理!”——典型的“一报还一报”。但是，本书的妙处在于：多种解释并存，读者可以随意选择。解破“她是否有罪?”这个谜的真正线索在如何看待罪恶的社会。阿特伍德打开历史旧案重新审理的本意显然是要为弱者——受压迫、遭欺凌的广大妇女——伸张正义。这实为一部情真意切、发人深省的社会历史小说。

在叙述手法上，小说家别出心裁，根据故事的需要，巧妙地使用了第一人称和第三人称叙述相结合的方式。小说的首章以第一人称倒叙的形式叙述了格蕾丝向乔丹医生对谋杀事件所作的回忆。格蕾丝的自述用意识流的手法，以书中的主要象征性实物——牡丹花——为线索，把关键的情节描写得虚虚实实，引人入胜。接着，作者用民谣的形式在第二章里不置可否地重述了当时对该谋杀案的流行说法。第三、第四、第五章（构成书的第三部分“角落里的小猫”）完全是格蕾丝的第一人称自述，使读者有机会对女主人公有进一步的了解。在本书的第四部分“年轻人的幻想”（包含第六至第十一章）里，读者听到的却是不同的叙述声音的穿插使用：乔丹医生与母亲及朋友的通信（可称为一种特殊形式的第一人称自述），取而代之的是一位显然在情感上持“中立”态度的第三人称叙述者，其间穿插着格蕾丝的自述，接着又是那位第三人称叙述者的声音。小说前四部分里使用的这种从不同的角度、用不同的声音给听众“讲故事”的手法在全书中反复出现，灵活使用。作者通过间或使用第一和第三人称叙述者的手法，有效地掌握并调整读者与书中人物之间的关系，使得阅读更加趣味无穷。一方面，因为本书大部分是格蕾丝的自述，读者易于受她的情感所感染，喜其所喜，悲其所悲，恨其所恨。但是，另一方面，时而出现的第三人称叙述者的声音又常把读者带出格蕾丝的“小天地”，从不同的角度描述她视野之外的社会生活的其他侧面。结果是，读者不仅能较客观地看待书中人物，而且能自始至终以“不即不离”的态度判断并预测他们的行为。并且，作为格蕾丝所讲“故事”的间接听众，读者因为能够通观全局，时常感到比书中的直接听众西蒙·乔丹高明。沾沾自喜之余则更多了几分想弄清究竟的好奇心，殊不知这一切都是作者巧手安排的结果。

《别名格蕾丝》不仅表现出阿特伍德作为社会历史学家所具备的严谨和睿智，以及小说家所特有的创作才能和技巧，而且还洋溢着她那不同凡响的诗人的敏感和想象力。小说中大量出现诸如第八章结尾三段中那样的直喻叠用、意象连篇的文字。通过对人物的内心及其对外部世界的反应作如此细腻的描写，作者把抽象的感觉变得具体化，形象化，从而使历史案卷中线条粗犷的谋杀案变成隽永耐读的文学佳作。形象地说，整个小说是一幅以女仆格蕾丝为中心的十九世纪中叶的加拿大社会历史全景图。这幅图画的妙处在于：它不是用普通的笔墨绘制成的，而是许多女人一针一针、一个拼块一个拼块地缝合起来的。为表现当时各社会阶层的妇女生活，作者阿特伍德在书中对传统的缝被子艺术作了大量的描写。无论是社会地位高的“贵夫人”（诸如狱长夫人），还是格蕾丝这样的卑贱女仆，都把缝被子看作一种重要的女红，一种艺术性的实际消遣。可是，只有在发现小说家用不同的被子图案的名称来命名书中的十五个部分，借以画龙点睛时，明眼的读者才会意识到作者的用心良苦，匠心独具。如果说用第一个被子的图案命名的第一部分“参差不齐的牙边”用意识流的手法形象地表现了格蕾丝被搅乱的记忆，成功地把读者带入悬念，题为“天堂之树”的最后一部分则把读者带到另一个境界——道义上的天堂。格蕾丝“根据自己的想法”设计的被子图案是意味深长的：“我的树上有三个三角拼块会很特别。一块是白的，我要用玛丽·惠特尼给我的那件衬裙上的一块布做。一块褪色发黄的，要用从我留作纪念的监狱睡衣上剪下的一块布做。第三块是淡色的棉布，上面有粉色和白色的小花，是从我到金尼尔先生家的第一天南希穿的裙子上剪下的一块布做的……我要在每个三角的周围用红色的羽毛针脚绣一圈，把三个三角绣在一起，形成整个图案的一部分……这样，我们三人就会在一起了。”

现实的故事终于以诗的方式有了个幸福的结局，名副其实的“poetic justice”（理想的公正）。人间的恩恩怨怨到了天堂都化为乌有，三个饱受人间苦难的小姐妹重归于好，皆大欢喜。如果我们根据小说的结局把书名中的“Grace”一词解释为英文原意中的“上帝的恩爱、仁慈、宽容”，便可领会书名里蕴藏着另一层含意。但是，如果把格蕾丝最后的赦免和幸福结局看作是与不公正的世道毫无关系的上帝的恩爱和慈悲，本书的译名似乎应改为《亦称主之恩慈》或是其他类似的题目。那么，读者没开卷就会感到浓厚的基督教色彩。这不仅将违反作者的原意①，而且会把本来耐人寻味的书名狭义化，概念化。所以，我还是老老实实地按字面含义把书名译成《别名格蕾丝》。显然，阿特伍德写这本书的原意是多层次的，叫人难以捉摸，其深奥之处在寓意颇深的书名上可见一斑。无论如何，这是本具有独特的雅俗共赏的趣味

① 阿特伍德并非基督徒。况且，她在本书中使用基督教概念时不无讥讽口吻。

性和文学性的好书。其最大的好处在于各层次的读者都能开卷有益，“各取所需”。

本书的翻译最初承蒙加拿大艺术理事会和加拿大外交及国际贸易部拨款资助，我在此特别表示感谢。我坚信玛格丽特·阿特伍德的作品将受到广大中国读者的接受和喜爱。可是，由于本人才疏学浅，难免在译文中有疏漏、错译之处，敬请读者多加指正。

图书在版编目(CIP)数据

别名格蕾丝/(加)阿特伍德(Atwood, M.)著;梅江海译. —上海:上海译文出版社,2016.1(2024.9重印)
(阿特伍德文集)
书名原文:Alias Grace
ISBN 978-7-5327-6851-6

Ⅰ.①别… Ⅱ.①阿… ②梅… Ⅲ.①长篇小说—加拿大—现代 Ⅳ.①I711.45

中国版本图书馆CIP数据核字(2014)第271794号

图字:09-2013-801号

别名格蕾丝
[加拿大] 玛·阿特伍德 著 梅江海 译
策划编辑/黄昱宁 责任编辑/顾 真 装帧设计/丁威静

上海译文出版社有限公司出版、发行
网址:www. yiwen. com. cn
201101 上海市闵行区号景路159弄B座
上海新华印刷有限公司印刷

开本890×1240 1/32 印张15 插页2 字数271,000
2016年1月第1版 2024年9月第6次印刷
印数:13,001—14,500册

ISBN 978-7-5327-6851-6/I·4144
定价:57.00元